LAURENCE · DER STEINERNE ENGEL

Universal
Bibliothek

BELLETRISTIK

Margaret Laurence

DER STEINERNE ENGEL

Roman

1988

Verlag Philipp Reclam jun. Leipzig

Aus dem Englischen
Übersetzung von Herbert Schlüter
Mit einem Nachwort von Karla El-Hassan

ISBN 3-379-00320-4

Reclams Universal-Bibliothek Band 1231
1. Auflage
Reihengestaltung: Lothar Reher
Lizenz Nr. 363. 340/74/88 · LSV 7331 · Vbg. 18,5
Printed in the German Democratic Republic
Grafischer Großbetrieb Völkerfreundschaft Dresden
Gesetzt aus Garamond-Antiqua
Bestellnummer: 661 383 0
00250

Steige nichts sanft in dieses gute nichts, …
Rase, rase wider das sterben des lichts.

Dylan Thomas

I

Hoch oben über der Stadt, auf der Kuppe des Hügels, stand der steinerne Engel. Ich weiß nicht, ob er noch immer dort steht, zum Gedächtnis meiner Mutter, die bei meiner Geburt starb und ihren lebensmüden Geist aufgab, als ich meinen störrischen, eigensinnigen empfing. Ich weiß nicht, ob der Engel meiner Mutter noch immer dort steht, den mein Vater aufstellen ließ als ein stolzes Grabmal für sie, wie für die Begründerin einer Dynastie, die, wie er wohl meinte, für die Ewigkeit bestimmt war.

Sommer und Winter sah der Engel mit blicklosen Augen auf die Stadt hinab. Er war doppelt blind – nicht nur war er aus Stein, sondern es fehlte auch die Illusion eines Blickes. Sein Schöpfer hatte die Augäpfel leer gelassen. Es kam mir seltsam vor, daß er dort oben über der Stadt stand und uns allen den Weg zum Himmel wies, ohne uns überhaupt zu kennen. Aber ich war noch zu klein, um zu begreifen, warum er dort stand, obwohl mir mein Vater oft genug erzählt hatte, daß er mit gewaltigem Kostenaufwand aus Italien hergebracht worden war – ein Engel aus reinem, weißem Marmor. Heute glaube ich, daß er das Produkt zynischer Nachfahren Berninis war, die seinesgleichen fabrikmäßig herstellten und den Geschmack unwissender Krösusse eines barbarischen Landes aufs genaueste trafen.

Im Winter waren seine Flügel mit Schnee, im Sommer mit dem Sand bedeckt, den der Wind mit sich führte. Es war nicht der einzige Engel auf dem Friedhof von Manawaka, aber es war der erste, der größte und gewiß der teuerste. Die andern waren, wenn ich mich recht erinnere, allesamt von minderer Art, ärmliche kleine Engel, schmollende Cherubim; der eine hielt ein steinernes Herz in die Höhe, ein anderer fingerte auf einer zu ewigem Schweigen verdammten kleinen, steinernen Harfe ohne Saiten, und wieder ein anderer schielte ekstatisch auf eine Inschrift. An diese Inschrift erinnere ich mich noch, weil wir darüber lachten, als der Gedenkstein seinerzeit dort aufgerichtet wurde:

Ruhe in Frieden!
Ende, o Plage hienieden!
Regina Weese
1886

Soviel über die arme Regina, die nun in Manawaka längst vergessen ist – so wie ich, Hagar, dort gewiß längst vergessen bin. Aber eigentlich habe ich immer gemeint, sie habe sich ihr Schicksal selbst zuzuschreiben gehabt, denn sie war eine schwächliche, verhuschte Person, mild und fad wie Eicreme, die mit der Hingabe einer Märtyrerin jahraus, jahrein ihre undankbare Mutter pflegte, an deren bellende Stimme ich mich noch erinnere. Als Regina an irgendeinem unbekannten Altjungfernleiden starb, erhob sich die gar nicht ehrbare alte Dame von ihrem übelriechenden Krankenlager und lebte zur Verzweiflung ihrer verheirateten Söhne noch volle zehn Jahre. Es erübrigt sich, hier zu sagen: „Gott gebe ihrer Seele Ruhe!“, denn sie kann nur, hohnlachend, in der Hölle sein, während die jungfräuliche Regina im Himmel schmachtet.
Im Sommer war die Luft auf dem Friedhof geschwängert mit dem schweren, sirupsüßen Duft der Päonien. Dunkelrot und tapetenrosa hingen die pomphaften Blüten träge herab, zu schwer für ihre leichten Stengel, niedergebeugt vom eigenen Gewicht und dem des Regens und heimgesucht von Ameisen, diesen Emporkömmlingen, die nun auf den samtigen Blütenblättern spazierten, als seien sie es nicht anders gewohnt.
Als kleines Mädchen streifte ich oft dort umher. Damals gab es nicht viele Wege, auf denen man steif und wohlerzogen spazierengehen konnte, Wege, auf denen uns die weißen Chevreaustiefel und flatternden Röcke nicht von Disteln zerrissen oder sonstwie ruiniert worden wären. Und ich war so bemüht, sauber und proper zu sein, und glaubte wohl, man sei nur dazu auf der Welt, um stets so schmuck und ordentlich wie eine Puppe auszusehen. Aber manchmal, wenn plötzlich ein warmer Wind aufsprang, die Zwergeichen schüttelte und die Quecken zauste, die auf die brav gepflegten Gräber übergegriffen hatten, dann spürte ich für ein paar Augenblicke den Geruch der Schlüsselblumen. Sie hatten zähe Wurzeln, diese wilden, leuchtenden Blumen, und wenn sie auch an den Rand des Friedhofs verbannt blieben und ausgerissen wurden von den liebevoll besorgten Verwandten, die die Grabstätten ihrer Toten sauber und gepflegt halten wollten, so konnte man nun doch sekundenlang den schwachen, moschusartigen,

mit Staub vermischten Geruch einer Pflanze atmen, die ohne jede Pflege wuchs und schon gewachsen war, bevor die prächtigen Päonien und die Engel mit den starren Flügeln gekommen waren, damals, als nur die Indianer mit ihren verschlossenen Gesichtern und dem glatten, strähnigen Haar über die Prärie gewandert waren.

Jetzt schwelge ich in Erinnerungen. Ich gebe diesem Hang nicht oft nach, oder jedenfalls nicht gar so oft. Manche Leute behaupten, daß der alte Mensch in der Vergangenheit lebt. Das ist Unsinn. Jeder Tag, so unbedeutend er in Wirklichkeit ist, hat für mich neuerdings den Wert von etwas Seltenem, Erlesenem. Ich möchte ihn am liebsten in eine Vase stellen und bewundern, wie man den ersten Löwenzahn bewundert und gar nicht daran denkt, daß er ein Unkraut ist, sondern es nur wunderbar findet, daß es ihn überhaupt gibt. Aber für gewöhnlich verstellt man sich, Leuten wie Marvin zuliebe, denen es irgendwie Freude macht, wenn sie eine alte Dame sehen, die sich wie ein zahmes Kaninchen vom Salatblatt einer vergangenen Zeit und Mode nährt. Aber ich bin unfair. Doch warum nicht? Das Kritteln und Nörgeln ist mein einziges Vergnügen, abgesehen vom Zigarettenrauchen, das ich mir aus Langeweile vor zehn Jahren angewöhnt habe. Marvin findet es eine Schande, daß ich in meinem Alter, mit neunzig, noch rauche. Der Anblick von Hagar Shipley, die infolge eines unglücklichen Zufalls seine Mutter ist, mit einem kleinen, weißen, brennenden Stäbchen, flott in den gichtischen Fingern gehalten, dieser Anblick hat für ihn etwas Bedrückendes. Ich zünde mir nun eine Zigarette an und tappe durch mein Zimmer. Mit leidenschaftlichem Eifer besinne ich mich dabei aufs Vergangene, aus gar keinem besonderen Grund, nur weil ich mich darin verfangen habe. Ich muß nur aufpassen, daß ich nicht laut spreche. Wenn ich das tue, pflegt Marvin Doris einen Blick zuzuwerfen und Doris diesen Blick mit bedeutungsvoller Miene zu erwidern. Am Ende sagt dann einer von den beiden: „Mutter hat heute wieder ihren Tag.“ Laßt sie reden! Was kümmert’s mich noch, was die Leute sagen! Viel zu lange habe ich mich darum gekümmert.

Ach, meine Toten! Nein, ich will nicht daran denken. Wie

schmachvoll, wenn mich diese dicke Doris weinen sähe. Die Tür zu meinem Zimmer hat kein Schloß. Weil ich nachts krank werden könnte, sagen sie – und wie sollten sie dann hereinkommen, um mir zu helfen? So aber können sie jederzeit, wann es ihnen paßt, zu mir hereinkommen. Zurückgezogenheit ist ein Vorrecht, das man den Alten wie den Kindern verwehrt. Manchmal geschieht es, daß ein kleines Kind einen Alten ansieht und daß sie einen Blick tauschen wie zwei Verschwörer, schlau und voller Verständnis füreinander. Das kommt daher, daß sie beide für den Menschen in der Lebensmitte, in „seinen besten Jahren", wie man sagt, keine Menschen sind.

Ich muß etwa sechs Jahre alt gewesen sein, als ich die Schürze aus Schottenstoff trug, hellgrün und blaßrot – nicht rosa, eher so ein wässeriges Rot wie das Fleisch einer reifen Wassermelone. Meine Tante in Ontario hatte sie genäht und mit schwarzem Samt wunderschön paspeliert. Damit stolzierte ich nun wie ein kleiner Pfau über die Promenade, strahlend, sehr stolz und übermütig: Jason Curries schwarzhaarige Tochter.

Bevor ich in die Schule kam, war ich eine wahre Plage für Tante Doll. Das große Haus war damals noch neu, das zweite Backsteinhaus, das in Manawaka gebaut worden war, und Tante Doll hatte immer das Gefühl, sie müsse sich eines solchen Hauses würdig zeigen, obwohl sie ja nur das Dienstmädchen war. Sie war verwitwet und lebte seit meiner Geburt bei uns. Am Vormittag trug sie ein weißes Spitzenhäubchen, und mit gellender Stimme schimpfte sie mit mir, wenn ich ihr das Häubchen vom Kopf zerrte und ihren zerzausten Lockenkopf den amüsierten Blicken Reuben Pearls preisgab, der uns die Milch brachte. Sie schickte mich dann in den Laden, wo mich mein Vater auf eine leere, umgestülpte Äpfelkiste setzte, zwischen Fässer voll gedörrter Aprikosen und Rosinen. Es roch nach Packpapier und nach der Appretur von den Tuchballen in der Schnittwarenabteilung, und hier brachte mir mein Vater die Maße und Gewichte bei, die ich auswendig lernen mußte:

„Zwei Glas = eine Kanne. Vier Kannen = eine Pinte. Zwei Pinten = ein Quart. Vier Quarts = eine Gallone. Zwei Gallonen = ein Peck. Vier Pecks = ein englischer Scheffel."

Ein beleibter Mann, ohne Jacke über der Weste, stand er

hinterm Ladentisch und hörte mich ab. Wenn ich nicht weiter wußte, half er mir nach und ermahnte mich, meine Gedanken zusammenzunehmen, sonst würde ich nie etwas lernen.

„Du willst doch kein Strohkopf oder Hohlkopf werden?"

„Nein."

„Dann nimm deine Gedanken zusammen."

Als ich alle Maße und Gewichte hintereinander aufsagen konnte, das Gewicht für Gold, Silber und Edelsteine, die Längenmaße, die Trocken- und die Flüssigkeitshohlmaße, da nickte er nur.

„Jetzt hast du's begriffen."

Mehr sagte er nicht. Er hielt nichts von Zeitverschwendung, und er sagte kein Wort zuviel. Er hatte sich durch eigene Kraft emporgearbeitet. Wie er Matt und Dan so gern erzählte, hatte er ohne einen Cent angefangen und sich sozusagen an den Schnürsenkeln seiner eigenen Stiefel in die Höhe gezogen. Das war die Wahrheit, und niemand konnte es leugnen. Meine Brüder schlugen mehr nach meiner Mutter, artige, langweilige Jungen, die versuchten, es ihrem Vater recht zu machen, was ihnen aber nur selten gelang. Ich dagegen, die ich ihm gar nicht ähneln wollte, war robust wie mein Vater, hatte seine Habichtsnase und den gleichen festen Blick, mit dem er jedermann unverwandt ins Gesicht sehen konnte.

„Müßiggang ist aller Laster Anfang." Er glaubte an fromme Predigtsprüche. Sie waren sein Vaterunser und sein Apostolisches Glaubensbekenntnis. Er zählte sie her wie die Perlen eines Rosenkranzes oder die Münzen in der Ladenkasse. „Hilf dir selbst, dann hilft dir Gott." – „Viele Hände machen schnell ein Ende."

Wenn er uns züchtigte, benützte er stets Birkenruten. Schon sein Vater hatte ihn mit Birkenruten gestraft, wenn auch in einem anderen Land. Ich weiß nicht, was er getan hätte, wenn in der Gegend von Manawaka keine Birken gewachsen wären. Glücklicherweise aber gab es ein paar auf dem Grasland, dünne, winzige Exemplare, die nie eine normale Höhe erreichten, aber für den gedachten Zweck vollkommen genügten. Matt und Dan bekamen sie am meisten zu spüren, da sie Jungen und überdies älter waren als ich, und wenn sie ihr Fett bekommen hatten, kamen sie zu mir und taten mir das gleiche an, was sie erlitten hatten. Nur benutzten sie grüne Ahorngerten, an denen die Blätter noch daran waren. Man sollte meinen, daß diese weichen Blätter nicht weh tun könnten. Indes, sie taten weh, auf meinem nackten, noch von Babyspeck gepolsterten Gesäß, und ich heulte vor Scham nicht minder als vor Schmerzen wie jene Höllentiere mit drei Mäulern, so daß mir meine Brüder drohten, wenn ich petzte, wollten sie das Brotmesser mit den Sägezähnen holen, das in der Anrichte- und Geschirrkammer hing, und mir damit die Kehle durchschneiden, daß ich verbluten mußte, bis ich ganz ausgeblutet und weiß war wie Hannah Pearls totgeborenes Kind, das wir in Simmons Beerdigungsinstitut in einem Sarg, der mit weißem Atlas ausgeschlagen war, gesehen hatten. Aber als ich erfuhr, daß Matt in der Schule der „Vieräugige" hieß, weil er eine Brille tragen mußte, und daß Tante Doll Dan ausschalt, weil er das Bett naß gemacht hatte, obwohl er schon acht Jahre alt war, da wußte ich, daß sie es niemals wagen würden, und sagte deshalb alles meinem Vater. Das machte der Sache ein Ende, und es geschah ihnen recht, daß sie bestraft wurden, wobei mich mein Vater zusehen ließ. Zwar tat es mir hinterher leid, daß ich es mitangesehen hatte, und ich versuchte es ihnen zu erklären, aber sie ließen mich gar nicht ausreden.

Freilich brauchten sie nicht so zu tun, als ob sie die einzigen wären, die Prügel bezogen. Auch ich bekam mein Teil ab, wenn auch, wie ich zugeben muß, nicht oft. Mein Vater war auf seinen Laden sehr stolz – man konnte meinen, es gäbe in der ganzen Welt nur diesen Laden. Er war der erste in Manawaka, und deshalb, glaube ich, hatte er Grund, so stolz zu sein. Er stand über den Ladentisch gebeugt, die gespreizten Hände aufgestützt, und zeigte ein Lächeln, so strahlend, als heiße er die ganze Welt willkommen.

Mrs. McVitie, die Frau des Rechtsanwalts, die eine etwas extravagante Haube trug, erwiderte sein Lächeln und verlangte Eier. Ich erinnere mich genau, daß sie Eier kaufen wollte, und zwar solche mit brauner Schale, da sie nahrhafter als die weißschaligen seien. Und ich – in schwarzen Knöpfstiefeln und gräßlichen mauve und beige gestreiften Strümpfen, die ich tragen mußte, weil sie warm hielten, und in einem praktischen Matrosenkleid mit langen Ärmeln, wie es mein Vater jedes Jahr von der Ostseeküste kommen ließ –, ich steckte die Nase in das Sultaninenfaß, um eine Handvoll zu naschen, während mein Vater beschäftigt war.

„Oh, schau einmal! Die komischen kleinen Tierchen, wie sie herumlaufen –"

Ich lachte bei ihrem Anblick, wie sie sich verkriechen wollten, mit flinken und so winzigen Beinchen, daß man sie kaum sah; und ich war entzückt, daß sie es wagten, hier zu erscheinen und dem gewaltigen Schnurrbart und dem Zorn meines Vaters zu trotzen.

„Vergiß nicht deine Manieren!"

Der Schlag, den er mir versetzte, war nichts, verglichen mit dem, was mich hinter dem Ladentisch erwartete, nachdem die Kundin fortgegangen war.

„Nimmst du keine Rücksicht auf meinen guten Ruf?"

„Aber ich habe sie doch gesehen!"

„Mußt du das deshalb von allen Dächern ausposaunen?"

„Ich wollte dich nicht –"

„Wenn der Schaden einmal angerichtet ist, kommt die Entschuldigung zu spät. Streck deine Hände aus!"

Er sollte mich nicht weinen sehen, so wütend war ich auf ihn. Er schlug mich mit einem Lineal, und als ich die schmerzenden Hände zurückzog, zwang er mich, sie wieder auszustrecken. Er nahm meine trockenen Augen gleichsam erzürnt wahr, als habe er versagt, solange er nicht Tränen aus ihnen preßte. Er schlug und schlug, und dann warf er auf einmal das Lineal fort und schloß mich in seine Arme. Er drückte mich so fest an sich, daß ich an dem dicken, rauhen Stoff seines Anzugs, der nach Mottenkugeln roch, fast erstickte. Ich fühlte mich wie in einem Käfig, und eine wilde Angst packte mich. Ich wollte ihn fortstoßen, wagte es aber nicht. Endlich ließ er mich los. Er sah verwirrt und verlegen aus, als wolle er etwas erklären, wisse aber selbst die Erklärung nicht.

„Du schlägst nach mir", sagte er, als erkläre das nun alles. „Du hast Rückgrat, das muß ich dir zugestehen."

Er hockte sich auf eine Kiste und zog mich auf seine Knie.

Leise und rasch sprach er auf mich ein: „Eins mußt du wis-

sen: Wenn ich dich mit dem Lineal bestrafe, tut es mir genauso weh wie dir."
Das hatte ich ihn schon oft sagen hören. Aber als ich ihn mit meinen blanken schwarzen Augen ansah, wußte ich, daß es eine schamlose Lüge war. Allerdings, ich war ihm ähnlich. Damit hatte er, weiß Gott, nicht unrecht.
Ich stand an der Tür, auf dem Sprung, bereit, von einem Augenblick zum andern fortzulaufen.
„Wirfst du sie weg?"
„Was?"
„Die Rosinen. Ich meine, ob du sie wegwirfst?"
„Kümmere dich nicht um Dinge, die dich nichts angehen", fuhr er mich an, „sonst kannst du –"
Ich unterdrückte das Lachen. Ich drängte meine Tränen zurück. Ich wandte mich um und rannte fort.
Wir waren eine ganze Anzahl, die in diesem Jahr eingeschult wurden. Charlotte Tappen war die Tochter des Doktors. Sie hatte kastanienbraunes Haar, das sie, von einer grünen Schleife gehalten, offen tragen durfte, während Tante Doll mein Haar noch in Zöpfe flocht. Charlotte war meine beste Freundin. Wir machten den Schulweg zusammen und stellten Betrachtungen darüber an, wie man sich an Lottie Driesers Stelle fühlen würde, wenn man nicht wußte, wo der eigene Vater geblieben oder wer es überhaupt gewesen war. Trotzdem riefen wir sie nie mit ihrem Spitznamen „Fräulein Namenlos". Das taten nur die Jungen. Aber wir kicherten, wenn wir es hörten, wenngleich wir wußten, daß es gemein war. Wir spürten eine mit Scham vermischte Erregung, wie ich sie einmal empfunden hatte, als ich Telford Simmons zusah, der zu bequem gewesen war, auf den Abort zu gehen, und es hinter einem Busch tat.
Telfords Vater war nicht sehr angesehen. Er hatte das Bestattungsinstitut, besaß aber keinen roten Heller. „Er vergeudet sein Geld", sagte mein Vater, und mit der Zeit begriff ich, daß dies soviel bedeutete wie: er trank. Mein Bruder Matt erzählte mir einmal, daß Billy Simmons von seiner Einbalsamierungsflüssigkeit trank. Lange glaubte ich es und stellte mir Billy Simmons als leichenfressenden Dämon vor, so daß ich ihm auf der Straße eilig aus dem Wege ging, obwohl er doch ein freundlicher, nur etwas klappriger

Mann war, der Telford Pralinen für uns alle schenkte. Telford hatte krauses Haar und stotterte ein bißchen, und die einzige Gelegenheit, bei der er sich vor uns wichtig machen konnte, war, wenn sie einen Toten in der Leichenhalle hatten. Und als wir ihm einmal nicht glauben wollten, daß er das Kellergewölbe betreten durfte, nahm er uns alle mit und zeigte uns die Schwester Henry Pearls, das totgeborene Kind. Wir stiegen allesamt durchs Kellerfenster ein, Telford voran. Es folgte Lottie Drieser, klein und schmal, mit hellblondem, seidenfeinem Haar, ein dreistes Ding, obwohl ihr Kleid geflickt und vom vielen Waschen dünn geworden war. Dann kamen die andern: Charlotte Tappen, Hagar Currie, Dan Currie und Henry Pearl, der lieber nicht mitgekommen wäre, aber vermutlich glaubte, wir würden ihn ein kleines Mädchen nennen, wenn er draußen blieb, und einen Spottvers auf ihn singen, wie wir es manchmal taten:

Henry Pearl
ist kein Kerl –

Er war einer, um die Wahrheit zu sagen – ein großer, schlaksiger Junge, der täglich von der Farm auf seinem eigenen Pferd in die Stadt geritten kam und der nicht viel Zeit für uns übrig hatte, weil er so viel zu Hause helfen mußte.

Es war kühl dort unten, wie im städtischen Eiskeller, wo die im Winter aus der Eisdecke des Flusses gehauenen Blöcke, mit Sägemehl bedeckt, den Sommer über aufbewahrt wurden. Uns schauerte. Wir flüsterten aus Angst vor Entdeckung. Wie dieses Baby aussah, gefiel mir ganz und gar nicht. Ich hielt mich mit Charlotte im Hintergrund, aber Lottie hob tatsächlich den gläsernen Sargdeckel hoch und strich mit der Hand über den weißen Samt, über die weißen Atlasfalten und über das kleine, weiße, runzlige Gesicht. Dann blickte sie uns an und forderte uns auf, ein gleiches zu tun. Aber niemand hatte Lust.

„Angsthasen!“ sagte sie. „Wenn ich einmal ein Baby bekomme und es stirbt, dann lasse ich es genau wie das hier ganz in Atlas aufbahren.“

„Da mußt du erst einmal einen Vater dafür suchen.“

Das war Dan, der sich keine Gelegenheit zum Sticheln entgehen ließ.
„Halt du deinen Mund“, sagte Lottie, „halt deinen Mund, oder ich will dich –“
Telford bebte vor Aufregung. „Los, kommt raus! Wenn uns meine Mutter hier entdeckt, werden wir was erleben.“
Die Simmons wohnten gleich darüber. Vor dem Vater brauchten wir keine Angst zu haben, aber Telfords Mutter war eine böse Sieben, abgehärmt und knauserig, die, wenn Telford aus der Schule kam, vor der Haustür stand und ihm einen kleinen Kuchen gab, doch nie einen für ein anderes Kind übrig hatte. Und Telford schämte sich dann und kaute lustlos an seinem Kuchen, während sie ihn beobachtete. Wir marschierten also alle wieder hinaus, und Lottie flüsterte mit artiger Kleinmädchenstimme Telford etwas zu, daß wir, Charlotte und ich, uns vor Lachen krümmten.
„Hab keine Angst, Telford. Ich werde bei deiner Mutter für dich eintreten und ihr sagen, daß dich Dan dazu angestiftet hat.“
„Laß das lieber“, erklärte Telford keuchend, während er gerade mit seinen kurzen Beinen durchs Kellerfenster hinauskletterte. „Es würde nicht ein bißchen nützen. Sie würde dich gar nicht anhören, Lottie.“
Als wir alle wieder draußen auf dem Rasen waren, das Kellerfenster geschlossen hatten und uns in Sicherheit fühlten, spielten wir Zeck unter den großen Tannen, deren Schatten den ganzen Platz in Dunkel tauchten. Wir alle, mit Ausnahme von Lottie. Sie ging nach Hause.
Ich lernte in der Schule gut, und mein Vater war mit mir zufrieden. Manchmal, wenn ich eine gute Note bekommen hatte, schenkte er mir eine Tüte Drops oder eine Handvoll eingewickelte Bonbons, die so süße Botschaften enthielten wie: *Werde mein! Der Schönsten! Liebe mich!* oder *Bleib mir treu!*
Jeden Abend saßen wir zu dritt am Tisch im Speisezimmer, Dan, Matt und ich, und machten unsere Schulaufgaben. Wir brauchten eine Stunde dazu, und wenn wir fertig waren, stellte uns unser Vater Rechenaufgaben und ermahnte uns: „Ihr werdet es nie zu etwas bringen im Leben, wenn ihr nicht fleißiger arbeitet als andere. Es ist meine Pflicht, euch das zu sagen. Die gebratenen Tauben werden euch nicht in den Mund fliegen. Es liegt alles nur an euch selbst. Ihr dürft

nicht lockerlassen, wenn ihr vorwärtskommen wollt. Ihr müßt ein bißchen eure Ellbogen gebrauchen."

Ich gab mir Mühe, nicht zuzuhören, und ich glaubte, es sei mir gelungen. Aber als ich viele Jahre später meine beiden Söhne großzog, ertappte ich mich dabei, wie ich ihnen die gleichen Ratschläge erteilte.

Ich trödelte immer etwas bei meinen Schulaufgaben, damit ich nicht noch die Rechenaufgaben zu lösen hatte, die uns mein Vater stellte. Wir benutzten damals die Blumenfibel, und ich zog die Wörter mit dem Finger nach und starrte die kleinen Bilder an, als ob ich hoffte, daß sie unter meinem Blick wachsen und sich in etwas anderes, Erlesenes verwandeln würden.

Dies ist ein Samenkorn. Das Samenkorn ist braun.

Aber das langweilige schwarze Samenkorn auf der Seite des Lesebuchs blieb immer das gleiche. Endlich steckte Tante Doll den Kopf durch die Küchentür.

„Mister Currie, es ist Schlafenszeit für Hagar."

„Gut. Also dann geh nach oben, Tochter."

Vater nannte mich *Miss*, wenn er mit mir unzufrieden, und Tochter, wenn er mir wohlgesonnen war, aber niemals Hagar. Man hatte mich hoffnungsvoll nach einer reichen, unverheirateten Großtante in Schottland genannt, die jedoch zum Gram meines Vaters ihr Vermögen der Lebensrettungsgesellschaft hinterließ.

Einmal – ich hatte die Hand schon auf dem Pfosten des Treppengeländers – hörte ich, wie er mit Tante Doll über mich sprach.

„*Die* ist bestimmt ein heller Kopf. Wäre sie doch nur –"

Er schwieg, ich glaube, weil er sich denken konnte, daß seine Söhne im Speisezimmer zuhörten.

Wir hatten selbst damals schon sehr wohl verstanden, daß unser Vater mit seiner Redensart vom Sichhochziehen an den eigenen Schnürsenkeln sagen wollte, daß er ohne Geld begonnen hatte. Aber er entstammte einer angesehenen Familie; diesen Vorteil hatte er jedenfalls bei seinem Beginn. Das Porträt seines Vaters hing in unserem Speisezimmer. Vor einem olivgrünen und schwarzen Hintergrund stand das kränkliche Gesicht des alten Herrn, der, was bei solcher Miene erstaunlich schien, eine bunte Kaschmirweste trug, senfgelb, mit wurmförmigen blauen Strudeln gemustert.

„Er starb vor eurer Geburt", erzählte unser Vater, „ja, er hat nie erfahren, daß ich es hier zu etwas gebracht habe. Ich ging mit siebzehn Jahren von zu Hause fort und habe ihn nicht mehr wiedergesehen. Du bist nach ihm genannt worden, Dan. Sir Daniel Currie – der Titel erlosch mit seinem Tode, denn er war nicht mit der Würde eines Baronets verbunden. Er war Seidenimporteur, hatte aber in seiner Jugend mit Auszeichnung in Indien gedient. Als Kaufmann war er nicht sehr bedeutend. Er verlor fast alles, ohne eigene Schuld – außer daß er zu vertrauensselig war. Sein Sozius betrog ihn. Es war eine böse Geschichte, das kann ich euch sagen, und da stand ich nun, ohne eine Hoffnung und ohne einen roten Heller. Aber ich darf mich nicht beklagen, denn ich habe es nicht schlechter geschafft als er. Besser, denn ich habe mich nie auf einen Kompagnon verlassen und gedenke es nie zu tun. Die Curries sind Hochländer. Zu welchem Clan gehört unsere Sippe, Matt?"
„Clanranald Macdonald."
„Richtig. Und was spielen sie auf dem Dudelsack, Dan?"
„Den Clanranalds-Marsch, Sir."
„Stimmt." Dann, mit einem Blick auf mich, fragte er lächelnd: „Und ihr Wahlspruch?"
Und ich, die ich diesen Schlachtruf liebte, ohne eine Ahnung davon zu haben, was er bedeutete, brüllte so laut, daß meine Brüder lachten, bis ihnen mein Vater mit einem Stirnrunzeln Schweigen gebot: „Wer's wagt, tret' an!"
Nach den Erzählungen meines Vaters hatte ich den Eindruck, daß die Hochländer die glücklichsten Menschen der Welt waren, die ihre Tage damit verbrachten, mit dem Schwert um sich zu schlagen, und ihre Nächte damit, daß sie schottische Volkstänze tanzten. Außerdem lebte jeder von ihnen auf seiner eigenen Burg, und alle waren Edelleute. Wie sehr bedauerte ich, daß er seine Heimat verlassen und uns hier gezeugt hatte, wo westlich der Stadt nur die kahle Prärie war, auf der allenfalls Queckengras wuchs und keine anderen Clans als solche von quietschenden Taschenratten lebten, und wo es nur hier und da ein graugrünes Pappelgehölz gab, während in der Stadt selbst nur ein halbes Dutzend anständiger Backsteinhäuser stand, die übrigen Behausungen aber Hütten und Baracken waren, aus rissigem Holz und Dachpappe gemacht und nur von kurzer

Lebensdauer bei der brütenden Hitze des Sommers und der Kälte im Winter, wenn es Stein und Bein fror.

Ich war etwa acht Jahre alt, als die neue presbyterianische Kirche fertig wurde. Zu dem Eröffnungsgottesdienst durfte ich zum erstenmal mit meinem Vater in die Kirche gehen, statt wie sonst die Sonntagsschule zu besuchen. Die Kirche war einfach und schmucklos, sie roch nach Farbe und frischem Holz, und die bunten Fenster waren noch nicht eingesetzt. Aber vorn standen silberne Leuchter, und auf jedem war ein Täfelchen mit dem Namen meines Vaters; außerdem hatten er und ein paar Mitbürger Kirchenstühle als Familienbesitz erworben und sie mit langen braunen oder beigefarbenen Samtkissen ausgestattet, so daß wir – als die wenigen Begünstigten – unseren Hintern nicht das harte Eichenholz bei einer weitschweifigen Predigt zumuten mußten.

„An diesem großen Tag", erklärte der Reverend Dougall MacCulloch, „haben wir besonders den Mitgliedern unserer Gemeinde zu danken, deren Großherzigkeit und christliches Mithelfen uns den Bau dieser Kirche ermöglicht haben."

Er zählte die Namen auf, als läse er sie von einer Ehrentafel ab: Luke McVitie, Rechtsanwalt; Jason Currie, Geschäftsmann; Freeman McKendrick, Bankdirektor; Burns MacIntosh, Farmer; Rab Fraser, Farmer.

Den Kopf bescheiden gesenkt, saß mein Vater neben mir. Aber ganz leise flüsterte er mir zu: „Ich und Luke McVitie müssen am meisten gegeben haben, da er unsere Namen an erster Stelle genannt hat."

Die Leute schauten drein, als wüßten sie nicht, ob sie klatschen sollten oder nicht, da eine Beifallskundgebung offenbar erwartet – und doch in einer Kirche vielleicht nicht erwartet wurde. Ich hoffte, sie würden klatschen, denn ich trug neue weiße Spitzenhandschuhe, die ich bei dieser Gelegenheit gut hätte vorführen können. Aber da nannte der Pfarrer den Psalm, und wir alle sangen aus Leibeskräften:

Ich hebe meine Augen auf zu den Bergen, von welchen mir Hilfe kommt.
Meine Hilfe kommt von dem Herrn, der Himmel und Erde gemacht hat.

Tante Doll sagte uns immer, daß unser Vater ein gottesfürchtiger Mann sei. Ich glaubte ihr das selbstverständlich keinen Augenblick. Ich konnte mir nicht vorstellen, daß Vater irgend jemanden fürchtete, auch Gott nicht, zumal er ja nicht einmal seine Existenz dem Allmächtigen dankte. Gott hatte vielleicht Himmel und Erde geschaffen und auch die Mehrheit aller Menschen, aber unser Vater war, wie er uns selbst oft genug gesagt hatte, ein *Selfmademan.*
Allerdings versäumte er keinen Sonntag den Gottesdienst und unterließ es nie, das Tischgebet zu sprechen. Er sprach es langsam, während wir unruhig auf den Stühlen hin und her rutschten und die Blicke schweifen ließen.

Einige haben Speise und können nicht essen,
Einige möchten essen und leiden Mangel.
Aber wir haben Speise und können essen,
Lasset uns dem Herrn danken.

Nach dem Tode unserer Mutter heiratete er nicht wieder, wenn er auch zuweilen davon sprach, sich eine Frau suchen zu wollen. Ich glaube, Tante Dolly Stonehouse machte sich Hoffnungen, daß er sie am Ende heiraten würde. Armes Ding! Ich mochte sie gern, obwohl sie kein Hehl daraus machte, daß ihr Liebling Dan war, und sie tat mir leid, da sie glaubte, Vater hielte sich zurück, weil sie eine häßliche Frau war mit ihrem fahlen Teint, der auch nicht viel besser wurde durch das Betupfen mit Zauberhasel- und Zitronensaft, und ihren wie bei einem Hasen vorstehenden oberen Schneidezähnen. Sie schämte sich ihrer Zähne so sehr, daß sie beim Sprechen immer eine Hand vor den Mund hielt, wodurch die Hälfte ihrer Worte unverständlich blieb. Aber ihr Äußeres wäre für den Entschluß meines Vaters nicht maßgebend gewesen. Matt und Dan wußten genau wie ich, daß unser Vater sich nie dazu verstanden hätte, seine Haushälterin zu heiraten.
Nur ein einziges Mal habe ich ihn bei einem Gespräch allein mit einer Frau beobachtet, und das durch reinen Zufall. Ich ging manchmal auf den Friedhof, um in Ruhe lesen zu können und meine Brüder loszuwerden. An diesem Nachmittag hatte ich mir einen Platz hinter einem Wildkirschenstrauch gesucht, am Rand des Hügels, gerade vor dem

Friedhofszaun. Ich war zu jener Zeit etwa zwölf Jahre alt. Die beiden gingen still und gemächlich den Weg am Fuß des Hügels entlang, am Ufer, wo das braune Wasser des Wachakwa über die Steine rauschte. Zuerst hatte ich sie nicht erkannt, und nachher war es zu spät, um noch fortzulaufen. Er schien mürrisch und gereizt.

„Was hast du denn? Wieso ist es bei uns etwas anderes?"

„Ihn hatte ich gern", sagte sie. „Ich liebte ihn."

„Ausgerechnet!"

„Doch", rief sie. „Ich liebte ihn."

„Warum hast du dann erst gesagt, du wolltest herkommen?"

Mit ihrer hohen, dünnen Mädchenstimme sagte sie: „Weil ich wie Sie dachte: Was macht es jetzt noch aus? Aber es ist doch nicht dasselbe."

„Warum nicht?"

„Er war jung", antwortete sie.

Ich glaubte, er wolle sie schlagen oder vielleicht sagen: „Strecken Sie die Hand aus, Fräulein!", wie er es mit mir tat. Ich weiß nicht, warum. Aber durch die Zweige hindurch sah ich sein von einem mörderischen Zorn verzerrtes Gesicht. Doch er rührte sie nicht an und sagte kein Wort. Er wandte sich ab und ging, und unter seinen Stiefeln knackten die Zweige auf dem Boden, bis er die Lichtung erreichte, wo er den Wagen zurückgelassen hatte. Dann hörte ich einen sausenden Peitschenhieb und das Schnauben des aufgeschreckten Pferdes.

Die Frau blickte ihm nach; ihr Gesicht war sanft und so leer, als ob sie vom Leben nichts mehr erwartete. Mühsam kletterte sie den Hügel hinauf.

Ich hatte weder mit ihr noch mit meinem Vater Mitleid. Ich verachtete sie beide – ihn, weil er mit ihr hier spazierenging und sich mit ihr unterhielt; und sie – nun, weil sie Lottie Driesers Mutter war, die Mutter von „Fräulein Namenlos". Aber wenn ich mich heute an ihre Gesichter erinnere, weiß ich nicht, welches von beiden mehr Grausamkeit zeigte.

Sie starb bald darauf an der Schwindsucht. Ich fand, es geschehe ihr ganz recht, aber ich hatte keinen wirklichen Grund dafür, außer dem einen, daß es Kinder nicht verwinden können, ein Geheimnis zu spüren, das ihnen verschlossen bleibt. Ich überbrachte ihm die Nachricht und sorgte dafür, daß mir keiner zuvorkam, indem ich den ganzen Weg von der Schule bis nach Hause rannte. Aber er verriet mit keiner Miene, daß er je auch nur ein Wort mit ihr gesprochen habe. Er machte drei Bemerkungen.

Die erste war: „Armes Mädchen! Sie hat nicht viel vom Leben gehabt."

Die zweite – als riefe er sich selbst zur Ordnung und erinnere sich, mit wem er sprach – lautete: „Allerdings muß ich sagen, daß der Tod von ihresgleichen kein großer Verlust für die Stadt ist."

Und plötzlich trat in sein Gesicht ein mir unerklärlicher Ausdruck wie von erschrockenem Verwundern. „Schwindsucht? Die ist doch ansteckend, nicht wahr? Nun, des Herrn Wege sind wunderbar!"

Keiner dieser drei Kommentare sagte mir damals viel, doch sie blieben mir im Gedächtnis haften. Später habe ich oft darüber nachgedacht, aus welchem mein Vater wirklich sprach.

Die Jungen halfen nach der Schule im Laden. Sie bekamen natürlich kein Geld dafür. Es machte ihnen auch nichts weiter aus. Von jungen Leuten wurde damals erwartet, daß sie mithalfen; sie lungerten nicht herum wie heutzutage. Matt, ein hagerer Bursche mit Brille, arbeitete zäh und verbissen, ohne Klage, aber auch ohne ein Lächeln. Doch er hatte ungeschickte Hände. Es konnte ihm passieren, daß er einen Stapel Lampenzylinder umwarf oder eine Flasche Vanille-Aroma vom Regal stieß, was ein Donnerwetter meines Vaters heraufbeschwor, der keine Ungeschicklichkeiten vertrug. Als Matt sechzehn Jahre alt war, bat er Vater um ein Gewehr und die Erlaubnis, mit Jules Tonnerre oben im Gebirge Winterfallen aufzustellen. Selbstverständlich schlug mein Vater beide Bitten ab. Er meinte, Matt würde sich dabei gewiß nur in den Fuß schießen, und es würde ihn eine Stange Geld kosten, ein künstliches Bein anzuschaffen; außerdem könne er nicht zulassen, daß sich sein Sohn mit einem Mischling herumtrieb. Ich weiß nicht, was Matt damals empfand. Ich habe es nie erfahren. Ich habe von Matt überhaupt nie sehr viel gewußt.

Wir angelten unter den Brettern des Bürgersteigs nach den Kupfermünzen, die leichtsinnige Samstagabendgäste des

Queen-Victoria-Hotels fallen ließen, wenn sie torkelnd nach Hause gingen. Matt ließ die Schnur mit dem Klümpchen von weichgekautem Kaugummi durch die Ritzen hinunter. Wenn er etwas heraufzog, dachte er nicht etwa daran, das Geld auszugeben oder mit uns zu teilen, auch nicht, wenn man ihm zuvor den Kaugummi aus dem eigenen Munde gegeben hatte. Vielmehr steckte er die Münze in seine Sparbüchse aus schwarzem Blech, wo sie neben den Fünfundzwanzigcentscheinen lag, die ihm unsere Tanten aus Toronto geschenkt hatten, und dem halben Dollar, den er Weihnachten von Vater bekommen hatte. Den Schlüssel zur Sparbüchse trug er an einer Kette um den Hals wie einen Sankt Christophorus oder ein Kruzifix. Mit Dan zusammen neckte ich ihn mit seinem Geiz, und wir sangen Spottverse auf ihn.

Ich habe ihn nie Geld aus der Sparbüchse nehmen sehen. Er sparte nicht für ein großes Taschenmesser oder ähnliche Dinge. Ich hielt ihn für einen schrecklichen Geizhals. Erst viele Jahre später, als ich bereits verheiratet war und im Haus der Shipleys lebte, erfuhr ich, als es schon zu spät war, was es mit seinem Sparen auf sich hatte. Tante Dolly sagte es mir.

„Hast du nicht gewußt, was er mit seinem Geld vorhatte? Ich habe ihn immer deswegen ausgelacht, aber das kümmerte ihn überhaupt nicht. Er wollte sich damit einmal selbständig machen, was sagst du dazu? An der Ostküste Rechtsanwalt werden oder ein Schiff kaufen für den Teehandel – so verwegene Ideen, wie sie junge Leute manchmal haben. Er war schon bald siebzehn, glaube ich, als es ihm endlich dämmerte, daß er mit dem bißchen Kleingeld nicht weit kommen würde. Und weißt du, was er nun tat? Eigentlich war es so gar nicht seine Art. Er kaufte beim alten Doherty einen Kampfhahn und gab dafür, der verrückte Junge, sein ganzes Geld auf einmal aus. Gewiß bezahlte er ihn viel zu teuer. Er ließ ihn gegen einen Hahn von Jules Tonnerre antreten. Natürlich verlor Matts Hahn – was verstand er denn von Hähnen! Er kam mit ihm nach Hause – ihr, du und Dan, müßt beide fort gewesen sein, denn soviel ich weiß, war ich allein in der Küche –, und da saß er nun und sah sich seinen Hahn an. Es konnte einem den Magen umdrehen. Die Federn waren mit Blut beschmiert, und das arme Tier atmete ganz sonderbar. Dann drehte er ihm den Hals um und begrub es. Ich hatte nichts dagegen, daß es aus dem Hause kam. Es hätte nicht einmal zu einer Suppe getaugt. Zu zäh, um gegessen zu werden, nicht zäh genug, um ein guter Kampfhahn zu sein."

Daniel war von ganz anderem Schlag. Er rührte nie einen Finger, um zu arbeiten, wenn er nicht dazu gezwungen wurde. Er war immer von zarter Gesundheit gewesen und verstand es, die Vorteile der Kränklichkeit auszunutzen. Er brauchte beim Frühstück nur mit einem leisen Seufzer seinen Teller mit Haferbrei beiseite zu schieben, und schon fühlte Tante Doll seine Stirn an und schickte ihn ins Bett. „Du gehst heute nicht in die Schule, junger Mann." Dann rackerte sie sich ab und rannte mit einer Schüssel Kraftbrühe oder einem Senfpflaster die Treppe hinauf, und wenn er dann genügend gehätschelt und gepäppelt worden war, fühlte er sich wieder etwas besser, legte sich aufs Sofa im Wohnzimmer, aß Himbeergelee und spielte den Rekonvaleszenten. Vater hatte wenig Sinn für diese Faxen und pflegte zu sagen, daß Dan nichts weiter fehlte als Bewegung in frischer Luft. Manchmal ließ er ihn aufstehen und sich anziehen und schickte ihn in den Laden, wo er das Lager aufräumen sollte. Aber so sicher wie das Amen in der Kirche hatte er am nächsten Tag die Windpocken oder sonst eine einwandfrei nachweisbare Krankheit. Es mußte der Sieg des Geistes über die Materie sein, denn er kultivierte Krankheiten, wie andere seltene Pflanzen züchten. Jedenfalls glaubte ich das damals.

Als wir heranwuchsen, durften wir ab und zu unsere Freunde einladen. Unser Vater kontrollierte die Liste der von uns in Aussicht genommenen Gäste und strich durch, wen er für ungeeignet hielt. Von den jungen Mädchen meines Alters wurde Charlotte Tappen stets eingeladen. Das war selbstverständlich. Telford Simmons war zugelassen, aber nur gerade mit knapper Not. Henry Pearl war ein schwieriger Fall. Seine Eltern waren anständige Leute, aber als Farmer hatten sie nach Vaters Meinung keine passende Kleidung, so daß sie eine Einladung nur in Verlegenheit setzen konnte. Lottie Drieser wurde niemals zu unseren Gesellschaften gebeten, aber als sie einen Busen bekam und zu einer puppenhaften Schönheit geworden war, schmuggelte Dan sie einmal bei uns ein, und Vater machte uns deswegen eine Szene. Dan war gern gut gekleidet, und wenn wir Gäste hatten, trug er immer irgend etwas Neues. Das Geld dazu hatte er Tante Doll abgeschmeichelt. Wenn er nicht gerade krank war, konnte er der fröhlichste Mensch der Welt sein, der wie ein Wasserkäfer auf der Oberfläche des Lebens dahinsegelte.

Zu jener Zeit waren die Veranden vor den Häusern mit Girlanden aus weißem Holz verziert, die wie Spitzen wirkten – ein bescheidener Schmuck an den gelblichgrauen Backsteinhäusern, wie sich mein Vater eines gebaut hatte. Eines Tages kam die Mode der Lampions auf, die man von den Holzgirlanden herabhängen ließ. Es waren flammend rote Papierlaternen, zwiebelförmig, mit Rippen aus Bambusrohr und geschmückt mit goldenen Drachen und Chrysanthemen. In jedem dieser Lampions steckte eine Kerze, die aber, wenn ich mich recht erinnere, nie sehr lange brannte, denn fast immer kletterte irgendein langaufgeschossener Junge, ein Streichholz in der Hand, an einem der Pfeiler hoch, um von neuem die Illumination zur Polka oder zu einem Schottischen zu entfachen. Mit welcher Begeisterung tanzte ich diese Tänze! Ich meine, unser Stampfen noch zu hören und wie der Musikant auf der Fiedel kratzte, daß es wie Grillenzirpen klang. Mein aufgestecktes Haar löste sich und fiel schwarzglänzend auf meine Schultern, und die jungen Männer suchten es im Tanz zu berühren. Es scheint gar nicht so lange her zu sein.

Im Winter war der Wachakwa so fest wie Marmor zugefroren. Wir liefen Schlittschuh auf dem Fluß, folgten seinen Krümmungen und stolperten über die rauhen Stellen, wo das Wasser wellenförmig gefroren war, und wichen den Stellen aus, an denen das Eis dünn war – „Gummieis“ sagten wir dazu. Doherty, dem der Mietstall gehörte, besaß auch den Eiskeller von Manawaka. Er schickte seine Söhne mit dem Rollwagen und den Pferden auf den Fluß hinaus, um Eisblöcke herauszuschneiden. So kam es, daß man zuweilen nach einer Biegung plötzlich einen dunklen Fleck vor sich hatte, der wie eine tiefe Wunde in der weißen Haut des Eises aussah. Dann wußte man, daß Dohertys Söhne mit dem Rollwagen und der Eissäge am selben Nachmittag dagewesen waren. Es war in der Abenddämmerung, als alle

Formen und Farben grau und unbestimmt geworden waren, daß mein Bruder Daniel – er lief, um vor den Mädchen mit seiner Kunst zu glänzen, rückwärts – in ein solches Loch fiel.
Das Eis war dort, wo man einen Block herausgesägt hatte, immer sehr dick, so daß es an den Rändern des Lochs nicht brach. Matt, alarmiert von unseren Schreien, kam, zog Dan heraus und schleppte ihn mit sich fort. Es mußten an diesem Tag wohl dreißig Grad unter Null gewesen sein, und unser Haus lag am andern Ende der Stadt. Sonderbarerweise kamen weder Matt noch ich auf den Gedanken, Dan ins nächste Haus zu tragen. Unsere einzige Sorge war nur, mit ihm nach Haus zu kommen, bevor unser Vater heimkam, so daß außer Tante Doll niemand etwas von der Geschichte zu erfahren brauchte. Seine Sachen waren steif gefroren, noch bevor wir zu Hause ankamen, obwohl Matt seinen Rock ausgezogen und ihn Dan um die Schultern gelegt hatte. Als wir ankamen, war Vater schon zu Hause – Pech für Dan, der es wieder einmal zu hören bekam, daß er nicht auf seinen Weg aufpaßte. Tante Doll gab ihm Whisky und Zitrone und steckte ihn ins Bett, und am nächsten Tag schien er wieder ganz in Ordnung zu sein. Er wäre es gewiß auch wirklich gewesen, hätte er eine kräftigere Konstitution gehabt. Aber die hatte er nicht. Als er eine Lungenentzündung bekam, konnte ich tagelang nur daran denken, wie oft ich früher geglaubt hatte, er simuliere nur.
In der Nacht stieg das Fieber. Tante Doll war zu Floss Drieser, einer Tante Lotties, gegangen, die ihre Schneiderin war. Sie ließ sich ein Kostüm machen und verbrachte Stunden bei den Anproben, denn Floss hörte alles, was in Manawaka geschah, und genierte sich nicht, es weiterzuerzählen. Mein Vater arbeitete an diesem Abend noch spät, und so kam es, daß nur Matt und ich zu Hause waren.
Matt kam aus dem Zimmer Dans, den Kopf nach vorn gebeugt, als wolle er irgendwohin rennen.
„Was ist los?“ Ich fürchtete mich vor der Antwort, aber ich mußte ihn fragen.
„Er phantasiert“, sagte Matt. „Geh und hol Doktor Tappen!“
Ich jagte duch die weißen Straßen, unbekümmert, in wie viele Schneehaufen ich trat und wie naß meine Füße wur-

den. Als ich Dr. Tappens Haus erreichte, war der Arzt nicht da. Er hatte nach South Wachakwa gehen müssen, und bei dem Zustand der Straßen würde er, wie Charlotte meinte, kaum vor Morgen zurück sein, wenn nicht noch später. Damals gab es natürlich noch keine Schneepflüge.
Als ich zurückkam, hatte sich Dans Zustand verschlechtert, und Matt, der herunterkam, um zu hören, was ich ausgerichtet hatte, stand das Entsetzen im Gesicht. Es sah aus, als suche er nach einer Möglichkeit, die Verantwortung nun einem andern aufzubürden.
„Ich will in den Laden gehen und Vater holen", sagte ich.
In Matts Gesicht wechselte der Ausdruck.
„Nein", sagte er mit plötzlicher Entschiedenheit. „Das tust du nicht. Vater möchte er nicht bei sich haben."
„Was willst du damit sagen?"
Er sah an mir vorbei. „Als Mutter starb, war Dan vier Jahre alt. Ich glaube, er hat sie nie vergessen."
Es kam mir vor, als ob sich Matt beinahe entschuldigen und mir zu verstehen geben wollte, daß er mich nicht für ihren Tod verantwortlich machte – es im Herzen aber doch tat. Vielleicht irre ich mich auch, und er empfand es gar nicht so – wie kann man das wissen?
„Weißt du, Hagar", fuhr er fort, „was Dan in seiner Kommode aufbewahrt? Ein altes schottisches Schultertuch, das ihr gehört hat. Als kleines Kind ist er allabendlich mit dem Schal in der Hand eingeschlafen. Ich dachte, er sei schon vor Jahren einmal fortgeworfen worden. Doch er ist noch da."
Er wandte mir wieder den Blick zu und ergriff meine beiden Hände. Soweit ich mich erinnere, war dies das einzige Mal, daß mein Bruder Matt etwas Derartiges tat.
„Hagar, leg dir das Tuch um die Schulter und setz dich ein Weilchen zu ihm."
Ich erstarrte und zog meine Hände zurück. „Ich kann nicht. Matt, es tut mir leid, aber ich kann es nicht. Ich kann's nicht. Ich bin ihr nicht ein bißchen ähnlich."
„Er würde es nicht merken", sagte Matt ärgerlich. „Er ist nicht bei Besinnung."
Aber ich dachte nur immer an diese sanftmütige Frau, die ich nie gekannt hatte, diese Frau, der Dan so ähnlich sein sollte und von der er seine Empfindlichkeit und Anfällig-

keit geerbt hatte, die ich nur verabscheuen konnte, wie sehr auch etwas in mir Mitgefühl aufbringen wollte. Aber ihre Rolle zu spielen, ging über meine Kraft.

„Ich kann es nicht, Matt." Ich weinte und litt Qualen, die er nicht einmal ahnen konnte, denn ich wollte ja tun, was er von mir verlangte, konnte es aber nicht. Ich konnte mich nicht tief genug beugen.

„Gut", sagte er, „dann laß es sein."

Als ich mich wieder gefaßt hatte, ging ich zu Dan hinein. Matt saß an seinem Bett. Er hatte den Schal über die eine Schulter geworfen, so daß er ihm auf den Schoß hinabhing, und da saß er und wiegte Dans Kopf mit dem schweißglatten Haar, mit dem kreideweißen Gesicht, als sei Dan ein Kind und kein Achtzehnjähriger. Ob Dan glaubte, dort zu sein, wo er sein wollte, ob er überhaupt noch etwas dachte – ich weiß es nicht. Aber Matt saß viele Stunden dort und rührte sich nicht von der Stelle, und als er schließlich in die Küche kam, in die ich mich inzwischen zurückgezogen hatte, wußte ich, daß Dan tot war.

Noch bevor sich Matt seiner Trauer überließ oder mir auch nur sagte, daß alles vorbei war, trat er an mich heran und rührte mich mit beiden Händen an – ganz leicht, nur daß er sie mir eben um den Hals legte.

„Wenn du es Vater erzählst", sagte er, „erwürge ich dich."

So wenig kannte er mich, daß er dies für möglich hielt. Später habe ich mir oft überlegt, ob ich nicht mit Matt hätte sprechen und versuchen sollen, es ihm zu erklären. Aber wie konnte ich es? Ich wußte ja nicht einmal selbst, warum ich nicht tun konnte, was er für Dan getan hatte.

So lang ist's her. Und jetzt kommt noch eine andere Erinnerung wieder, aus der Zeit, als ich schon fast erwachsen war. Oberhalb von Manawaka, nicht weit von den Päonien, die so schwermütig über den Gräbern hingen, befand sich der städtische Schuttabladeplatz. Hier stapelten sich Schachteln und Kartons, Teekisten mit aufgerissenen Blechstreifen, all der unkenntlich gewordene Abfall aus unseren Häusern, verbrannt und geschwärzt von dem Feuer, mit dem der Platz wie eine eiternde Wunde von Zeit zu Zeit ausgebrannt wurde. Hier lagen die Wracks von Schlitten und Kutschen mit rostiger Federung und aufgeschlitzten Sitzen, Gerippe von Fahrzeugen, einst von den Stadtvätern in tadelloser Verfassung gekauft, die nun, wie die alten Herren selbst, ausgedient hatten, nur daß sie die Erde nicht decken durfte. Hier sammelten sich die Abfälle vom Tisch, abgenagte Knochen, verfaulte Kürbisschalen, Obstreste, Pflaumenkerne, zerbrochene Einmachgläser, deren Inhalt in Gärung übergegangen war und die man widerstrebend fortgeworfen hatte, um keine Vergiftung zu riskieren. Es war ein Höllenort, wo selbst das Unkraut fetter und giftiger zu wuchern schien als anderswo, als ob es Makel und Gestank seines unreinen Nährbodens nicht verbergen könne.

Dorthin kam ich einmal auf meinem Spaziergang mit ein paar Freundinnen. Ich war noch ein Mädchen und beinahe schon eine junge Dame (wie altmodisch das heute klingt, steif und doch auch ein wenig zärtlich). Wir gingen auf Zehenspitzen, bedacht, den Saum unserer Röcke nicht zu beschmutzen, geziert wie Prinzessinnen mit empfindlicher Nase, die es überrascht, sich auf einmal in Gegenwart von Bettlern und Aussätzigen zu befinden.

Plötzlich bemerkten wir einen großen Haufen angestoßener und zerbrochener Eier, die ein Fuhrmann als unverkäuflich hier fortgeworfen hatte – ein Haufen, in dem es wimmelte. Es war ein heißer Julitag – ich fühle die Hitze noch im Nakken und in meinen verschlungenen Händen. Mit einer Art von Grauen sahen wir – und es ließ sich nicht übersehen, sosehr wir uns auch bemühten fortzusehen und weiterzuhasten –, daß einige der Eier befruchtet und von der Sonne ausgebrütet worden waren. Die Küken nun, schwach, verhungert, ausgeblutet und verletzt, eingeschlossen durch das Gewicht all der vielen zerbrochenen Eier um sie herum, versuchten davonzukriechen, sinnlos in all dem Unrat die Schnäbel geöffnet. Wie benommen schaute ich hin, und dann erbrach ich mich, und den andern erging es bis auf eine ebenso.

Lottie war selbst leicht wie eine Eierschale; ihre zierliche Gestalt und ihr helles, seidenes Haar ärgerten mich, denn ich war derb und dunkel und wäre gern das Gegenteil gewesen. Seit dem Tode ihrer Mutter lebte sie bei ihrer Tante, der Schneiderin, und wir hatten fast alle ihre Eltern vergessen, das Paar, das einst, verantwortungslos wie Tiere oder Götter, in einem Graben oder einer Scheune miteinander gelegen hatte. Sie blickte auf die Küken. Ich weiß nicht, ob

sie sich dazu zwang oder ob sie einfach neugierig war.
„So können wir sie nicht lassen."
„Aber Lottie", sagte Charlotte Tappen, deren Magen besonders empfindlich schien, obwohl ihr Vater Arzt war. „Was können wir denn tun? Wenn ich nur hinsehe, muß ich mich übergeben."
„Hagar", begann Lottie.
„Ich könnte sie nicht mit der Feuerzange anfassen", sagte ich.
„Na schön", sagte Lottie wütend. „Dann laß es bleiben."
Sie nahm einen Stock und zerschmetterte die Eierschalenschädel, und auf ein paar trat sie mit dem Absatz ihres schwarzen Lackschuhs.
Es war das einzige, was man tun konnte, und es war etwas, das ich nicht hätte tun können. Damals, glaube ich, quälte es mich mehr, daß ich es nicht hatte über mich bringen können, diese kleinen Tiere zu töten, als Dan zu streicheln und zu wiegen. Es gefiel mir nicht, daß es so aussah, als ob Lottie mehr gesunden Menschenverstand und Resolutheit besaß als ich, denn ich wußte genau, daß es nicht so war. Warum hatte ich es nicht tun können? Aus Empfindlichkeit, glaube ich. Gewiß nicht aus Mitleid. Aus Mitleid hatte Lottie sie ja getötet. Jedenfalls glaubte ich es damals, und halb glaube ich es noch heute. Aber sie waren auch ein unerträglicher Anblick. Ich bin heute nicht mehr ganz so überzeugt davon, daß es Lottie nur um der Küken willen tat. Heute bedauere ich es nicht mehr, daß ich die Küken nicht getötet habe.

Ein schüchternes Klopfen an meiner Tür. Doris kann niemanden täuschen außer wahrscheinlich sich selbst. Sie ist so weit entfernt davon, schüchtern zu sein, wie nur irgendeine Frau sonst, die ich kenne. Aber eigensinnig bleibt sie bei ihrer Maske der ängstlichen kleinen Maus, wie diese fürchterlichen Kinder in den Trickfilmen mit ihren Riesenohren, denen Marvin so stumpfsinnig auf seinem Fernsehschirm zusieht. Sie klopft so bescheiden an meine Tür, daß sie nachher mit ihrer quengeligen Flüsterstimme zu Marvin sagen kann: „Ich wage gar nicht mehr, ordentlich laut bei ihr anzuklopfen. Du weißt, was sie mir dann sagen würde."
Oh, die geheimen Freuden der Märtyrer!

„Herein!"
Eine reine Formalität, denn sie drängt sich bereits durch die Tür. Sie trägt ihr dunkelbraunes Kunstseidenes. Heutzutage scheint alles künstlich zu sein. Die echte Seide ist wie die feinen Leute aus der Mode gekommen, oder niemand kann sie sich mehr leisten. Doris hat eine Vorliebe für dunkle, trübe Farben. Sie findet sie vornehm, und wenn die Vornehmheit davon abhängt, daß man Kleider in düsteren Schattierungen trägt, dann ist sie allerdings gut beraten, wenn sie dabei bleibt.
Ich trage mein Lilaseidenes, weil heute, wenn mich nicht alles trügt, Sonntag ist. Ja, es ist Sonntag. Die Seide, die ich trage, ist echt, von Seidenwürmern in China gesponnen, die auf den Blättern eines Maulbeerbaums weideten. Die Verkäuferin hat mir versichert, daß die Seide echt sei, und ich sehe keinen Grund, an ihren Worten zu zweifeln, denn es war ein sehr höfliches junges Mädchen. Doris schwört Stein und Bein, daß es Azetatseide sei, was immer das bedeuten mag. Sie meint, daß ich jedesmal betrogen werde, wenn ich sie nicht bei meinen Einkäufen mitnehme; und neuerdings, seitdem meine Füße so viel schlimmer geworden sind, nehme ich sie auch meistens mit, obwohl sie nicht mehr Geschmack hat als eine Bruthenne, mit der sie denn auch die meiste Ähnlichkeit hat – in ihrem schäbigen Braun, das wie Schorf auf ihren Schultern liegt und auf ihrem Rücken an ein Huhn erinnert, das die Federn verliert. Sie kann kein Seidenkleid von einem Mehlsack unterscheiden. Wie ärgerlich sie war, als ich mir dieses Kleid kaufte! Wie unkleidsam, seufzte sie und rümpfte die Nase. Schau dir nur die Machart an – Hammelfleisch als Lammbraten serviert! Soll sie reden! Mir gefällt's, und ich werde es von jetzt an vielleicht auch wochentags tragen. Doch, bestimmt. Ich möchte wissen, wie sie mich daran hindern könnte, wenn ich es wirklich will.
Dieses Lila ist die gleiche Farbe, wie sie der Flieder hatte, der neben der grauen Veranda am Shipley-Haus wuchs. Es gab nicht viel Zeit und Raum für blühende Sträucher dort, bei diesem Boden, der vom ersten Spatenstich an kein Glück gebracht hatte, und all den zerbrochenen Maschinen, die im Hof herumstanden wie die Gerippe von Seeungeheuern, die an den Strand gespült wurden, und schließlich

dem Hof selbst, schmutzig und schlammig mit seinen gelben Ammoniakpfützen, wo die Pferde Harn gelassen hatten. Der Flieder wuchs ohne jede Pflege, und im Frühsommer hingen Bündel von zartlila Dolden von den Zweigen, deren Blätter wie dunkelgrüne Herzen aussahen, und der Geruch der Blüten war so stark und so süß, daß man nichts anderes mehr roch – eine Wohltat, die uns jeder Frühsommer schenkte.

Was will Doris mit ihrem albernen süßlichen Lächeln von mir?

„Ich trink' grad mit Marv 'ne Tasse Tee, Mutter. Willst du nicht auch kommen?"

Ich presse die Lippen zusammen. *'ne Tasse Tee.* Hätte er sich nicht wenigstens eine Frau suchen können, die ordentlich sprach? Aber das ist natürlich Unsinn, denn er spricht ja selbst kein ordentliches Englisch. Er redet wie Bram damals. Soll ich mich noch heute darüber ärgern?

„Im Augenblick nicht, Doris. Vielleicht komme ich später."

„Bis dahin ist er kalt geworden", sagt sie in ihrer langweiligen Art.

„Es würde wohl auch zuviel kosten, noch einmal frischen Tee zu machen."

„Bitte –" Ich höre den Überdruß in ihrer Stimme und bereue, ja verfluche meine Grobheit. Ich möchte ihre beiden Hände ergreifen und sie um Verzeihung bitten. Aber dann würde sie mich sicher für ganz verrückt halten statt wie bisher nur für halb.

„Laß uns doch nicht wieder von vorn anfangen", sagt sie.

Ich vergesse meine zaghaften Selbstvorwürfe. „Wovon anfangen?" Meine Stimme klingt rauh vor argwöhnischer Spannung.

„Gestern habe ich dir einen frischen Tee gemacht", sagt Doris, „aber du hast ihn in den Ausguß geschüttet."

„Das habe ich nicht getan." Tatsächlich kann ich mich an etwas Derartiges nicht erinnern. Es ist allenfalls möglich, daß ich wegen irgendeiner Kleinigkeit auf sie ärgerlich wurde – aber daran müßte ich mich doch erinnern? Aber weil ich mich weder erinnern kann, daß ich den Tee fortgegossen habe, noch daran, daß ich ihn nicht weggeschüttet, sondern in Ruhe getrunken habe – weil ich mich an gar nichts erinnern kann, werde ich unsicher.

„Also gut, ich komme gleich hinunter."
Eilig stehe ich auf, mit der Absicht, auf meinem Toilettentisch ein wenig Ordnung zu schaffen und ihr dann nach einem kleinen Weilchen zu folgen. Aber die Bewegung, mit der ich aufstand, war zu unvermittelt. Die Arthritis knotet meine Beine zusammen, als hätte ich an Stelle von Muskeln und Adern nur Bindfäden. Meine Knöchel und Füße (dick wie Baumstümpfe sind sie geworden – und ebenso leicht zu bewegen: man muß sie richtig aus der Erde reißen), meine Füße stolpern also ein ganz klein wenig über den Rand des Bettvorlegers.
Es brauchte gar nichts weiter auf sich zu haben – ich könnte mich von selbst wieder aufrichten –, wenn nur sie sich nicht aufregen würde und mich mit ihrer Aufregung nervös machte, die Närrin. Sie schreit wie eine Warnsirene, wenn es brennt, schreit vor Schreck und Hoffnung.
„Mutter – paß auf!"
„Was denn? Was denn?" Ich hebe den Kopf wie ein alter Gaul – so ein langsames, altersmüdes Zurückwerfen des Kopfes, wenn er das Feuer prasseln hört oder den Rauch riecht.
Dann falle ich. Am schlimmsten ist der Schmerz unter den Rippen, den ich in letzter Zeit auch sonst öfter spürte, wenn ich auch Marvin und Doris nichts davon gesagt habe. Aber durch die Wucht meines Falles scheinen sich die tief unter Fett- und Fleischschichten eingebetteten Rippen wie die Bambusstäbchen eines Fächers zusammenzufalten. Ich schnappe nach Luft und mühe mich hilflos ab wie ein Fisch auf den schleimigen Planken des Decks.
„Ach Gott, ach Gott, ach Gott ...", wimmert Doris und zieht die Nase hoch.
Sie kommt gelaufen und will mich aufrichten, schafft es aber nicht. Sie strengt sich an wie eine Kuh beim Kalben. Die Adern an ihrer Stirn treten dick hervor.
„Laß mich, laß mich doch –" Kann das meine Stimme sein, so atemlos und brüchig, eine Folge jaulender Töne wie von einem Hund, der vor Schmerzen heult.
Dann spüre ich – es ist schrecklich – Tränen, die meine eigenen sein müssen, obwohl sie ganz gegen meinen Willen kommen, so daß ich an das Bettnässen altersschwacher Menschen denken muß. Sie sickern in Tropfen an meinem

Gesicht herab, über die puderbedeckten, weichen Falten der schlaffen Haut. Aber vor Doris gebe ich nicht zu, daß es meine Tränen sind. Ich ignoriere sie. Ich verwünsche sie – weg damit! Aber ich bleibe stumm, und sie sind noch immer da.

„Marv!“ ruft sie. „Mar – vin!“

Polternd kommt er die Treppe herauf, rasch für seine Verhältnisse, denn er ist stämmig und rundlich wie ein Faß und alles andere als beweglich. Er muß mittlerweile an die fünfundsechzig Jahre sein. Seltsam. Aber noch seltsamer für ihn, in seinem Alter noch eine Mutter zu haben. Sein breites Gesicht zeigt Beunruhigung, und wenn etwas Marvin zuwider ist, dann Unruhe und Aufregung. Er braucht seine Ruhe, und er ist von geradezu statuarischer Gelassenheit. Und wenn die ganze Welt einstürzen würde, er würde auch dann nur den Kopf schütteln und blinzelnd erklären: „Schauen wir uns einmal um – das Ganze macht mir keinen guten Eindruck.“

Wer hatte wohl den Namen Marvin für ihn ausgesucht? Bram, nehme ich an. Es war wohl ein Name, der bei den Shipleys vorkam. Ein typischer Shipley-Name. Da hießen alle Mabel und Gladys, Vernon und Marvin – biedere, farblose Namen, so gewöhnlich wie Bier.

Er packt mich unter den Achseln und zieht und zerrt mich, und am Ende stehe ich wieder, nicht aus eigener Kraft, sondern wie eine bleierne Last in die Höhe gezogen. Dann wirft er einen Blick auf Doris, die daneben steht und vor Aufregung zittert. „Das muß aufhören!“ erklärt er.

Aber ich weiß nicht, ob er damit meint, daß ich dank einer besonderen Willensanstrengung aufhören muß zu fallen, oder nur, daß mir Doris nicht mehr aufhelfen darf.

„Sie ist wie ein Sack voll Steine hingeschlagen“, sagt Doris.

„Wie dem auch sei“, sagt Marvin in seiner bombastischen Art, „ich werde es nicht zulassen, daß du einem Herzschlag erliegst.“

Schön, soviel ist also klar: es ist von Doris die Rede. Sie seufzt. Es ist einer ihrer tiefen, gleichsam aus dem Bauch aufsteigenden Seufzer. Sie wirft ihm einen Blick zu, wobei sie eine Augenbraue hochzieht. Er schüttelt den Kopf. Was für Zeichen machen sie sich da? Vorher hatten sie gesprochen, als ob ich nicht anwesend sei, als zerrten sie nur einen Sack Kohlen vom Boden hoch. Aber auf einmal haben sie bemerkt, daß ich alles höre. Und ich fühle mich gewissermaßen verpflichtet, ihnen den kleinen Unfall zu erklären und sie davon zu überzeugen, daß er nicht typisch für mich ist, ein reiner Zufall, mit dessen Wiederholung sie kaum zu rechnen brauchen.

„Mir fehlt nichts", sage ich. „Nur so ein bißchen mitgenommen von dem Schreck. Es lag nur an dem Bettvorleger. Ich habe es schon oft gesagt, Doris, wenn du nur den infamen Bettvorleger aus dem Zimmer nehmen wolltest! Er ist eine Gefahr. Ein dutzendmal habe ich es dir gesagt."

„Gut, ich nehme ihn fort", willigte Doris ein. „Komm jetzt und trink deinen Tee, bevor er eiskalt geworden ist. Meinst du, daß du es schaffst?"

„Selbstverständlich", antworte ich gereizt. „Selbstverständlich schaffe ich das."

„Komm, ich stütze dich", sagt Marvin und faßt mich am Ellbogen.

Ich schiebe seine Hand beiseite. „Danke, ich kann sehr gut allein gehen. Geht schon immer hinunter. Ich komme in einem Augenblick. Geht endlich, in Gottes Namen!"

Endlich gehen sie, nicht ohne sich mit einem Blick voller Zweifel nach mir umzuwenden. Werde ich mir jetzt dank einem wunderbaren Zufall auf der Treppe den Hals brechen?

Ich warte und sammle mich. Auf meinem Toilettentisch steht eine Flasche Eau de Cologne, die mir Tina zum Geburtstag oder zu Weihnachten geschenkt hat, ich weiß nicht mehr genau – Tina, das ist ihre Tochter, meine nun schon erwachsene Enkelin. Es nennt sich „Maiglöckchen". Ich werfe ihr diese Wahl nicht vor und sehe auch keine Taktlosigkeit darin. Sie konnte kaum wissen, daß wir früher Maiglöckchen, diese weißen Blumen mit ihrem fast betäubend süßen Geruch, in die Trauerkränze flochten. Dies Eau de Cologne riecht übrigens keineswegs nach Maiglöckchen, ist aber recht angenehm. Ich betupfe mir damit leicht die Handgelenke, und dann wage ich mich die Treppe hinab. Ich halte mich am Geländer fest und bin natürlich vollkommen sicher wie immer, wenn ich keine Zuschauer habe. Ich

betrete die Diele, das Wohnzimmer, gehe in die Küche, und dort ist der Teetisch gedeckt.
Doris kann recht gut kochen, ich gebe es gern zu. Selbst in der ersten Zeit ihrer Ehe mit Marvin brachte sie schon ein gutes Essen auf den Tisch. Sie hatte sich allerdings schon in früher Jugend um die Küche kümmern müssen. Sie kam aus einer kinderreichen Familie, die nicht besonders wohlhabend war. Ich habe erst nach meiner Verheiratung kochen gelernt. Als Kind hielt ich mich zwar oft in unserer riesigen, immer warmen Küche mit dem grünen Küchenschrank auf, aber bloß um zuzusehen und zu naschen. Ich sah Tante Doll zu, wenn sie den Teig knetete und schlug oder wenn sie einen Apfel so schälte, daß sie die Schale als ein einziges Ringelband in der Hand hielt. Und ich dachte dabei, wie traurig es sein müsse, ein Leben lang nur anderen den Haushalt zu führen. Ich hatte nie irgendwelche böse Vorahnungen und meinte, daß ich – nun, etwas ganz anderes als Tante Doll sei, gut Freund mit ihr, aber etwas völlig anderes.
Doris hat gestern gebacken. Eine Zitronentorte, die mit gerösteten Kokosflocken verziert ist, und Schokoladentörtchen mit Walnüssen. Gut, sie hat sie mit Zuckerguß überzogen. So schmecken sie mir am besten. Sie hat auch Käsebrote gemacht – nun, es geht hoch her heute. Ich glaube, sie hat sogar Butter aufs Brot gestrichen statt der abscheulichen Margarine, die sie sonst aus Sparsamkeit verwendet. Ich setze mich und mache es mir behaglich, ich nippe und koste, ich knabbere und nehme ein Schlückchen.
Doris schenkt mir eine zweite Tasse ein. Wir haben es gemütlich hier. Marvin sitzt mit aufgestützten Ellbogen, die Hemdsärmel hochgekrempelt, am Tisch. Ob Feiertag oder Werktag, ob der Tag des Jüngsten Gerichts, Marvin macht es nichts aus. Er hätte sogar die Ellbogen aufgestützt, wenn er einer der Jünger beim Abendmahl des Herrn gewesen wäre.
„Möchtest du noch ein bißchen Zitronentorte haben, Mutter?"
Warum ist er so zuvorkommend? Ich beobachte die Gesichter der beiden. Tauschen sie nicht einen fragenden Blick miteinander, oder bilde ich es mir nur ein?

„Danke, Marvin, nein." Zurückhaltend. Wachsam. Nicht hereinzulegen.
Die hellen Augen blinzeln. Er verzieht das Gesicht zu einer verlegenen, ratlosen Grimasse, als ob er etwas sagen wolle, aber keinen Anfang fände. Von jeher hat ihm die Gewandtheit des Ausdrucks gefehlt. Mein Argwohn wächst von Minute zu Minute. Schon bedauere ich, überhaupt an ihrem Tee teilzunehmen. *Was wollen sie von mir?* Ich möchte ihnen die Frage vor Ungeduld ins Gesicht schreien. Statt dessen falte ich die Hände, wie man es von mir erwartet; ich falte sie über meinem mit lila Seide bespannten Bauch und warte.
„Das Haus kommt einem jetzt ganz leer vor, seit Tina nicht mehr hier ist", beginnt er schließlich. „Und Steven läßt sich auch nicht oft hier sehen."
„Tina ist schon über einen Monat fort", erinnere ich ihn schroff, und es macht mir Spaß, daß ich ihm einmal etwas ins Gedächtnis rufe.
„Es ist zu groß, meint Marvin", erklärt mir Doris. „Das Haus ist zu groß, seitdem die Kinder nur noch zu den Feiertagen kommen."
„Groß?" Warum reagiere ich so empfindlich darauf? „Ich finde nicht, daß es ein großes Haus ist."
„Du kannst es natürlich nicht mit diesen modernen großen Neubauten vergleichen", sagt Doris. „Aber es ist ein Haus mit vier Schlafzimmern, und das ist heutzutage ziemlich viel."
„Vier Schlafzimmer sind viel? Die Curries hatten sechs. Sogar in dem alten Haus der Shipleys gab es fünf Schlafzimmer."
Doris hebt die mit brauner Kunstseide bekleideten Schultern und wirft Marvin einen erwartungsvollen Blick zu. *Nun sag etwas,* fordert ihr Blick, *jetzt bist du an der Reihe.*
Marvin spricht genauso langsam, wie er denkt: „Wir dachten", beginnt er, „Doris und ich meinten, daß es vielleicht das beste wäre, wenn wir das Haus verkauften. Eine Etagenwohnung nehmen. Ist kleiner und leichter in Ordnung zu halten. Keine Treppen mehr."
Ich kann nicht sprechen, denn der Schmerz, der unter den Rippen sitzt, ist wiedergekommen, plötzlich, wie ein Dolchstoß. Ist es die Lunge? Oder das Herz? Es ist ein wü-

tender Schmerz, heiß wie Augustregen oder Kindertränen. Jetzt verstehe ich, warum mir der Tisch gedeckt war. Bin ich ein Kalb, das gemästet werden soll? Hätte ich's doch gewußt, keinen Bissen von ihren verdammten Torten hätte ich gegessen.
„Du wirst niemals dieses Haus verkaufen, Marvin. Das Haus gehört mir. Es ist mein Haus, Doris. Meins."
„Nein", antwortet Marvin leise. „Du hast es mir überschrieben, als ich deine geschäftlichen Angelegenheiten übernahm."
„Richtig", sage ich rasch, obwohl ich es tatsächlich vergessen hatte, „aber das hatten wir aus praktischen Gründen so vereinbart. Stimmt's? Es ist mein Haus geblieben. Hörst du mir zu, Marvin? Es gehört mir. Habe ich nicht recht?"
„Ja, schon gut, es ist dein Haus."
„Einen Augenblick mal", sagt Doris. Es klingt wie ein gellender beleidigter Aufschrei, wie von einer zeternden Henne, die der Hahn tritt. „Einen Augenblick, bitte –"
„Sie spricht gerade so", sagt Marvin, „als ob ich sie um ihr verwünschtes Haus bringen wollte. Aber das will ich nicht. Verstehst du? Wenn du das noch immer nicht begreifst, Mutter, hat das ganze Reden keinen Zweck."
Ich weiß es, und ich weiß es nicht. Ich kann immer nur dasselbe denken: Das Haus gehört mir. Ich habe es von meinem Geld gekauft, von dem Geld, für das ich gearbeitet habe. Gearbeitet in dieser Stadt, die so etwas wie eine Heimat für mich geworden ist, seitdem ich die Prärie verlassen habe. Vielleicht ist es keine wirkliche Heimat, weil das nur die erste Heimat sein kann. Aber hier bin ich zu Hause. Und die Spuren und Stationen meines Lebens sind in diesem Hause sichtbar geworden in Gestalt von Lampen und Vasen, der Kaminbank, dem schweren, eichenen Stuhl aus dem Shipley-Haus, der Porzellanvitrine und dem Nußbaumbüfett aus dem Hause meines Vaters. Für all diese Dinge wäre kein Platz in so einer engen Etagenwohnung. Wir müßten sie in einem Lagerhaus unterstellen oder verkaufen. Das will ich nicht. Ich könnte mich nicht von ihnen trennen. Wenn ich nicht in ihnen und in diesem Hause gewissermaßen enthalten bin, und wenn nicht von allem Wandel in meinem Leben hier ein wenig eingefangen und verewigt ist – ewig genug für meine Zwecke –,

dann weiß ich nicht, wo überhaupt eine Spur von mir zu finden ist.
„Vielleicht vergißt du", sagt Doris, „daß ich dieses Haus in Ordnung halten muß. Daß ich diese Treppen hundertmal am Tage rauf- und runterlaufe und daß ich mich zweimal in der Woche mit dem Staubsauger abplagen muß. Da dürfte ich wohl ein Wörtchen mitzureden haben."
„Ich weiß", sagt Marvin mißmutig, „ich weiß das alles."
Wie sehr er dies ewige Gezänk der Frauen, ihre gegenseitigen Vorwürfe, haßt. Er hätte ein Einsiedler oder Mönch werden müssen und irgendwo leben, wo man keine menschliche Stimme hört.
Wahrscheinlich hat Doris recht. Ich gebe mir nicht einmal mehr den Anschein, im Hause zu helfen. Ich habe es lange genug getan und am Ende eingesehen, daß ich ihr nur im Wege war mit meinen schwerfälligen Bewegungen, mit meinen Händen, denen ich erst gut zureden muß, wenn sie etwas richtig tun sollen. Seit siebzehn Jahren lebe ich mit Marvin und Doris zusammen oder, wenn man so will, seit siebzehn Jahren wohnen sie in meinem Haus. Siebzehn Jahre – sie haben ein Gewicht von Jahrhunderten. Wie habe ich sie ertragen? Und wie haben sie es?
„Ich habe mir geschworen, euch nie zur Last zu fallen."
Jetzt, zu spät, bemerke ich, wie sehr das nach Selbstbemitleidung und Vorwurf klingt. Aber sie beißen an, wie Fische nach dem Köder schnappen.
„Nein, das darfst du nicht glauben. Das haben wir nicht gesagt, niemals, nicht wahr, Doris?"
„Marv meinte nur – ich meinte doch bloß –"
Wie schäme ich mich, diese alte, abgebrochene Leier angeschlagen zu haben. Und doch – ich bin nicht wie Marvin. Ich habe nicht seine Friedfertigkeit. Ich kann in der Hausangelegenheit nicht nachgeben, in der Angelegenheit meines, ja, meines Hauses.
„Ich möchte nicht, daß das Haus verkauft wird, Marvin. Ich möchte es nicht."
„Schon gut", sagt er. „Reden wir nicht mehr davon."
„Denk nicht mehr daran!" Doris' Stimme ist wie eine Stopfnadel, schwer und spitz.
„Also bitte", sagt Marvin, und beide spüren wir seine Verzweiflung, „ich kann diese Aufregungen nicht vertragen.

Wir werden mal sehen. Jetzt wollen wir es auf sich beruhen lassen. Ich schau mir jetzt erst einmal an, was es im Fernsehen gibt."
Und er geht auf sein Zimmer, kriecht in seinen Bau, wie wir sagen – ein passender Name, denn es ist ein richtiger dunkler Fuchsbau, wo er auf seine Flimmerkiste guckt und alles vergißt, was ihn ärgert. Doris und ich nehmen den Waffenstillstand an.
„Ich gehe in den Abendgottesdienst, Mutter. Willst du mitkommen? Du bist schon lange nicht mehr dagewesen."
Doris ist sehr religiös. Sie findet darin Trost, sagt sie. Ihr Pfarrer ist rundlich und rosig, und wenn er Johannes dem Täufer in der Wüste begegnete, wie er, in Lumpen gekleidet, seinen Hunger mit toten Heuschrecken stillt und das Neue Königreich verkündet, mit Augen, die schrecklich groß in den tiefen Augenhöhlen liegen, dann würde er in Ohnmacht fallen. Aber ich wahrscheinlich auch.
„Danke, nicht heute abend. Vielleicht in der nächsten Woche."
„Ich wollte ihn einmal bitten, dich zu besuchen. Den Pfarrer, meine ich, Mister Troy."
„Vielleicht in einer Woche. Mir ist in letzter Zeit nicht sehr nach Reden zumute."
„Du brauchtest selbst nicht viel zu sprechen. Er ist riesig nett. Mir hilft es immer, wenn ich ein paar Minuten mit ihm gesprochen habe."
„Schönen Dank, Doris. Aber nicht mehr in dieser Woche, wenn es dir recht ist."
Takt fällt mir neuerdings am allerschwersten. Wie kann ich ihr erklären, daß der elegante Mr. Troy mit seinem frommen Geraune bei mir nur seine Zeit verlöre? Doris glaubt, daß die Frömmigkeit im Alter zunimmt, wie eine Art Lebensversicherung, die zur Auszahlung fällig wird. Ich könnte es ihr nicht erklären. Wer würde mich verstehen, selbst wenn ich mir Mühe gäbe, es zu erklären? Ich bin über neunzig, und diese Zahl kommt mir etwas willkürlich, ja geradezu unmöglich vor, denn wenn ich in den Spiegel blicke, über das sich wandelnde Gehäuse hinweg, das mich beherbergt, sehe ich die Augen von Hagar Currie, dieselben dunklen Augen, die ich hatte, als ich eben anfing, mich zu erinnern und mich selbst wahrzunehmen. Ich habe nie eine

Brille getragen. Meine Augen sind noch sehr gut. Am wenigsten von allem ändern sich die Augen. Johns Augen waren grau, und auch, als es mit ihm zu Ende ging, sahen sie für mich noch immer so aus wie die Augen des Knaben. In diesen Augen stand eine stumme Erwartung, als glaube er beinahe, entgegen aller Vernunft und allem Wissen, daß sich plötzlich etwas Wunderbares ereignen würde.

„Sag deinem Mister Troy, er möge mich besuchen, wenn du es gern willst. Ich hoffe, daß ich nächste Woche in der Stimmung dazu bin."

Zufrieden geht sie zur Kirche, vielleicht um für mich zu beten oder für sich selbst oder für Marvin, der auf seine epileptisch zuckenden Bilder starrt, oder um einfach nur zu beten.

II

Hier sitzen wir zusammen, der kleine Pastor, wie er im Buch steht, zugleich schüchtern und voll jugendlichen Eifers, und ich, die Ägypterin, freilich nicht tanzend, mit Vogelbeeren im Haar, sondern traurig verändert. Es ist ein warmer Frühlingstag. Wir sitzen im Garten hinter dem Haus. Er ist gelb von Forsythien. Immer wieder ist es eine Überraschung für mich, wie früh hier alles blüht, und noch immer scheint mir die Vegetation an der Küste ein wahres Wunder, das mich daran erinnert, wie spät es in der Prärie Frühling wurde, wie lange dort der Schnee lag.

Mr. Troy hat sich für seinen Besuch einen schlechten Tag ausgesucht. Der Schmerz an den Rippen ist zwar heute nachmittag nicht so heftig, aber mein Bauch knurrt und brummt wie ein gefangenes Tier. Mein Darm ist heute verstopft. Ich bin ein umgekehrter Hiob, und weder Cascara-Rinde noch Feigensaft noch Bittersalz helfen mir bei meinem unaussprechlichen Leiden. Ich fühle mich unbehaglich – aufgedunsen, voll, niedergedrückt, und ich fürchte, daß ich plötzlich Winde lassen muß.

Nichtsdestoweniger habe ich mir für den Besuch des Pfarrers mein graues, geblümtes Kleid angezogen. Seidenjersey nennt es Doris. Es ist dezent und passend für die Gelegenheit gewählt. Das Blumenmuster ist klein und pfirsichfarben, nichts, das den kleinen Gottesmann peinlich berühren könnte. Davon abgesehen, ich habe das Kleid selbst gern. Grau ist nicht nur die Haarfarbe des Alters. Mehr noch erinnert es an Häuser ohne Anstrich, jedem Wetter ausgesetzt, vom Regen gewaschen und von der Sonne gebleicht. Das Haus der Shipleys war nie gestrichen worden. Man sollte meinen, daß in all der Zeit einmal ein paar Dollar für Farbe zu erübrigen gewesen wären. Aber nein: Bram wollte es zwar immer tun – im Frühling; dann nach der Ernte; dann im Herbst; bestimmt im nächsten Frühjahr.

Mr. Troy versucht sein möglichstes.

„Ein langes und erfülltes Leben wie das Ihrige – man kann es gesegnet nennen."

Ich erwidere nichts. Was weiß er von meinem Leben! Ich will ihm seine Aufgabe nicht zu leicht machen. Soll er zappeln und sich abmühen.

„Ich glaube, es war damals ein schweres Leben hier", versucht er es weiter.

„Ja, o ja. Das war es." Aber nur, weil es anders gar nicht sein kann, ganz gleich zu welcher Zeit. Doch das sage ich nicht Mr. Troy, der sich gerne einbildet, daß ein halbes Jahrhundert wer weiß was für eine Bedeutung hat.

„Sie sind auf einer Farm aufgewachsen, nicht wahr, Mrs. Shipley?"

Warum fragt er danach? Ihm ist es doch gleichgültig, ob ich auf einer Farm oder im Armenhaus zur Welt gekommen bin, auf dem Berg Zion oder in der Hölle.

„Nein, Mister Troy, das bin ich nicht. Ich bin in der Stadt Manawaka groß geworden. Mein Vater gehörte zu den ersten Männern der Stadt. Er war der erste Kaufmann dort. Er hieß Jason Currie. Er hat nie selbst die Landwirtschaft betrieben, obwohl er vier Farmen besaß. Er hatte sie verpachtet."

„Er muß ein reicher Mann gewesen sein."

„Das war er", sage ich. „Reich an den Gütern dieser Welt."

„Ja, ach ja", antwortet Mr. Troy mit einer Stimme, die sich überschlägt und gleichsam Sprünge macht wie ein Lachs in der Laichzeit, um nur ja zu zeigen, daß er Geistlicher ist. „Reichtum kann wahrlich nicht nach Dollars und Cents gemessen werden."

„Zweihunderttausend Dollar hat er wenigstens gehabt, und keinen roten Heller davon habe ich bekommen."

„Ist es möglich!" sagt Mr. Troy, offenbar nicht sicher, was hier die richtige Antwort sei. Ich werde ihm nicht mehr erzählen. Was geht's ihn an? Aber wenn ich jetzt vorsichtig die Treppe hinaufstiege, in mein Zimmer ginge, ganz leise an den Spiegel träte und ihn sozusagen überrumpelte, dann – das spüre ich genau – würde ich dort die Hagar von einst sehen, mit ihrem glühenden Haar, das dunkelmähnige Fohlen auf dem Wege zur Manege, zur Akademie für höhere Töchter in Toronto.

Ich wollte Matt gerne sagen, daß ich sehr wohl wüßte, es komme eigentlich ihm zu, in ein College im Osten zu gehen, aber ich brachte es nicht über mich, mit ihm darüber zu sprechen. Ich meinte auch, es meinem Vater sagen zu müssen, aber ich fürchtete, er könne seinen Entschluß ändern und mich dann nicht mehr fortlassen. So sagte ich nichts, bis meine Koffer gepackt waren und alles in die Wege geleitet worden war. Dann erst fragte ich ihn: „Findest du nicht, Vater, daß Matt ins College gehen müßte?"

„Was kann er da Nützliches fürs Geschäft lernen?" erwiderte mein Vater. „Er ist auch schon über zwanzig. Jetzt wäre es sowieso schon zu spät für ihn. Ich hatte auch keine Gelegenheit, ein College zu besuchen, und bin doch etwas geworden. Matt kann alles, was er braucht, hier bei mir lernen, wenn er nur Lust dazu hat. Bei dir ist das etwas anderes. Hier gibt es keine Frau, die dir beibringen könnte, wie man sich als Dame kleidet und benimmt."

Von einer solchen Fülle von Argumenten war ich leicht überzeugt. Als es soweit war, daß ich Matt Lebewohl sagte, vermied ich zuerst seinen Blick, aber dann dachte ich: warum eigentlich? Ich blickte ihm nun gerade in die Augen und sagte ihm auf Wiedersehen, so ruhig und gleichmütig, als ob ich nur nach South Wachakwa oder Freehold ginge und am Abend wieder zurück sei. Als ich im Zuge saß, weinte ich zwar, als ich an ihn dachte, aber das erfuhr er natürlich nie, und ich wäre die letzte gewesen, es ihm zu sagen.

Als ich zwei Jahre später zurückkam, konnte ich sticken, hatte Französisch gelernt, wußte, wie man ein Menü von fünf Gängen zusammenstellt, hatte eine Ahnung von Literatur, wußte, wie man das Hauspersonal zu behandeln hatte und wie ich am kleidsamsten mein Haar frisierte. Kaum die idealen Voraussetzungen für das Leben, das ich später führen sollte, doch das wußte ich damals noch nicht. Ich war die Tochter Pharaos, die widerstrebend auf das Dach ihres Palastes zurückkehrt, des geraden und großen Ziegelsteinpalastes, der sich seltsam ausnahm in der Wildnis, zurück auch zu dem Hügel mit seinem Monument, an dem, glaube ich, sein Herz mehr hing als an der Toten, die darunter lag – die Zuchtstute, die sich als untauglich für sein Gestüt erwiesen hatte.

Mein Vater musterte mich von Kopf bis Fuß, mein flaschengrünes Kostüm und den mit Federn geschmückten Hut. Ich wünschte mir, er würde irgend etwas an mir auszusetzen haben, würde mich extravagant finden und nicht immer nur mit dem Kopf nicken, als ob ich ein Gegenstand sei, ein Gegenstand, der ihm gehörte.

„Jeder Pfennig, den ich in diesen zwei Jahren für dich ausgegeben habe, hat sich gelohnt“, stellte er fest. „Ich kann mit dir Ehre einlegen. Bis spätestens morgen wird das die allgemeine Meinung sein. Du wirst nicht im Laden arbeiten. Es wäre nicht das Richtige für dich. Du kannst dich um die Buchhaltung und die Bestellungen kümmern – das läßt sich zu Hause erledigen. Du glaubst nicht, wie sich das Geschäft, seitdem du fort warst, entwickelt hat. Ich habe jetzt öfter Gäste, nur ein paar Freunde zum Abendessen, nichts Ausgefallenes. Ich finde, es zahlt sich aus. Es ist schön, dich wieder hierzuhaben – und so flott und elegant. Dolly ist keine schlechte Köchin, aber als Gastgeberin – nein, dafür kommt sie nicht in Frage.“

„Ich möchte Lehrerin werden“, sagte ich. „Ich kann die Schule in South Wachakwa bekommen.“

Wir waren beide plump und grob wie ein Knüppel. Uns fehlte jede Spur von diplomatischer Schläue. Ein anderes Mädchen hätte ihn eine Woche lang darauf vorbereitet. Aber ich nicht. Es kam mir überhaupt nicht in den Sinn.

„Glaubst du, ich habe dich für zwei volle Jahre in ein College geschickt, damit du eine Schule übernimmst, die aus einem einzigen Klassenzimmer besteht?“ brüllte er. „Außerdem lasse ich meine Tochter niemals allein an einen solchen Ort gehen. Du wirst keine Lehrerin, Fräulein!“

„Morag MacCulloch ist auch Lehrerin geworden", sagte ich. „Wenn das die Pfarrerstochter kann, warum dann nicht ich?"

„Ich habe Dougall MacCulloch immer im Verdacht gehabt, ein Dummkopf zu sein", sagte mein Vater. „Jetzt habe ich die Bestätigung."

„Wieso?" Ich bebte vor Zorn. „Warum?"

Wir standen am Fuß der Treppe. Mein Vater hatte die Hände um den Pfosten des Geländers gelegt und umklammerte ihn, als sei es eine Kehle. Ich hatte Angst vor seinen Händen und Angst vor ihm, aber lieber wäre ich gestorben, als daß ich es ihn hätte merken lassen.

„Du glaubst wirklich, ich ließe dich nach South Wachakwa gehen und mit weiß Gott wem zusammen wohnen? Und diese Tänze tanzen, wie sie dort üblich sind, und dich dabei von allen Farmerburschen anfassen lassen?"

Ich stand starr und aufrecht auf der untersten Treppenstufe, ganz zugeknöpft und wie gepanzert in meinem dunkelgrünen Kostüm, und sah ihn mit zornfunkelndem Blick an.

„Du glaubst, daß ich dir das erlauben würde? Für wen hältst du mich?"

Er klammerte sich an den Pfosten, und seine Hände preßten das glatte, goldene Holz.

„Du kennst die Welt nicht", sagte er mit kaum hörbarer Stimme. „Männer haben furchtbare Gedanken."

Es fiel mir damals nicht auf, daß er von Gedanken und nicht vom Tun gesprochen hatte. Erst jetzt, während ich mich erinnere, finde ich es merkwürdig. Wäre er nun seiner sonstigen Art treu geblieben und hätte versucht, seinen Willen diktatorisch durchzusetzen, wäre ich zornig geworden und damit basta. Aber das tat er nicht. Er ergriff meine Hand und hielt sie fest. Er umklammerte sie so heftig, daß mir einen Augenblick lang die Finger weh taten.

„Bleib", sagte er.

Vielleicht bewog mich nur dieser sekundenlange Schmerz, ihm zu gehorchen. Ich zog meine Hand zurück, als hätte ich sie versehentlich auf einen glühenden Ofen gelegt. Er sagte kein Wort, sondern wandte sich um und ging hinaus, wo Matt dem Fuhrmann Bescheid sagte, was er mit dem schwarzen Koffer zu tun habe, auf dem *Miss H. Currie* geschrieben stand.

Ich wäre ihm am liebsten nachgegangen und hätte ihm gesagt, es sei nur eine Laune gewesen, nicht ernst gemeint. Aber ich tat es nicht. Ich stand nur am Fuß der Treppe und blickte auf den großen, braun gerahmten Stahlstich, der eine Herde darstellte und die Unterschrift trug *Die brüllende Herde sucht langsam ihren Weg über die Flur.*
Ich wurde keine Lehrerin, sondern blieb zu Hause und führte meinem Vater die Bücher, spielte die Frau des Hauses für ihn und plauderte diplomatisch mit den Gästen. Ich tat alles, was er von mir erwartete, denn ich fühlte mich gewissermaßen verpflichtet (manchmal grollend, zuweilen verzweifelt), ihm um jeden Preis zurückzuzahlen, was er für mich ausgegeben hatte. Aber wenn er junge Männer ins Haus brachte, um sie mir vorzustellen, wollte ich von keinem etwas wissen.
Drei Jahre war ich bereits wieder in Manawaka, als ich mit Brampton Shipley zusammentraf. Es war der reinste Zufall, denn normalerweise wäre ich nie mit ihm zusammengekommen. Von Tante Doll als Anstandsdame begleitet, durfte ich eines Abends einen Ball besuchen, der in der Schule gegeben wurde und dessen Erlös für den Bau eines Krankenhauses in der Stadt verwendet werden sollte. Tante Doll plauderte angeregt mit Floss Drieser, und als mich Bram zum Tanz aufforderte, folgte ich ihm. Die Shipleys konnten alle gut tanzen, das muß ich ihnen wenigstens lassen. So schwer Bram auch war, er war leichtfüßig.
Wir wirbelten über das kreidige Parkett, und ich weidete mich am Anblick seiner Fingernägel, unter denen die schwarze Erde festgewachsen schien und die noch nie mit einer Nagelfeile in Berührung gekommen waren. Wenn er lachte, hörte ich darin die Unerschrockenheit ganzer Bataillone. Er sah wie ein Indianer aus, so braun war sein Gesicht mit der Adlernase. Das schwarze Haar auf seinem Kinn war stachlig wie Disteln. Doch im nächsten Augenblick stellte ich ihn mir in einem grauen Anzug vor, von einem Grau, so zart, wie das der Brustfedern einer Taube.
Allerdings, ich war bekannt dafür, daß ich geringschätzig meine schwarze Mähne schüttelte – und doch war ich nie ganz sicher, ob mich die jungen Männer auch wirklich beachteten. Ich wußte, was ich wollte. Aber ich wollte jeden Augenblick etwas anderes. Eben noch zufrieden mit dem,

was ich wußte und konnte, mit dem, was ich war, zufrieden damit, wo ich wohnte, überantwortete ich im nächsten Augenblick das Ziegelsteinhaus dem Untergang und sah in den einfachen Holzhäusern der Stadt und den ärmlichen Hütten weiter draußen so etwas wie die Illustrationen aus dem Buch mit russischen Märchen, das mir eine Tante geschenkt hatte. Da hatten die Häuser Augen und watschelten auf gespreizten Hühnerfüßen, da verkleideten sich die Zarensöhne als Bauern in groben, bestickten Kitteln, blusig und gegürtet, und bleiche Mädchen ertranken malerisch im Weiher, mit Lilien bekränzt, nie mit Gänsefuß und Schlick und Schlamm.
Brampton Shipley war vierzehn Jahre älter als ich. Er war vor einigen Jahren mit seiner Frau Clara vom Osten herübergekommen und hatte sich im Tal draußen vor der Stadt angesiedelt. Es war Flußgebiet, und der Boden hätte eigentlich gut sein müssen, aber bei ihm hatte er keine Frucht getragen.
„Faul wie ein Schwein", urteilte mein Vater über ihn. „Keine Energie."
Ich hatte ihn manchmal im Laden gesehen. Er hatte stets ein lachendes Gesicht. Weiß Gott, was er zu lachen hatte, allein, und zwei Töchter großzuziehen. Seine Frau war an einem Milzriß gestorben – hatte nichts mit Kinderkriegen zu tun. Ich selbst hatte nicht mehr als gelegentlich einen Gruß mit ihr gewechselt, wenn ich sie im Laden sah. Ein Faß von einer Frau war sie gewesen; immer war sie irgendwie verschwitzt, und ein säuerlicher Geruch ging von ihr aus wie von Hefe, als täte sie nichts anderes als Butterfässer reinigen. Ihre Stimme war unartikuliert wie die der Tiere im Stall, und wenn sie sich einmal aufraffte und wirklich sprach, dann klang es rauh wie die Stimme eines Mannes, und sie gebrauchte ordinäre Wendungen, die, weiß der Himmel warum, bei einer Frau noch schlimmer klingen als bei einem Mann.
„Hagar", sagte Bram Shipley, „du bist eine gute Tänzerin."
Als wir einen Wiener Walzer tanzten und uns wie losgerissene Blätter im Winde drehten, verdeckt von der wirbelnden Menge der Paare, zog er mich plötzlich an sich und preßte sein steifes Glied gegen meinen Schenkel. Es

war kein Zufall. Da gab es keinen Zweifel. Noch niemand hatte dies gewagt. Empört stieß ich ihn an den Schultern zurück, und er grinste. So beleidigt, daß mir die Worte fehlten, warf ich ihm nur einen zornigen Blick zu. Aber als er mich wieder aufforderte, tanzte ich auch diesen Tanz mit ihm.

„Ich würde Ihnen gern einmal meinen Hof zeigen", sagte er. „Ich habe bisher ein bißchen Pech gehabt, aber jetzt geht es aufwärts. Im Herbst bekomme ich ein neues Gespann. Kaltblut, Percherons. Ich kaufe sie von Reuben Pearl. Ist bestimmt ganz interessant für Sie, wenn Sie sich gelegentlich einmal die Farm ansehen."

Als ich an diesem Abend mit Tante Doll unsere Mäntel aus der Garderobe holte, begegnete ich zufällig Lottie Drieser. Sie war noch immer leicht und zierlich und trug ihr hellblondes Haar hochaufgesteckt und sorgfältig frisiert.

„Ich habe dich mit Bram Shipley tanzen sehen", sagte sie und kicherte.

Lottie hatte ein Verhältnis mit Telford Simmons, der jetzt auf der Bank arbeitete.

Ich war wütend. Ich bin es noch, wenn ich daran denke, und kann nicht einmal ihrer Seele die ewige Ruhe wünschen, obwohl das, weiß der Himmel, das letzte wäre, was sie sich wünschen würde; und ich kann sie mir ganz gut vorstellen, wie sie eben jetzt der himmlischen Jungfrau heimlich zuflüstert, der Erzengel Michael mit dem Flammenschwert habe in heimtückischer Weise von ihr schlecht gesprochen.

„Warum soll ich nicht?" fragte ich.

„Ein ganz ordinärer Mensch, das ist allgemein bekannt", flüsterte sie. „Man hat ihn mit Halbblutmädchen zusammen gesehen."

Ganz deutlich erinnere ich mich an ihre Worte. Würde ich getan haben, was ich tat, wenn sie diese Worte nicht gesprochen hätte? Schwer zu sagen. Wie albern klingen heute ihre Worte! Sie war ein albernes Mädchen. Damals waren viele junge Mädchen albern, einfältig. Ich gehörte nicht zu ihnen. Ich mag leichtsinnig und unvernünftig gewesen sein, aber niemals einfältig.

Am selben Abend sagte ich meinem Vater, daß ich Bram Shipley heiraten werde. Er war noch am späten Abend bei

der Arbeit im Geschäft und beugte sich lächelnd über den Ladentisch.
„Ich habe noch zu tun. Keine Zeit für Scherze jetzt.“
„Es ist kein Scherz. Er hat mich gefragt, ob ich ihn heiraten will, und das will ich.“
Einen Augenblick starrte er mich an. Dann ging er zurück an seine Arbeit. Plötzlich wandte er sich mir zu.
„Hat er dich berührt?“
Ich war zu erschrocken, um antworten zu können.
„Hat er dich berührt oder nicht?“ verlangte er zu wissen. Sein Gesichtsausdruck war mir irgendwie vertraut. Ich hatte ihn schon früher einmal an ihm bemerkt, wußte aber nicht mehr, wann. Es war ein Ausdruck von Zorn und Vernichtungswillen – und es schien, als sei dieser Vernichtungswille ein zweischneidiges Schwert, das zugleich nach innen und außen schlug.
„Nein“, antwortete ich bestimmt, aber insgeheim voller Furcht, denn Bram hatte mich geküßt.
Prüfend blickte er mir ins Gesicht. Dann ging er wieder an die Regale und räumte weiter Konservenbüchsen ein.
„Du wirst niemanden heiraten“, sagte er schließlich, als ob er sich nichts dabei gedacht hätte, wenn er mir seine artigen jungen Leute aus guter Familie vorgeführt hatte. „Jedenfalls nicht jetzt. Du bist erst vierundzwanzig. Und diesen Burschen wirst du schon gar nicht heiraten, das schwöre ich dir. Er ist ein ganz ordinärer Kerl.“
„Das hat Lottie Drieser auch gesagt.“
„Die ist kein bißchen besser“, bemerkte er. „Die ist selber ganz ordinär.“
Beinahe hätte ich laut gelacht. Aber gerade das vertrug er nie. So blickte ich ihn genauso fest an, wie er mich.
„Drei Jahre lang habe ich für dich gearbeitet.“
„Kein anständiges Mädchen in dieser Stadt würde ohne die Einwilligung seiner Familie heiraten“, erklärte er. „So etwas tut man nicht.“
„Dann werde ich es tun“, sagte ich, trunken vor Glück über meine Tollkühnheit.
„Ich denke nur an dein Bestes“, sagte mein Vater. „Wärest du nicht so ein Dickschädel, würdest du es vielleicht einsehen.“
Dann streckte er unvermittelt die Hand aus wie ein Lasso,

packte mich am Arm und preßte und quetschte ihn, ohne es selbst zu merken.
„Hagar", sagte er, „Hagar, du gehst nicht fort."
Das einzige Mal, daß er mich bei meinem Namen nannte. Bis auf den heutigen Tag weiß ich nicht: war es eine Frage oder ein Befehl? Ich suchte ihn nicht zu überzeugen, das war zwecklos. Aber als ich soweit war, verließ ich ihn trotzdem.
Zu meiner Hochzeit läuteten die Glocken nicht. Sogar mein Bruder betrat an diesem Tage nicht die Kirche. Ein Jahr zuvor hatte Matt Mavis McVitie geheiratet, und mein Vater und Luke McVitie hatten ihnen zusammen ein Haus gebaut. Mavis hatte ein etwas affektiertes Lächeln, war sonst aber recht nett. Sie schickte mir zwei bestickte Kopfkissenbezüge. Matt schickte nichts. Aber Tante Doll (sie kam – Gott hab' sie selig! – trotz allem zu meiner Hochzeit) erzählte mir, daß er mir beinahe ein Hochzeitsgeschenk gemacht hätte.
„Er gab es mir, damit ich es dir mitbrächte, Hagar. Es war kein großartiges Geschenk, denn Matt ist so knauserig geblieben, wie er immer war. Es war der schottische Schal, von dem sich Dan nicht trennen konnte, als er noch ein Dreikäsehoch war. Weiß Gott, wo Matt ihn ausgegraben hat und was er sich gedacht hat, wozu du ihn brauchen könntest. Aber schon eine Stunde später kam er wieder und holte das Geschenk zurück. Er hätte sich überlegt, er wolle das Geschenk doch nicht senden. Auch gut."
Es war die Nacht vor meiner Hochzeit, und ich wohnte in diesen Tagen bei Charlotte Tappen. Ich wäre gern zu Matt gegangen und hätte mit ihm gesprochen, fühlte mich aber meiner Sache nicht ganz sicher. Er hatte mir den Schal wohl als stummen Vorwurf, gleichsam zu meiner Verhöhnung schenken wollen, war dann aber dahintergekommen, daß er doch noch ein wenig an mir hing – das war mein erster Gedanke. Aber dann fiel mir eine andere Möglichkeit ein: wie, wenn er mir mit dem Geschenk doch eine Freude hatte machen wollen und es sich dann überlegt hatte? War es so, dann würde ich nicht über die Straße gehen, um mit ihm zu sprechen. So beschloß ich zu warten und zu sehen, ob er am nächsten Tag erscheinen würde, um anstelle meines Vaters die Rolle des Brautvaters zu übernehmen. Natürlich kam er nicht.

Was kümmerte es mich! Im Augenblick fühlte ich mich unbeschwert. Charlottes Mutter gab einen kleinen Empfang für mich, und ich flimmerte und flatterte umher wie ein neugeborener Falter, frei, aber auch überzeugt, daß sich mein Vater erweichen ließ und nachgab, sobald er sah, daß es mit Brampton Shipley aufwärts ging, daß er zahm wurde, eine Krawatte trug und korrektes Englisch sprach. Es war ein Tag im Frühling, ein anderer Frühling als der, den wir heute haben. An den Pappeln gingen klebrig die Knospen auf, die Frösche quakten und sangen wieder in ihren Sümpfen wie Engelschöre, die Halsschmerzen haben, und die Butterblumen öffneten sich und waren wie Sonnenstäubchen am Ufer des braunen Flusses, auf dem die Kaulquappen tanzten und auf dessen Grund die Blutegel schleimig lagen und auf Kinderfüße lauerten. Und ich fuhr im schwarzen Coupé, neben dem Mann sitzend, mit dem ich jetzt verheiratet war.
Das Haus der Shipleys war aus Holz, einfach, mit zwei Stockwerken, die mit billigen, alt gekauften Möbeln ausgestattet waren, und einer Küche, in der es dumpf roch, denn seit dem Tode Claras war sie nicht mehr ordentlich gescheuert worden. Und doch war ich bei ihrem Anblick nicht im mindesten beunruhigt und fühlte mich noch immer ganz als die Herrin des Hauses. Ich weiß nicht mehr, was ich mir dachte – wer all die Arbeit tun sollte. Ich dachte wohl an die Polen und Galizier, die im Gebirge wohnten, an die Halbblutmädchen aus dem Wachakwa-Tal oder an die Töchter und unverheirateten Tanten aus den Familien der Armen, und ich vergaß dabei, daß sich Brams eigene Töchter, sobald sie im Hause entbehrlich waren, als Mägde verdingt hatten, bevor sie sehr jung geheiratet und damit eine Lebensstellung gefunden hatten.
Alles in diesem dumpfen, säuerlich wie nach Molke riechenden Haus sollte nun mir gehören, so wie es da stand, aber als wir eintraten, reichte mir Bram eine Karaffe aus geschliffenem Glas mit einem silbernen Deckel.
„Das ist für dich, Hagar."
Ich nahm die Karaffe mit einer gleichgültigen Gebärde, stellte sie beiseite und dachte nicht mehr daran. Da nahm er sie in die Hände und drehte sie rundherum. Einen Augenblick dachte ich, er wolle sie zerbrechen, und ich konnte

nicht verstehen, warum. Doch dann lachte er, stellte sie hin und trat dicht an mich heran.
„Laß einmal sehen, wie du unter all deiner Takelage aussiehst, Hagar."
Nicht so sehr ängstlich, als vielmehr vollkommen verständnislos blickte ich ihn an.
„Weil wir hier unten sind –", fragte er, „stört dich das? Oder daß es heller Tag ist? Mach dir deshalb keine Gedanken – im Umkreis von fünf Meilen wohnt keine Menschenseele."
„Ich glaube jetzt, daß Lottie Drieser doch recht hatte", sagte ich, „obwohl ich es gewiß sehr ungern zugebe."
„Was sagen sie denn von mir?" fragte Bram. *Sie* – er wußte also, daß mehr als nur einer über ihn sprach.
Ich zuckte die Achseln und wollte es ihm nicht sagen, denn ich hatte gute Manieren.
„Mach dir darum keine Sorgen", sagte er. „Mir ist es verdammt egal. Hagar – du bist meine Frau."
Es tat weh und wieder weh, und nachher strich er mir mit der Hand über die Stirn.
„Hast du nicht gewußt, daß es das ist?"
Ich schwieg, denn ich hatte es nicht gewußt, und als er sich über mich gebeugt hatte, riesig und ungeheuerlich, konnte ich nicht glauben, daß in mir Raum genug sei, um solche Großmächtigkeit aufzunehmen. Als sich diese Furcht als unberechtigt erwies, war mir zumute wie jemandem, der einen zweiten Kopf an sich entdeckt. Lust oder Schmerz galten mir gleich, es hatte keine Bedeutung. Das einzige, was ich dachte, war nur – Gott sei Dank, jetzt weiß ich es, und es geht, ohne daß es zu dem Blutbad gekommen ist, nach dem es mir aussah. – Ich war in mancher Hinsicht ein recht praktisch veranlagtes Mädchen.
Am nächsten Morgen ging ich an die Arbeit und schrubbte das ganze Haus. Ich nahm mir vor, im Herbst, wenn Geld eingegangen war, ein Mädchen einzustellen. Aber in der Zwischenzeit gedachte ich nicht, im Dreck zu wohnen. Ich hatte noch nie in meinem Leben einen Fußboden gescheuert, aber an diesem Tage arbeitete ich, wie wenn jemand mit der Peitsche hinter mir stünde.
Doch zurück zu Mr. Troy, der mit offenem Munde mir gegenübersitzt, wie ein Fisch, der auf den Angelhaken wartet.

„Das ist alles lang vorbei", sage ich, wie um ihn und mich zu besänftigen.
„Ganz recht."
Er nickt und sieht mich bewundernd an, und ich sehe, daß ich, nur weil ich spreche, für ihn ein Wunder bin, so wie Eltern auf ein lernendes Kind voll ehrfürchtigen Staunens blicken – darüber daß menschliche Worte aus seinem Munde dringen.
Er seufzt, blinzelt, schluckt, als stecke ihm ein ganzer Schleimklumpen im Halse.
„Haben Sie viele Freunde hier, Mrs. Shipley?"
„Die meisten sind gestorben."
Er hat mich mit seiner Frage überrumpelt, sonst hätte ich nicht diese Antwort gegeben. Wieder nickt er, als sei er befriedigt von meiner Entgegnung. Was führt er im Schilde? Ich weiß es nicht. Ich merke, daß meine Finger eine Falte meines geblümten Kleides zerknittern und wieder glätten.
„Ein Mensch braucht Altersgenossen", sagt er, „mit denen er sprechen und Erinnerungen austauschen kann."
Mehr sagt er nicht zu diesem Thema. Er spricht nun vom Gebet und von den Tröstungen der Religion, alles in einem Atem, als ob der liebe Gott so etwas wie ein Federbett oder eine Sprungfedermatratze sei. Ich nicke und nicke und nicke. Es ist bequemer, ihm recht zu geben, da ich hoffe, daß er bald gehen wird. Er spricht ein kurzes Gebet, und ich beuge den Kopf, eine Feder an seinem Hut oder aus Gottes Daunendecke. Dann bricht er glücklicherweise auf.
Ich bleibe zurück mit einem undeutlichen Zweifel, mit einer dunklen Befürchtung. Was hatte er mir zu sagen versucht? Was hatte er mir im Auftrag von Doris sagen sollen? Etwas über das Haus? Ich halte es für das Wahrscheinlichste, und doch wiesen seine Worte nicht darauf hin. Ich werde unruhig, wie ein eingezäuntes Tier, das auf allen Seiten immer nur auf Stacheldraht stößt. Was ist es? Ich errate es nicht, und völlig verwirrt renne ich nur von einer Seite zur andern.
Ich gehe ins Haus zurück. Da ist das angestrichene Geländer, nun steige ich Stufe um Stufe zu der kleinen rückwärtigen Veranda hinauf, schließlich betrete ich die Küche.

Doris steht an der Vordertür und verabschiedet sich überschwenglich von ihrem Pastor. Durch Hallen und Flure höre ich undeutlich ihre Worte überströmenden Danks für seine kostbare Zeit, für seine goldenen Worte. *Wirklich, das war sehr lieb von Ihnen.* Und so weiter. Die alberne Gans.
In diesem Augenblick sehe ich die Zeitung und die furchtbaren Worte. Sie liegt auf dem Küchentisch, bei der Inseratenseite aufgeschlagen. Eine Stelle ist mit Tinte angekreuzt. Ich bücke mich, schaue genau hin und lese.

> FÜR MUTTER
> ist nur das Beste gut genug.
> Ist es Ihnen nicht möglich, Ihrer Mutter die besondere Pflege angedeihen zu lassen, deren sie an ihrem Lebensabend bedarf? SILVERTHREADS Privatklinik bietet unseren älteren Mitbürgern eine sorgfältige, sachgemäße Betreuung. In der wohltuenden, anheimelnden Atmosphäre unseres Heims findet Ihre Mutter die Gesellschaft von Gleichaltrigen, dazu jeden nur erdenklichen Komfort. Ärztliche Leitung, geschultes Personal. Mäßige Preise. Warum warten, bis es zu spät ist? Denken Sie an die treusorgende Liebe, mit der Ihre Mutter Sie überschüttet hat, und sorgen Sie für die Pflege, die sie verdient hat. Tun Sie es JETZT.

Darunter Adresse und Telefonnummer. Ich lege die Zeitung ruhig wieder auf ihren Platz, und ruhig und trocken ruhen meine Hände auf dem trockenen Papier. Auch meine Kehle ist trocken, auch mein Mund. Als ich mit der rechten Hand über das Gelenk der linken streiche, scheint mir die Haut zu weiß nach all den Jahren brennender Sonne, zu trocken und pudrig wie verwehter Staub, wenn der Regen ausblieb; sie scheint vor Trockenheit abzublättern, so, wie ein alter Knochen rissig wird und splittert und bleicht, wenn er zu lange in der Sonne liegt, einer Sonne, die Knochen und Fleisch und Erde zu Staub zermahlt wie in einem Feuermörser, mit einer Keule aus alles zermalmendem Licht.
Da ist der Schmerz wieder und brennt. Er durchbohrt mich, stößt mir die Klinge unter die Rippen, und das schwere,

fette Fleisch ist kein Schild dagegen, denn listig führt er den Angriff von innen her. Der Atem geht mir aus. Ich bekomme keine Luft. Ich zapple wie ein Regenwurm, den Kinder auf der grausam unscharfen Spitze einer Sicherheitsnadel aufgespießt haben. Ich kann nicht mehr Atem holen. Mein Entsetzen hat sich gleichsam außerhalb meiner selbst verkörpert, wird beinahe sichtbar, wie die Masken, die uns am Abend vor Allerheiligen aus dem Dunkel angrinsen und bei deren Anblick die Kinder jäh still stehen und ihr Mund zum ‚O' eines stummen Schreis erstarrt. Kann ein Mensch länger als einen Augenblick mit leeren Lungen am Leben bleiben? Mir fällt ein, wie John in seinem zweiten Lebensjahr, wenn er böse war, den Atem anhielt, und wie ich vor ihm bettelte und betete, als sei er ein unbarmherziges Jesuskind, bis ihm Bram, wütend auf uns beide, einen Klaps gab, was zur Folge hatte, daß er mit einem gellenden Schrei wieder zu atmen begann. Wenn sein kleiner Körper diese scheinbare Ewigkeit ohne Luft leben konnte, dann kann es mein soviel mächtigerer Körper auch. Ich will nicht fallen. Ich will nicht. Ich klammere mich am Tischrand fest, und als ich nicht länger um Atem ringe, kommt er von selbst. Der Krampf löst sich, der Schmerz weicht, so langsam und behutsam zieht er sich aus meinem Körper zurück, daß ich fast glaube, mein Blut müsse ihm folgen – so, als ob ich sehen könnte, wie die Klinge aus der Wunde herausgezogen wird.

Jetzt habe ich vergessen, warum er über mich gekommen war. Meine Hände glätten die Zeitung und legen sie sorgfältig zusammen. Die Gewohnheit eines Lebens: nichts herumliegen lassen. Dann sehe ich die angekreuzte Stelle und das fettgedruckte Wort MUTTER.

Hier kommt Doris, drall und glatt in ihrem braunen kunstseidenen Kleid, schnaubend und stöhnend wie eine ferkelnde Sau. Ich schiebe die Zeitung fort, aber sie hat es gesehen. Jetzt weiß sie, daß ich Bescheid weiß. Was wird sie sagen? Um Worte wird sie nicht verlegen sein. Sie nicht. Nicht Doris. Sie hat genug Unverschämtheit für zehn. Wenn sie jetzt versucht, mir mit süßen Worten zu kommen, werde ich sie nicht schonen.

Erschrocken starrt sie mich an, mit gerötetem, schweißfeuchtem Gesicht. Sie hat eine unangenehme Angewohn-

heit: Wenn sie aufgeregt ist, atmet sie geräuschvoll durch die Nase. Jetzt krächzt sie wie eine Säge. Dann versucht sie, über den peinlichen Augenblick hinwegzugleiten, als könne man ihn abtun wie eine uninteressante Seite, die man rasch umblättert.
„Du lieber Gott, Mister Troy ist länger geblieben, als ich dachte. Ich muß mich mit dem Essen beeilen. Gott sei Dank ist wenigstens der Braten im Ofen. Hat dir der Besuch Freude gemacht?"
„Ein ziemlich fader Mensch, fand ich. Er sollte sich ein Gebiß anschaffen, seine Zähne sind sehr schlecht. Seinen Atem habe ich nicht gespürt – aber ich würde mich nicht wundern, wenn er übel röche."
Doris ist beleidigt. Sie schiebt die Lippen vor, die lilafarbenen, bindet sich rasch eine Schürze um und schabt mit Ingrimm die Möhren.
„Er ist ein vielbeschäftigter Mann, Mutter. Du würdest nicht glauben, wieviel Mitglieder seine Gemeinde hat. Es war nett von ihm, daß er sich für dich Zeit genommen hat."
Sie sieht mich aus zusammengekniffenen Augen an, verschmitzt wie ein kleines Kind, das seine Mutter nach allen Regeln der Kunst einwickelt.
„Das geblümte Kleid steht dir gut."
So leicht werde ich mich nicht besänftigen lassen. Trotzdem blicke ich an mir hinunter und finde, daß sie vielleicht recht hat, sehe aber auch, überrascht und befremdet, meine gewaltigen, eng in das Kleid gepreßten Hüften. Als ich heiratete, hatte ich eine Taillenweite von fünfzig Zentimetern.
Es lag nicht an der Arbeit, nicht einmal am Essen, wenn auch in der Ufererde der Shipley-Farm die Kartoffeln vorzüglich gediehen, und zwar besonders dann, wenn man in der Stadt keinen vernünftigen Preis für sie bekam. Ebensowenig lag es an den Kindern – es waren nur zwei, und zwischen beiden war eine Pause von zehn Jahren. Nein. Aber ich werde bis an mein Lebensende behaupten: Es kam daher, daß ich kein Korsett trug. Was verstand Bram von solchen Dingen? Wir bekamen wohl Kataloge ins Haus – ich hätte ein Korsett bestellen können. Die Illustrationen – damals empfand man sie als gewagt – zeigten Damen von der Hüfte aufwärts mit Schwanenhals, eng geschnürt, wie ohne

Knochen, den Bauch eingezogen, mit einer Taille nicht dikker als ein Handgelenk. Bei alledem trugen sie eine kühle und selbstbewußte Miene zur Schau, als wüßten sie nicht, daß sie in ihrer Unterwäsche vor der Öffentlichkeit standen. Ich blätterte in den Prospekten, zog das eine oder andere Modell in Betracht – kaufte aber nie etwas. Er hätte mich doch nur ausgelacht oder ein Gesicht gezogen.
„Das ist nichts für euch Mädchen, stimmt's, Hagar?"
Seine Mädchen natürlich wollten nichts davon wissen. Jess und Gladys waren die reinsten Kälber, wahre Fettklumpen. Wir hatten verdammt wenig Geld – besser, dachte er, man verwendete es für seine Projekte. Die Bienenzucht zum Beispiel. Damit würden wir uns ohne Frage ein Vermögen erwerben. Blühte nicht allenthalben bei uns der weiße und gelbe Klee? Doch; nur blühte auch etwas anderes zwischen dem Klee, eine giftige Blume, die wir nie zu Gesicht bekamen, wohlverborgen vor dem hellen Tageslicht hinter den Fuchsschwänzen, deren haarig-samtene Blütenähren über der Weidefläche pendelten, oder verdeckt vom Schilf am Rand des gelblichen, blasentreibenden Sumpfes, irgendeine Kletten- oder Nachtschattenblüte, deren Duft für die Bienen verführerisch war – und todbringend. Denn Brams verflixte Bienen wurden krank, und die meisten starben. Wie eine Handvoll zusammengeschrumpfter Rosinen lagen sie in den Bienenkörben. Ein paar blieben am Leben, und Bram hielt sie noch Jahre, obwohl er wußte, daß ich vor ihnen Angst hatte. Er konnte mit seinen haarigen Armen zwischen sie tauchen, sogar wenn sie schwärmten, ohne gestochen zu werden. Ich weiß nicht, warum; es sei denn, weil er keine Furcht hatte.

„Mutter, ist dir nicht gut? Hast du nicht gehört, was ich zu dir gesagt habe?"
Doris' Stimme. Wie lange stehe ich hier schon mit gesenktem Kopf und fingere an dem Seidenstoff meines Kleides? Ich fühle mich geniert und schuldbewußt und kann mich im Augenblick nicht darauf besinnen, was ich ihr vorwarf. Natürlich, das Haus. Sie wollen mein Haus verkaufen. Was soll dann aus meinen Sachen werden?
„Doris, ich möchte nicht, daß Marvin das Haus verkauft."
Überrascht runzelt sie die Stirn. Dann fällt es mir wieder

ein. Es war mehr als das Haus. Auf dem Küchentisch liegt noch die Zeitung. Silverthreads. Nur das Beste. Denken Sie an die treusorgende Liebe, mit der Ihre Mutter Sie überschüttet hat.
„Doris, ich will nicht in das Heim. Du weißt schon, was ich meine, liebes Kind. Du brauchst nicht den Kopf zu schütteln. Also, ich will nicht. Ihr beide könnt ja ausziehen. Ja, zieht doch nur gleich aus. Ja, ihr könnt das tun. Ich bleibe in meinem Haus. Hörst du?"
„Bitte, Mutter, fang jetzt nicht wieder an, dich selbst aufzuregen. Wie könntest du hier allein mit allem fertig werden? Das kommt überhaupt nicht in Frage. Bitte, beruhige dich jetzt und setz dich ins Wohnzimmer. Wir wollen im Augenblick nicht weiter darüber sprechen. Wenn du dich aufregst, fällst du wieder hin, und Marv kann vor einer halben Stunde nicht hier sein."
„Ich bin kein bißchen aufgeregt!" Ist das meine eigene Stimme, so rauh und tief, die da gebrüllt hat? „Ich möchte dir lediglich sagen ..."
„Wenn du fällst, kann ich dich nicht wieder aufheben", sagt sie. „Ich kann es einfach nicht mehr."
Ich drehe mich um und gehe hinaus, um eine stolze Haltung bemüht, stoße mich aber gräßlich am Speisezimmertisch und bringe dabei die Kristallschale in Gefahr, die sie jetzt benutzt, obwohl sie mir gehört. Sie kommt herbeigelaufen, glücklich über soviel Grund zur Klage, fängt die Rosenschale auf, packt mich am Ellbogen und führt mich, als sei ich stockblind. So betreten wir das Wohnzimmer, und als ich mich auf dem Sofa niederlasse, entweicht gleichsam ächzend Luft aus dem Gefängnis meines Darms und verbreitet einen höllischen Gestank. Mir bleibt, scheint's, nichts erspart. Vor Zorn kann ich nicht sprechen. Doris ist um mich bemüht.
„Hat das Abführmittel nicht gewirkt?"
„Ich bin vollkommen in Ordnung. Hör jetzt mit deinem Getue auf, Doris, um alles in der Welt!"
Sie geht in die Küche zurück, und ich bin allein. Mit meinen Sachen um mich herum. Marvin und Doris betrachten sie als ihr Eigentum, das sie, wie es ihnen paßt, behalten oder verkaufen können, ebenso wie sie das Haus als das ihre ansehen, das ihnen nach dem Recht illegaler Siedler

nach all diesen Jahren der Besetzung zugefallen ist. Bei Doris ist es Habgier. Als Kind hat sie nicht viel besessen, und als sie mit Marvin zu mir zog, machte sie große Augen, als sie die Möbel und Nippsachen sah – wie eine Taschenratte, die beim Anblick von Eicheln darauf brennt, an ihnen zu nagen. Aber bei Marvin ist es, glaube ich, keine Habgier. So ein stumpfer Geist! Er träumt nicht von Gold und Silber, sofern er überhaupt träumt. Oder ist es umgekehrt – wird er je wach? Er lebt in einem traumlosen Schlaf. Er sieht mein Eigentum nur auf Grund langer Gewohnheit als das seine an.

Aber es sind meine Sachen. Wie könnte ich mich von ihnen je trennen? Sie sind mir Rückhalt und Trost. Auf dem Kaminsims steht der Krug aus blauem und milchweißem Glas, der meiner Mutter gehörte, und daneben, in einem kleinen, vergoldeten, ovalen Rahmen, eine Daguerreotypie von ihr, einem spindeldürren, bekümmert dreinblickenden jungen Mädchen, ziemlich häßlich, mit starren Ringellöckchen. Sie sieht aus, als wisse sie nicht, wie sie sich verhalten solle, obwohl sie aus guter Familie kam und es eigentlich nicht nötig hatte, sich über ihr Benehmen im Zweifel zu sein. Aber noch immer blickt sie ratlos aus ihrem kleinen Rahmen und scheint sich zu überlegen, wie sie es nur anstellen könnte, ihrem Mann zu gefallen. Mein Vater schenkte mir den Krug und das Bild, als ich noch ein Kind war, und schon damals schien es mir rätselhaft, warum sie nicht bei der Geburt eines der beiden Jungen gestorben war, sondern ihren Tod für mich aufgespart hatte. Wenn mein Vater sagte: „Deine arme Mutter" (denn ihm schien sie irgendwie mit ewiger Armut geschlagen), bekam er feuchte Augen, und ich bewunderte ihn dafür, daß er nach Belieben eine Träne aus den Augen pressen konnte, zur Genugtuung und Rührung der verheirateten Frauen der Stadt, die in einer Träne, geweint im Gedanken an die tote Ehefrau, zu ihrer Beruhigung so etwas wie eine Huldigung an alle sich aufopfernden Mütter sahen. Sollten sie einmal im Wochenbett sterben, dann würde auch um sie noch Jahre später ein Mann weinen. Ein wunderbarer Trost. Ich aber hätte gern gewußt, wie diese so gefügige Frau wirklich gewesen war, warum sie so schwach, ich aber so stark geworden war. Mein Vater machte mir keinen Vorwurf daraus, daß meine

Mutter bei meiner Geburt gestorben war. Ich weiß es, denn er selbst sagte es mir. Vielleicht hielt er es für einen fairen Tausch: ihr Leben für mein Leben.
Der goldgerahmte Spiegel über dem Kaminsims stammt aus dem Haus der Curries. Er hing unten in der Halle, wo es immer streng nach den Mottenkugeln roch, die unter dem Teppich mit dem blauen Rosenmuster lagen. Jedesmal, wenn ich an dem Spiegel vorbeikam, blickte ich rasch hinein – in aller Eile, denn ich wollte nicht dabei beobachtet werden –, und ich verstand nicht, daß Dan und Matt die Feingliedrigkeit meiner Mutter geerbt hatten, während ich grobknochig und kräftig wie ein Ochse war.
Da ist noch ein Bild von mir, als ich zwanzig war. Doris wollte es abnehmen, aber Marvin ließ es nicht zu – merkwürdig genug, wenn ich es mir jetzt überlege. Ich war ein hübsches, frisches junges Mädchen, das ist sicher. Schade nur, daß ich es damals nicht wußte. Nicht schön, zugegeben, nicht von der Art eines Porzellanfigürchens wie so manche Frauen, zart, zerbrechlich, ganz Gold und Rosa, bei denen man überrascht ist, daß die Korsettstangen ihre zarten Spatzenknochen noch nicht zerbrochen haben. Hübschheit und Frische währen länger, das ist meine Meinung.
Manchmal allerdings stellt sich heraus, daß diese scheinbar so zarten und empfindlichen Frauen am Ende ganz robust sind. Matts Frau Mavis gehörte zu den Frauen mit einer stets anfälligen Gesundheit. Als Kind hatte sie an rheumatischem Fieber gelitten, und man glaubte daher, daß ihr Herz schwach sei. Aber in jenem Winter, als die Grippe grassierte, da pflegte sie ihren Matt, ohne sich dabei selbst anzustecken. Sie hielt bei ihm aus, ich muß es anerkennen. Ich kam damals nicht mehr oft in die Stadt, und so hatte ich nicht einmal gewußt, daß Matt krank war, bis eines Tages Tante Dolly zu uns auf die Farm herauskam und mir mitteilte, daß in der Nacht Matt gestorben war.
„Er ist ruhig hinübergegangen", sagte sie. „Er wehrte sich nicht gegen seinen Tod, wie es manche tun, die sich damit das Sterben nur schwerer machen. Matt hat wohl gewußt, daß es für ihn keine Hilfe mehr gab, sagte Mavis. Er rang nicht nach Luft, er klammerte sich nicht an das Leben. Er ließ sich gleiten."

Das fand ich schwerer zu ertragen als seinen Tod selbst. Warum hatte er sich nicht gewehrt, nicht geflucht, nicht mit dem Tode gerungen? Wir sprachen dann über Matt, und bei dieser Gelegenheit erzählte mir Tante Dolly, warum er als Kind sein Geld gespart hatte. Ich habe mich oft gefragt, warum man hinter so viele Dinge zu spät kommt. Die Scherze Gottes.

Ich besuchte Mavis. Sie war in Schwarz und schien viel zu jung, um schon Witwe zu sein. Als ich mir Mühe gab, ihr zu erklären, wieviel mir Matt bedeutet hatte, blieb sie kühl. Zuerst dachte ich, sie glaube mir nicht. Doch nein. Nicht an meiner Zuneigung zu ihm zweifelte sie. Sie saß da und erzählte mir wieder und wieder, wie lieb sie ihn, und wie lieb er sie gehabt habe.

„Wenn ihr nur Kinder gehabt hättet", sagte ich aus Mitgefühl, „würdest du jetzt etwas von ihm behalten haben."

Mavis' Augen veränderten sich. Sie wurden wie blaue Saphire, klar und hart.

„Es war nicht so verwunderlich, daß wir keine hatten", sagte sie, „obwohl ich mir so sehr welche wünschte." Sie weinte und sprach halb erstickt unter Tränen weiter. „Das habe ich nicht sagen wollen. Bitte, sag es niemandem weiter. Aber ich weiß ja, daß du es nicht weitersagst – warum bitte ich dich erst darum? Ich bin nicht bei Sinnen."

Ich fand nicht die Worte, die ihr Gefühl erreicht hätten. Nach einer Weile hatte sie sich gefaßt.

„Es ist das beste, wenn du jetzt gehst, Hagar", sagte sie. „Ich bin für heute am Ende meiner Kraft. Aber ich freue mich, daß du gekommen bist. Glaub es mir!"

Als ich gehen wollte, berührte Mavis mit einer Hand meinen Pelzmuff.

„Ich habe nie erlebt, daß er von dir schlecht sprach", sagte sie. „Auch wenn es dein Vater tat, stimmte ihm Matt nicht zu. Er widersprach ihm nicht, doch ebensowenig pflichtete er ihm bei. Er äußerte sich überhaupt nicht, weder in dem noch in jenem Sinne."

Ein Jahr später heiratete Mavis Alden Cates und zog auf die Farm. In den folgenden Jahren gebar sie ihm drei Jungen. Sie züchtete Hühner, und zwar *Rhode Island Reds*, und gewann mit ihnen auf allen Geflügelausstellungen Preise. Schließlich wurde sie selbst so dick wie ein Masthühnchen.

So teilt das Schicksal zuweilen auch eine gute Karte aus.
Tante Dolly glaubte, daß sich mein Vater nach dem Tode Matts mit mir versöhnen wolle. Natürlich mochte ich nicht den Backsteinpalast in Manawaka aufsuchen, aber als Marvin geboren wurde, gab ich Tante Dolly zu verstehen, daß ich nichts dagegen hätte, wenn mein Vater auf die Shipley-Farm käme, um sich seinen Enkel anzusehen. Vielleicht hatte er nicht das Gefühl, daß Marvin wirklich sein Enkel sei. Die Wahrheit zu sagen, ging es mir nicht anders, ja, bei mir war's noch schlimmer. Ich hatte fast das Gefühl, daß Marvin nicht mein Sohn sei.
Da steht der einfache, braune irdene Krug mit blaßblauem Rand, der Brams Mutter gehört hat. Er stammt aus einem Dorf in England und ist sehr alt. Ich hatte vergessen, daß er hier steht. Wer hat ihn herausgenommen? Tina natürlich. Aus irgendeinem Grunde findet sie ihn hübsch. Ich habe nur immer einen ganz gewöhnlichen Milchtopf gesehen. Tina behauptet, er sei wertvoll. Jeder nach seinem Geschmack, und meine Enkelin hat nun einmal, so lieb sie mir auch ist, einen etwas gewöhnlichen Geschmack, eine Erbschaft ihrer Mutter, nehme ich an. Allerdings muß ich zugeben, daß sich Doris ganz und gar nichts aus dem Krug macht. Nun, über Geschmack läßt sich nicht streiten, und Häßlichkeit gilt heute als hübsch. Ich persönlich bin mehr für Blumenmuster, vielleicht ein paar Blütenzweige, kurz, ein bißchen Anmut in einer sonst so plumpen, häßlichen Welt. Ich habe nie geglaubt, daß die Shipleys irgend etwas Wertvolles besessen hätten. Aber Tina hat den Krug gern – ich werde ihn ihr vermachen. Er kommt ihr zu, denn sie ist eine Shipley. Ich bete zu Gott, daß sie heiratet, obwohl der Himmel allein weiß, wo sie den Mann finden soll, der ihre Selbständigkeit erträgt.
Die Kristallkaraffe mit dem silbernen Deckel war mein Hochzeitsgeschenk von Bram. Sie gehört eigentlich auf die Kredenz, aber Doris, diese Närrin, hat sie auf den Nußbaum-Nähtisch gestellt und übrigens noch nie etwas hineingetan. Sie ist entschieden gegen das Trinken. Wenn überhaupt einer dagegen sein muß, dann ich, aber ich bin nicht engherzig. Ich habe damals nicht viel von der Karaffe gehalten, aber jetzt könnte ich mich für alles Geld der Welt nicht von ihr trennen. Zu meiner Zeit war sie immer ge-

füllt. Meistens mit Bitterbeerenwein; diese Beeren sammelte ich lieber als alle anderen, aus denen man ein stärkendes Getränk braut, denn die Bitterbeeren ließen sich so leicht pflücken. Sie hingen in Büscheln und Trauben, ich riß ganze Zweige ab und aß beim Pflücken, wobei sich mir der Mund zusammenzog von ihrer herbsüßen Schärfe.
Den Sessel aus Eiche, mit kannelierten Beinen wie die griechischen Säulen, hatte mein Vater von Weldon Jonas, dem Möbeltischler unserer Stadt, anfertigen lassen, als das große Haus gebaut wurde. Es würde meinen Vater wohl recht geärgert haben, wüßte er, wie viele Jahre sein Sessel nun schon im Haus der Shipleys steht, nach dem Schlaganfall, der seinem Leben ein jähes Ende setzte. Luke McVitie, der sein Testamentsvollstrecker war, sagte mir, ich könne als der einzige noch lebende leibliche Erbe aus dem Hause meines Vaters aussuchen, was mir gefiel. Ich ließ Tante Dolly ihre Wahl treffen, die aber nicht viel haben wollte, denn sie ging zu ihrer Schwester nach Ontario zurück. Ich nahm ein paar Möbel und einige kleinere Teppiche, aber ich hatte wenig Freude an meiner Auswahl, denn ich war damals noch zu zornig auf meinen Vater, um seinen Tod zu betrauern oder Sachen aus seinem Hause haben zu wollen. Im Testament waren die Gegenstände, die sich im Haus befanden, nicht einzeln aufgeführt. Vielleicht war das das Äußerste, was er tun konnte, um seinen Frieden mit mir zu machen. Über das Geld und seinen sonstigen Besitz verfügte er allerdings im einzelnen. Einen bestimmten Betrag hatte er für die ständige Pflege des Familiengrabs ausgesetzt, so daß seine Seele, wenn sie aus den ewigen Gefilden herabblickte, nicht vom Anblick wild blühender Schlüsselblumen auf seinem Grab beleidigt wurde. Den Rest seines Geldes hinterließ er der Stadt.
War es denkbar, daß ein Mann so etwas tat? Als es mir Luke McVitie sagte, wollte ich es ihm kaum glauben. Doch welch ein Jubel, als die Nachricht in der Stadt bekannt wurde! Die Lobeshymnen, die im *Banner von Manawaka* erschienen! „Jason Currie, einer der Gründer unserer Stadt, von jeher ein großer Wohltäter und am Gemeinwohl interessierter Mann, hat unserer Stadt ein letztes großartiges Vermächtnis ..." Und so weiter. In einem Jahr war bereits am Ufer des Wachakwa-Flusses der Currie-Gedächtnis-Park entstanden.

Die Zwergeichen waren ausgerodet worden, das Queckengras gemäht, und runde Petunienbeete verkündeten die Unsterblichkeit meines Vaters mit gekräuselten Blütenblättern in Violett und Rosa. Noch heute verabscheue ich Petunien.
Es war mir nicht meinetwegen wichtig. Ich dachte dabei nur an die Jungen. Weniger an Marvin, denn er war durch und durch ein Shipley. Doch John hätte man ins College schicken müssen.
Aber Jason Currie hatte meinen zweiten Sohn nie zu Gesicht bekommen. Er wußte nicht, daß der Junge, den er sich gewünscht hätte, erst eine Generation später erschienen war.

„Wie geht's, Mutter?" Doris' Stimme. „In ein paar Minuten ist das Essen fertig. Marvin ist gerade gekommen."
„Glaubst du, daß sich Steven über den eichenen Sessel freuen würde?" frage ich. Denn ich habe vor, ihn meinem Enkel zu vermachen.
Doris scheint sich unschlüssig zu sein. „Nun, ich könnte es nicht sagen. Er richtet sich seine Wohnung im modernen dänischen Stil ein, und vielleicht paßt der Sessel nicht gut zu den neuen Sachen."
Moderner dänischer Stil? Die Welt ist voller Geheimnisse. Besser, ich frage nicht erst. Das würde ihr so passen, mich für ungebildet zu halten.
„Mir ist's egal. Ich dachte nur, er würde sich darüber freuen. Ich möchte genau wissen, was jeder von euch haben will. Man soll diese Dinge nicht dem Zufall überlassen."
„Du hast immer gesagt, daß wir den eichenen Sessel bekommen sollen", sagt sie bekümmert.
„Das habe ich nie gesagt."
Sie zuckt die Achseln. „Halte es, wie du willst. Aber gesagt hast du es tausendmal."
„Tina soll den braunen Krug haben, Doris."
„Ich weiß. Das sagst du ihr seit Jahren schon."
„So? Und wenn? Ich erledige gern alles gründlich. Aber jedenfalls wird keiner von euch schon jetzt etwas bekommen. Ich treffe nur meine Vorbereitungen für den fraglichen Tag. Doch bis dahin wird es noch ein Weilchen dauern, das verspreche ich dir. Gib dich keinen falschen Vorstellungen hin."

„Außer dir spricht niemand davon“, erwidert sie mir. „Ich wäre dir dankbar, wenn du das Thema nicht in Gegenwart von Marv erörterst. Es regt ihn auf.“
„Mach dir Marvins wegen keine Sorgen.“ Ich überrasche mich dabei, daß ich diese Worte geradezu herausschmettere – wie Karten, mit denen man auf den Tisch schlägt. „Der Junge regt sich so leicht über nichts auf, nicht einmal darüber, was seinem eigenen Bruder widerfahren ist.“
Vor meinen Augen wird ihr Gesicht gleichsam fremd.
„Der Junge“, schreit sie gellend, mit einer Stimme, die wie eine Trillerpfeife ist. „Er ist vierundsechzig und hat Magengeschwüre. Weißt du nicht, wovon man Magengeschwüre bekommt?“
„Von mir, nehme ich an. Das willst du doch damit sagen. Du brauchst jemanden, dem du die Schuld geben kannst, nicht wahr? Nur los! Du wirst sehen, was ich mir daraus mache.“
„Wir wollen nicht darüber sprechen. Was für einen Sinn hätte es? Es tut mir leid. Genügt dir das? Es tut mir leid. Setz dich jetzt ruhig hin. Wir können gleich essen.“
Ich bin erschöpft und froh, das Thema wechseln zu können. Ich werde ihr nicht die Genugtuung gönnen, mich als eine verdrehte Person abzutun. Ich werde mir genau wie sie Mühe geben, liebenswürdig zu sein.
„Ist Tina zum Essen zurück?“ Das ist eine ungefährliche Bemerkung. Wir haben beide das Mädel so gern; es ist das einzige Thema, bei dem wir sicher sein können, immer einer Meinung zu sein.
Doris starrt mich mit aufgerissenen Augen an. Nur für einen Moment. Aber es liegt so viel darin. Dann senkt sie die Lider.
„Tina ist viele hundert Kilometer weit von uns entfernt. Sie ist vor einem Monat fortgegangen und hat diese Stellung dort im Osten angetreten.“
Ach ja. natürlich. Oh, ich kann sie vor Beschämung nicht ansehen.
„Ja, gewiß. Es war mir nur gerade entfallen.“
Sie geht wieder in die Küche, und ich höre sie mit Marvin über mich sprechen. Sie gibt sich keine Mühe, ihre Stimme zu dämpfen. „Sie dachte, Tina sei noch hier ...“
Wie kommt es, daß mein Gehör noch so gut ist? Manchmal

wäre ich froh, es ließe nach, und alle Stimmen würden zu einem wortlosen Summen in meinem Ohr. Aber das würde es nur schlimmer machen, denn ich habe immer gern gewußt, was man über mich sagt.

„Wir müssen es endlich mit ihr besprechen", sagt Marvin. „Keine sehr angenehme Aufgabe."

Und plötzlich klingt seine Stimme, sonst so tief und ruhig, erschreckend hoch und unsicher.

„Was soll ich ihr sagen, Doris? Wie kann ich sie zur Einsicht bringen?"

Doris antwortet nicht. Sie wiederholt nur immer wieder die zärtlich gurrenden Laute, mit denen eine Mutter ihr Kind beruhigt.

Mein Herz pocht, daß es meine Brust zu sprengen droht. Und doch weiß ich nicht, was mich so erschreckt. Marvin kommt ins Wohnzimmer. „Wie geht es dir heut abend, Mutter?"

„Prächtig, danke. Wirklich prächtig."

Wahrscheinlich gibt man diese höfliche Antwort auch noch in dem Augenblick, in dem man seinen Geist aufgibt. Aber mir kommt es nur darauf an, das angekündigte Gespräch abzuwenden, wovon es auch handeln mag.

„Marvin, ich habe meine Zigaretten oben liegenlassen. Würdest du so gut sein und sie holen?"

„Aber er ist todmüde", sagt Doris von der Tür her. „Ich werde gehen."

„Schon gut", sagt Marvin. „Es macht mir nichts aus. Ich gehe."

An der Tür stoßen sie aufeinander und schieben und drängen sich, weil sie sich nicht entscheiden können, wer von ihnen die Treppe hinaufgehen soll.

„Ich hätte nichts gesagt", erkläre ich kühl, „wenn ich gewußt hätte, daß es soviel Umstände verursacht."

„Um Himmels willen, geht's schon wieder los?" fragt Marvin und stolpert die Treppe hinauf.

„Dein Husten ist in den letzten Nächten wieder schlimmer geworden", bemerkt Doris anklagend. „Das Zigarettenrauchen tut dir bestimmt nicht gut."

„In meinem Alter nehme ich gern das Risiko auf mich."

Sie starrt mich an. Beim Essen schweigen wir. Ich esse reichlich. Mein Appetit ist im allgemeinen sehr gut. Ich habe immer gemeint, daß einem nicht viel fehlen kann, wenn man nur tüchtig ißt. Doris hat einen Rinderbraten gemacht, und sie gibt mir die inneren Scheiben, da sie weiß, ich esse das Fleisch gern nicht ganz durchgebraten, wenn es noch rosa ist und gerade einen bräunlichen Anhauch zeigt. Sie macht eine gute Bratensoße, um gerecht zu sein. Niemals ist sie klumpig, sondern stets von seidigglattem Braun. Als Nachtisch gibt es eine Pfirsichtorte; ich nehme zweimal davon. Der Teig ist leider etwas schwerer, als ich ihn zu machen pflegte, nicht ganz so locker, trotzdem recht schmackhaft.

„Wir dachten daran, heute abend ins Kino zu gehen", sagt Doris beim Kaffee. „Ich habe das junge Mädchen von nebenan gefragt, ob sie herüberkommen will, für den Fall, daß du irgend etwas brauchst. Ist es dir recht?"

Ich erstarre. „Du denkst wohl, ich brauche einen Babysitter wie ein kleines Kind?"

„Ganz und gar nicht", erwidert Doris rasch. „Aber was würde geschehen, wenn du fällst oder eine Gallenkolik bekommst wie im vorigen Monat? Jill ist doch so nett und würde dich überhaupt nicht stören. Sie setzt sich vor den Fernsehapparat und ist zur Stelle, wenn du sie brauchst ..."

„Nein!" Ich brülle plötzlich, und meine Augen sind wie heiße Quellen, aus denen das Wasser siedend hervorbricht. „Ich dulde es nicht! Unter keinen Umständen!"

„Mutter, hör doch einmal zu", schaltet sich Marvin ein. „Solange Tina hier war, ging es ja sehr gut auch so. Aber jetzt – wir können dich nicht allein lassen."

„Laßt mich nur allein. Was machst du dir schon daraus?"

Oh, das wollte ich eigentlich nicht gesagt haben. Wie kommt es, daß mein Mund von selbst spricht und die Worte von irgendwoher strömen, aus einer verborgenen Wunde?

„Gestern nacht hast du deine Zigarette nicht ausgemacht", erklärt Marvin kühl. „Sie fiel aus dem Aschenbecher. Glücklicherweise habe ich sie gefunden."

Jetzt kann ich nichts sagen. Ich sehe ihm am Gesicht an, daß er diese Geschichte nicht erfunden hat. Wir hätten also alle in unseren Betten verbrennen können.

„Wir sind diesen ganzen Monat, seitdem Tina fort ist, nicht

einmal ausgegangen", sagt Doris. „Dir ist es vielleicht nicht aufgefallen."
Tatsächlich, es ist mir nicht aufgefallen. Warum haben sie nicht schon vorher einmal etwas gesagt? Warum nehmen sie es hin und machen mir dann Vorwürfe?
„Ich bedauere sehr, daß ich euch eure Bewegungsfreiheit nehme", erkläre ich heftig, mit einem schlechten Gewissen. „Es tut mir leid, daß ich euch ..."
„Schon gut", sagt Marvin. „Wir werden nicht ins Kino gehen. Doris, ruf Jill an und sage ihr, daß sie nicht zu kommen braucht."
„Marvin, bleibt nicht meinetwegen hier. Ich bitte euch." Und es ist mir Ernst damit, jetzt, wo es zu spät ist.
„Es spielt keine Rolle", antwortet er. „Reden wir nicht mehr davon, um alles in der Welt! Das ganze Gerede darum ist das schlimmste."
Ich gehe auf mein Zimmer, und ich weiß nicht, ob ich gesiegt oder verloren habe.

Ich sitze in meinem Lehnstuhl – er ist wohl abgenutzt, aber noch recht stabil. Heutzutage macht man solche Stühle nicht mehr. Heute ist alles aus diesem dürftigen Zeug und mit Beinen wie Zahnstocher, und immer fehlt eine gepolsterte Ausbuchtung fürs Kreuz. Es ist ein bequemer, schwerer Lehnstuhl, gut gepolstert wie ich. An den Armlehnen ist der pflaumenfarbene Velours fadenscheinig geworden, aber sonst hat er seine Form und Farbe bewahrt.
Ich habe mein Zimmer gern, und in den letzten Jahren habe ich mich immer mehr hierher zurückgezogen. Hier habe ich alle meine Bilder um mich. Doris hätte sie nicht gern in den übrigen Räumen des Hauses. Ich übrigens ebensowenig; es würde mir nicht passen, wenn sie von Leuten, die ich nicht kenne, angestarrt würden, von Doris' Bekannten oder Mr. Troy. Da, auf dem Bild, bin ich neun Jahre alt, ein ernstes Kind mit großen Augen und langem, glattem Haar. Das ist Vater mit seinem großen Schnurrbart; streng blickt er in die Kamera – daß sie sich ja nicht einfallen ließ, kein gutes Bild von ihm zu geben! Und Marvin an seinem ersten Schultag im Matrosenanzug und mit einem Gesicht, so leer und blank wie Wasser. Er konnte seinen blauen Matrosenanzug mit dem roten Anker am Kragen nicht leiden, denn

die meisten anderen Jungen trugen Overalls. Bald gab ich es auf, ihn anständig zu kleiden, und ließ ihn ebenfalls Overalls tragen. Für großen Garderobenaufwand hatten wir sowieso kein Geld. Brams Töchter gaben mir die Overalls, aus denen ihre Söhne herausgewachsen waren. Es ärgerte mich sehr, von Jess und Gladys etwas annehmen zu müssen, aber es wäre zu töricht gewesen, es abzulehnen, denn die Sachen waren noch recht brauchbar. Das ist John, mein erstes Bild von ihm, ein schmächtiger Junge, immer so dünn, drei Jahre alt; er steht neben dem großen Vogelbauer mit dem Zaunkönig, den ich ihm gefangen hatte.

Von Brampton Shipley, meinem Mann, habe ich kein Bild. Ich habe ihn nie um eins gebeten, und er war nicht der Mann, der sich unaufgefordert fotografieren ließ. Heute wüßte ich gern, ob er sich gefreut hätte, wenn ich ihn wenigstens einmal um ein Bild von ihm gebeten hätte. Ich habe nie daran gedacht. Jetzt wäre es mir lieb, ein Bild von ihm zu haben aus der Zeit unserer Ehe. Was man ihm auch nachsagte, niemand konnte leugnen, daß er ein stattlicher, gutaussehender Mann war. Nicht jeder Mann kann es sich leisten, einen Bart zu tragen. Ihm stand er gut. Er war ein großer, kräftig gebauter Mann, und er hatte eine vorzügliche Haltung. Ich hätte auf ihn stolz sein können, wenn ich mit ihm in die Stadt oder in die Kirche ging, nur den Mund hätte er nicht aufmachen dürfen.

Wir mußten jeden Samstag nach Manawaka hineinfahren, um Tee, Mehl, Zucker, Kaffee und derlei mehr einzukaufen. Als wir noch jung verheiratet waren, zog ich zu diesen Gelegenheiten mein bestes Kleid an, hakte Bram unter und blieb auf der Straße stehen, sowie ich Bekannte traf.

„Hallo, meine Liebe“, sagte Charlotte Tappen einmal zu mir. „Du mußt öfter in die Stadt kommen und uns besuchen – ich habe dich eine Ewigkeit nicht mehr gesehen.“

„Ich will mir Mühe geben, öfter zu kommen“, sagte ich mit einer gewissen Zurückhaltung, denn etwas hatte sich zwischen uns geändert, und ich wußte nicht, woran es lag. Vielleicht bereuten Charlotte und ihre Mutter jetzt, daß sie den Hochzeitsempfang für mich gegeben hatten, und machten sich das Urteil meines Vaters über Bram zu eigen. Vielleicht hatte ihnen auch, was sie von Bram zu sehen beka-

men, keinen großen Eindruck gemacht. Ich fühlte mich auf einmal befangen, und das dem Mädchen gegenüber, das von jeher meine beste Freundin war, oder das ich doch dafür gehalten hatte.
Charlotte lächelte Bram zu. „Stellen Sie sich vor, was ich gerade erfahren habe. Unser Gesangverein will in diesem Jahr den *Messias* einstudieren. Ist das nicht einfach wunderbar? Zwar sagen manche Leute, es sei zu anspruchsvoll. Was meinen Sie?"
Da saß nun Bram in der Falle. Er rettete sich in Schroffheit.
„Davon verstehe ich nichts", bekannte er. „Und außerdem ist es mir auch verdammt egal."
Sie schnappte nach Luft, hob die behandschuhte Hand und führte sie an den geöffneten Mund, kicherte – und schon war sie fort, und ihr kastanienbraunes Haar flatterte wie ein Banner hinter ihr her. Morgen würde es die ganze Stadt wissen, und als erster mein Vater.
Damals stand es eindeutig für mich fest, wer von den beiden im Unrecht war. Heute bin ich mir nicht mehr so sicher. Natürlich hatte sie ihn gereizt. Und trotzdem hätte er nicht in dieser Weise zu antworten brauchen, nicht wahr?
In *Simlows Haus für Damenkleidung* roch der geölte Fußboden nach Staub und Leinsamen, und die auf den Stangen hängenden Kleider rochen nach der Appretur, die man für billige Stoffe verwendet. Dazu kam der Geruch nach den Gummisohlen der Segeltuchschuhe, die unsortiert in Bündeln auf einem der Ladentische lagen. Ich hatte mein möglichstes getan, Bram davon abzuhalten, mich zu begleiten, aber er begriff nicht, warum ich soviel Wesens davon machte. Er betastete einzelne Wäschestücke, und peinlich berührt blickte ich anderswohin.
„Schau, Hagar – der hier kostet nur halb soviel wie der da. Ich möchte wissen, wo da der Unterschied in der Qualität liegt?"
„Pst, pst ..."
„Was, zum Teufel, hast du denn? Heiliger Bimbam, warum machst du so ein Gesicht?"
Mrs. McVitie war stolz hinausgesegelt, wie eine Galeone, die ihr Gold geladen hat. Ärgerlich wandte ich ihm das Gesicht zu.

„*Der hier – der da!* Weißt du denn überhaupt nichts?“
„Darüber ärgerst du dich so?“ fragte er. „Nun hör einmal zu, Hagar, laß uns eins klarstellen. Ich rede, wie mir der Schnabel gewachsen ist, und ich werde mich wahrscheinlich nicht mehr ändern. Wenn dir das nicht gut genug ist, dann tut's mir, verdammt noch mal, herzlich leid.“
„Du versuchst es ja nicht einmal“, sagte ich.
„Ich lege auch keinen Wert darauf“, antwortete er. „Es ist mir vollkommen egal, wie ich spreche; schlag dir also das aus dem Kopf. Mir ist es einerlei, was deine Bekannten und dein Vater von mir denken.“
Er glaubte blindlings an das, was er sagte. Aber was für ein unreifes junges Mädchen muß ich gewesen sein, daß ich ebenfalls daran glaubte. Nach dem ersten Jahr unserer Ehe ließ ich Bram allein in die Stadt gehen und blieb selbst zu Hause. Er hatte nichts dagegen einzuwenden. Ich ließ ihm mehr Freiheit, damit er seine alten Freunde in der Bierkneipe wiedertreffen konnte, und wenn er betrunken nach Hause fuhr, fanden die Pferde ohne Schwierigkeit selber den Weg.

Ich höre, wie jemand auf der läuferbelegten Treppe heraufkommt. Der Schritt klingt gedämpft und samten, wie der Schritt eines Würgers. Mir gefallen diese Schritte nicht. Ich traue ihnen nicht. *Wer ist das?* Ich möchte schreien, doch meine Stimme klingt wie erstickt, ein dünnes Kreischen. Mir kommt ein Verdacht. Sind Doris und Marvin doch fortgegangen und haben mich allein gelassen? Gewiß haben sie das getan, ich bin jetzt überzeugt davon. Ohne mir ein Wort zu sagen, so daß ich wenigstens den Riegel vorgeschoben hätte. Sie sind einfach fortgelaufen, gedankenlos wie die Kinder. Ich sehe sie vor mir, wie sie sich kichernd davonschleichen über die Veranda, die Stufen hinab und auf und davon. Und jetzt ist hier ein Fremder. Vor kurzem las mir Doris aus der Zeitung vor von einem Mann, der bei Frauen einbrach und sie belästigte. In der Zeitung stand, er habe kleine, weiche Hände. Wie widerlich bei einem Mann! Wenn der Fremde jetzt die Tür öffnet, werde ich mich nicht aus dem Sessel erheben können. Es wird ihm ein leichtes sein, mich zu erdrosseln. Eine Krawatte um meinen Hals geschlungen, und schon ist's um mich geschehn. Nun gut, so ganz hilflos wird er mich nicht finden, wie er vielleicht glaubt! Doris hat mir seit vierzehn Tagen nicht mehr die Nägel geschnitten. Ich werde ihm das Gesicht zerkratzen.

Es klopft. „Darf ich hineinkommen, Mutter?"

Marvin. Warum hatte ich etwas anderes erwartet? Er darf meine Aufregung nicht bemerken, damit er mich nicht für verrückt hält. Oder, wenn nicht er, dann Doris, die hinter ihm herkommt.

„Was ist denn los, Marvin? Um alles in der Welt, was ist denn jetzt schon wieder?"

Verlegen, mit ausgestreckten Händen, steht er da. Doris stellt sich neben ihn und stößt ihn mit dem Ellbogen (in brauner Kunstseide) in die Rippen.

„Los, sprich, Marv. Du hast es versprochen."

Marvin räuspert sich, schluckt, aber er spricht nicht.

„Laß dein Gezappel, Marvin. Ich kann zappelige Leute nicht leiden. Was ist es also?"

„Wir haben uns gerade überlegt ...", seine Stimme erstirbt, wird geisterhaft dünn, schwindet ganz. Dann aber plötzlich, in einer Wortkanonade, bricht es aus ihm hervor: „Doris kann dich nicht länger pflegen, Mutter. Sie ist selbst in der letzten Zeit nicht auf dem Posten gewesen. Und wenn sie dich aufheben muß, dann ist es zuviel für sie. Sie schafft es einfach nicht ..."

„Von der gestörten Nachtruhe ganz zu schweigen", erinnert ihn Doris.

„Ja, richtig, die Nächte. Ein dutzendmal läuft sie die Treppe rauf und runter und kommt zu keinem richtigen Schlaf. Du brauchst eine geschulte Pflegerin, Mutter, eine Krankenschwester, die sich um alles kümmert. Du würdest dich selbst viel wohler dabei fühlen, und ebenso ..."

„Und ebenso viel glücklicher", vollendet Doris. „Wir waren in dem Heim von Silverthread, Mutter. Es ist richtig gemütlich. Es würde dir großartig gefallen, sobald du dich einmal eingelebt hast."

Ich starre sie wie hypnotisiert an. Mechanisch pressen meine Finger Fältchen in mein Kleid.

„Eine Krankenschwester? Wozu brauche ich eine Krankenschwester?"

Doris macht eine Bewegung auf mich zu. Ihr Gesicht ist

nicht mehr weich und ausdruckslos; mit ernstem Ausdruck blickt sie mich an. Sie fuchtelt herum, als glaube sie, mich mit dem Zittern ihrer Hände überzeugen zu können.
„Sie sind jung und kräftig, und es ist ihr Beruf. Sie wissen, wie man einen Menschen aufhebt und trägt. Und all das andere – das Bettzeug ..."
„Was ist mit dem Bettzeug?" Meine Stimme klingt sachlich, nüchtern, aber aus irgendeinem Grunde beginnen meine zupfenden Hände auf dem seidenen Kleid zu zittern. Doris wird rot und sieht Marvin an. Er zuckt die Achseln und stellt ihr die Entscheidung über das, was sie in dieser peinlichen Sache sagen will, anheim.
„Du machst das Bett naß", sagt sie. „Fast jede Nacht in den letzten Monaten. Das bedeutet eine Menge Wascharbeit, und eine Waschmaschine haben wir uns bisher nicht leisten können."
Entsetzt forsche ich in ihrem Gesicht.
„Das ist eine Lüge. Niemals habe ich so etwas getan. Das hast du dir ausgedacht. Ich kenne deine Schliche. Nur damit du einen Grund hast, mich fortzuschicken."
Sie verzerrt das Gesicht, es ist ein unerfreulicher Anblick, und ich erkenne, daß sie dem Weinen nahe ist.
„Vielleicht hätte ich es dir nicht sagen sollen", meint sie. „Es ist nicht schön, wenn einem so etwas gesagt wird. Aber wir machen dir doch keinen Vorwurf. Wir haben nicht behauptet, daß es deine Schuld ist. Du kannst ja nichts dafür ..."
„Bitte!"
Ich halte den Kopf gesenkt, um ihren musternden Blicken auszuweichen, aber ich kann mich nicht bewegen. Und ich begreife, daß ich mich im ganzen Haus, in meinem eigenen Haus, nirgends verstecken kann. Wie habe ich in all diesen Jahren glauben können, Vergewaltigung sei nur physisch möglich?
Aber wie kommt es, daß ich nie etwas von den nassen Laken gewußt habe? Wie ist es möglich, daß ich es nicht bemerkt habe?
„Es tut mir leid", murmelt Doris, vielleicht, um die Situation schlechthin unerträglich zu machen, oder auch nur so, ohne sich etwas zu denken. Sie muß noch mindestens dreißig Jahre warten, bevor sie das alles verstehen kann.

„Mutter", sagt Marvin mit tiefer, fester Stimme. „All das ist Nebensache. Worauf es ankommt, ist, daß du im Heim die Pflege hast, die du brauchst, und in Gesellschaft von Menschen deines Alters bist."
Er wiederholt den Text der Anzeige. Ohne es zu wollen, lächle ich. So unoriginell. Und auch ich sehe die Worte wieder vor mir, wie in einer plötzlichen Offenbarung.
„Ja – geben Sie Ihrer Mutter die Pflege, die sie verdient hat. Denken Sie an die treusorgende Liebe, mit der Ihre Mutter Sie überschüttet hat."
Ich werfe den Kopf zurück und lache. Dann halte ich ein und blicke ihm, noch keuchend, ins Gesicht. Zeigt es wirklich eine Verletzlichkeit an, oder bilde ich mir das nur ein?
„Du machst es mir sehr schwer", sagt Marvin. „Ich hätte nicht gedacht, daß du es komisch finden würdest. Ich habe mir das Heim angesehen. Es ist so, wie Doris sagt. Nett und behaglich. Glaube mir, es wäre das beste."
„Es ist nicht etwa billig", fügt Doris hinzu. „Aber glücklicherweise hast du ja das Geld dazu, und es ist ganz in Ordnung, daß es für dich ausgegeben wird."
„Es ist auf dem Lande", sagt Marvin. „Umgeben von Zedern und Erlen und mit einem gepflegten Garten."
„Mit lauter Petunien, nehme ich an."
„Was?"
„Petunien. Ich sagte Petunien."
„Wir würden dich an jedem Wochenende besuchen", sagt Marvin.
Ich sammle mich und nehme meine ganze Kraft zusammen. Ich werde mit Würde sprechen, das nehme ich mir vor. Keine Vorwürfe, nur ein klares, bestimmtes Wort. Aber gerade das höre ich mich nicht sagen.
„John würde seine Mutter nicht ins Armenhaus geschickt haben."
„Armenhaus!" ereifert sich Doris. „Wenn du die leiseste Ahnung hättest, was es kostet!"
„Du denkst an vergangene Zeiten", erklärt Marvin. „Heutzutage sind diese Heime etwas ganz anderes. Du lieber Himmel! Sie werden ordentlich geleitet, sie sind mehr wie Hotels, würde ich sagen. Und was John betrifft ..."
Unvermittelt bricht er ab. Er verbeißt sich, was er sagen

wollte. „Was ist mit ihm? Was wolltest du sagen?"
„Ich möchte lieber nicht darüber sprechen", antwortet Marvin. „Jetzt ist nicht der rechte Zeitpunkt dafür."
„Nicht? Nun, was du im Schilde führst, das hätte er nicht getan. Verlaß dich darauf."
„Meinst du? Er hat sich also Papa gegenüber großartig benommen, willst du sagen?"
„Wenigstens war er zur Stelle", sage ich. „Wenigstens ist er gekommen."
„O ja!" sagt Marvin ernst. „Er ist zu ihm gekommen, stimmt."
„Marv", unterbricht Doris. „Bleiben wir doch bitte bei der Sache. Es ist schon schwer genug, auch ohne daß wir diese alten Geschichten wieder aufrühren."
Alte Geschichten, allerdings. „Ihr geht mir auf die Nerven. Ich gehe nicht in euer Heim. Ihr werdet mich nicht dazu kriegen, daß ich meine Zustimmung gebe."
„Du bist nächste Woche beim Arzt angemeldet", sagt Marvin. „Wir wollen die Sache nicht überstürzen, aber wenn Doktor Corby meint, es wäre für dich gut ..."
Kann man mich zwingen? Ich blicke von einem zum andern, und ich sehe, daß sie sich beide einig sind gegen mich. Ihre Gesichter sind starr und unnachgiebig. Ich bin mir meiner Rechte nicht mehr so sicher. Was ist recht, und was sind meine Rechte? Kann ich gegen meinen Sohn einen Rechtsanwalt nehmen? Wie muß ich vorgehen? Einen Namen aus dem Telefonbuch heraussuchen? Es ist so lange her, daß ich mit solchen Dingen zu tun hatte.
„Wenn du mich dazu zwingst, unterschreibst du nur mein Todesurteil. Ich hoffe, das ist dir klar. Ich würde es dort keinen Monat aushalten, keine Woche, sage ich dir ..."
Ich habe geschrien, und sie stehen wie gelähmt vor mir. Aber gerade, als ich etwas Boden gewonnen habe, beginne ich zu schwanken. Ich zittere am ganzen Körper, das Fett an meinem Leibe wabbelt, und ich breche zu meiner Schande in Tränen aus.
„Wie kann ich mich von meinem Haus und meinen Sachen trennen? Es ist gemein, es ist gemein von euch, wie könnt ihr mir das antun!"
„Pst, pst", macht Marvin. „Beruhige dich!"
„Na, na", sagt Doris. „Reg dich nicht auf."

Ich erhole mich ein wenig und blicke verstohlen durch die Finger, die ich wie einen geöffneten Fächer vor mein Gesicht halte, und ich kann erkennen, daß ich sie erschreckt habe. Gut. Das geschieht ihnen recht. Ich hoffe, der Schrekken ist ihnen gehörig in die Glieder gefahren.
„Wir wollen im Augenblick nicht mehr davon reden", sagt Marvin. „Warten wir ab. Später sehen wir dann weiter. Bitte, Mutter, nimm's nicht so tragisch."
„Ich hatte gehofft, wir könnten es erledigen", klagt Doris.
„Es ist verdammt spät. Gleich Mitternacht. Ich hab' meine Arbeit morgen", sagt Marvin.
Sie sieht, daß der Augenblick vorübergegangen ist, und macht nun gute Miene zum bösen Spiel. Sie wird besorgt und schüttelt mein Kopfkissen auf.
„Nun sieh zu, daß du gut schläfst", sagt sie zu mir. „Wir werden die Sache noch einmal in Ruhe erörtern, wenn keiner von uns aufgeregt ist."
Marvin geht. Sie hilft mir in mein Nachthemd. Es ärgert mich sehr, ihre Hilfe annehmen zu müssen, mir von ihr das Kleid über den Kopf ziehen zu lassen und zu dulden, daß sie mir das Korsett aufmacht und abstreift. Sie sieht meinen gedunsenen Leib mit den hervortretenden Venen und das behaarte Dreieck, das mit einer irren Insistenz von einer nicht mehr vorhandenen Weiblichkeit künden will.
„Gute Nacht", wünscht sie mir. „Schlaf wohl."
Schlaf wohl. Kann ich überhaupt schlafen, nach einem solchen Abend? Ich wälze mich im Bett herum. Keine Seite ist die richtige, und meine Augen bleiben weit offen. Endlich sinke ich in eine Art Halbschlaf, in einen Zustand trüben Dahindämmerns und wirren Träumens. Jäh werde ich geweckt von einem der Schatten, die im grauen Niemandsland ihr Wesen treiben, wo ich auf die Gnade des Schlafs warte. *Das nasse Laken, wie es riecht!* flüstert mir der Schatten mit der Stimme von Doris zu.
Gerade als ich Angst vor dem Einschlafen bekomme – vor dem, was dann geschehen mag –, will mich der Schlaf übermannen. Ich kämpfe mit ihm, jage ihn fort, wälze mich hin und her, um ihm nicht nachzugeben. Der Erfolg – ich bekomme einen Krampf in den Füßen, meine Zehen sind wie verknotet. Ich muß aufstehen, finde aber die Nachttischlampe nicht. Vorsichtig strecke ich die Hand aus und suche

neben dem Bett, finde aber nichts. Toll vor Angst stoße ich die Hand ins Dunkel, und die Lampe kippt und fällt hinunter und zerknallt wie ein herabgefallener Eiszapfen.
Doris kommt eilig herein. Sie schaltet das Licht im Flur an, und auf einen Ellbogen gestützt sehe ich, daß sie Lockenwickler im Haar hat und abscheulich aussieht.
„Um Gottes willen, was ist geschehen?"
„Nichts. Ich bitte dich, schrei nicht so, Doris. Du tust meinen Ohren weh. Deine Stimme geht einem durch und durch wie ein Messer. Es ist nur die Lampe."
„Du hast sie zerbrochen", jammert sie.
„Na schön, kauf eine neue. Kauf dir meinetwegen zehn. Ich zahle sie, gräm dich nicht. Komm her, ich muß stehen, ich habe einen Krampf in den Füßen. Hilf mir auf! Kannst du mir nicht die Hand geben? Siehst du nicht, wie weh es tut? Ach, ach, ach. Jetzt ist es besser."
Wir stehen zusammen auf dem Bettvorleger wie zwei stattliche, wenngleich gespenstische Ringer, fröstelnd in rosa Seidennachthemden. Ich stampfe mit den Füßen auf, um die Muskeln geradezustrecken, und Doris versucht, mich wieder ins Bett zu packen. Ich wehre mich und taumele im Dunkel gegen sie.
„Himmelherrgott, was ist denn jetzt los?" seufzt sie.
„Doris, geh zu Bett. Ich will nur ins Bad."
„Ich will dich stützen."
„Das wirst du nicht tun. Scher dich jetzt weg! Laß mich in Ruhe!"
Gekränkt geht sie fort und schaltet ostentativ überall im Oberstock das Licht ein, als könnte ich in meinem eigenen Haus nicht den Weg zum Bad finden.
Wieder zurück, gehe ich nicht sogleich zu Bett. Ich lasse das Deckenlicht an und setze mich an meinen Frisiertisch. Er ist aus schwarzem Nußbaum, nicht massiv natürlich, aber mit einem schönen, dicken Furnier, nicht wie diese Sperrholzmöbel von heute. Ich greife nach meinem Eau de Cologne und betupfe ein wenig die Handgelenke und den Hals. Dann zünde ich mir eine Zigarette an. Ich muß daran denken, sie nachher ordentlich auszudrücken.
Ich blicke von der Seite in den Spiegel und sehe ein gedunsenes Gesicht mit dunkellila Venen, wie wenn jemand mit dem Tintenstift über die Haut gefahren wäre. Und die Haut

ist von dem silbrigen Weiß, das in unserer Vorstellung die Geschöpfe auf dem Meeresgrund haben, dort, wo kein Strahl der Sonne hingelangt. Unter meinen Augen liegen Schatten wie zwei festgeklebte, weiche schwarze Blumenblätter. Das einst schwarze Haar ist von einem gelblichen Weiß, wie Damast, der zu lange im feuchten Souterrain gelagert worden ist.

Hagar Shipley, meine Liebe, du bist ein Anblick, der den Augen weh tut.

Ich erinnere mich an einen Streit einst mit Bram. Er hatte die Angewohnheit, sich gelegentlich die Nase mit den Fingern zu schneuzen, wobei er einige Geschicklichkeit an den Tag legte. Er faßte die Nase von oben mit Daumen und Zeigefinger, beugte sich vor, schnaubte kräftig, und dann tropfte es ins Queckengras wie Schlangenspucke. Die Finger wischte er sich an seinem Overall ab, immer an derselben Stelle, gerade über dem Gesäß. Ich sah es bei jeder Wochenwäsche, und ich drückte ihm meinen Ekel immer wieder und in unmißverständlicher Weise aus. Das ging durch Jahre hindurch, aber meine Worte änderten ihn nicht. Er sagte nur: „Laß das Zetern, Hagar. Wenn ich etwas zum Kotzen finde, dann ist es eine nörglige Frau." Er konnte keine zwei Worte sprechen, ohne irgendeine Grobheit zu sagen. Er wußte, es brachte mich auf. Deshalb blieb er dabei.

Und doch – das ist das Überraschende bei alledem – wir hatten uns gerade der Eigenschaften wegen geheiratet, die wir später aneinander nicht ausstehen konnten: ihm hatten meine Manieren und meine Art zu sprechen gefallen, und mir, daß er darauf stolz war. Dieses eine Mal aber antwortete er mir nicht in der gewohnten Weise. Er zuckte nur die Achseln, wischte seine Hand an den Hosen ab und grinste.

„Weißt du was, Hagar? Es gibt in Manawaka Männer, die ihre Frau immer ‚Mutter' nennen. Das ist etwas, was ich nie getan habe."

So war es. Nicht ein einziges Mal. Ich war Hagar für ihn, und wenn er noch lebte, wäre ich noch immer Hagar für ihn. Und heute glaube ich, daß er der einzige Mensch war von denen, die mir nahestanden, der immer, wenn er an mich dachte, mich nur bei meinem Namen nannte, nie

Tochter, Schwester, Mutter, ja nicht einmal Frau, immer nur Hagar.
Sein Panier über mir war Liebe. Wo dieser Vers steht, kann ich nicht sagen; vielleicht auch ist mir nur die Erinnerung daran zu schmerzlich. Er hatte sein Panier über mir entfaltet, viele Jahre lang; doch hielt ich es nach unserer Hochzeit nie mehr für Liebe. Liebe, dachte ich mir, bestünde in Worten und Handlungen, die so fein und zart waren wie Lavendelsäckchen im Wäscheschrank, und nicht aus den Dingen, die er, spreizbeinig, auf dem hohen weißen Bett tat, das wie eine Eisenbahn ratterte. Auf diesem Bett lag eine Decke aus Schafwolle, die seine erste Frau wattiert und gesteppt hatte; der Kattunbezug war mit rosa Gladiolen gemustert. Es war genau das, was Clara höchst elegant gefunden hätte. In einem Winkel des Zimmers stand mein schwarzer Lederkoffer, auf dem mein Mädchenname mit weißer Farbe sauber aufgemalt war: *Miss H. Currie.* In einer anderen Ecke befand sich der Waschständer, ein wackliges Eisengestell mit einer Waschschüssel aus weißem Porzellan oben und einem ebensolchen Krug unten. Im Schlafzimmer hatten wir keinen Teppich, bis Bram einmal auf einer Versteigerung ein Stück abgetretenes Linoleum kaufte; seitdem war der Fußboden blank, von gelblichgrauem Ton, und ausgerechnet mit Papageien gemustert. Bei jedem Schritt trat man auf ihr steifes, stilisiertes grünes Gefieder oder auf leicht geöffnete spitze Schnäbel. Im oberen Stockwerk roch es stets nach Staub, wie oft ich auch die Zimmer säuberte. Im Winter war es eiskalt, im Sommer höllenheiß. Vor dem Schlafzimmerfenster stand ein Ahornbaum, mit grüngoldenem Laub, wenn das Sonnenlicht durch die Zweige sickerte. Am frühen Morgen versammelten sich die Spatzen in ihm und zankten sich laut miteinander; mit grellen, blechernen Stimmen schleuderten sie sich ihre Beschimpfungen entgegen, und ich hörte zu und lachte und freute mich an ihrem zornigen Temperament.
Sein Panier über mir war nur sein eigener nackter Körper. Und heute verstehe ich nicht mehr, warum ich mich dessen hätte schämen sollen. Man dachte damals über diese Dinge anders. Manche vielleicht auch nicht. Ich weiß es nicht. Ich sprach mit niemandem darüber.
Nicht gar so lange nach unserer Hochzeit fühlte ich zum er-

stenmal, wie mein Blut, wie alle meine Sinne ihm entgegenstrebten. Er hat es nie gewußt. Ich habe es ihn nicht merken lassen. Kein lautes Wort entfuhr mir je, und ich nahm mich in acht, daß meine zitternde Erregung nicht an die Oberfläche drang. Er muß von einer gewissen Unschuld gewesen sein, sonst hätte er's gemerkt. Wie hätte er es nicht erkennen sollen? Verriet ich mich nicht selbst dadurch, daß der Saft in mir stieg wie im Ahornbaum, wenn der Winter vorbei ist? Aber nein. Er war auf dergleichen nicht gefaßt, und daher nahm er es nicht wahr. Ich aber setzte meinen Ehrgeiz darein, meinen Stolz intakt zu erhalten wie eine Art Jungfräulichkeit.

Jetzt ist niemand mehr da, mit dem ich darüber sprechen könnte. Es ist spät, spät in der Nacht. Sorgsam drücke ich die Zigarette aus. Überall im Zimmer stehen Aschenbecher herum, die Doris dort hingestellt hat. Ich stehe auf, schalte das Licht aus und taste mich ins Bett.

Mein Bett ist kalt wie der Winter, und mir ist, als ob ich, wie es früher die Kinder taten, auf einem Schneefeld läge (sie breiteten die Arme aus und fegten mit ihnen über den Schnee, bis sie an der Hüfte anlagen; und wenn sie aufstanden, zeigte der Boden den Umriß eines Engels mit ausgebreiteten Flügeln). Das eisige Weiß deckt mich zu, treibt über mich weg, und ich könnte mich davon in den Schlaf treiben lassen, wie jemand, der vom Schneesturm überrascht wurde, und so erfrieren.

III

Das Wartezimmer bei Dr. Corby hat entschieden kahle Wände. Blaßgrau mit nur zwei Bildern. Es sind zwei große Bilder, aber trotzdem: Zwei sind ein bißchen wenig. Auf dem einen ist ein See mit Pappelbäumen zu sehen. Die Blaus und Grüns gehen ineinander über und vermischen sich, so daß Himmel, Wasser und Laub wie Teile ein und desselben Ganzen sind. Es erinnert mich an den Frühling zu Hause; da war auch alles wie getuscht, wie mit Aquarellfarben gemalt, und manchmal kamen die ersten Blätter, bevor der Fluß ganz eisfrei war.

Ich stehe auf und sehe mir die Bilder näher an. Ich weiß

nicht, wer dieses hier gemalt hat, aber er hat etwas von seiner Sache verstanden. Das andere gehört zu der eigenartigen Sorte von Bildern, die Tina angeblich so liebt: lauter rote und schwarze Dreiecke und runde Flecke, die keinen Sinn ergeben.

Im Haus der Shipleys gab es, bevor ich kam, kein einziges Bild. Ich selbst habe nicht viele anschaffen können, brachte es aber doch im Lauf der Jahre dahin, ein paar aufzuhängen. Ich tat es der Kinder wegen, wobei ich besonders an John dachte, der für Eindrücke sehr empfänglich war. Ich hielt es für schlecht, wenn ein Kind in einem Hause aufwachsen mußte, in dem kein einziges gerahmtes Bild die nackten Wände zähmte. Ich erinnere mich noch an einen Stahlstich, *Der Tod General Wolfes.* Dann war da ein Farbdruck nach einem Bild von Holman Hunt, den ich aus dem Osten mitgebracht hatte. Ein Bild von Rosa Bonheur, *Der Pferdemarkt,* habe ich behalten, denn John hatte als Kind das Bild gern gehabt, und so paradieren in meinem Zimmer noch in alle Ewigkeit weiter die Pferde und zeigen ihre stattlichen Flanken. Bram hat sich nichts aus diesem Bild gemacht.

„Für lebende Pferde hast du noch nie etwas übrig gehabt", sagte er einmal. „Aber wenn du sie auf Papier siehst, wo sie keinen Mist fallen lassen können, dann sind sie piekfein, nicht wahr? Na schön, behalte du deine Papierpferde. Da möchte ich lieber gar nichts an der Wand haben."

Heute muß ich darüber lachen, obwohl ich damals bleich vor Zorn war. Er hatte vollkommen recht: ich habe Pferde nie gern gehabt. Sie erschreckten mich, so groß und schwer, wie sie waren, so muskulös und selbstherrlich – ich fühlte, daß ich nicht mit ihnen fertig werden könnte. Aber Bram brauchte nicht zu wissen, daß ich Angst vor ihnen hatte, und so ließ ich ihn in dem Glauben, ich hätte nur deswegen etwas gegen sie, weil sie stark rochen. Bram dagegen war ganz versessen auf Pferde. Als wir ein paar Jahre verheiratet waren, gab es auf den Farmen rund um Manawaka eine Rekord-Weizenernte, auch bei uns; der *Red Fife* gedieh besonders gut im Tal des Wachakwa. Bram plante nun, jeden Cent für Pferde auszugeben. Er wollte sich auf die Pferdezucht umstellen und dafür weniger Land bestellen.

„Du hast den Verstand verloren", sagte ich. „Jetzt ist der

Zeitpunkt gekommen, mit Weizen Geld zu machen. Jeder Dummkopf kann das sehen."
„Laß andere Geld machen", erwiderte Bram ruhig. „Ich habe genug, um mir das kaufen zu können, was ich haben möchte. Ich habe mich nie besonders für Arbeitspferde interessiert. Woran ich denke, das sind Reitpferde. Ich habe mir neulich den grauen Zuchthengst von Henry Pearl angesehen und mit Henry deswegen gesprochen. Er ist nicht scharf darauf, ihn zu verkaufen, aber ich glaube, daß er es vielleicht doch tut. Mit dem Pferd will ich anfangen."
„Hast du mir nicht einmal gesagt, es würde der Tag kommen, an dem du dich mit deiner Farm sehen lassen kannst?"
„Und er wird kommen", sagte er. „Es gibt viele Wege, die dahin führen. Was verstehst du überhaupt davon?"
„Genug, um schon jetzt zu wissen, wie es bald hier aussehen wird. Du wirst dich von keinem deiner Pferde je wieder trennen wollen. Wir werden die Weiden voll von Pferden haben und im übrigen keinen roten Heller. Aber es ist ja dein Geld. Ich kann dich nicht zurückhalten."
Damals hoffte ich immer noch, er würde es zu etwas bringen, nicht meinetwegen, denn ich habe nie darauf Wert gelegt, mit Möbeln und Nippes zu prunken, wie Lottie es tat, sondern nur, damit die Leute von Manawaka ihn, ob sie ihn leiden mochten oder nicht, wenigstens respektieren mußten.
„Ich will mein Geld verdienen und so leben, wie es mir gefällt", erklärte er mürrisch.
Ich war wütend. „Wie willst du denn, um Gottes willen, leben? So wie jetzt, dein ganzes Leben lang? In einem Haus, das nicht einmal angestrichen ist und in dem es rein gar nichts gibt außer einem schäbigen Stück Linoleum im Vorderzimmer?"
Ich weiß nicht, wie ich gerade auf das Linoleum kam. Bram saß sowieso immer nur in der Küche, und ich hatte nie Besuch, außer manchmal Tante Dolly, so daß es für uns ein Vorderzimmer gar nicht zu geben brauchte.
„Schon gut", sagte er wütend. „Du kannst dir mit dem Geld deine verdammten Teppiche kaufen. Da – bist du nun zufrieden?"
„Keinen Pfennig rühre ich davon an", erwiderte ich, ge-

kränkt durch seinen Zornesausbruch und sein Mißverstehen, denn auf die Teppiche kam es mir überhaupt nicht an. „Geh und kauf dir deine Pferde. Kauf meinetwegen sämtliche Pferde in der Provinz auf."
„Einen Dreck werd' ich kaufen", sagte er. „Steck dir das Geld sonstwohin!"
„Du hast kein Recht, in dieser Weise zu sprechen."
„Ich spreche, wie es mir gefällt. Wenn es dir nicht paßt, kannst du ..."
Zanken und Streiten. Es endete damit, daß Bram in der Nacht schwer und hart auf mir lag und mir mit der Hand über die Stirn strich, während seine Mannheit in mich eindrang und er mit der leisen Stimme, die er nur dann hatte, sagte: „Hagar, bitte ..." Ich wollte gern sagen: „Ist ja alles gut, alles in Ordnung", aber ich sagte es nicht. Statt dessen fragte mein Mund: „Was ist denn?" Er gab keine Antwort.
Schließlich kaufte er doch den grauen Hengst von Henry Pearl und ein paar Stuten dazu, aber es kam bei dem ganzen Unternehmen nicht viel heraus. Im Frühling sprangen zwar bei uns genug Fohlen herum, aber wenn es ans Verkaufen ging, erzielte Bram niemals einen guten Preis. Er war nicht der Mann, der sich aufs Handeln verstand. Es schien ihm allerdings nicht viel auszumachen. Wenn ich darauf zu sprechen kam, zuckte er nur die Achseln und fragte, wozu wir uns überhaupt den Kopf zerbrächen, solange wir nicht ernsthaft eine Pferdezucht betrieben. So aber läge ihm mehr daran, daß die paar Pferde, die er verkaufte, zu Leuten kämen, die sich auch ordentlich um sie kümmerten. Ich spürte in seinen Worten die Spitze gegen mich, denn es sollte offenbar ein Vorwurf sein, aber ich sah darin nur eine Ausrede dafür, daß er keinen Sinn für das Geschäftliche hatte.
Er ritt immer nur diesen Hengst, nie eins der anderen Tiere. Er nannte ihn „Soldat" – so ein phantasieloser Name! – und pflegte ihn mit einer Sorgfalt, daß man glauben konnte, es sei ein preisgekröntes Rennpferd.
Zu der Zeit, an die ich gerade denke, ging ich im dritten Monat schwanger mit Marvin. Mir war fortwährend übel, überdies war es Winter, eine freudlose Zeit. Eines Abends hatte ich mir vorgenommen, meine Wäsche fertigzubügeln,

obwohl ich hundemüde war, so daß ich, als Bram hereinkam und sagte, daß „Soldat“ nicht im Stall war, dem keine große Aufmerksamkeit schenkte. Er beruhigte sich nicht und sagte, daß er die Stalltür nicht hätte auflassen dürfen, doch habe er gedacht, daß er nur eine Minute fortbleiben würde, auch, daß die schwarze Stute fest angebunden sei, denn sie hatte eine Neigung zum Herumstreunen, und deshalb war er immer sehr vorsichtig, doch als er nun zurückkam, hatte sie sich irgendwie losgemacht. Sie mußte vollkommen närrisch sein, diese Stute, bei vierzig Grad unter Null hinauszulaufen, aber sie hatte es getan, und der Hengst mußte ihr nachgelaufen sein. „Soldat“ war selten angebunden und hatte auch keine abgeschlossene Box, denn Bram hatte einmal einen Stallbrand erlebt, bei dem die Pferde umgekommen waren, und obwohl er sonst weiß Gott kein ängstlicher Mann war, diese Vorstellung hatte ihn immer verfolgt. Er hatte sich mit dem Melken beeilt, und als er beinahe fertig war, hörte er Hufschläge auf dem hartgefrorenen Schnee und glaubte, „Soldat“ habe die Stute zurückgebracht. Aber die Stute war allein zurückgekommen, und „Soldat“ war nirgends zu sehen.
„Bei diesem Wetter kannst du ihn nicht suchen gehen“, sagte ich. „Es fängt wieder zu schneien an, und der Wind nimmt zu. Außerdem ist es fast schon dunkel.“
Aber Bram nahm die Sturmlaterne, zündete sie an und ging hinaus. Er blieb so lange aus, daß ich vor Sorge und Unruhe außer mir war, seinetwegen ebenso wie meinetwegen, denn was sollte aus mir werden, wenn ich allein zurückblieb. Der Schnee fiel dichter, in Flocken, die aussahen wie Gebilde von Seifenschaum, die der Sturm aufpeitschte. In einer lokkeren Masse schichtete sich der Schnee auf den Fensterbrettern bis zur halben Höhe der Fenster auf. Daß Bram den Weg gut kannte, hatte nichts zu sagen; er konnte ihn leicht verfehlen, da alles weiß war, so daß man nichts erkannte, und der Schnee so dicht in der Dunkelheit fiel, daß man die Hand nicht vor den Augen sehen konnte. In der Stadt, als ich noch ein junges Mädchen war, hatte ich es gern gehabt, wenn es schneite und stürmte; es war wie bei einer Belagerung, wenn man in einer sicheren Festung saß. Draußen auf dem Lande war das etwas anderes. Es gab so wenig Lichter zur Orientierung, und meilenweit lag der

Schnee in welligen Dünen – nirgends schien ein Ende. Ich fühlte mich hier von jeder Hilfe abgeschnitten, ohne Verbindung mit der übrigen Welt, denn zu manchen Zeiten kam man nicht einmal bis zur Landstraße, geschweige denn in die Stadt, wie dringend es auch sein mochte.
Der Wind blies heftiger, und dann wurde er so laut, daß all die beruhigenden häuslichen Geräusche wie Uhrenschlagen oder das Knistern des grünen Pappelholzes im Ofen in seinem Tosen und Pfeifen untergingen und ich nur noch das Knarren der Fensterrahmen an unseren Sturmfenstern hörte. Fast hatte ich Bram schon aufgegeben, als er plötzlich die Tür aufstieß und zugleich einen Windstoß voll Nacht und Schnee mit hereinließ. Gesicht und Hände waren ihm vor Kälte erstarrt. Er zog seinen Rock und seine Stiefel aus, setzte sich und rieb sich behutsam die Hände, um den Frost aus ihnen herauszubekommen.
„Hast du ihn gefunden?"
„Nein", sagte er kurz.
Er saß mit gebeugtem Rücken, und als ich seinen Gesichtsausdruck sah, trat ich auf ihn zu, ohne zu überlegen und ohne zu wissen, was ich ihm sagen sollte.
„Mach dir keine Sorgen. Vielleicht kommt er genau wie die Stute von selbst zurück."
„Der kommt nicht zurück", sagte Bram. „Da kommt ein Schneesturm auf, der die ganze Nacht anhalten wird. Wäre ich noch weiter gegangen, hätte ich nicht mehr zurückgefunden."
Er legte die Hände über die Augen und saß da, ohne sich zu rühren.
„Du hältst mich für verrückt, nicht wahr, Hagar?" sagte er endlich.
„Nein, das tue ich nicht", sagte ich. „Es tut mir leid, Bram. Ich weiß, du hast ihn gern gehabt."
Bram blickte auf, so überrascht, daß es mir noch heute in der Erinnerung weh tut.
„Das ist es ja", sagte er.
Als wir zu Bett gingen, wandte er sich mir zu, und ich fühlte mich an diesem Abend so sanft gestimmt, daß ich glaube, diesmal hätte ich mich ihm ohne Rückhalt hingegeben. Aber er besann sich anders. Mit einem leichten Klaps auf meine Schulter sagte er: „Schlaf du nun!"

Natürlich glaubte er, mir damit den größten Gefallen erwiesen zu haben.
Bram fand „Soldat“ im Frühling, als der Schnee schmolz. Das Pferd war mit einem Bein in einem Stacheldrahtzaun hängengeblieben; es konnte nicht mehr lange gelebt haben, ehe es in derselben Nacht der Frost getötet hatte. Bram begrub „Soldat“ auf der Weide, und ich bin überzeugt, daß er den Felsblock auf die Stelle gewälzt hat, wie einen Grabstein. Aber als ich später einmal, schon im Sommer, als Gras und Unkraut die Stelle wieder überwachsen hatten, fragte, wie der Stein dorthin gekommen sei, sah mich Bram nur kurz an und sagte, er sei schon immer da gewesen. Nach jener Winternacht war es mit uns genauso weitergegangen wie vorher – so war die Geschichte. Nichts ändert sich je auf einen Schlag. Das weiß ich sehr gut, wenn man sich auch manchmal wünscht, es wäre anders.
„Komm und setz dich wieder, Mutter!“ Das hat mir Doris ins Ohr gezischt, und ich sehe, daß ich mich im Wartezimmer des Arztes befinde und eingehend ein Bild von einer Flußlandschaft im Frühling betrachte. Habe ich vielleicht laut vor mich hin gesprochen? Ich könnte es wirklich nicht sagen. Lauter neugierige Blicke richten sich auf mich. Nervös lasse ich mich wieder auf meinem Stuhl nieder.
„Ich wollte nur einen Blick auf die Bilder werfen. Stell dir vor, er hat bloß zwei Stück. Ein Mann in seiner Position, sollte man meinen, könnte sich doch ein paar mehr leisten!“
„Pst – pst!“ Verlegen sieht Doris um sich, und ich frage mich, ob ich vielleicht lauter gesprochen habe, als ich es vermeinte. „Das ist doch Absicht, Mutter. Aber die beiden Bilder kosten einen Haufen Geld. Verlaß dich darauf. Heutzutage hängt man Bilder nicht mehr zu Dutzenden auf.“
Die bildet sich wirklich ein, daß sie alles weiß.
„Habe ich von Dutzenden gesprochen? Wie? Ich habe nur gesagt, daß zwei nicht viel sind. Weiter nichts.“
„Schon gut, schon gut“, flüstert sie. „Die Leute hören uns zu, Mutter.“
Die Leute hören einem immer zu. Ich meine, am besten kümmert man sich gar nicht darum. Aber ich kann Doris keinen Vorwurf machen. Ich habe dasselbe zu Bram gesagt: „Pst – pst! Weißt du nicht, daß uns jeder hören kann?“

Reverend Dougall MacCulloch war plötzlich einem Herzschlag erlegen, und die presbyterianische Kirche von Manawaka brauchte einen neuen Pastor. Die erste Predigt, die uns der junge Mann hielt, war lang und verwickelt. Hauptsächlich zielte sie darauf ab, an Hand der Heiligen Schrift die Vergänglichkeit aller irdischen Freuden und die Beständigkeit der himmlischen nachzuweisen, zu welchen man durch Arbeit, Klugheit, Seelenstärke und Mäßigkeit gelangte. Bram neben mir schwitzte und rückte unruhig hin und her, bis er flüsternd zwar, doch mit so rauher Stimme, daß es mindestens drei Reihen vor uns und drei Reihen hinter uns zu hören war, fragte: „Will der heilige Trottel mit seinem Gequassel gar nicht mehr aufhören?"
An der Frontseite der Kirche, über der Empore mit der Orgel, stand in blauen und goldenen Lettern: *Der Herr ist in seinem heiligen Tempel – Lasset uns alle schweigen vor seinem Angesicht.* Ich weiß nicht, ob der Herr an jenem Tage da war, aber mein Vater war es gewiß. Er saß allein im Kirchenstuhl der Familie. Natürlich drehte er sich nicht um, aber als Bram mit seinen ungeduldigen Worten herausgeplatzt war, bemerkte ich, wie mein Vater die schweren Schultern hob. *Damit habe ich nichts zu tun,* sagte sein Achselzucken entschuldigend zur Gemeinde. Seitdem bin ich nie wieder in die Kirche gegangen. Lieber wollte ich die glücklicherweise noch in ferner Zukunft liegende ewige Verdammnis in Kauf nehmen, als mich dem Spießrutenlaufen neugieriger oder mitleidsvoller Blicke auszusetzen.

Jetzt freilich, da sich die Zeit wie ein Fächer zusammenfaltet, überlege ich mir, ob ich nicht doch weiterhin in die Kirche hätte gehen sollen. Was – falls es IHM überhaupt etwas bedeutet – was wird mit uns geschehen? Diese Frage müßte mich vor allen anderen bewegen. Aber das Schlimmste ist, daß ich eine andere mich bedrängende Frage nicht aus dem Kopf bekomme: Hat Doris soeben mit mir dasselbe erlebt wie ich damals in der Kirche mit Bram? Aber es hat keinen Sinn, darüber nachzudenken.
Ich will still sein, ich schwöre es, nie mehr den Mund aufzumachen, liebenswürdig mit dem Kopf nicken und ein für allemal ganz für mich bleiben. Und doch, noch während ich es schwöre, weiß ich, daß es Unsinn ist und eine Unmög-

lichkeit für mich. Ich kann den Mund nicht halten. Ich habe es nie gekonnt.

Endlich werde ich aufgerufen. Doris kommt mit hinein und spricht mit Dr. Corby, als habe sie mich zu Hause gelassen.

„Ihre Verdauung hat sich nicht ein bißchen gebessert. Sie hat zwar keine neue Gallenkolik gehabt, sich aber neulich abends erbrochen. Sie ist wieder sehr oft hingefallen ..."

Und so weiter. Will sie gar nicht mehr aufhören? Meine ganze Sanftheit von vorhin verläßt mich wieder. Sie hat sich meine Sympathie damit verscherzt, daß sie so zusammenhanglos über mich daherredet. Warum läßt sie es mich nicht selbst sagen? Schließlich: Wer von uns beiden hat die Symptome?

Dr. Corby ist ein Herr in mittlerem Alter. Die Andeutung von Grau in seinem Haar wirkt so ausnehmend distinguiert, daß man glauben könnte, er habe es sich eigens von seinem Friseur so färben lassen. Hinter den Brillengläsern – in einer dicken, marineblauen Fassung – blicken seine Augen scharf und intelligent. Bevor wir das Haus verließen, behauptete Doris, daß ich an einem so warmen Tage wie heute schwitzen und mein Lilaseidenes verderben würde. Ich zog es trotzdem an. Ich bin darüber froh. Es steht mir wenigstens gut. Ich war stets der Meinung, daß eine Frau nicht mehr, als die Natur sie dazu zwingt, einer Vogelscheuche ähneln sollte.

Dr. Corby wendet mir den Blick zu und zeigt mir ein Lächeln, so falsch, daß es vermuten läßt, er übe es allmorgendlich vor dem Spiegel.

„Nun, wie fühlen wir uns, junge Frau?"

Oh! Jetzt hätte ich am liebsten mein ältestes Kattunhauskleid angezogen, das, welches unter den Achseln aufgerissen ist, und mich überhaupt nicht frisiert. Und ich hätte gern den Mut, ihm einen der blumigen Flüche Brams an den Kopf zu schleudern.

Statt dessen fixiere ich ihn mit einem Blick, glasig und starr wie die Steine, die man Katzenaugen nennt, und sage nichts. Er hat den Charme zu erröten. Ich gebe nicht nach. Ich starre ihn an wie eine alte böse Krähe, die schweigend auf einem Zaun sitzt, bereit, loszukrächzen und die Kinder zu erschrecken, wenn sie am wenigsten darauf gefaßt sind.

Aber wie sehr muß ich innerlich lachen, bei alledem!
Nun aber wendet sich rasch das Blatt. Er bittet mich darum, mich zu entkleiden und hält mir ein steifes, weißes Gewand hin. Dann verläßt er das Zimmer. Warum soviel Umstände, um dem Patienten einen Rest von Diskretion zu gewähren, wenn er nur einen Augenblick später doch alles mögliche zeigen, betasten und befühlen lassen muß?
„Ich hab's ja gleich gesagt, es war verrückt, dieses Kleid anzuziehen", brummt Doris. „Du kommst ja kaum heraus."
Endlich ist es geschafft. Ich habe mich in das weiße Leinengewand gehüllt und gleiche einem wandelnden Zelt.
„Ich schätze derlei nicht sehr. Du meine Güte! Ich sehe ja toll aus, findest du nicht?"
Aber das Lachen ist nur ein fadenscheiniger Mantel für meine Scham. Der gewandte Jünger des Hippokrates erscheint wieder, und seine Stimme klingt nach behutsamer Fürsorglichkeit.
„Prächtig, prächtig. Das ist nett von Ihnen, Mrs. Shipley. Wenn Sie jetzt bitte auf den Untersuchungstisch steigen wollen. Lassen Sie sich von der Schwester hier helfen. So. Das ist schön. Nun, bitte, tief Atem holen ..."
Schließlich ist sie vorbei, diese Berührung von ruhiger, kühler Intimität, bei der Doris und die Schwester so tun, als ob sie nicht zusehen, und ich wie eine verstopfte Kuh brumme, voll eines Widerwillens, der wie Haß brennt.
„Ich glaube, wir lassen ein paar Röntgenaufnahmen machen", sagt er zu Doris. „Ich werde Sie anmelden. Würde Ihnen Donnerstag für das erste Mal passen?"
„Ja, gewiß, natürlich. Was für Aufnahmen, Herr Doktor?"
„Am sichersten wäre es, drei machen zu lassen. Die Nieren natürlich, die Gallenblase und den Magen. Ich hoffe, sie wird das Barium bei sich behalten."
„Barium, Barium? Was ist das?" Die Frage bricht aus mir hervor wie ein geplatztes Geschwür.
Dr. Corgy lächelt. „Nur etwas, das Sie für diese spezielle Aufnahme einnehmen müssen. So eine Art Milchbrei."
Er lügt. Ich weiß, es wird wie Gift schmecken.
Auf dem Heimweg ist der Autobus überfüllt. Ein Backfisch in weiß und grün gestreiftem Kleid, ein Mädchen, grün und zart wie junger Mangold, steht auf und bietet mir seinen Platz an. Wie überaus freundlich! Ich vermag kaum mit ei-

nem Nicken zu danken, da ich fürchte, sie könne meine unpassenden Tränen bemerken. Und wieder einmal erscheint es mir seltsam, daß ich beim Tod meiner Männer nicht geweint habe, sich aber bei einem so banalen Anlaß zwei tiefe salzige Quellen in meinem Gesicht öffnen. Es gibt keine Erklärung dafür.
Steif und ohne mich zu rühren sitze ich auf meinem Platz und blicke nicht nach links und nicht nach rechts, wie eine Gipsfigur aus dem Zehncentladen.
„Wir hatten vor, heute nach dem Abendessen ein bißchen hinauszufahren", sagt Doris. „Hast du Lust mitzukommen?"
„Wohin?"
„Nur so ein bißchen ins Freie."
Ich nicke, bin aber mit meinen Gedanken anderswo. In Wirklichkeit denke ich an die noch ungeregelten Dinge. Wie schwer ist es, sich auf das Wesentliche zu konzentrieren. Etwas kommt immer dazwischen. Ich habe nie einen Augenblick für mich gehabt, daran hat es gelegen. Kann Gott Einer sein und alles sehen? Ich stelle ihn mir vor, in makellosen Glanz gehüllt – ein kurzes weißes Jackett und ein Lächeln, weiß und kremig wie Zinksalbe, wie er SEIN kosmisch-komisches Glasauge bald auf dies, bald auf das richtet, wie es die Laune ihm eingibt. Oder nein – er ist vielköpfig, und alle Köpfe reden gleichzeitig wie ein Komitee, dessen Mitglieder miteinander streiten. Aber ich kann mich nicht konzentrieren, denn ich möchte wirklich gern wissen, was Barium ist und wie es schmeckt und ob mir davon übel wird.
„Kommst du also mit?" fragt Doris.
„Was? Wohin mitkommen?"
„Auf eine Spazierfahrt. Ich sagte, wir wollten eventuell nach dem Essen ein bißchen hinausfahren."
„Ja, ja. Selbstverständlich. Warum reitest du so darauf herum? Ich habe doch gesagt, daß ich mitkomme."
„Nein, das hast du nicht. Ich wollte mich nur vergewissern. Marv kann es nicht leiden, wenn in der letzten Minute alle Pläne wieder umgestoßen werden."
„Du lieber Himmel, niemand stößt hier einen Plan um. Wovon sprichst du überhaupt?"
Sie sieht aus dem Fenster und flüstert vor sich hin, über-

zeugt, daß ich sie nicht hören kann.
„Wahrscheinlich hat sie's bis zum Abendbrot wieder vergessen, und es wird wieder nichts daraus."

Nach dem Abendessen packen sie mich in den Wagen, und es geht los. Ich sitze allein auf dem Rücksitz. Umgeben von bauschigen Kissen bin ich sicher verpackt wie ein Ei in der Kiste. Nichtsdestoweniger freue ich mich auf die Spazierfahrt. Für gewöhnlich ist Marvin nach der Arbeit zu müde. Es ist ein schöner Abend, kühl und klar. Die Berge sind ganz deutlich zu sehen, die in der Nähe scharf und blau wie Augen oder das Gefieder des Eichelhähers, die in weiterer Ferne gehen in ein düsteres Purpur über – schattenhafte Geister der Berge.
Es wäre alles wunderschön und friedlich, wäre nicht Doris mit ihrer Piepsstimme einer außer Atem gekommenen Maus. Sie muß alles erklären, was wir sehen. Vielleicht hält sie mich für blind.
„Du meine Güte, wie ist das alles grün!" sagt sie, als wäre es ein Wunder, daß die Felder nicht scharlachrot und die Erlen nicht aquamarinblau sind. Marvin sagt nichts. Ich ebensowenig. Wer könnte ihr auch eine vernünftige Antwort geben?
„Das Getreide steht gut, nicht wahr?" fährt sie fort. Sie hat ihr ganzes Leben in der Stadt gewohnt und kann nicht Hafer von Gänsedisteln unterscheiden. „Oh, schaut nur die Brombeeren am Straßengraben. Die wird es tonnenweise in diesem Jahr geben. Wir müssen einmal herkommen, wenn sie reif sind, Marv, und uns welche für Marmelade pflükken."
„Die Kerne würden dir nur unters Gebiß rutschen." Ich kann nicht umhin, diese Bemerkung zu machen. Sie hat falsche Zähne, während ich wunderbarerweise noch immer meine eigenen besitze. „Aus den Brombeeren macht man besser Wein."
„Wenn man Verwendung dafür hat", antwortet Doris mißgelaunt.
Sie spricht immer von „Verwendung" bei Wein und Tabak, was diesen Dingen einen leicht widerlichen Beiklang gibt, so als handle es sich etwa um Papiertaschentücher oder Toilettenpapier.

Aber schon bald setzt sie ihre munteren Kommentare fort. „Oh, schau doch diese schwarzen Kälber. Sind sie nicht süß?"
Wenn sie je einmal den Kopf eines noch nicht ganz geborenen Kalbes hätte anfassen und helfen müssen, es dem Muttertier aus dem Leib zu ziehen, könnten ihr alle möglichen Namen für das Neugeborene einfallen, nur *süß* wäre fast gewiß nicht dabei. Und doch hat es mich bei jeder Kreatur immer ein bißchen gerührt: diese zuckende Anstrengung, mit der sie ungeschickt und ahnungslos ins Leben will. Was ich bei Doris nicht mag, ist ihre Begeisterung für etwas, wovon sie nicht das geringste versteht. Warum aber glaube ich eigentlich, daß sie nichts davon versteht? Sie hat genau wie ich zwei Kinder zur Welt gebracht.
„Kannst du nicht einmal den Mund halten, Doris?" fragt Marvin, worauf Doris ihn anstarrt mit einem Blick wie eine Flunder.
„Wirklich, Marvin, es besteht kein Grund, grob zu werden." Seltsamerweise überrasche ich mich dabei, daß ich für sie Partei ergreife. Nicht daß ich von ihr Dank dafür erwarte.
Wir versinken in Schweigen, und dann sehe ich das schwarze eiserne Tor, und noch immer verstehe ich nichts. Warum wendet Marvin und fährt durch das geöffnete Tor? Und plötzlich schließen sich vor meinen Augen die phantasievoll geschwungenen schmiedeeisernen Lettern zu einem Wort zusammen und bekommen eine Bedeutung: SILVERTHREADS.
Ich schiebe das Bollwerk der Kissen zurück. Meine Hände klammern sich an der Rückenlehne fest. Mein Herz schlägt zu schnell, es flattert wie ein aufgescheuchter Vogel. Ich suche es zu beruhigen. Ich muß, ich muß, oder es wird an dem Käfig der Rippen zu Schaden kommen. Aber es taumelt und flattert nur weiter, in dem rasenden Drang, ins Freie zu gelangen.
„Marvin, wohin fahren wir? Wo sind wir hier?"
„Beruhige dich", sagt er. „Wir wollen nur ..."
Ich taste nach der Tür, suche den Griff und bemühe mich, die Tür aufzuklinken.
„Ich will nicht hierher. Ich tue es nicht. Kannst du mich hören? Ich will aussteigen. Sofort, augenblicklich. Laß mich raus!"

„Mutter!“ Doris packt meine Hand und reißt sie von dem blanken, blinkenden Türgriff weg. „Was um alles in der Welt hast du vor? Du kannst ja hinausfallen und dich zu Tode stürzen.“
„Das würde dir grade viel ausmachen! Ich will nach Hause ...“
Ich bin mir der Worte kaum bewußt, die mein Mund spricht. Die Angst hat mich überwältigt, dieses Gefühl, wie wenn einem die Äthermaske vors Gesicht gehalten wird und der Geist den Gliedern den Befehl gibt: „Wehrt euch mit aller Kraft gegen dieses Ding!“ Aber die Glieder sind bereits von Lethargie befallen, sind gefesselt und ohnmächtig.
Können sie mich zwingen? Werden sie, wenn ich mich wehre und tobe, einfach eine kräftige Krankenschwester rufen? Mich in die Zwangsjacke stecken und für verrückt erklären? Ich habe eine grauenhafte Angst vor diesem Heim. Ich kann nicht einmal hinsehen. Ich wage es nicht. Hat es überhaupt Wände und Fenster, Türen und Zimmer wie eine menschliche Behausung? Oder nur Mauern? Ist es ein Mausoleum, und bin ich, die Ägypterin, mumifiziert samt meinem Kissen, durch ein Versehen bei lebendigem Leibe einbalsamiert worden? Hier muß ein Irrtum vorliegen.
„Es ist gemein, es ist so gemein von euch“, höre ich mich widerlich winseln. „Ich habe nichts von meinen Sachen mitgenommen ...“
„Aber um Himmels willen“, sagt Marvin, erschüttert und reumütig, „glaubst du denn, wir wollten dich *endgültig* hierherbringen? Du solltest dir das Heim nur einmal ansehen, Mutter. Weiter nichts. Wir hätten es dir vorher sagen sollen. Ich habe es dir gleich gesagt, Doris, daß es besser gewesen wäre, es ihr zu erklären.“
„So ist es richtig“, pariert sie. „Gib nur immer mir die Schuld! Ich dachte aber, wenn wir es ihr vorher sagen, wird sie niemals bereit sein, auch nur einen Blick auf das Heim zu werfen. Und das weißt du selbst ganz genau.“
„Die Heimleiterin meinte, wir könnten auf eine Tasse Tee hereinschauen“, sagt Marvin über die Schulter, den Kopf in meine Richtung gewandt. „Du könntest dich mal ein bißchen hier umsehen, weißt du. Dir das Haus anschauen und sehen, wie es dir gefällt. Es gebe viele so wie du, meinte sie,

die erst ein bißchen Angst gehabt hätten, bis sie sahen, wie nett es hier ist."

In seiner Stimme ist so viel verzweifelte Hoffnung, daß ich schweige. Und wieder mache ich mir Gedanken über mein Haus. Betrachtet er es mittlerweile als sein Eigentum, durch das Recht des Mieters dazu geworden? Kann es wirklich sein Eigentum geworden sein? Er hat die Zimmer mehrmals gestrichen, das ist wahr, und die Zentralheizung repariert, außerdem die hintere Veranda angebaut und weiß Gott was sonst noch getan. Hat er das Haus ohne mein Wissen erworben, heimlich bezahlt mit seiner Zeit und seiner Arbeit? Unmöglich. Ich werde das nicht hinnehmen. Und doch: Ein Zweifel bleibt.

Die Heimleiterin ist eine etwas korpulente Frau, die, wie ich schätze, auf die Sechzig geht; zur blauen Tracht trägt sie ein Lächeln von professionellem Wohlwollen. Sie macht jenen Eindruck von überwältigender Tüchtigkeit, vor der jeder Angst hat; aber ich bemerke auch ein wenig schwarzes Haar, das stachlig auf ihrem Kinn sproßt – gewiß hat auch sie Leid und Verdruß kennengelernt. Wahrscheinlich hat sie, vor langer Zeit, irgendein Kaninchen von Mann sitzenlassen, der fürchtete, von ihr verschlungen zu werden. Nachdem ich die Person in meiner Vorstellung derartig herabgesetzt habe, stehe ich ihr nun, bei aller kühlen Distanz, nicht unfreundlich gegenüber – bis sie mich am Arm packt und mit sich zerrt wie einen Betrunkenen oder einen Pudel.

Munter steuern wir über den mit braunem Linoleum belegten Korridor, biegen um die Ecke und bleiben stehen, während sie vor uns eine Tür aufreißt, mit einer Gebärde, als öffne sie uns die Schatzkammer eines persischen Satrapen.

„Hier ist der große Aufenthaltsraum", sagt sie mit dunkelschmeichelnder Stimme. „Sehr gemütlich, finden Sie nicht? Jetzt, wo die Abende so schön sind, ist er nicht sehr besucht, aber Sie sollten ihn einmal im Winter sehen. Unsere alten Herrschaften kennen nichts Schöneres, als sich hier um den Kamin zu versammeln. Manchmal rösten wir über dem offenen Feuer Eibischpaste."

Ich werde sie rösten, die Heuchlerin! Ich sehe mir nichts an, rein gar nichts bei dieser Besichtigungstour. Ich bin

blind. Und taub. Da – jetzt mache ich die Augen zu. Aber wider Willen öffnen sie sich verräterischerweise einen Spalt weit von selbst, und ich sehe rund um den Kamin hier und da verstreut in Sesseln, die größer sind als sie, einige alte Damen, weißhäuptig und zum Umblasen zart, wie Löwenzahn, der Samen trägt.
Es geht weiter. „Und hier ist der Speisesaal", erklärt die Heimleiterin. „Sehr geräumig, nicht wahr? Hell und luftig. Durch die großen Fenster kommt die Nachmittagssonne. Es ist sehr lange hell hier drinnen, im Sommer bis weit nach neun Uhr. Die Tische sind massiv Eiche."
„Wirklich, wunderschön", sagt Doris. „Nein, wirklich! Findest du nicht, Mutter?"
„Ich habe mir nie was aus Kasernen gemacht", erwidere ich. Ich schäme mich. Ich war einmal stolz auf meine guten Manieren. Was für eine grimmige Alte ist aus mir geworden!
„Die bleigefaßten Fenster sind sehr hübsch", stelle ich fest, wie um meine Unhöflichkeit wiedergutzumachen.
„Nicht wahr?" greift die Heimleiterin sogleich meine Bemerkung auf. „Wir haben sie erst seit kurzem. Vorher hatten wir hier bemalte Fenster. Aber ältere Leute machen sich nicht viel aus Bildern auf dem Fenster, wissen Sie. Sie sind mehr fürs Herkömmliche. Darum haben wir diese einsetzen lassen."
Zu Doris bemerkt sie in einem laut vernehmlichen Bühnengeflüster: „Sie waren sündhaft teuer."
Jetzt tut es mir leid, daß ich sie gelobt habe. Denn damit habe ich mich in eine Reihe mit all den anderen gestellt, habe mich in die große Schafherde eingereiht.
„Wir haben Doppel- und Einzelzimmer", erklärt die Leiterin, als wir die läuferlose Treppe hinaufsteigen. „Die Einzelzimmer kommen natürlich etwas teurer."
„Natürlich", stimmt Doris beflissen bei.
Die kleinen Zellen sehen unbewohnt aus und riechen penetrant nach irgendeinem Desinfektionsmittel. Ich sehe eine eiserne Bettstelle, einen Toilettentisch, eine Bettdecke aus diesem billigen Homespun, wie sie von den Versandhäusern geliefert werden.
Wir gehen wieder hinunter, wobei sich die Leiterin und Doris angelegentlich unterhalten. Nun spricht Marvin, der die ganze Zeit noch kein Wort gesagt hat.

„Ich hätte Sie gern noch kurz in Ihrem Büro gesprochen, wenn es Ihnen recht ist."
„Aber selbstverständlich! Möchte vielleicht Mrs. Shipley – senior, meine ich – auf der Veranda eine Tasse Tee nehmen, während wir uns in meinem Büro unterhalten? Es wird Sie sicher freuen, ein paar von unseren alten Gästen kennenzulernen."
„O danke sehr, das wäre reizend, nicht wahr, Mutter?" sagt Doris mit vor Erregung bebender Stimme.
Sie blicken mich erwartungsvoll an, offenbar überzeugt, ich müsse außer mir vor Freude darüber sein, mit Fremden plaudern zu dürfen, bloß weil es alte Leute sind. Aber ich bin müde. Wozu streiten? Ich nicke und nicke. Ich werde mit allem einverstanden sein. Wie zwei Hennen, die zusammen ein einziges Küken haben, bugsieren sie mich in einen Sessel. Dann gibt man mir eine Tasse Tee in die Hand. Er schmeckt wie Schierling. Selbst wenn es nicht wahr wäre, würde ich das Gefühl haben, Schierling zu trinken. Doris hat recht. Ich bin unvernünftig. Wer könnte mit mir auskommen? Kein Wunder, daß sie mich hierherbringen wollen. Reumütig zwinge ich mich, den heißen Tee hinunterzutrinken und die Tasse bis auf den Grund zu leeren. Doch damit ist nichts gewonnen. Ich muß nur rülpsen.
Die Veranda ist schattig. Über die Fliegengitter sind die Markisen herabgezogen, und man hat hier, jetzt am frühen Abend, dasselbe feuchtkühle Aquariumgefühl wie damals in den Präriehäusern im Hochsommer, wenn alle Jalousien gegen die Sonne herabgelassen waren.
Eine junge, hochbusige Schwester stößt die Haustür auf, nickt, ohne mich anzusehen, überquert die Veranda bis zum Ausgang und geht die Stufen hinunter. All das – daß ich hier allein sitze, in einem fremden Haus, das blicklose Starren der vorübergehenden Schwester, die nachlassende Hitze des Tages –, das alles bringt mir die Zeit im Krankenhaus in Erinnerung, als Marvin geboren wurde.

Das Krankenhaus von Manawaka war damals noch neu, und Doktor Tappen war sehr stolz, wenn er es zeigen konnte, mit den glänzenden Schleiflackwänden, den weißen eisernen Bettstellen – und über allem lag der tödliche Hauch von Äther und Lysol.

Ich hätte mein Kind lieber zu Hause bekommen, wie eine Katze in ihrem Winkel, die sich hinterher sauber leckt und die von niemandem gefragt wird, wer der Kater war. An ein Hinterher glaubte ich übrigens nicht, vielmehr war ich überzeugt, daß dies mein Ende sein würde.
Bram fuhr mich in die Stadt. Ich hätte es vorher wissen können, daß er nicht an der Anglikanischen Kirche abbiegen und durch eine Nebenstraße weiterfahren würde. O nein. Er mußte mit der Kutsche die ganze Hauptstraße hinunterfahren, von Simlows Haus für Damenkleidung bis zur Bank von Montreal, und mit den Zügeln Charlie Bean einen Gruß zuwinken, der auf den Stufen vor dem Queen-Victoria-Hotel neben den Blumentöpfen mit den staubigen Geranien saß. Charlie Bean war ein Halbblut; er arbeitete in Mr. Dohertys Mietstall.
„Wetten, daß es ein Sohn wird, Charlie?"
Lottie Drieser, die Telford Simmons von der Bank geheiratet hatte, kam gerade, zierlich wie ein Spitzentüchlein, über die Straße. Sie schaute und staunte, aber sie winkte gewiß nicht.
Als wir am Krankenhaus angelangt waren, schickte ich Bram nach Hause.
„Du hast doch keine Angst, Hagar, nicht wahr?" fragte er, als sei es ihm gerade erst in den Sinn gekommen, ich könnte Angst haben.
Ich schüttelte nur den Kopf. Ich konnte nicht sprechen, ja, mich ihm überhaupt in keiner Weise mitteilen. Was hätte ich sagen sollen? Daß ich glaubte, sterben zu müssen – und es mir wünschte –, und daß ich darum betete, nicht zu sterben? Daß das Kind, das er sich wünschte, sein und nicht mein Kind sein würde? Daß ich zwar meine geheime Lust von ihm empfangen hatte, mich aber nicht gern am hellen Tage mit einem Kind von ihm in Manawaka sehen lassen möchte?
„Ich hoffe zuversichtlich, daß es ein Junge wird", sagte er.
Ich konnte beim besten Willen nicht verstehen, warum ihm das eine oder andere wichtig sein sollte, außer daß ein Junge eine Hilfe auf der Farm bedeutete, aber da er ohnehin nur dann und wann arbeitete, je nach Laune und Stimmung, würde auch eine unbezahlte Arbeitskraft nicht viel ändern können.

„Warum möchtest du gern, daß es ein Junge ist?“ fragte ich. Bram sah mich an, verwundert, daß ich eine solche Frage stellen konnte.
„Damit man jemanden hat, dem man die Farm hinterlassen könnte“, sagte er.
Erstaunt erkannte ich damals, daß er ebenso wie mein Vater eine Dynastie begründen wollte. Und in diesem Augenblick, in dem es so nahelag, daß wir uns die Hände gaben und einander alles Gute wünschten, beherrschte mich nur ein Gedanke: Was für eine Unverschämtheit …
Wenn Marvin an jenem Tage nicht lebend zur Welt gekommen wäre, weiß ich nicht, wo ich heute wäre. Ich glaube, ich wäre sehr viel früher in ein Altersheim gekommen. Das ist ein Gedanke.

Eine schmächtige kleine Person in einem rosa Kattunmorgenrock schlängelt sich an mich heran. Der Morgenrock zeigt ein Resedenmuster und die Spuren gehabter Mahlzeiten. Was will die alte Person von mir? Soll ich sie ansprechen? Wir kennen uns doch nicht. Sie würde mich für aufdringlich halten.
Sie schwebt über die Veranda, betastet ihr Haar mit einer Klaue, so gelb wie die einer Gabelweihe, und steckt eine hervorlugende Strähne unter ihr blaues Haarnetz. Und dann vertraut sie sich mir an: „Mrs. Thorlakson ist heute wieder einmal nicht zum Abendbrot heruntergekommen. Das ist schon das zweite Mal. Ich habe beobachtet, wie ihr die blonde Schwester das Essen auf einem Tablett aufs Zimmer gebracht hat. Sie hat keine Eicreme bekommen wie wir andern alle, sondern einen kleinen Napfkuchen für sich allein. Hat man je so etwas gesehen?“
„Vielleicht hat sie sich nicht wohl gefühlt?“ erlaube ich mir zu vermuten.
„Die?“ fragt die alte rosa Puderquaste verächtlich. „Die fühlt sich immer unpäßlich; jedenfalls behauptet sie es. Sie bildet sich etwas darauf ein, wenn ihr das Essen ans Bett gebracht wird, das ist das Ganze. Sie werden sehen, daß sie uns alle noch überlebt.“
Nichts begehre ich weniger zu sehen. Also das würde mich in einem solchen Haus erwarten. Ich sehe an ihr vorbei, aber sie läßt sich nicht abschrecken.

„Letztesmal hat sie Eis bekommen, während wir uns mit Zitronengelee begnügten. Nicht allein das – dazu auch Eiswaffeln. Sie kennen doch diese dünnen, kleinen, wie man sie auch für Eistüten benutzt, mit Zuckerguß zwischen den einzelnen Schichten? Nun, davon hat sie zwei bekommen, zwei, stellen Sie sich das vor! Ich habe es selbst gesehen."
Was für eine gewöhnliche Frau! Denkt sie denn nur ans Essen? Es ist widerlich. Wie kann ich sie nur loswerden?
Ich brauche es mir nicht länger zu überlegen. Es kommt jemand, und der kleine Freßsack trippelt davon, nicht ohne mir zuvor eine Warnung über die Schulter zuzuflüstern: „Es ist diese Mrs. Steiner. Wenn sie erst mal mit ihren Fotos anfängt, ist kein Ende abzusehen."
Die Neue kommt zu mir und mustert mich, aber nicht in unhöflicher Weise. Es ist eine große, massige Frau, die einmal recht hübsch gewesen sein muß. Vom ersten Augenblick an ist sie mir sympathisch, obwohl ich nicht besonders darauf erpicht bin, hier überhaupt jemanden sympathisch zu finden. Ich habe von jeher zu Menschen eine entschiedene Einstellung gehabt. Gleich von Anfang an habe ich jemand gern oder nicht. Die einzigen Menschen, bei denen ich mir nie ganz klar über meine Gefühle gewesen bin, waren die, die mir am nächsten standen. Fremde sind leichter zu beurteilen.
„Ich habe Sie mit Miss Tyrrwhitt sprechen sehen", beginnt sie. „Von wem fühlt sie sich wohl heute benachteiligt, wenn ich fragen darf?"
„Also ist sie immer so?"
„Jeden Tag ist es dasselbe. Nun, es ist einmal ihre Art. Wer hat das Recht zu urteilen? Sie hat immer für eine alte Mutter gesorgt, und nun ist sie selbst alt geworden. Also lassen wir sie reden. Vielleicht tut es ihr gut, wer weiß? Sie sind neu hier?"
„Nein, nein. Ich bleibe nicht hier. Mein Sohn und meine Schwiegertochter haben mich nur hergebracht, damit ich mir das Haus ansehe. Aber ich bleibe nicht hier."
Mrs. Steiner seufzt und setzt sich zu mir. „Dasselbe habe ich auch gesagt. Genau dasselbe."
Sie sieht meine Miene. „Mißverstehen Sie mich nicht", fügt sie hastig hinzu. „Niemand hat zu mir gesagt: ‚Mama, du

gehst jetzt ins Altersheim.' Nein, nichts dergleichen. Aber Ben und Esther konnten mich nicht länger in ihrer Wohnung behalten. Sie war so klein, daß man dachte, man sei aus Versehen in eine Besenkammer geraten. Vorher hatte ich bei Rita und ihrem Mann gewohnt, und das ging wunderbar, solange sie nur Moische hatten, aber als das Mädchen geboren wurde, reichte der Raum nicht mehr aus. Hier sehen Sie Moische und hier Lynne – er ist das genaue Ebenbild von seinem Großvater, meinem verstorbenen Mann. Er hat dieselben dunklen Augen. Und klug ist er. Der schlaueste kleine Gauner, den Sie je gesehen haben. Und das ist Lynne. Eine richtige kleine Puppe, nicht wahr? Ihre Haare sind von Natur lockig."

Sie hält mir die Fotografie hin, und ich betrachte sie eingehend. Zwei Kinder, an denen nichts Außergewöhnliches ist, spielen auf einem Schwebebalken.

„Ich sagte also zu Rita: ‚Schön, so liegen die Dinge – was sollen wir machen, dem lieben Gott ins Gesicht spucken, weil er dir keine Million Dollar geschenkt hat, um ein Herrenhaus mit vierzig Schlafzimmern zu bauen?' Rita weinte, als sie mich herbrachte, es war ein richtiger Wolkenbruch. ‚Mama, ich kann dich nicht fortlassen', sagte sie. Ich mußte sie wie ein kleines Kind beruhigen. Sogar Esther weinte, aber ich muß zugeben, daß sie sich die Tränen aus den Augen preßte. Ich war schon drauf und dran, zu ihr zu sagen: ‚Beim Filmen nimmt man Glyzerin dazu, Esther' – aber warum sollte ich mich aufregen? Sie glaubt es Ben schuldig zu sein, daß sie weint, weiß Gott, warum. Ein Glamourgirl, wie es im Buch steht, diese Esther, aber hart, nicht wie meine Tochter Rita. Gut, ich bin jetzt zwei Jahre hier. Alle vierzehn Tage kommt Rita und fährt mit mir in die Stadt, zum Friseur. ‚Ich weiß, Mama', sagt sie immer, ‚dein Haar wäre das letzte, was du vernachlässigen würdest.'"

„Sie haben Glück, daß Sie eine Tochter haben", sage ich, mich mit halbgeschlossenen Augen im Sessel zurücklehnend.

„Doch, es macht viel aus", stimmt sie mir zu. „Sie selbst haben ...?"

„Zwei Söhne." Dann wird mir bewußt, was ich gesagt habe. „Ich meine, ich hatte zwei. Einer ist gefallen – im letzten Krieg."

Ich sitze in der kühlen Dunkelheit und verstehe nicht mehr, warum ich das gesagt habe, zumal es nicht wahr ist. Mrs. Steiner drückt nur mit einem Seufzer ihr Mitgefühl aus – sehr taktvoll bei jemandem, der so gesprächig ist.

„Eine Schande", sagt sie am Ende. „Eine wahre Schande, der Krieg!"

„Ja." Dem kann ich zustimmen.

„Nun, es ist nicht so übel hier", sagt sie, „wenn man alles in Betracht zieht."

„Kann man sich –", ich zögere und fahre dann fort: „Gewöhnt man sich je an das Leben in einem solchen Heim?"

Sie lacht. Ein kurzes, bitteres Lachen, das ich sofort wiedererkenne und verstehe.

„Gewöhnt man sich ans Leben?" fragt sie. „Können Sie mir darauf antworten? Es kommt alles als Überraschung. Sie bekommen Ihre erste Periode, und Sie sind überrascht – *Jetzt kann ich Kinder bekommen – ist es zu fassen?* Wenn dann die Kinder kommen, denken Sie – *Ist das mein Kind? Ist es wirklich aus mir gekommen? Wer hätte das je gedacht?* Wenn Sie keine mehr haben können, ist es für Sie ein Schock – *Es ist vorbei – so früh schon?*"

Ich blicke sie prüfend an und finde es seltsam, daß sie so viel weiß.

„Sie haben recht. Ich habe mich an gar nichts im Leben gewöhnt."

„Also, wir beide würden uns gut verstehen", sagt Mrs. Steiner. „Ich hoffe, daß wir Sie hier sehen werden."

Jetzt erkenne ich, wie ich geködert worden bin. Sie hat es nicht absichtlich getan. Ich gebe ihr keine Schuld. Ich weiß nur, ich muß dieses Haus verlassen, sofort, ohne Aufschub.

„Sie werden mich nicht hier sehen", erkläre ich grob. „Oh, ich wollte nicht unhöflich sein. Aber Sie werden mich nicht hier zu sehen bekommen."

Sie zuckt mit einer orientalischen Ergebenheitsgebärde die Achseln. „Wohin wollen Sie gehen? Haben Sie einen Platz, wohin Sie gehen können?"

Da kommt mir die Idee das erstemal. Ich muß einen Platz finden, wohin ich gehen kann, einen verborgenen Ort irgendwo.

Ich stehe auf, besessen von dem Drang zu entkommen. „Le-

ben Sie wohl! Adieu! Ich muß jetzt gehen."
„Leben Sie wohl", antwortet Mrs. Steiner ruhig. „Auf Wiedersehen!"
Die Tür mit dem Maschendraht schlägt hinter mir ins Schloß. Ich gehe die Stufen der Veranda hinunter und hoffe, daß mich meine Beine nicht im Stich lassen. Mit beiden Händen klammere ich mich an das Geländer. Ich taste mich vorwärts und setze bei jedem Schritt vorsichtig den Fuß, als ob ich in kaltes Wasser treten müßte.
Es ist dunkel geworden, und ich merke, daß ich nicht mehr genau weiß, wo ich bin. Es ist, als ob ich geführt würde, und für den Augenblick folge ich gern meinen Füßen und bin überzeugt, daß sie mich irgendwohin führen werden.
Plötzlich taucht vor mir aus der Dunkelheit ein kleines Gartenhaus auf. Ich habe jetzt Augen wie eine Katze bei Nacht, und ich empfinde die Dunkelheit nicht mehr als undurchdringlich. Die Hütte ist, wie es scheint, aus roh behauenen Baumstämmen errichtet, das Dach gleichsam stufenförmig, vielleicht mit Zedernschindeln gedeckt. Wie eine Art Kapelle wirkt sie. Im Innern erkenne ich eine Bank, auf der ich ausruhen könnte. Als ich im Begriff bin, hineinzugehen, höre ich von drinnen ein schwaches Geräusch wie von einer Bewegung, leise wie ein Seufzer. Ich blicke hinein und sehe einen Mann, der dort sitzt. Er hat mich nicht bemerkt, denn er hält den Kopf nach unten. Er hat einen geschnitzten Stock aus Holz oder Rohr in der Hand und führt ihn im Kreise umher. Starr ist sein Blick auf die schmale Furche gerichtet, die er mit seinem Stock in den Erdboden schreibt. Langsam dreht sich der Stock rundherum, immer auf derselben Stelle, gräbt sich ein und hinterläßt seine Spur.
Es gibt also in diesem Haus nicht nur Frauen, sondern auch Männer. Die Schultern des Mannes sind sehr breit, und sein Haar hat etwas von einer ungebändigten Mähne. Obwohl sein Gesicht verborgen bleibt, sehe ich, daß er einen Bart trägt. Oh –
Er ist mir so vertraut, daß ich mich nicht bewegen, nicht sprechen, nicht atmen kann. Dank welchem Geheimnis ist er hierhergekommen? Oder bin ich bereits dort, wohin er mir vorausgegangen ist? Das ist gewiß ein sonderbarer Ort, dunkel und leuchtend zugleich, und die Bäume umschließen uns wie Arme im schützenden Dunkel. Wenn ich jetzt

zu ihm spreche, langsam, um ihn nicht zu erschrecken, wird er sich mir dann zuwenden, mit einem Blick des Erkennens, auf den ich kaum zu hoffen wage, und mich mit meinem Namen anreden?
Er hebt den Kopf. Ich sehe sein Gesicht. Es ist zart und zerbrechlich wie eine Teetasse aus feinem Porzellan, weiß, dünn spannt sich die Haut darüber – ein unbekanntes Gesicht. Sein Bart weist kahle Stellen auf, als mauserte er sich.
In bin nur in einem Pavillon in einem großen Garten, ich und dieser Mann, wer immer es ist. Die Dunkelheit hat sich einen billigen Trick mit mir erlaubt. Dumm. Dumm. Ich danke Gott, daß ich nicht gesprochen habe. Eine Glocke ertönt; es ist nicht der volle Klang der eisernen Kirchenglokken, an die ich mich erinnere, sondern ein durchdringendes Dröhnen, eine schrille Befehlsausgabe.
„Der Zapfenstreich", brummt der alte Mann vor sich hin. Seine Stimme ist schwerfällig, wie verrostet, weil er sie so lange nicht mehr gebraucht hat. „Zeit zu gehen."
Als er fortgeht, höre ich Doris rufen. „Mutter – wo bist du?"
Man hört ihr die Angst an. Idiotin! Was glaubt sie wohl, was ich getan habe? Fortgeflogen? Mir fällt ein Vers ein, den die Kinder nach der Melodie des *Lieds des Gefangenen* sangen:

Wenn ich Engelsflügel hätte,
Oder auch nur Krähenflügel,
Würd' ich aufs Haupt T. Eaton's fliegen
Und den Leuten unten auf den Kopf spucken.

„Hier bin ich. Hier. Schrei nicht so."
Sie rennt auf mich zu. „Du liebe Güte, was du uns für einen Schrecken eingejagt hast! Wir wußten nicht – ja, was ist denn los? Du weinst doch nicht etwa?"
„Natürlich nicht. Es ist nichts weiter. Ich würde jetzt nur gern nach Hause fahren, wenn ihr nichts dagegen habt. Ich möchte weiter nichts, als nach Hause kommen."
„Aber selbstverständlich", sagt sie, als wäre es von vornherein so beschlossen gewesen. „Das wollen wir ja gerade. Dann komm also jetzt!"
Sie führt mich zum Wagen, und wir fahren zurück, die Landstraße zurück, zurück in Marvins und Doris' Haus.

IV

Es kommt mir vor, als hätten wir viele Tage lang mit diesen Röntgenaufnahmen zugebracht. Jedesmal müssen wir endlos warten, in den Korridoren des Souterrains, in den Eingeweiden des Gebäudes sozusagen, wo es keine Fenster gibt und die ganze Zeit die Leuchtstoffröhren an der Decke an sind. Wir sitzen auf harten, geraden Stühlen. Manchmal kommt eine Frau in blauem Kittel, mit verdrießlichem Gesicht, die eine Art Teewagen vor sich herschiebt und uns eine Tasse lauwarmen Kaffee in die Hand drückt. Doris blättert in Zeitschriften. Rasch wendet sie die Seiten, sie feuchtet den Finger an und schlägt eine neue Seite auf. Es flattert und flutscht nur so. Sie kann keinen Augenblick stillsitzen, sie ist wie ein Floh. Von mir habe ich dagegen den Eindruck, daß ich sehr gesetzt auf diesem unbequemen Stuhl ausharre, bis mir Doris, die Stirn runzelnd, einen Blick zuwirft.

„Versuch doch einmal, ruhig zu sitzen, Mutter. Je zappeliger du bist, desto länger wird dir die Zeit. Du kommst sicher bald dran."

„Was ist an der Reihe, Doris? Was wird heute geröntgt?"

„Ich habe es dir doch gesagt, der Magen. Heute ist der Magen an der Reihe."

„Ach ja." Aber im Grunde ist es mir gleichgültig. Heute der Magen, gestern die Leber, vorgestern die Nieren. Man sollte es nicht für möglich halten, daß der Mensch so viele lebenswichtige Organe hat. Mir kommt es immer wie eine Ungehörigkeit vor, wenn die Ärzte meine Eingeweide bloßlegen und eingehend begutachten.

„Mrs. Shipley, bitte! Ist Mrs. Shipley hier?"

Wir stehen auf und folgen der Stimme und dem Wink einer Hand.

„Bleib draußen, Doris. Laß mich doch, ich werde sehr gut auch allein fertig."

„Nein, ich glaube doch, es wäre besser ..."

Glücklicherweise kommt uns die Schwester entgegen, um zur Eile zu mahnen. Sie faßt mich am Ellbogen und steuert mich wie einen Karren, während sie Doris mit einer höflichen Handbewegung bedeutet, zurückzubleiben. Als sich Doris wieder setzt und von neuem zu ihrer Zeitschrift

greift, sieht sie zugleich enttäuscht und erleichtert aus.
Es ist ein richtiges Verlies. Was geschieht hier? Sie haben mich wie bei den vorigen Malen auf den Tisch gelegt, aber jetzt ist alles Licht aus, und ich falle, ich falle wie in einem Traum ins Dunkle.
„Was machen Sie da? Was stellen Sie mit mir an?"
„Seien Sie unbesorgt, Mrs. Shipley. Wir kippen Sie nur nach vorn, bis Sie beinahe eine aufrechte Stellung einnehmen. Sie verstehen?"
„Nein, ich verstehe nicht. Ich verstehe gar nichts. Warum lassen Sie mich dann nicht einfach aufstehen, wenn Sie das haben wollen?"
Ich höre unterdrücktes Kichern. Das ist die Schwester mit der öligen Stimme. Jetzt löscht mein Ärger fast meine Angst aus. So eine naseweise Person! Soll sie sich einmal wie auf einem Tablett herunterkippen lassen und sehen, wie ihr das gefällt. Da würde man kein Kichern hören. Sie würde das ganze Haus zusammenschreien, genau der Typ ist sie.
Der Mechanismus stockt. Ich bin doch nicht gefallen. Die Schwester gibt mir etwas in die Hand, ein Glas mit einem gekrümmten Trinkröhrchen.
„Trinken Sie, soviel Sie vertragen können", läßt sich eine Männerstimme vernehmen, die offenbar beruhigend auf mich wirken will.
„Was ist das für ein Zeug?"
„Barium", antwortet der unsichtbare Arzt, ein bißchen kurz angebunden jetzt. „Trinken Sie tüchtig, Mrs. Shipley, wir müssen weitermachen."
Barium – jemand hat mir etwas darüber gesagt, aber was? Ich koste. Es ist dick und klebrig, wie Kalk und Öl. Ich würge daran, und da fällt mir ein, was der andere Doktor gesagt hat. Ich zwinge das Zeug hinunter. Wenn man nur mit jemand darüber sprechen könnte. Sind das wirkliche Menschen da, im Dunkel verborgen?
„Mein Arzt – Doktor Tappen – ach nein, ich meine den andern, zu dem ich jetzt gehe – sagte mir, es würde wie Milchbrei schmecken."
Ich sage es nur zum Scherz und hoffe dabei, daß sie irgend etwas sagen oder erklären werden. Aber ich habe es nicht richtig angestellt. Meine zittrige, klagende Stimme stockt und verstummt.

„Tatsächlich?" fragt das Röntgengespenst in einem gelangweilten, wie abwesenden Ton. Dann kommen, ungeduldig hämmernd, die Worte: „Trinken Sie bitte etwas mehr!"
Mir kommt der Gedanke, daß es in der Hölle so ähnlich wie hier sein muß. Es ist nicht das Dunkel der Nacht, denn daran gewöhnt sich das Auge. Hier herrscht eine andere Art von Dunkel – das absolute Dunkel, nicht die Farbe Schwarz, denn die kann man sehen, sondern die völlige Abwesenheit von Licht. Das ist die Hölle, wie sie im Buch steht, und die Römische Kirche hat wenigstens in diesem Punkt vollkommen recht.
Rote und grüne Punkte leuchten auf und verschwinden, aber auch sie sind keine richtigen Lichter, sondern zeigen nur, wie tief die Dunkelheit ist. Für den Augenblick blenden sie die Augen, aber sie beleuchten nichts. Zwar sind Stimmen zu hören, und das müßte bedeuten, daß Menschen hier sind, aber ich habe das Gefühl, daß es nur Stimmen sind. Hier gibt es nur Stimmbänder, und körperlose Münder plappern und planen in der Dunkelheit dieses Grabgewölbes. Die Luft ist kühl und dumpf, und ich glaube, man hat mich hier zu lange festgehalten. Vielleicht werde ich, wenn man mich wieder herausläßt an Wind und Sonne, gänzlich zerfallen wie die Blumen, die man in dem Pyramidengrab des jungen Tutenchamun fand und die zerbröckelten, als die Zeit durch die zerbrochene Tür einbrach.
Ich nippe wieder am Glase und zwinge mich, den Brei zu schlucken. Wieder und wieder, bis ich zu würgen beginne.
„Ich kann nicht mehr."
„Dann hören Sie auf. Vielleicht ist es für jetzt genug."
„Ich muß mich übergeben. Oh ..."
„Versuchen Sie, es bei sich zu behalten", sagt der Röntgendoktor. „Sonst müssen Sie noch einmal von vorn anfangen. Und das möchten Sie doch nicht gern, nicht wahr?"
Meine Augen tränen plötzlich nicht mehr, und die Kehle, eben noch wie zugeschnürt, ist frei. So groß ist mein Zorn.
„Sie vielleicht?" frage ich scharf.
„Nein, nein, ich möchte es auch nicht."
„Na also, warum fragen Sie mich dann, um alles in der Welt?"

Aus dem grenzenlosen Dunkel dringt ganz unerwartet ein Seufzer.
„Wir tun nur unser Bestes, Mrs. Shipley", sagt der Arzt. Und ich sehe ein, daß es wahr ist und daß er ein Mensch ist, überarbeitet, ohne Zweifel, und daß ich schwierig bin. Und was können wir dafür, daß es so ist?
„Ich habe nur den einen Wunsch, daß man meinen Magen oder was sonst noch in Ruhe läßt", sage ich, mehr zu mir als zu ihm. „Ich sehe nicht ein, warum es so wichtig ist, was ihm fehlt. Er hat nun bald ein Jahrhundert lang verdaut. Vielleicht ist er einfach müde geworden. Wäre es ein Wunder?"
„Ich weiß", sagt er. „Manchmal hat man solche Stimmungen."
So plötzlich kommt diese Milde, daß sie das Gegenteil von dem bewirkt, was er damit beabsichtigte; sie macht mich weich, und ich kann nur stumm dalehnen und auf das warten, was sie mit mir anstellen werden.

So habe ich schon oft und oft gewartet, gewartet, daß sich etwas zum Besseren oder Schlechteren wendet. Ich sollte eigentlich daran gewöhnt sein. So lange Jahre habe ich im Haus der Shipleys gewartet, fast weiß ich nicht mehr, wie viele es waren. Nicht einmal, worauf ich wartete, wußte ich; ich fühlte nur, es müsse etwas geschehen, dies könne nicht das Ganze sein. Die Arbeit füllte meine Zeit ganz aus. Ich arbeitete wie ein Karrengaul und dachte: Wenigstens wird niemand sagen können, ich hätte meinen Haushalt nicht ordentlich geführt. Ich schwärzte den Herd, bis er glänzte wie frisch gewichste Stiefel, und ich scheuerte den Küchenboden blank, ganz gleich, wie oft am Tage; es genügte, daß jemand wieder Schmutz, Schneematsch oder Staub, je nach der Jahreszeit, mit seinen Schuhen hereingetragen hatte. Es gab keinen rußigen Lampenzylinder in meinem Haus, keine ungescheuerte Kasserolle, keinen Fettrand auf dem Tiegel und keinen ungewaschenen Hals bei meinen Jungen. Als Marvin alt genug war, um die Holzkiste in der Küche aufzufüllen, hielt ich ihn an, beim Hinausgehen die Holz- und Borkenstückchen aufzulesen, die er beim Hereintragen verloren hatte. Er war ein ernster kleiner Junge, der tüchtig arbeitete und anscheinend Gefallen fand an häuslichen Arbeiten. Aber wenn er damit fertig war, drückte er sich in der Küche herum. Wohin ich mich auch wandte, immer war er da oder lief mir vor die Füße, bis ich die Geduld verlor.

„Ich bin mit meiner Arbeit fertig", sagte er. Er war immer wortkarg gewesen, auch als Kind.

„Ich sehe, daß du fertig bist. Ich habe ja Augen im Kopf. Mach nun, daß du hinauskommst, bevor ich über dich stolpere. Frag deinen Vater, ob du ihm ein bißchen helfen kannst."

„Habe ich die Holzkiste zu voll gemacht?"

„Nein, nein, es ist gut so. Es ist alles in bester Ordnung. Geh nun, Marvin, wie oft soll ich es dir noch sagen?"

„Du hast dir das Holz gar nicht angesehen", sagte er. „Ich habe die langen Stücken von dem neuen Holzstoß genommen."

„Also schön, jetzt sehe ich es. Ist es nun gut? Bitte, Marvin, ich muß mich um das Essen kümmern. Und um Himmels willen sag *Stücke* und nicht *Stücken*."

Als er größer wurde, lief er mir nicht mehr so oft vor die Füße, denn er war jetzt öfter draußen, mit Bram zusammen. Dann kam er in die Schule, und ich sah ihn nur noch selten, außer in den Sommerferien oder während der Stunde, in der er am Küchentisch seine Schularbeiten machte, ich nähte und Bram zur Vervollkommnung seiner Bildung den Katalog von Eaton's las. Aber oft noch sagte Marvin, wenn der Abend kam: „Ich bin mit meiner Arbeit fertig", und stand auf der Schwelle zur Küche, bis ich sagte, er solle hereinkommen und die Tür des Windes wegen schließen, wenn es Winter war, oder wegen der Fliegen im Sommer.

Die meisten Farmer in unserer Gegend arbeiteten sich die Finger wund. Nicht dagegen Bram. Das heißt: Er konnte richtig arbeiten, und wenn er es tat, arbeitete er wie toll, und wenn er zum Abendbrot hereinkam, roch er nach Schweiß und Sonne. Aber dann kam wieder die Zeit, wo er sich an den braunen Wachakwa erinnerte mit seinen friedlichen, grasbewachsenen Uferhängen, und weg war er, der Hansnarr. Vielleicht hoffte er, einen Wal zu fangen in dem flachen Wasser, das nicht höher als fünfzehn Zentimeter stand.

Meistens gelang es ihm, sich in der Erntezeit, wenn der

Trupp der Drescher da war, etwas zusammenzunehmen. Es waren zumeist Mischlinge aus dem Gebirge oder Herumtreiber, und ich weiß nicht, warum es ihm wichtig war, was sie von ihm dachten, aber es war ihm wichtig. Er hatte sich im Laufe von zehn Jahren verändert, hatte sein Lachen, das er einst zeigte, abgelegt und es mit einem armseligeren Gewand vertauscht. Wenn die Drescher da waren, machte er sich gern mit seiner Farm wichtig und prahlte mit seinen Plänen. Wenn man ihn hörte, konnte man glauben, ehe ein Jahr verging, würden sich hier stattliche Backsteinställe erheben, wundersamerweise, so wie Jesus aus dem Grabe auferstanden war. Geräteschuppen würden allenthalben wie die Butterblumen blühen. Die Zäune würden ihre alten Schultern heben und ganz von selbst wieder gerade dastehen. Silos würden zu Dutzenden aus dem Boden wachsen wie die Giftpilze. Die Männer mit den Habichtsgesichtern hörten ihm zu, lachten ihr tiefes, leises Lachen, grinsten ihr bedächtiges Grinsen und sagten: „Sicher." Dann sahen sie zur Seite, aus dem Fenster hinaus, auf den grauen, verwitterten Stall, der jedes Jahr ein bißchen tiefer in den dungweichen Lehmboden einsank, auf den Hühnerstall, dessen Drahtzaun pludrig zusammengesackt war wie Mädchenhosen, denen oben das Gummiband fehlt, oder auf den nach vorn überhängenden Abort, der wie eine kindliche Parodie auf den Schiefen Turm aussah. Dieser verflixte Abort ärgerte mich am meisten. Er sah so läppisch aus.
Die Küche war riesig, der alte Holzofen so groß wie ein Hochofen. Auf dem Tisch lag ein einstmals blau-weiß gewürfeltes Wachstuch, aber erst Clara und dann ich hatten das Muster weggescheuert. Gleich daneben stand das Waschbecken – sie wuschen sich alle im selben Wasser die Hände, und keiner dachte daran, die Schüssel zu leeren. Wenn ich den grauen Seifenschaum sah, während ich das Essen auftrug, nahm es mir den Appetit. Ich reichte ihnen die Schüsseln und sorgte für alle, bevor ich selbst aß; ich sah ihnen zu, wie sie zum Frühstück die Bratkartoffeln und den Apfelkuchen hinunterschlangen, ohne es mir anmerken zu lassen, was ich dabei empfand, daß ich, Hagar Currie, eine Bande von Mischlingen, Tunichtguten und Galiziern bediente. Aber wenn ich Brams Phantastereien mit anhören mußte, drehte sich mir erst recht der Magen um,

weil er sich mit seinen Worten doch nur lächerlich machte.
In der Küche gab es kein Wasser, obwohl es nicht so schwer gewesen wäre, von der Regentonne her eine Leitung zu legen. Auch keinen Ausguß. Man sollte meinen, daß Bram wenigstens eins von beiden hätte schaffen können. Aber nein. Nach der Ernte sah und hörte ich wochenlang nichts mehr von ihm. Er ging auf die Entenjagd am Moorsee, oder er trank mit Charlie Bean roten Beerenwein in einer Hütte hinter dem Bahndamm. Grölend kamen sie zusammen mitten in der Nacht heim. Sie steuerten auf den Stall zu, denn sie wußten, daß sie von mir keinen freundlichen Empfang zu erwarten hatten. Ich quälte mich mit der Frage, wer ihn in der Stadt gesehen und was er angestellt haben mochte. Er konnte unmöglich all das getan haben, was ich mir mit allen Einzelheiten vorstellte. Manchmal erfuhr ich, was er getan hatte, und zuweilen war es so schlimm, wie ich es mir ausgemalt hatte.
„Der Gendarm hat Papa verwarnt", erzählte mir einmal Marvin.
„Warum? Warum um alles in der Welt?"
Und langsam, bruchstückweise, mit nervösem Lachen, teilte mir Marvin, der damals acht oder neun Jahre alt war, seine Neuigkeit mit.
„Er hat gesagt, daß er Papa ins Kittchen steckt, wenn er's noch mal tut."
„Was noch mal tut?"
„An den Stufen vor dem Kaufhaus von Currie sein Bedürfnis verrichten, wie es der Gendarm nennt."
Wie zeterte ich in dieser Nacht mit Bram, was alles warf ich ihm an den Kopf!
„Aber es war spät in der Nacht, Hagar", verteidigte er sich, „und niemand war da."
„An den Stufen vor dem Laden meines Vaters! Das ist kein Zufall. Wer hat dich dabei beobachtet?"
„Wie, zum Teufel, soll ich das wissen? Ich habe es noch nie vor einem Publikum getan. Hör jetzt auf davon, Hagar. Der Fall ist erledigt. Es tut mir leid. Bist du nun zufrieden?"
„Du glaubst, wenn du sagst: Es tut mir leid, ist alles in Ordnung. Aber das ist es nicht."

„Was verlangst du von mir? Daß ich vor dir auf die Knie niedersinke?“
„Ich möchte nur, daß du dich ein bißchen anders benimmst.“
„Vielleicht hätte ich dich auch lieber ein bißchen anders.“
„Ich lasse mir jedenfalls nichts zuschulden kommen.“
„Nein, bei Gott, du bist eine ehrbare Frau. Das gebe ich gern zu.“
So waren vierundzwanzig Jahre wie Sandbänke unter der Flut unseres ewigen Zankens und Streitens wie fortgespült.
Aber wenn er sich mir nachts mit haarigem Bauch und schwarzbehaarten Schenkeln zuwandte, lag ich zwar stumm, doch erwartungsvoll da, und wie ein Aal glitt und schwamm er in einem Teich von Dunkelheit. Manchmal, wenn es am Tage keinen Streit zwischen uns gegeben hatte, sagte er dann, es täte ihm leid – leid, mich zu belästigen, als handle es sich hier um einen seiner Defekte, die ihn wie seine Sprechweise von den gebildeten Menschen unterschieden. *Bram, hör zu ...*
Ich höre ein Knacken und stehe plötzlich in strahlender Helligkeit. Ich fühle mich nackt, entblößt bis ins Innerste meines Hirns. Was ist das? Wo?
„Wir sind mit den Aufnahmen fertig“, teilt mir der Doktor mit. „Sie können jetzt gehen.“
Ich erinnere mich: Mein Magen ist geröntgt worden, nicht mein Herz oder meine Seele. Der Arzt sieht freundlich aus, ganz und gar nicht so, wie ich ihn mir vorgestellt habe. An der Tür steht Doris und nickt gewichtig mit dem Kopf zu den Anweisungen, die ihr die Schwester gibt.
„Geben Sie ihr heute abend ein Abführmittel. Das Barium führt leicht zu Verstopfung.“
„Wann werden wir etwas über die Aufnahmen ...“
„Wir schicken die Resultate an Doktor Corby. Er wird Sie benachrichtigen.“
„O vielen Dank“, sagt Doris mit inniger Betonung und betet gewiß insgeheim, daß die Bilder von meinem Innern die unleugbaren Zeichen irgendeiner unheilbaren Krankheit zeigen, am besten einer ansteckenden, und daß Dr. Corby sagen wird: „In die Privatklinik, das Altersheim, unter allen Umständen, sofort!“

Aber als der Bericht des Arztes kommt, sind beide sehr verschwiegen, geradezu geheimnistuerisch, und sehen mich unter gesenkten Augenlidern an. Selbst Marvin, sonst so ohne Umschweife, ist nun merkwürdig unbestimmt, wenn er spricht.

„Er sagt, daß du eine sachkundige Pflege brauchst, Mutter. Er meint, das Altersheim wäre im Augenblick das beste für dich."

„Im Augenblick? Was soll später werden? Sagt er, daß ich später wieder nach Hause gehen kann?"

„Nein, das hat er eigentlich nicht gesagt."

„Und was hat er eigentlich gesagt, Marvin? Was fehlt mir? Was ist es? Was verheimlichst du mir?"

Er holte sich eine Flasche Bier aus dem Kühlschrank und macht aus dem Einschenken eine umständliche Zeremonie. Marvin ist so schwerfällig. Ihm ist noch nie wie John mühelos eine Ausrede eingefallen. Aber endlich ist ihm ein Gedanke gekommen, und offenbar hält er ihn für einen brillanten Einfall.

„Also organisch fehlt dir eigentlich nichts", erklärt er, zufrieden mit diesem imponierenden Wort. „Doktor Corby meint nur, daß du dort am besten aufgehoben wärest mit ordentlicher Pflege und alledem, was dazugehört."

„Marvin, was fehlt mir?"

„Ich glaube, nichts Besonderes. Du wirst älter, das ist alles."

„Ich hätte kein Vermögen für Ärzte auszugeben brauchen, um das zu erfahren. Da muß noch etwas anderes dahinterstecken. Ich weiß es."

Während ich diese Worte spreche, bin ich von ihrer Wahrheit überzeugt, bin ängstlich und voll nervöser Spannung. Etwas bedroht mich, etwas Unbekanntes, Verborgenes, das nur darauf wartet, sich auf mich zu stürzen wie das Tier, das, wie ich mir als Kind einbildete, in dem unbenutzten Wandschrank in meinem Zimmer hauste, der nie geöffnet wurde. Wenn ich im Bett lag, malte ich mir das Wesen als eine zusammengeringelte Anakonda aus, die den Kopf eines Mannes trug mit Juwelenaugen und einem selbstgefälligen Lächeln. Schließlich machte ich mir klar, daß ich nur die Tür zu öffnen brauchte. Als ich es tat, fand ich in dem Wandschrank nur die verstaubten weißen Knopfstiefel mei-

ner Mutter und einen angestoßenen Nachttopf, in dem kleine Spinnen ihren Schlupfwinkel gefunden hatten, die nun aufgeschreckt zu entkommen suchten. Es ist besser, die Wahrheit zu wissen, aber auch enttäuschend. Ich überlege mir, ob ich jetzt wirklich diese Tür aufstoßen will. Ja und nein. Vielleicht zeigt sich, daß das Wesen drinnen noch furchtbarer ist, als ich es mir vorstellen kann.
Doris fühlt sich verpflichtet, ihrem Mann beizustehen.
„Es ist genauso, wie Marvin sagt. Der Doktor meint, du bist dort viel besser aufgehoben."
„Ach, hör auf damit", sagt Marvin unvermittelt. „Wenn du es nicht willst, brauchst du nicht ins Heim zu gehen, Mutter."
„Das ist ja noch schöner!" Doris ist aufgebracht. „Und wer kümmert sich um die Wäsche, möchte ich gern wissen? Du vielleicht?"
„Ich weiß nicht, was ich machen soll", klagt Marvin. „Ich stehe zwischen zwei Feuern."
Daß Doris und ich als „zwei Feuer" bezeichnet werden, ist dermaßen absurd, daß ich nicht anders kann als laut hinauszulachen. Beleidigt starrt mich Doris an. Aber als erinnere sie sich plötzlich, daß sie mich aus irgendeinem geheimen Grund freundlich behandeln muß, löscht sie diesen Ausdruck aus und setzt an seine Stelle einen gütigen und sanften.
„Wir brauchen einen guten Rat", sagt sie.
Rat bedeutet für Doris ihr Pastor. So sitze ich wieder einmal, diesmal angetan mit meinem Lilaseidenen, auf dem Rasen im Gespräch mit Mr. Troy.
Ein Wunder: Er sagt seine Meinung geradeheraus. Allerdings vermeidet er dabei, mich anzusehen. Er blickt starr nach oben, als beobachte er dort die Vögel. Vielleicht hofft er, daß eine Engelsfeder herabschwebt und ihm einen Gedanken eingibt.
„Wissen Sie, Mrs. Shipley, manchmal ist es so: Wenn wir das, was wir in diesem Leben nicht ändern können, einfach hinnehmen, stellt sich heraus, daß es nicht halb so schlimm ist, wie wir es uns vorgestellt hatten."
„Sie haben gut reden."
„Ja, da haben Sie recht." Sein glattes Gesicht überzieht sich mit einem zarten Rosa. „Aber denken Sie an Ihre Schwie-

gertochter. Sie ist nicht mehr so kräftig, wie sie es einmal war. Sie hat Sie eine ganze Zeitlang mit Freuden gepflegt ..."

Das ist positiv gelogen. Mit Freuden, was Sie nicht sagen! Und sie wäre ja auch verrückt, wenn sie es gern getan hätte. Doris ist keineswegs besonders aufgeweckt, aber sie ist auch nicht schwachsinnig. Es schwebt mir auf der Zunge, dies zu antworten. Aber als ich dann tatsächlich spreche, sage ich etwas ganz anderes.

„Wie soll ich denn mein Haus aufgeben? Ich will mich nicht von meinem Haus und allen meinen Sachen trennen."

„Gewiß, es ist hart, ich verstehe das", sagt Mr. Troy, obwohl ich den Eindruck habe, daß er nicht das geringste versteht. „Haben Sie einmal versucht, zu Gott um Hilfe zu beten? Beten wirkt manchmal Wunder, indem es uns eine Last vom Herzen nimmt."

In seiner Stimme klingt soviel Sehnsucht mit, daß ich schon im Begriff bin, ihm zu versprechen, daß ich es versuchen will. Aber dann scheint es mir nicht nur eine billige, sondern auch eine gemeine Lüge.

„Ich habe nie viel fürs Beten übrig gehabt, Mister Troy. Mir hat noch nie ein Gebet geholfen."

„Vielleicht haben Sie nicht um die richtigen Dinge gebetet."

„Wie soll man das wissen? Wenn Gott ein Kreuzworträtsel oder ein Geheimcode ist, scheint es kaum der Mühe wert zu beten."

„Ich meinte nur, wir sollten um Kraft beten", sagt er, „nicht um die Erfüllung unserer eigenen Wünsche."

„Ich weiß. Auch darum habe ich gebetet, aber nie gefunden, daß es viel geholfen hätte. Ich will es Ihnen offen sagen, Mister Troy, ich war nie eine eifrige Kirchgängerin. Aber ich betete, soviel ich nur konnte, wenn ich in Schwierigkeiten war, wie es jeder für alle Fälle tut, ob er es zugibt oder nicht. Aber geholfen hat es nie."

Vielleicht habe ich nun Gottes jungen Mann aufs äußerste schockiert. Ich werde müde, zu müde, um mich auf diese Art weiter zu unterhalten. Ich lehne mich im Sessel zurück, blicke zu den Wolken hinauf und spiele das Spiel meiner Jugend: Ich warte ab, was für Formen die Wolken annehmen – von großen, schlaffen Gespenstern, von einem ren-

nenden Hund, einer Blume, groß wie ein Stern, deren Blumenblätter wie auf einem Wasser davontreiben, während ich zusehe. Wie gräßlich, wenn ich hier endgültig fortmüßte.
Auch wenn der Himmel wirklich und sogar meßbar wäre, wie die Offenbarung des Johannes es sagt, soundso viel Ellen in dieser Richtung und soundso viel in jener, was für ein flitterig-überladener Ort wäre er doch, mit all seinen goldenen Fußböden und den Toren aus Perlen und Topasen, wie eine gewaltige Ansammlung von Theaterjuwelen. Der heilige Johannes von Patmos kann seinen goldbehängten Himmel behalten oder ihn meinetwegen mit Mr. Troy teilen. Von mir aus können sie in alle Ewigkeit mit Edelsteinen spielen und sich dabei gegenseitig glückstrahlend versichern, sie seien ein Vermögen wert.
„Glauben Sie nicht an Gottes unendliche Barmherzigkeit?" fragt Mr. Troy höflich und eindringlich.
„An was?" Es fällt mir etwas schwer, seinem Gedankengang wieder zu folgen, und so wiederholt er, sichtlich in Verlegenheit, seine Worte noch einmal.
„An Gottes unendliche Barmherzigkeit. Daran glauben Sie doch, nicht wahr?" Ohne nachzudenken, platze ich heraus: „Was ist wohl so barmherzig an IHM? Das möchte ich einmal wissen."
Wir sehen uns wie aus weiter Entfernung an.
„Was hat Sie wohl dahin gebracht, so zu sprechen?" fragt er.
Er bohrt und bohrt. Was will er von mir? Ich bin todmüde. Ich kann ihm nicht mehr ausweichen.
„Ich habe einen Sohn gehabt", sage ich, „und habe ihn verloren."
„Sie sind nicht allein", sagt Mr. Troy.
„Da irren Sie", antworte ich.
Wir sind in der Sackgasse. Nur eine höfliche Wendung kann hier herausführen. Wie sollten wir uns ohne diese abgegriffenen Phrasen aus solchen Situationen herauswinden?
„Nun, wir wollen hoffen, daß sich für alles eine Lösung finden wird", erklärt Mr. Troy und erhebt sich, „und daß Sie Ihren Weg erkennen mögen ..."
„Ja. Ich danke Ihnen für Ihre Freundlichkeit."

Doris erscheint, als er gegangen ist. „Hast du ein nettes Plauderstündchen mit ihm gehabt?"
„Ja doch, gewiß, sehr nett. Jetzt möchte ich gern hier draußen in der Sonne bleiben, wenn es dir recht ist. Bis zum Abendessen."
„Laß dich nicht stören. Wir sprechen dann später über alles, wenn Marvin hier ist."
Es wird wieder alles von vorn anfangen. Können sie einen nicht einen Tag mal in Ruhe lassen? Aber alle unsere Gedanken sind davon beherrscht. Wir können nicht mehr anders, wir müssen immer daran kratzen, wie an einem Mükkenstich auf der Haut. Sie werden nicht nachgeben, aber wie wäre es denn, wenn sie es doch täten? Liegt mir wirklich noch so viel daran, hier zu bleiben? Das frage ich mich. Das Haus, ja, ich möchte es behalten, wenn nur sie nicht darin wohnten. Aber allein könnte ich damit nicht fertig werden. Es ist alles viel zu kompliziert, die elektrischen Geräte in der Küche, das Telefon und all die Einzelheiten, die man im Kopf haben muß: an welchen Tagen der Milchmann und an welchen der Brotmann kommt, und wann der Müll abgeholt wird. Was ich gern hätte, wäre eine einfache Wohnung, wo ich ohne viel Arbeit und Aufregung auskommen kann. Aber wo in aller Welt finde ich die?
Ich hatte nicht die Absicht gehabt, John vor Mr. Troy zu erwähnen. Ich bin ihm in die Falle gegangen. Also das muß ich Marvin lassen: Er hat in all den Jahren John kaum einmal erwähnt.

Als John zur Welt kam, hatte ich keine Angst. Ich wußte, daß ich diesmal nicht sterben würde. Bram war gerade unterwegs, um einen Zaun unten am Moorsee auszubessern. Ein solcher Glückszufall ist nicht eben häufig. Ich spannte also den Wagen an und kutschierte allein in die Stadt. Es war früh im Herbst. Die Eichenblätter waren braun gesprenkelt, die grünen Ahornblätter mit einem seltsam transparenten Gelb gefleckt, die Blätter der Beerensträucher leuchteten karminrot, und Goldrute, mit Pollen, die golden glänzten, stand längs der ganzen Straße mit den tief ausgefahrenen Furchen von Wagen, die sich im Regen durch den Schlamm gewühlt hatten. Es tat mir nur leid, daß die Fahrt nicht länger dauerte, so unbeschwert und friedlich war mir

zumute, und niemand da, der mir die Ruhe nahm.
„Sie haben aber gute Nerven!" empfing mich die Oberschwester. „Und wenn das Kind unterwegs gekommen wäre?"
Ruhig, eine stattliche Madonna, lächelte ich nur, und es war mir gleich, ob sie mich nur für schüchtern oder für beschränkt hielt. Lieber vierzig Kinder am Straßenrand bekommen, als die ganze Zeit über Angst haben müssen, daß sich Bram vor dieser steifen, jungfräulichen Frau unmöglich benehmen würde.
Es war eine leichte Geburt, nur sechs Stunden dauerten die Wehen, und hinterher brauchte nichts genäht zu werden. Sie wuschen und wogen ihn und brachten ihn mir dann. Ich hatte ihn sofort lieb und wunderte mich darüber. Aber man konnte ihm nicht widerstehen. Er sah mit seinen großen Augen so wach und munter aus. Ich mußte lachen. Er hatte schwarzes Haar, es war ein richtiges Büschel schwarzer Haare. So schwarz wie mein eigenes Haar, dachte ich und vergaß einen Augenblick lang, daß auch Bram schwarzes Haar hatte.
Als er ein Jahr alt war und herumzulaufen begann, gab es in der Nähe unserer Farm keine anderen Kinder zum Spielen für ihn. Von Zeit zu Zeit brachten Brams Töchter ihre Kinder herüber, aber John machte sich nicht viel aus ihnen. Sie waren eine weinerliche Gesellschaft, mit vorstehenden Augen und nichtssagenden Gesichtern, und die Hosen rutschten ihnen den Bauch hinunter, und ihre Nasen waren nie geputzt.
John war nicht so stämmig wie Marvin, aber er war auch nicht schwächlich und empfindlich. Manchmal dachte ich, er würde sicher an einer Krankheit sterben, aber nicht etwa, weil er kränklich gewesen wäre – es war nur, weil ich mich so um ihn sorgte und nicht glauben konnte, daß ihm erlaubt sei zu bleiben. Er war ein schmächtiges Kind, mager, aber sehnig. Man sah ihn immer nur rennen; im Schritt zu gehen, war ihm zu langsam.
Ich brachte ihm bei, wie man Kaufmann spielte, mit Sonnenblumenkernen, einigen Handvoll geflügeltem Ahornsamen und den grauen Bechern der Eicheln. Er konnte ohne zu stocken bis hundert zählen, noch bevor er in die Schule kam, und er kannte das ganze Alphabet.

„Schade", sagte ich, „wirklich sehr schade, daß dich dein Großvater nicht mehr erlebt hat, denn du bist ein Junge nach seinem Herzen. Nun, es ist nicht zu ändern. Du hast nicht sein Geld, aber seine Energie geerbt. Als er, noch ein Junge, aus Schottland herüberkam, besaß er keinen Kreuzer. Er arbeitete in einem Laden in Ontario und sparte so viel, daß er sich hier selbständig machen konnte. Er kam mit dem Raddampfer in den Westen und beförderte seine Waren von Winnipeg bis Manawaka im Ochsenzug. Er war zwar ein knauseriger Mann, aber er brachte es auch zu etwas. Ein Mann kommt nur dadurch vorwärts, daß er tüchtiger arbeitet als die andern – das war stets seine Rede –, und wenn er es zu nichts bringt, kann er keinem die Schuld geben außer sich selbst."

John zählte Kerne in einen Becher und hörte mir kaum zu; jedenfalls sah es so aus. Aber Marvin war in die Küche gekommen und stand, nun ein großer, kräftiger Bursche von sechzehn Jahren, in der Tür und hörte zu.

„Arbeiten wir nicht fleißig genug für dich?" fragte er.

„Ich weiß nicht. Dein Vater ist heute früh mit einer Ladung Holz fortgefahren und wird wohl den Rest des Tages mit Charlie Bean oder in der Bierkneipe verbringen."

„Ich meine nicht nur ihn."

„Nun, du arbeitest, das ist klar."

„Klar", sagte Marvin. „Klar."

„Heute morgen hast du schon sehr früh mit deiner Arbeit angefangen", mischte sich John ein. „Ich weiß es. Du bist an die Arbeit gegangen, als du nach Hause kamst. Ich weiß, wann das war. Fünf Uhr. Ich habe nämlich den alten Wekker jetzt in meinem Zimmer. Ich war wach und habe dich gesehen."

„Halt den Mund", sagte Marvin. „Was verstehst du schon!"

Ich konnte es nicht leiden, wenn sie sich zankten. Ich bekam Kopfschmerzen davon. Marvin war so viel älter als John. Ich vertrug es nicht, wenn er auf dem Kleineren herumhackte. Natürlich war auch John kein Unschuldslamm. Aber manchmal war ich zu müde, um sie zurechtzuweisen.

Als John sechs Jahre alt war, gab ich ihm die Plaidnadel der Curries. Sie war aus Sterlingsilber, und ich putzte sie blank, bevor ich sie ihm schenkte, denn sie war in all den Jahren schwarz geworden.

„Dein Großvater hat sie beim Tode seines Vaters geerbt. Das war dein Urgroßvater, Sir Daniel Currie. Der Titel war nicht erblich, denn er war nicht mit der Baronetswürde verbunden. Im Haus meines Vaters hing sein Porträt im Speisezimmer. Ich weiß nicht, was aus dem Bild geworden ist. Er hatte einen Backenbart und trug eine Kaschmirweste. Du mußt diese Plaidnadel gut aufbewahren, hörst du, und nicht damit spielen. Die Curries waren eine Sippe aus dem Clan der MacDonalds, dem Clanranald MacDonalds. Du siehst ihr Wappen auf der Nadel, eine Burg mit drei Türmen und eine Hand mit dem Schwert. Ihr Wahlspruch war: *Wer's wagt, tret' an!* Sie waren Hochländer. Auch euer Großvater ist im Hochland geboren. Ich habe ihn erzählen hören, wie er als Junge im Sommer in aller Frühe aufwachte, wenn die Dudelsackpfeifer den Morgen ankündigten. Ich habe mir als Kind immer gewünscht, sie auch einmal hören zu können."

John steckte die Nadel einfach in die Tasche. Vielleicht hätte ich sie ihm erst geben sollen, als er schon etwas älter war.

Einmal hörte ich ihn Bram fragen, wo er denn geboren sei. Bram wusch sich gerade, und seine Antwort kam etwas undeutlich durch seinen graumelierten Bart und ein grau gewordenes Handtuch.

„Im Stall. Ich dachte, das weißt du schon. Ich und Jesus. Was, Hagar?"

„Das hältst du wohl für sehr komisch?"

„Klar", sagte er. „So komisch wie jede Geburt."

Mit Marvin war Bram stets unbefangen, aber John und er waren zu verschieden. Bram war oft ungeduldig mit dem Jungen, und selbst wenn er sich Mühe gab, zu ihm freundlich zu sein, schien die Sache einen Haken zu haben. Einmal suchte ich John draußen bei den Bienenstöcken und sah, wie Bram die vollen Waben herausnahm. Er schnitt eine Scheibe Wabenhonig ab und hielt sie John hin. Der Junge öffnete den Mund, weil er nicht wagte, ungehorsam zu sein. Stocksteif und totenblaß stand er da, als ihm sein Vater das Metzgermesser mit der Scheibe Honig in den Mund steckte. So sah die Freundlichkeit seines Vaters aus.

Sie schenkte ihm Süßigkeit auf der Klinge desselben Messers, das ihm zu einer andern Jahreszeit beim Schweineschlachten diente. Ich stand still und wagte kein Wort zu sagen, als seien die beiden Schlafwandler, die stürzen könnten, wenn man sie aufschreckt. So langsam zog Bram die Klinge aus dem Mund Johns, daß mir war, er zöge sie mir aus dem Körper, und als ich aufschrie, drehte sich Bram um, in der Hand das Messer, von dem der Honig tropfte wie Blut, und sein bärtiges Gesicht verzog sich zu einem Grinsen.
John stellte tausend Fragen am Tag. Er hätte besser seinen Atem gespart und ihn über den heißen Haferbrei geblasen, statt Bram zu fragen, der das ganze Jahr über nichts anderes las als die Kataloge von *Eaton's* und *The Hudson Bay*. Ich war bis zu einem gewissen Grade auf dem laufenden geblieben. Tante Dolly, die gute Seele, sandte mir, als sie nach dem Tode meines Vaters nach Ontario zu ihrer Schwester gezogen war, regelmäßig Zeitschriften. Die eine hieß *Etude* und handelte nur von Musik. Tante Dolly spielte Klavier, und ich, obwohl ich selbst nicht spielen konnte, erfreute mich immer an den Fotografien der duftig gekleideten Damen, die in einem Konzertsaal Chopin spielten und mit ihren Bildern bewiesen, daß es sie irgendwo wirklich gab. Ich stöberte in meinem schwarzen Koffer und förderte die Bücher aus meiner Schulzeit zutage. Ich las sie sorgfältig noch einmal durch, aber sie halfen mir nicht viel weiter. Für Gedichte war John noch zu jung. Außerdem war das meiste davon mehr etwas für Mädchen. Die gesammelten Werke von Robert Browning hatte ich fortgeworfen, als ich mit der Schule fertig war, denn damals hatte ich Roberts Frau, Elizabeth Barrett-Browning, mit ihren *Portugiesischen Sonetten* viel lieber gehabt. Ich fand das Buch im Koffer, mit Anmerkungen in violetter Tinte versehen – etwa „nota bene *Leidenschaft*" oder „die Leiden der Frauen" –, an den Rand gekritzelt von einem kleinen Dummerchen, das meinen Namen trug.
Ich besaß kein eigenes Geld, aber ich entdeckte eine Methode, wie man dazu kam. Tatsächlich war es, so ungern ich es gestehe, Brams Tochter Jess, die mich darauf brachte. Sie trug neue Schuhe mit plumpen Messingschnallen, und als ich sie fragte, wovon sie sich die habe leisten können, ant-

wortete sie: „Vom Eiergeld, wovon denn sonst. Sag mir nicht, daß du es anders machst.“ Wenn eine Farmersfrau ihrem Mann ein bißchen Taschengeld stibitzen will, dann von dem Geld, das sie für die Eier einnimmt, und außer mir war das jedermann bekannt. Ich rümpfte die Nase und tat so, als sei das unter meiner Würde, denn diese Jessie war eine schlampige Person, kaum zu glauben, daß sie eine Stiefschwester meiner Söhne war. Aber wie sonst hätte ich zu Geld kommen sollen? So machte ich es ihr nach. Bram sagte nie etwas, und ich wußte nicht, ob er es merkte oder nicht. Ich fand auch, daß mir hier und da ein Dollar durchaus zustand dafür, daß ich die Hühner besorgte. Unappetitliche Wesen. Ihr aufgeregtes Herumflattern und Gackern war mir widerlich. In der ersten Zeit konnte ich mich kaum dazu überwinden, sie anzufassen; ihre schmutzigen Federn und die Art, wie sie in panischem Schrecken mit den Flügeln schlugen und zu entkommen suchten, stießen mich ab. Schließlich brachte ich es aber sogar fertig, ihnen den Hals umzudrehen, wenn es sein mußte. Aber, ob tot oder lebendig, sie blieben mir immer ekelhaft, und wenn ich ein Huhn gerupft, ausgenommen und zubereitet hatte, konnte ich selbst nie davon essen. Ebenso gern hätte ich Rattenfleisch gegessen.
Ich kaufte ein Grammophon mit einem großen schwarzen Schalltrichter wie ein Füllhorn und einer Kurbel, die man unablässig drehen mußte. Dazu Platten wie „Ave Maria“, den Großen Marsch aus der „Aida“, „In einem Klostergarten“ und so weiter. Im Katalog stand auch Beethovens Fünfte, aber sie war zu teuer. Niemals spielte ich die Platten am Abend, wenn Bram und Marvin im Haus waren. Nur immer am Tage.
John hatte keine besondere Vorliebe für Musik. Er war in mancher Hinsicht ein wilder Bursche. Er konnte fluchen, daß einem die Haare zu Berge standen, und ich wußte, wo er es gelernt hatte. Als er zur Schule ging, schickte mir der Lehrer manchmal einen Brief (durch die Post, da er nicht sicher war, daß John ihn bei mir ablieferte), in dem stand, daß er ihn wieder bei einer Prügelei erwischt habe. Ich schalt ihn tüchtig aus, aber ich weiß nicht, ob es etwas geholfen hat. Diese Lehrer forderten allerdings etwas Unmögliches, wenn sie glaubten, sie könnten Jungen davon abhal-

ten, miteinander zu kämpfen. Ich konnte mir nicht recht vorstellen, daß John schlimmer als die meisten andern war. Das machte mir übrigens weit weniger Sorgen als die Wahl seiner Freunde. Er hatte ein Talent, die unmöglichste Gesellschaft um sich zu versammeln, und wenn ich ihn fragte, warum er sich nicht mit Henry Pearls Jungen anfreundete oder sonst jemandem, der auch nur halb so anständig wäre, zuckte er nur die Achseln und schwieg.

Als ich einmal Vogelbeeren pflückte in der Nähe der Eisenbahnbrücke, sah ich ihn zusammen mit den Tonnerre-Jungen. Sie waren französische Mischlinge, die Söhne von Jules, der einst Matts Freund gewesen war, und ich traute keinem von ihnen über den Weg. Sie wohnten alle zusammen – es war ein ganzer Haufen – in irgendeiner Hütte. John behauptete, es sei einigermaßen sauber bei ihnen, aber ich bezweifelte es stark. Es waren große Jungen; sie sprachen mit fremdem Akzent und hatten ein rauhes Lachen. Die Eisenbahnbrücke führte etwa eine Meile vor der Stadt über den Wachakwa. Die Jungen forderten sich gegenseitig heraus, über die Brücke zu gehen. Zwischen den einzelnen Balken waren die Zwischenräume ziemlich groß, und sie mußten wie Seiltänzer auf den schmalen Eisenbahngeleisen entlangbalancieren. Natürlich hätte ich John nicht rufen dürfen. Er hätte stürzen können, und wenn er auch nicht durch die Spalten hindurchgefallen wäre, hätte er sich doch leicht ein Bein brechen können, wenn er damit in einen der Zwischenräume geraten wäre.

Fast verlor er bei meinem Ruf das Gleichgewicht, und entsetzt über das, was ich angerichtet hatte, stand ich nur regungslos im Gebüsch tief unter der Brücke und starrte zu ihm hinauf. Dann richtete er sich wieder auf, und ich konnte aufatmen. Die drei Brüder Tonnerre kicherten.

„Zum Donnerwetter!" schrie John. „Hast du gesehen, was du angerichtet hast? Beinahe wäre ich abgestürzt."

„Komm runter", sagte ich, „komm sofort von der Brücke herunter!"

„Warum?" fragte er mürrisch. „Mir ist nichts passiert."

„Komm herunter. Hast du gehört?"

Die drei Tonnerres hatten inzwischen die andere Seite erreicht. Sie lagen am Uferhang, warfen Kieselsteine ins Wasser und blickten schlitzäugig zu John hinüber. Ich wußte,

ich hatte es falsch gemacht, aber ich brachte es nicht fertig, nun nachzugeben.
„Was machst du, wenn jetzt ein Zug kommt?" fragte ich.
„Vor sechs Uhr fünfzehn kommt kein Zug", antwortete er.
„Bis dahin ist es noch eine ganze Stunde."
„Trotzdem", sagte ich.
„Himmelherrgott! Schon gut, ich komme", sagte John.
Er kam herunter, ohne auf die Brüder Tonnerre zu achten, die ihn verstohlen vom anderen Ufer her beobachteten, aber auch ohne mir einen Blick zu gönnen. Er ging an mir vorbei. Er sah zornig aus, aber ich glaubte, in seinem Gesicht auch eine Spur von Erleichterung zu erkennen. Ob er je wieder auf die Brücke ging, erfuhr ich nicht. Ebensowenig, ob er sich auch später noch mit den Tonnerres herumtrieb.
Als der Krieg kam – der erste, meine ich –, meldete sich Marvin mit siebzehn Jahren freiwillig. Ich glaube, er hat bei der Angabe seines Alters gemogelt. Ich machte keinen Versuch, ihn zurückzuhalten. Schließlich gab es so etwas wie Pflicht, und Henry Pearls ältester Sohn hatte sich ebenfalls gemeldet, auch Jessies Sohn Vernon, und Gladys hatte sogar zwei Söhne bei den Soldaten. Ich dachte, Bram würde sich mächtig aufregen, da er sich so sehr auf die Hilfe Marvins auf der Farm verließ, aber das war nicht der Fall.
„Es wird ihm ganz guttun, einmal von hier wegzukommen", sagte Bram. Kein Wort von Pflicht, Vaterland oder dergleichen. Kein Wort von Bram. Bloß: Es wird ihm ganz guttun, einmal von hier wegzukommen.
Erst als Marvin auf Wiedersehen sagte, fiel es mir auf, wie jung er noch war, wie linkisch, mit dem sonnverbrannten Hals des Farmerjungen. Ich wußte nicht, was ich zu ihm sagen sollte. Ich hätte ihm gern ans Herz gelegt, recht vorsichtig zu sein, wie man ein Kind vor Schneewehen oder einer dünnen Eisdecke oder den Hufen der Pferde warnt, im Glauben, diese armen Worte wirkten sich wie ein schützender Talisman aus. Ich hatte plötzlich den Wunsch, ihn fest an mich zu drücken und gegen besseres Wissen zu beschwören, nicht fortzugehen. Aber ich wollte uns beide nicht in Verlegenheit bringen, noch sollte er glauben, ich

habe den Verstand verloren. Während ich noch zögerte, begann er zu sprechen.
„Wir werden uns wohl eine ganze Weile nicht sehen", sagte er. „Glaubst du, daß ihr hier zurechtkommt?"
„Zurechtkommen?" Endlich war ich meiner Unschlüssigkeit enthoben und konnte wieder nüchternen Sinn beweisen. „Selbstverständlich werden wir zurechtkommen. Warum denn nicht? Also, sei du nur immer vorsichtig und vergiß nicht, uns zu schreiben. Und jetzt wird es besser sein, wenn du gehst, oder du kommst nicht mehr rechtzeitig zum Zug."
„Mutter ..."
„Ja?" Mit einemmal wurde mir klar, daß ich mit banger Hoffnung darauf wartete, was er sagen würde – darauf wartete, daß er mir sein Wesen offenbarte.
Aber Marvin war immer ein schwerfälliger Geist gewesen. Die Worte flogen ihm nicht zu, und so ging der Augenblick ungenützt vorüber. Er wandte sich zum Gehen und hatte die Hand schon an der Türklinke.
„Also dann, auf Wiedersehen", sagte er.
Er sandte Postkarten aus Frankreich, auf denen herzlich wenig stand. Er nahm an der Schlacht von Vimy teil und überlebte sie. Aber er kam nicht mehr nach Manawaka zurück. Als der Krieg vorüber war, blieb er an der Küste und arbeitete, ich glaube, erst als Holzhacker, später als Stauer oder etwas ähnliches. Er schrieb uns einmal im Monat, und in seinen Briefen wimmelte es von orthographischen Fehlern.
Jahrelang war Bram nur mit Marvin zusammen gewesen. Nun sollte man meinen, daß er sich, nach dem Weggang Marvins, mehr um John gekümmert hätte. Aber keine Rede davon. John war damals erst sieben Jahre alt, noch zu klein, um viel helfen zu können, und Bram verspürte es zu seinem Leidwesen, denn Marvin hatte ihm viel Arbeit abgenommen. Manchmal im Winter, wenn das Thermometer bis auf vierzig Grad unter Null sank, fuhr Bram den Jungen im Schlitten zur Schule; im Schlitten war er vor dem Wind geschützt und hatte es vergleichsweise warm, während ihm auf seinem Pferd „Pibroch" das Gesicht vor Kälte erstarrt wäre. John erklärte zwar gern, es sei nicht so kalt, daß man den Schlitten nehmen müsse, und das ärgerte Bram, der sich die Gelegenheit nicht entgehen lassen wollte, einen

Tag in der Stadt zu verbringen und mit Charlie Bean in einem Winkel von Dohertys Mietstall im Mistdunst zu sitzen, sich Geschichten zu erzählen oder über ich weiß nicht was zu reden.
Bram trug einen Mantel, den mir Matts Witwe gegeben hatte, damit ich ihn für Marvin änderte, aber ich war nie dazu gekommen. Mein Bruder Matt war von hagerer, ein wenig gebeugter Gestalt gewesen, und Brams Schultern waren so breit, daß der Mantel über der Brust nicht schloß. Seine Taschen bauschten sich von allem möglichen Kram. Da war ein großes Taschenmesser, mit dem er sich die Nägel schnitt, eine gelbe Wachstuchrolle, die seinen Tabak und die Pfeife enthielt, faserige Bindfadenenden und eine Tüte mit klebrigen Pfefferminzbonbons, an denen Stoffusseln hingen. Natürlich nie ein Taschentuch. Er besaß ein ganzes Schubfach mit Taschentüchern, die ich ihm Weihnachten geschenkt hatte, und manchmal dachte ich, er wolle sie vielleicht wie ein König im Altertum mit ins Grab nehmen, damit er im Himmel niemals die Finger zum Schneuzen nehmen mußte. Er trug eine Mütze aus grauem Wollfilz, und wenn er die Ohrenschützer herabgezogen hatte, konnte man den Stoff nicht mehr von seinem Bart unterscheiden. Er schnaufte und polterte wie ein großes graues Walroß. Bei Kälte fluchte er immer. Und dann ging es los, und keiner sprach mit dem andern ein Wort oder wechselte auch nur einen Gruß mit ihm.
Als sie einmal abends nach Hause kamen und Bram noch im Stall zu tun hatte, stotterte John ein bißchen herum, als habe er etwas auf dem Herzen und wisse nicht, ob er es mir sagen sollte oder nicht, bis er schließlich damit herauskam: „Soll ich dir etwas Komisches erzählen? Weißt du, wie ihn die Jungens nennen? Bramble Shitley. So nennen sie ihn."
Ich blickte auf ihn hinunter und überlegte – nicht zum erstenmal –, was er in der Schule durchzumachen hatte.
„Gut, was?" fragte John.
Und dann weinte er. Aber als ich meinen Arm um ihn legen wollte, entzog er sich, lief polternd die Treppe hinauf und schloß sich in seinem Zimmer ein.
Als Marvin noch da war, hatte er die Eier verkauft. Der größte Teil ging an die Molkereigenossenschaft in Mana-

waka, aber wir verkauften auch viel an die Haushalte in der Stadt, denn dort bekamen wir mehr Geld dafür. Als Marvin fortging, brachte Bram eine Weile die Eier in die Stadt, aber auf diese Weise kam ich um meine paar stibitzten Dollars. Ich sah ein, daß ich die Eier selbst in die Stadt bringen mußte. An jenem Abend nun besorgte ich das mit John zusammen, während Bram die Lebensmittel für unseren Haushalt einkaufte. Es war im Januar und ein bitterkalter Abend, als wir an eine Hintertür klopften. Ich war müde und wußte gar nicht, welches Haus es war; ich dachte nur daran, mein Dutzend kleine Eierkörbe loszuwerden, so daß ich nach Hause gehen und schlafen konnte.
Ein Mädchen im Alter von John öffnete die Tür. Sie war – es ließ sich nicht übersehen – von jemandem, der sich darauf verstand, herausgeputzt worden. In ihr gelbes, sorgfältig in Locken gelegtes Haar war eine blauseidene Schleife gebunden, und ihr weißes Crêpe-de-Chine-Kleid war mit einer blaßblauen Schärpe gegürtet. Aus der Küche hinter ihr drang Wärme und Behagen; mit einem flüchtigen Blick sah ich Küchenschränke und einen Eisschrank in Blaßgelb, mit Grün eingefaßt. Das kleine Mädchen sah mich an, dann John und schließlich auf den Korb in meinen Händen. Plötzlich, ich verstand nicht warum, kicherte es.
„Hello, John", sagte die Kleine. Dann schrie sie: „Mutter, die Eierfrau ist da!"
Die Eierfrau. Ich sah John nicht an, und er mich nicht. Ich glaube, wir starrten beide, wie Motten vom Licht geblendet, in die erleuchtete Küche.
Dann erschien die Mutter des Mädchens. Es war Lottie.
Ich weiß nicht mehr, was sie mir zahlte, auch nicht, was für Worte zwischen uns gewechselt wurden. Ich erinnere mich nur an ihre Augen, an das gelbe Licht in ihnen, und an die zarte Behutsamkeit, mit der sie den Korb an sich nahm, als sei ihr viel daran gelegen, daß keines der sorgfältig eingepackten Eier zerbrach – als seien sie eine Kostbarkeit für sie. Und dann gingen wir.
„Was ist Telford Simmons jetzt eigentlich?" fragte ich John.
„Bankdirektor", sagte er, und seine Stimme war so eisig wie der Nachtwind, der uns entgegenschlug. „Ich dachte, das wüßte jeder."

„Und er war ein so langweiliger, uninteressanter Junge." Ich hatte gar nichts sagen wollen, aber da kamen die Worte, ungebeten – „und auch keineswegs besonders klug. Wenn du mich fragst, dann hat er mehr Glück als Verstand gehabt."
Und dann geschah etwas, was ich auch heute noch nicht vergessen kann.
„Kannst du nicht aufhören?" schrie John. „Kannst du nicht still sein davon?"
Vor kurzem war in der Stadt ein sogenannter Rastraum eröffnet worden. Ich hatte ihn bisher noch nicht aufgesucht, da ich öffentliche Bedürfnisanstalten nicht mag. Aber an diesem Abend sagte ich John, er solle mich dort absetzen. Es war ein Raum mit brauner Wandtäfelung, einem halben Dutzend einfacher Stühle und zwei Toiletten im Hintergrund. Es war niemand da. Ich überzeugte mich davon, bevor ich eintrat. Dort fand ich, was ich brauchte, einen Spiegel. Lange stand ich davor und wunderte mich, daß man sich so sehr verändern konnte, ohne es zu bemerken. So allmählich kommt es.
Der Spiegel zeigte mir, daß ich einen schwarzen Männermantel trug, den Marvin zurückgelassen hatte. Für John war er zu groß und für Bram viel zu klein. Aber da er noch immer recht haltbar war, trug ich ihn auf. Vorn war er zu eng und saß zu stramm; ich hatte an den Hüften Fett angesetzt, und mein Bauch war nach der Geburt Johns nicht wieder flach geworden. Um den Hals hatte ich einen gestrickten Schal geschlungen, rauh und dunkelblau, den mir Brams Tochter Gladys einmal zu Weihnachten geschenkt hatte. Eine braune Wollmütze hatte ich tief heruntergezogen, damit mich nicht an den Ohren fror. Mein Haar war grau und glatt. Ich schnitt es mir immer selbst. Das Gesicht mit seiner braunen, ledernen Haut gehörte nicht mir. Nur die Augen waren meine Augen. Sie blickten starr, als wollten sie das lügnerische Glas durchbohren und dahinter ein wahrhaftigeres Bild in einer unendlichen Ferne erkennen.
Ich ging wieder hinaus, in das sonnabendliche Gedränge, das auf dem Bürgersteig der Hauptstraße herrschte. Auf dem festgetretenen Schnee knirschte und knarrte es von Stiefeln und Überschuhen. Auf dem Fahrdamm schlängelten sich zwischen den Schlitten auch ein paar Automobile durch den Verkehr; stolz thronten die Fahrer auf hohem

Sitz und drückten auf die Hupen. Es klang, wie wenn kleine Jungen auf einer Kindergesellschaft in eine Papptrompete blasen.
Curries Kaufhaus. Es war noch dasselbe Schild, denn der Mann, der den Laden von der Stadt gekauft hatte, glaubte, er würde das Geschäft schädigen, wenn er die Firma änderte. Gott weiß, wie lange ich nicht mehr den Laden betreten hatte, aber meine Füße trugen mich einfach dorthin, und in meinem Kopf war nur der eine Gedanke, ein paar anständige Kleidungsstücke zu kaufen – Kleidung, in der ich wieder anständig aussah. Ich hatte zwar nicht das Geld dazu, aber ich dachte, da mein Vater das Geschäft gegründet hatte, würden sie mir für diesmal vielleicht Kredit gewähren. Ich hatte noch nie zuvor irgendwo Kredit in Anspruch genommen.
Wie zur Zeit meines Vaters wurden die Lebensmittel an den vorderen Ladentischen verkauft. Da gab es Fässer mit gedörrten Äpfeln und Aprikosen, zusammengeschrumpft und ausgetrocknet, Fäßchen mit Sultaninen und grobem, braunem Zucker, orangefarbene Käse, groß wie Wagenräder, einen Glasschrank mit gefüllten Krapfen, Schokoladenéclairs und Brot und offene Kästen mit kleinen Kuchen, Ingwerkeks, hart wie Stein, und Rosinenbiskuits, die wir als Kinder „zerquetschte Fliegen" genannt hatten. Dahinter befand sich die Textilien-Abteilung, wo die Kleider der Damen- und Kinderkonfektion traurig von der Stange hingen.
Der Geschäftsführer begrüßte mich höflich, er hörte mich an, räusperte sich und mied meinen Blick. Ich hatte schon halbwegs, wenn auch stotternd, mein Anliegen vorgebracht, als ich mir bewußt wurde, daß ich eine demütige Bitte ausgesprochen und nicht, wie es meine Absicht gewesen, ihn kühl um eine Gefälligkeit ersucht hatte. Dennoch hätte mich auch diese Erkenntnis nicht abgehalten weiterzusprechen, wäre es nicht plötzlich zu einer Unterbrechung gekommen.
Der Geschäftsführer, übrigens noch ein junger Mann, entschuldigte sich und eilte aufgeregt davon. Ich wartete hinter einem der Ladentische, halb verborgen von den Stapeln aus Stoffballen. Und dann hörte ich durch das Gesumm von Stimmen und Geräuschen hindurch deutlich die Stimme Brams.

„Ich habe noch nie etwas umsonst haben wollen. Sie haben kein Recht, in dieser Weise mit mir zu sprechen. Ich habe nur nach euren altbackenen Krapfen gefragt. Ich hätte sie schon bezahlt, nur nicht die Phantasiepreise, die ihr für die frische Ware verlangt."

Dann kam, gedämpft, die Stimme des Angestellten, der sich an den Geschäftsführer wandte.

„Er ist ja nur hinter dem Zitronenextrakt her, Mister Cooper. Die Polizei sagt, wir dürfen ihm keinen mehr verkaufen, wenn wir glauben ..., Sie erinnern sich doch? Draußen wartet Charlie Bean, ich habe ihn selbst gesehen. Die kriegen von den Indianern, wegen des Alkohols, den dreifachen Preis dafür."

Vor lauter Verlegenheit hatte es dem Geschäftsführer beinahe die Sprache verschlagen. „Schon gut, schon gut – geben Sie ihm in Gottes Namen die Krapfen und eine Flasche Extrakt. Wir können uns nicht weigern, ihm eine zu verkaufen. Aber nur eine, sonst kommen wir in Schwierigkeiten. Du lieber Himmel, wäre uns doch das erspart geblieben ..."

Es war ihm sichtlich peinlich, nach diesem Auftritt zu mir zurückzukommen und das Gespräch fortzusetzen. Ich ersparte ihm die Unannehmlichkeit. Mir konnte nichts mehr etwas anhaben, denn endlich wußte ich, was ich zu tun hatte, und in diesem Wissen lag schon eine Erleichterung. Ich trat hinter dem Ladentisch hervor und durchschritt den Mittelgang des Ladens. Ich ging in meinen Gummiüberschuhen langsam, mit festen Schritten, ich hatte den Kopf hoch erhoben und blickte nicht nach rechts oder links. Als ich bei Bram angelangt war, sah ich auf einmal, wie alt er geworden war. Als er mich sah, sperrte er den Mund auf, und dabei bemerkte ich, daß sich seine Zähne braun verfärbt hatten.

Zusammen verließen wir das Geschäft, stiegen die Stufen hinab, gingen an dem verhutzelten Charlie Bean vorbei, der glotzend und fröstelnd draußen auf Posten stand – und das war das letzte Mal, daß wir überhaupt einen Weg zusammen machten.

Jedes Wagnis und jeder Neubeginn scheinen so lange unmöglich, bis sie notwendig werden. Dann findet sich auch ein Weg, man darf nur nicht zu ängstlich in der Wahl seiner

Mittel sein. Ich besaß noch die Opalohrringe meiner Mutter, ebenso die silbernen Kerzenleuchter und das Limoges-Tafelservice für zwölf Personen, mit Schüsseln und Terrinen, mit einem zarten mauvefarbenen Veilchenmuster und goldenem Rand. Ich hatte ohnehin nie Gelegenheit, das Service zu gebrauchen. Sogar Weihnachten kam es mir wie Verschwendung vor, es für Bram und seine Töchter nebst ihren schweigsamen Männern und rotznasigen Kindern auf den Tisch zu setzen.

Man hört oft von Leuten, die ihr Familiensilber verkaufen müssen und sich dessen schämen, als sei es eine Schande. So sah ich es nicht an. Lottie hatte sich an jenem Tage, wie ich kaum zu erwähnen brauche, mit übertriebener Eleganz gekleidet, in rosa und cremefarbenen Chiffon. Aber ich war vorbereitet. Ich trug das schwarzseidene Kleid, das ich für das Begräbnis meines Vaters gekauft hatte, an dem ich dann aber nicht teilnahm, nachdem ich am Tag zuvor die Bestimmungen seines Testaments kennengelernt hatte und deshalb zu aufgebracht war, um zu seiner Beerdigung zu gehen. Trotzdem werde ich nicht ganz so elegant gewesen sein wie Lottie, als wir an diesem Nachmittag in ihrem mit Kissen und Spitzendeckchen, einem kirschroten Plüschsofa und einer überladenen Nippesvitrine ausgestatteten Wohnzimmer saßen. Aber das alles kümmerte mich an diesem Tage nicht. Ich dachte nur, daß sie sich glücklich schätzen konnte, den Familienbesitz der Curries so preiswert zu erwerben. Wir tranken zusammen Tee wie zwei alte Freundinnen. Ihre Tassen waren aus billigem Porzellan und kosteten das Stück einen halben Dollar.

Als wir unseren Tee getrunken hatten, fragte Lottie mit einem verschmitzten Lächeln: „Warum verkaufst du die Sachen gerade jetzt, Hagar? Du willst doch nicht eine Reise machen. Oder?"

Gelassen verneinte ich. Dann steckte ich Telford Simmons schwerverdientes Geld ein und tat genau das – ich verreiste, ich verließ Manawaka.

„Mutter, komm jetzt!"

Eine Hand packt mich an der Schulter und schüttelt mich. Erschreckt weiche ich zurück.

„Was ist los?"

„Es ist Zeit", sagt Doris mit erzwungener Geduld. „Komm jetzt!"

„Aber es kann doch nicht schon Zeit zum Aufstehen sein!"

„Zum Aufstehen! Es ist Zeit zum Abendessen, nicht Morgen."

„Natürlich", erwidere ich. „Das weiß ich recht wohl. Ich dachte nur ..."

„Du mußt ein bißchen geschlafen haben", sagt sie. „Das wird dir gutgetan haben."

„Keine Rede davon. Ich war vollkommen wach."

„Das Gespräch mit Mister Troy hat dich gewiß beruhigt. Das ist fein. Ich hatte es mir gedacht."

„Mit Mister wem?"

„O Gott! Na schon gut, komm jetzt. Marvin wartet. Der Hackbraten wird schon eiskalt sein."

Nach dem Essen erklärt Doris, im Laden an der Ecke Ingwerbier holen zu wollen.

„Ich komme mit", sage ich, denn ich fühle plötzlich das Bedürfnis nach etwas Bewegung und frischer Luft.

„Wirklich?" Sie scheint skeptisch zu sein. „Wenn du dich wohl genug fühlst ..."

„Selbstverständlich fühle ich mich wohl genug. Warum denn nicht?"

„Gut. Ich dachte nur, du bliebest lieber hier und unterhieltest dich mit Marvin."

Sie bringt mir meinen Sommermantel aus schwarzem Seidenrips. Er sitzt locker und ist nicht sehr warm, reicht aber vollkommen aus, um vor der Abendkühle zu schützen. Ich fühle mich darin behaglich und elegant. Sogar Doris findet diesen Mantel hübsch. Sie nimmt meinen Arm, überflüssigerweise, und dann gehen wir. Ich bin seit einer Ewigkeit nicht mehr zu einem Spaziergang hinausgekommen. Ich schreite energisch aus und atme genießerisch die Luft ein. Sie ist leicht und trägt einen lieblichen Heuduft herüber, denn heute hat jeder im Block seinen Rasen gemäht.

Im Laden an der Ecke bezahlt gerade ein junges Mädchen sein Brot. Sorgfältig zählt sie das Geld auf. Sie ist kaum mehr als ein Kind. Ich bin vom Anblick ihrer Hände wie gebannt.

„Nein, so was! Kannst du die sehen, Doris? Sie hat ihre Fin-

gernägel schwarz lackiert. Schwarz mit goldenen Pünktchen. Also wirklich, ich frage dich, was denkt sich eine Mutter, die so etwas erlaubt?"
Das Kind dreht sich um und starrt mich mit bösem Gesicht an, und ich erkenne an diesem Gesicht, daß es wesentlich älter ist, als ich geglaubt habe.
„Mutter –" Doris flüstert mir ins Ohr. „Kannst du nicht bitte still sein? Nur ein einziges Mal, ich bitte dich ..."
Wie ist das geschehen? Ich kann weder Doris noch dem Mädchen mit den schwarzen Fingernägeln noch sonst jemandem ins Gesicht sehen. Ach, ich werde überhaupt nicht mehr sprechen, mit keiner lebenden Seele mehr. Bis zum letzten Atemzug will ich meine unberechenbare Zunge im Zaume halten. Nur, ich werde es nicht schaffen, das ist das Schlimme.
Wir stolpern nach Hause. Ich hänge am Arm von Doris, weil ich fürchte zu fallen. Im Wohnzimmer geht Marvin auf und ab wie ein tappender Bär in seiner Höhle im Zoo. Sein Gesicht zeigt diesen Ausdruck bemühter Sammlung wie immer, wenn er etwas anpacken muß, was er lieber noch aufgeschoben hätte. Er zaudert, als habe er während unserer Abwesenheit seine Rolle geprobt, nun aber seinen Text vollkommen vergessen. Endlich aber platzt er damit heraus und blickt zu mir herüber.
„Es ist alles abgemacht. Das Altersheim. Ich habe dich angemeldet. Heute in einer Woche ziehst du ein."

V

„Möchtest du nicht doch ein Seconal nehmen?" fragt Doris.
In meinem Zelt von Bettüchern und Kissen schüttle ich den Kopf. „Danke, nein, ich schlafe auch so."
Das ist gelogen. In dieser Nacht werde ich kein bißchen schlafen. Aber schlafen wäre auch das letzte, was ich wollte. Ich muß nachdenken. Die irren sich gewaltig, wenn sie glauben, daß ich zu allem ja und amen sage. Ich habe in der Vergangenheit die Dinge selbst in die Hand genommen und kann es wieder tun, wenn es nötig wird. Noch habe ich ein Wörtchen mitzureden – verlaßt euch darauf –, solange

mir der Mund noch nicht für immer gestopft ist.
Offenbarungen spart uns das Schicksal für den Notfall auf, und jetzt habe ich eine. Ich erinnere mich an einen ruhigen Ort, der nicht einmal sehr weit entfernt ist. Haben wir nicht einmal einen Ausflug dorthin unternommen? War es nicht in diesem Jahr? Wenn ich jetzt nur auf den Namen käme. Der Name ist unbedingt erforderlich – wegen der Fahrkarte.
Irgend etwas mit *Point*, glaube ich. Was ist der springende Punkt dabei? Wie ein ganzer Mückenschwarm überfallen und necken mich schwirrend die Redensarten und Wendungen. Dann fällt es mir ein: *Shadow Point.* Weil die Klippen mittags dort einen Schatten aufs Meer werfen.
Marvin erledigt meine Geldangelegenheiten. Das Konto wird jetzt unter seinem Namen geführt. Das hatte ich vergessen. Ich besitze keinen Cent. Ich weiß wieder einmal nicht weiter, aber nur für einen Augenblick. Wie gut ich heute nacht überlegen kann! Die Gedanken fliegen mir nur so zu. Der Scheck über meine Altersrente. Ich habe den Umschlag bestimmt heute auf dem Schreibtisch liegen sehen. In diesem Monat habe ich den Scheck noch nicht unterschrieben, das ist so gut wie sicher. Üblicherweise schreibe ich meinen Namen auf die Rückseite, und Marvin nimmt ihn dann mit zur Bank. Es ist, weiß Gott, kein großer Betrag, aber er würde genügen. Wenn der Scheck nur noch da ist! Soll ich es wagen? Soll ich aufstehen und nachsehen? Auf Zehenspitzen die Treppe hinuntergehen? Ja, und dann stolpern, was mehr als wahrscheinlich ist, fallen und mir das Genick brechen. Und Marvin und Doris aufschrecken wie zwei aufgescheuchte Enten vom Moorsee. Nein, das geht nicht. Ich werde warten. Morgen früh muß ich mich ganz unbefangen geben, schlau und umgänglich sein und mich durch nichts verraten. In mir brennt die Erregung und hält mich wach, gerade jetzt, wo ich schlafen möchte.

Damals packte ich unsere Sachen in vollkommener äußerer Ruhe. Ich legte sie in den schwarzen Koffer, auf dem noch immer der Name *Miss H. Currie* stand. John, zu jener Zeit zwölf Jahre alt, sah mir zu.
„Willst du es ihm sagen?“

„Ich werde es ihm sagen, wenn er nach Hause kommt."
„Vielleicht sollten wir einfach gehen, ohne etwas zu sagen", meinte John.
„Ich schleiche mich nicht davon, schlag dir das aus dem Kopf. Das habe ich nicht nötig."
„Es wird uns komisch vorkommen, wenn wir nicht mehr hier sind", sagte John.
„Ich tue es deinetwegen", schrie ich. „Für dich, weißt du das nicht?"
„Doch. Ich habe es mir gedacht."
Ich forderte ihn auf, mir zu helfen und nicht bloß herumzustehen.
„Wo ist die Plaidnadel, John? Sie liegt nicht in deiner Schublade."
„Wie soll ich das wissen?" fragte er mürrisch. „Sie muß hier irgendwo liegen."
Ich suchte überall, fand sie aber nicht.
„Werden wir an der Küste mit Marvin zusammen wohnen?" fragte John.
„Nein, wir werden uns selbst etwas suchen. Ich muß eine Stellung annehmen. Ich könnte jemandem den Haushalt führen." Ich lachte, und er sah mich stirnrunzelnd an.
„Wie Tante Dolly", sagte ich. „Merkwürdig. Du weißt nie, was dir noch einmal im Leben widerfährt. Aber bei mir wird es doch etwas anderes sein. Sie war ganz allein. Ich aber werde einen Mann im Hause haben."
„Wen?" fragte er, die Stimme erhebend. „Wen denn?"
Ich legte ihm den Arm auf die Schulter. „Dich. Du wirst mir eine Stütze sein. Ich weiß es. Wir werden es schaffen."
Er sah mich mit einem Ausdruck an wie damals, als ihm Bram das Messer mit dem Honig in den Mund steckte. Seine Miene war unbewegt wie das Wasser eines Teiches. Seine Augen, lebhaft, blank und wach wie Vogelaugen, entzogen sich meinem Blick, wie hinter einem Schleier. Er war noch nie von Manawaka fort gewesen. Kein Wunder, daß ihm der Gedanke daran etwas angst machte. Aber ich war überzeugt, daß alles in Ordnung war, sobald wir erst im Zuge saßen.
In der Küche stand neben dem Herd ein alter Lehnstuhl aus Holz mit geschweifter Rückenlehne, ein sogenannter Windsorstuhl. Die Hälfte der Sprossen aus der Lehne fehlten,

und außerdem hatte er ein wackliges Bein. In diesem Lehnstuhl saß Bram und wippte hin und her, als ich es ihm sagte. Er schien nicht überrascht. Er bat mich nicht zu bleiben und gab durch nichts zu erkennen, ob ihm mein Bleiben oder Nichtbleiben überhaupt etwas ausmachte.
„Wann hast du vor abzureisen?“ fragte er schließlich.
„Morgen früh.“
„Ich würde an deiner Stelle ein paar hartgekochte Eier mitnehmen“, sagte er. „Wie ich gehört habe, ist das Essen im Zug sehr teuer.“
„Ich möchte keine Eier auf die Reise mitnehmen“, sagte ich. „Man würde uns für Bauerntölpel halten.“
„Und das wäre eine unauslöschliche Schande, nicht wahr?“ sagte er.
„Ist das alles, was du mir zu sagen hast?“ schrie ich. „Nur ans Essen denkst du?“
Bram warf mir einen Blick zu. „Ich habe nichts zu sagen gehabt, Hagar. Das Sagen hast du besorgt. Also gut, wenn du gehen willst, geh.“
Und so geschah es.
Der Winter war die rechte Zeit zum Fortgehen. Eine metallische Stimme drang durch die klare Kälte: „Einsteigen!“ Der Zug rückte an, schüttelte sich wie ein schläfriger Drache und setzte sich in Bewegung, mit majestätischer Langsamkeit zuerst, dann immer schneller, bis er auf den blitzenden Schienen dahinraste. Wir fuhren an den Hütten und Schuppen im Bereich des Bahnhofs vorbei, an den Bahngebäuden und dem Wasserturm, der in der Farbe getrockneten Bluts angestrichen war. Manawaka lag hinter uns. Ich konnte es kaum fassen, wie klein die Stadt war und wie wenig Zeit man brauchte, um sie zu verlassen – wenn man die Zeit an der Uhr ablas.
Wir fuhren durch das weiße Wachakwatal, vorbei am Schuttabladeplatz und am Friedhof auf der Höhe. Angespannt blickte ich hinüber und erkannte am Hügelrand den steinernen Engel, der blind auf die verschneiten Gärten, die leeren Plätze und die Gräber blickte.
Viele Meilen, viele Meilen, viele Meilen, klirrten die Räder des Zugs, und wir saßen, wie Leute, die das Reisen nicht gewohnt sind, vorsichtig auf dem Rand der staubigen grünen Plüschsitze und blickten durch das klirrende Abteilfenster

auf die Winterlandschaft hinaus. Die Farmen versteckten sich unterm Schnee. Ahorn- und Pappelbäume zeigten ihre nackten schwarzen Stämme und weiß bereiften Zweige. Die Moorseen waren zugefroren, und an den Schneezäunen lagen die weißen Massen hoch aufgeschichtet und warfen in der Sonne blaue Schatten. Weithin war alles kaltblau und weiß, bis wir zu einer kleinen Station kamen, wo bis zur Nasenspitze in Schals eingewickelte Kinder auf dem glatten Bahnsteig hin und her liefen und rosa Flocken aus Eis und Wolle von ihren roten Fäustlingen bürsteten und der Atem bellender Hunde deutlich und weiß in die beißend kalte Luft strömte.

„Soll ich dir was sagen?“ Vorsichtig blickte John zu mir auf. „Ich habe die Nadel verloren.“

„Verloren?“

Er erkannte wohl an meinem Ausdruck, daß dies noch schlimmer für mich war als das, was tatsächlich geschehen war.

„Also, nicht eigentlich verloren“, gab er verlegen zu. Und plötzlich, auf die Gefahr hin, mich zu erzürnen, gestand er: „Ich habe sie gegen ein großes Taschenmesser eingetauscht.“

Ich hätte weinen mögen. Aber ich dachte an mein Tafelservice und fragte mich unwillkürlich, ob er nicht wirklich am Ende mehr Nutzen von dem Messer hatte.

Ich muß doch noch eingeschlafen sein, obwohl ich es für unmöglich hielt, denn jetzt ist es auf einmal Morgen. Ich erinnere mich, ich hatte mir etwas vorgenommen, aber ich kann mir nicht denken, was es war. Wollte ich Marvin sagen, daß ich den Verkauf des Hauses nicht dulden werde? Das war es wohl. Nein. Ernüchternd kommt mir die Erinnerung: Es ging über den Hausverkauf hinaus. Mich selbst wollen sie jetzt loswerden.

Nun fällt mir mein Vorhaben wieder ein. Ich liege behaglich im Bett und gehe genießerisch noch einmal meinen Plan durch. Aber der Gedanke ist einfacher als die Ausführung. Ich stehe auf und gebe mir Mühe, mich anzuziehen; dabei stelle ich fest, daß meine Hände so ungeschickt sind, als hätte ich lauter Daumen. Ich bin heute morgen schlecht in Form. Ich habe diesen elenden Gallegeschmack im

Munde, und unter den Rippen beginnt wieder die alte Qual. Vielleicht hilft mir ein Aspirin.
Doris geht mir beim Anziehen zur Hand. Während sie mir das Frühstück bereitet, gehe ich ins Herrenzimmer. Der Scheck liegt noch da im braunen Umschlag. Ich reiße ihn an mich und komme mir dabei wie ein Dieb vor, obwohl er mir doch rechtmäßig gehört. Rasch stopfe ich ihn in den Kleiderausschnitt und hoffe nur, daß mich das zerknüllte Papier nicht durch Knistern verrät. Eine glückliche Fügung des Zufalls: Doris hat heute ihren Einkaufstag.
„Mir geht es gut", sage ich. „Mach du nur deine Besorgungen."
„Ganz sicher?"
Die Törin, wie stellt sie sich das vor, daß ich dessen so sicher sein könnte? Oder auch sie selbst? Sie kann doch beispielsweise im Supermarkt einem Herzschlag erliegen, kann wie ein getroffenes Rebhuhn zu Boden stürzen und zwischen Wassermelonen und Kresse ihren Geist aufgeben. Ach, ich bin so vergnügt heute und so leichtsinnig wie ein Sperling.
„Ja, ja. Ganz sicher. Ich werde hier ruhig sitzen bleiben."

Das Mädchen am Bankschalter sieht ja furchtbar jung aus, wenn man bedenkt, daß sie mit so viel Geld zu hantieren hat. Wieviel Zehn-Dollar-Scheine mögen wohl an einem Tag durch ihre Hände gehen? Man kann es sich gar nicht vorstellen. Doch was, wenn sie mir Fragen stellt? Zum Beispiel, warum diesmal nicht Marvin mit dem Scheck gekommen ist? Ich bin naß geschwitzt und spüre, wie mein Kleid unter den Achseln vollkommen durchnäßt ist. Ich bin so langes Stehen nicht gewöhnt. Die Frau vor mir nimmt sich soviel Zeit, sie scheint ein ganzes Dutzend von Transaktionen vornehmen zu lassen. Alle möglichen Papiere reicht sie hinein, rosa und weiße, grüne Schecks und schmale blaue Bücher. Sie wird und wird nicht fertig. Mir tun die Beine weh – es sind die Krampfadern. Ich finde Gummistrümpfe einfach furchtbar und mag sie nicht tragen. Aber heute hätte ich sie anziehen müssen. Wenn ich nun falle? Jemand wird mich nach Hause bringen, und Doris wird wütend sein. Aber ich werde nicht fallen. Ich lehne es ab zu fallen. Warum macht diese verflixte Frau nicht ein bißchen schnel-

ler? Was tut das junge Mädchen am Schalter nur, was so schrecklich lange dauert? Und wenn sie mich nur nicht nach allem möglichen fragt!
Plötzlich bin ich an der Reihe. Ich darf meine Aufregung nicht zeigen. Sehe ich auch ganz ruhig, zuversichtlich und unbekümmert aus? Ich weiß, sie wird mich argwöhnisch betrachten. Ich sehe schon jetzt den Blick, mit dem sie mich bedenken wird, die naseweise Person – was weiß sie schon vom Leben?
Sie blickt nicht einmal auf. Sie nimmt den Scheck entgegen, zählt die Geldscheine ab und händigt sie mir ohne ein Wort aus. Was für ein höfliches Mädchen! Wirklich, ich muß sagen, sehr höflich. Ich würde ihr gerne danken und sagen, wie sehr ich ihre Artigkeit zu schätzen weiß. Aber sie würde es am Ende komisch finden. Ich muß ganz ruhig und auf der Hut sein. Ich nehme also das Geld in Empfang und gehe, als sei dies die gewöhnlichste Sache von der Welt. Ich schaue auch nicht zurück, um zu sehen, ob mir Blicke folgen. So. Das habe ich gut gemacht. Ich schaffe das alles sehr gut. Ich habe es ja im voraus gewußt.
Jetzt kommt der schwierige Teil. Wenn nur meine Beine noch mitmachen. Bevor ich von zu Hause wegging, habe ich noch eine Tablette aus Doris' Vorrat genommen, und so macht sich die schlimme Stelle unter den Rippen, die so weich wie eine Fontanelle ist, nicht so unangenehm bemerkbar. Die Bushaltestelle ist gerade vor der Bank. Ich kenne sie von unserem Weg zum Arzt. Wenn ich mich nicht irre, nehmen wir hier den Bus zur Stadtmitte. Das muß die Haltestelle sein. Aber ist sie es?
Gott sei gelobt, da steht eine Bank. Schwerfällig lasse ich mich nieder und bemühe mich um Sammlung. Überlegen wir: habe ich alles bei mir? Das Geld steckt im Portemonnaie. Ich vergewissere mich und sehe nach; natürlich ist es da. Ich trage ein altes Hauskleid, aus beige Kattun, vielleicht etwas auffallend gemustert mit schwarzen Dreiecken. Ein gutes Kleid kam nicht in Frage. Doris wäre mißtrauisch geworden, und außerdem ist dieses für den Ort, an den ich gehe, passender gewählt. Ich habe meine orthopädischen Schuhe an, so scheußlich sie auch sind mit den eingearbeiteten Einlagen, aber sie geben dem Fuß eine gute Stütze. Für den Fall, daß es kühl wird, habe ich meine blaue Strick-

jacke angezogen. An einem Ärmelaufschlag ist eine ausgebesserte Stelle, aber vielleicht merkt es niemand. Jedenfalls habe ich meinen besten Hut aufgesetzt, aus glänzend schwarzem Stroh mit einem Blumenstrauß aus blauen Samt-Kornblumen. Es ist alles in Ordnung. Ich glaube, ich habe alles, was ich brauche. Wenn der Bus kommt, will ich den Fahrer fragen, wo ich einen Bus erreiche, der aus der Stadt hinausfährt – wo hinaus?
Verdammt, ich weiß nicht mehr den Namen. Ich komme nicht darauf. Er wird mich fragen: Wohin? Und ich werde stumm wie eine Attrappe dastehen. Was soll ich tun? Mein Gedächtnis ist wie zugemauert. Sei ruhig, Hagar, ganz ruhig. Es wird schon kommen. Nur ruhig bleiben. So ist es gut. Da – *Shadow Point.* Dem Herrn sei Dank! Und da kommt auch der Bus.
Der Fahrer hilft mir hinein. Ein netter junger Mann. Ich stelle ihm meine Frage.
„Ich werde Sie dann am Bushof in der Stadt absetzen", antwortet er. „Da nehmen Sie den Bus nach *Shadow Point.* Sind Sie allein?"
„Ja. Ja, ich bin allein."
„So –" Klingt das nicht etwas skeptisch? „Also gut."
Doch er fährt nicht los. Er blickt mich an, auch nachdem ich es fertiggebracht habe, mich auf dem nächsten Platz niederzulassen. Was ist los? Will er mich zurückschicken? Schauen die Leute her?
„Das Fahrgeld, bitte", sagt er ruhig.
Ich bin beschämt und verwirrt. Ich öffne meine Geldtasche, wühle darin und stecke sie ihm schließlich selbst in die Hand.
„Ach ja, entschuldigen Sie. Nehmen Sie sich das Geld doch bitte selbst."
Er pfeift durch die Zähne, nimmt einen Geldschein heraus und legt etwas Wechselgeld hinein.
„Bitte sehr." Er reicht mir die Geldtasche zurück.
Ich sitze starr wie Marmor, ungerührt und voller Gleichmut für jeden fremden Blick. Aber mein Herz schlägt so laut, daß ich fürchte, andere Fahrgäste müßten es hören. Die Fahrt nimmt kein Ende. Wir rasen vorbei an Gebäuden, an Autos, und jedesmal, wenn der Bus hält oder wieder weiterfährt, werde ich wie eine Puppe hin und her geschleudert.

„Bushof", ruft der Fahrer aus. „Hier müssen Sie aussteigen", sagt er zu mir. „Gehen Sie da hinein. Der Billettschalter ist geradeaus. Sie können ihn nicht verfehlen."
Im Bushof rennen schreiend und Koffer schleppend Tausende von Menschen herum. Alle wissen genau, wohin sie wollen, nur ich nicht. *Shadow Point.* Den Namen darf ich unter keinen Umständen vergessen. Wo ist doch der Schalter, von dem er gesprochen hat?
„Entschuldigen Sie bitte ..." Ich habe mich an ein junges Mädchen gewandt, denn ich hatte nicht den Mut, einen Mann anzusprechen. „Können Sie mir nicht sagen, Fräulein, wo der Schalter ist?"
Sie ist sehr jung und trägt ihr Haar aufgetürmt auf dem Kopf – wie macht sie es nur, daß es hält? Es sieht aus, als ob es um eine Form oder ein Drahtgestell wie bei Marie-Antoinette gelegt ist. Und doch hat sie ein Gesicht, nicht viel anders als Tinas Gesicht – sonnengebräunt, rein und makellos. Es ist ein unschuldiges und zartes Gesicht. Vielleicht sehen alle Mädchen ihres Alters so aus. Auch ich habe einmal so ausgesehen. Und was für einen Schrecken bekäme sie wohl, wenn sie das wüßte? Vielleicht wird sie mir ausweichen, mit dem Hochmut, den nur die Jugend aufbringt, wenn sie nicht belästigt werden will.
„Selbstverständlich", sagt sie. „Er ist da drüben. Sehen Sie – dort. Kommen Sie, ich bringe Sie hin."
Sie faßt mich am Arm und zuckt genau wie der Busfahrer verlegen die Achseln, als ich ihr danken will. Sie weiß nicht, daß auch sie in ihrem Leben Hilfe brauchen wird, aber etwas in ihr, etwas Uneingestandenes, weiß es vielleicht. Und schon ist sie fort, unterwegs zu Gott weiß welchen Ereignissen und welchem Ende.
Nun halte ich die Fahrkarte in der Hand, ich habe sie bezahlt und steige in einen Autobus, zu dem mich ich weiß nicht wer geführt hat. Allmählich werde ich recht müde. Es dauert alles viel länger, als ich angenommen hatte. Aber schließlich sitze ich und kann mich ausruhen.
Wumm! Ein Geräusch wie von einer Explosion, ein Surren von Rädern. Was geht vor sich? Dann erst sehe ich, daß der Autobus auf einer Straße entlangrollt, daß wir bereits unterwegs sind. Ich döse ein bißchen vor mich hin, und nach einer Weile sind wir in *Shadow Point* angekommen.

Man hilft mir hinunter, und nun stehe ich am Wege und blicke dem Autobus nach. Ich bin angekommen, und es überrascht mich, daß der Ort ganz und gar nichts Ungewöhnliches hat. Und doch – ich bin hier und habe es aus eigener Kraft geschafft, und das ist die Hauptsache. Die einzige Schwierigkeit: Werde ich die Treppe finden, die in meiner Erinnerung tief nach unten führt, bis zu der Stelle, die ich suche? Der Himmel zeigt ein streifiges Blau – wie ein Zuber Wasser, in den man einen Würfel Waschblau geworfen hat, der sich nun in Strudeln auflöst. Ich bin ganz allein hier.

Zu der Tankstelle an der Straße gehört auch ein kleiner Laden. Es ist ein glücklicher Zufall, daß ich ihn bemerkt habe. Ich muß natürlich etwas einkaufen. Ich stoße die Tür mit dem Fliegengitter auf, und verdrießlich klirrt eine Glocke. Doch niemand läßt sich blicken. Mit Bedacht nehme ich meinen Einkauf vor. Ich wähle eine Schachtel Crackers, dieses Salzgebäck – Doris kauft immer diese faden Biskuits, aus denen ich mir nichts mache. Dazu eine kleine Dose Marmelade, Reineclauden, meine Lieblingssorte. Und ein paar große Riegel Milchschokolade, sehr nahrhaft. Oh – und hier ist ein Karton mit diesen kleinen Schweizer Käse-Dreiecken in Stanniolpapier. Ich esse sie so gern, und Doris kauft sie fast nie, als seien sie wer weiß was Ausgefallenes. Dieses eine Mal will ich mir etwas leisten. So. Das wird genügen. Ich darf nicht zu viel nehmen, sonst kann ich nicht alles tragen.

Eine dunkelhaarige, bebrillte Frau kommt aus irgendeinem Hinterzimmer hereingelatscht und steht nun wartend hinter dem Ladentisch. Sie hat eine erbärmliche Haltung. Jemand müßte ihr mal sagen, daß sie die Schultern gerade hält. Nicht ich allerdings. Ich muß mit meinen Worten vorsichtig sein. Sie scheint mich bereits mit einigem Mißtrauen zu beobachten, als sei ich ein entlaufener Sträfling oder ein Kind, kurzum jemand, der nicht allein draußen sein dürfte.

„Ist das alles?" fragt sie.

„Ja. Warten Sie – doch, ja, ich glaube. Falls Sie nicht zufällig so eine braune Einkaufstüte mit Griffen daran haben – wissen Sie, was ich meine?"

Sie greift nach vorn, und jetzt sehe ich einen ganzen Stapel

von diesen Tüten unmittelbar vor mir auf dem Tisch.
„Fünf Cent", sagt sie. „Ist es jetzt alles? Es macht zusammen drei Dollar neunundfünfzig Cent."
So viel für diese paar Dinge?
Ich erkenne an ihrer Miene, daß etwas Schreckliches passiert ist. Ich habe diese Worte laut gesprochen.
„Die Schokolade kostet fünfundzwanzig der Riegel", erklärt sie kühl. „Wollten Sie die zu zehn Cent haben?"
„Nein, nein." Ich kann die Worte gar nicht schnell genug hervorbringen. „Es ist alles in Ordnung. Ich meinte nur, es ist alles so teuer heutzutage, nicht wahr?"
„Gewiß ist es teuer", räumt sie verdrossen ein. „Aber wir in den kleineren Läden verdienen dabei nichts. Das sind die Zwischenhändler, die nur auf ihrem Hintern sitzen und weiter nichts zu tun brauchen, als ihr Geld zu scheffeln."
„O ja. Da haben Sie bestimmt recht."
In Wirklichkeit habe ich nicht die geringste Ahnung, wovon sie spricht. Meine atemlose Zustimmung ist mir selbst zuwider, aber ich habe keine Wahl. Ich danke ihr mit überströmender Herzlichkeit und kann gar nicht mehr aufhören.
„Bitte sehr, gern geschehen", antwortet sie gelangweilt, und damit trennen wir uns. Die Tür schlägt hinter mir zu. Knarrend öffnet sie sich sogleich wieder, und schrill rasselt die Glocke.
„Sie haben Ihre Tüte vergessen", sagt sie in anklagendem Ton. „Da."
Endlich bin ich fort und gehe die Straße hinunter. Die Tüte mit meinen Einkäufen wird mir schwer. Es ist unbehaglich warm. Es herrscht diese drückende Schwüle, wie wir sie hier so nahe an der See oft im Sommer haben. In Manawaka war der Sommer stets sehr heiß, aber es war eine trockene Hitze, die viel gesünder ist.
Ein Wegweiser. *To The Point. Zur Landspitze.* Nun, das ist einmal ein Schild, das sehr gelegen kommt. Es spricht sozusagen *zur Sache, to the point.* Das alberne kleine Wortspiel macht mir Spaß und beflügelt meinen Schritt. Meine Beine halten durch. Es kann nicht mehr sehr weit sein. Wie werde ich den Treppenweg finden? Ich werde einfach fragen müssen. Ich werde sagen, daß ich einen Spaziergang mache. Da ist nichts Komisches dabei. Ich schaffe das alles großartig.

Ich gäbe Gott weiß was dafür, wenn ich Doris' Gesicht sehen könnte. Ich muß laut lachen, wenn ich's mir nur vorstelle; dessen ungeachtet tun mir die Füße jetzt ziemlich weh auf diesem unebenen Kiesweg. Ich höre ein schweres Holpern hinter mir, ein Staubwirbel kommt auf mich zu, und ein Lastwagen hält an.
„Wollen Sie einsteigen?"
Fortuna steht mir bei. Dankbar nehme ich das Angebot an.
„Wohin wollen Sie denn?" fragt mich der Fahrer.
„Zur Landspitze. Wir, das heißt mein Sohn und ich, haben dort ein Sommerhaus gemietet."
„Na, da haben Sie ja Glück, daß ich vorbeikam. Bis dahin sind es noch gut drei Meilen. Ich biege an der alten Fischkonservenfabrik ab. Ist es Ihnen recht, wenn ich Sie dort in der Nähe absetze?"
„O ja, das wäre wunderbar. Danke sehr."
Es ist genau die richtige Stelle. Ich hatte, bevor der Fahrer den Namen nannte, vergessen, um welchen Ort es sich handelte und wozu die Gebäude früher gedient hatten. Aber jetzt erinnere ich mich an die Erklärungen Marvins von damals. Doris behauptete, es stinke noch immer nach Fisch, und Marvin antwortete, das sei bei ihr reine Einbildung. Es sei unmöglich, sagte er, denn seit dreißig Jahren sei die Fabrik nicht mehr in Betrieb. Sie sei zur Zeit der großen Wirtschaftskrise stillgelegt worden.
„So, da sind Sie angekommen", sagt der Fahrer. „Auf Wiedersehen."
Der Lastwagen rattert davon, und ich stehe mitten unter Bäumen, die sich über die steilen Hänge bis zum Strand hinunterziehen. Tiefe Stille herrscht hier. Da sind nur die Stimmen des Waldes, kein menschlicher Laut. Ein Vogel ruft. Es ist ein einziger durchdringender Schrei, der die Stille danach nur noch tiefer macht. Der Wind bewegt die Blätter. Hin und wieder hört man ein Rascheln. Wenn sich die Zweige berühren, gibt es ein kratzendes Geräusch, wie wenn sich ein Boot am Pier reibt. Von Sonnenstrahlen getroffen, glühen riesige Blätter wie grünes Glas. Die Stämme der Bäume sind braungelb und golden. Zedernzweige halten ihr dunkles, verwickeltes Geflecht wie ein Gitter vor den Himmel. Sonne und Schatten mischen sich, machen

den Wald bunt und wechselvoll und sprenkeln ihn mit dunklen und hellen Flecken.
Die Treppe beginnt fast versteckt von Farnkraut, das zart und spröde wie grüne Gräten unter meinen schwerfällig trapsenden Schritten bricht. Strenggenommen ist es keine richtige Treppe. In den Abhang hinein sind die Stufen eingegraben, und die Erde ist an den Rändern mit Brettern festgehalten. Es ist sogar so etwas wie ein Geländer angebracht, das aus Holzpfosten besteht, aber die Hälfte davon ist verfault und zerbrochen. Ich steige vorsichtig, mit einem leichten Schwindelgefühl, hinunter. An manchen Stellen ist das Farnkraut über die Stufen gewachsen, Brombeersträucher drücken ihre Dornenranken an meine Arme, und Geißbartbüsche streifen mich lüstern. Zwischen dem abgefallenen Laub am Boden, den braunen Tannennadeln und dem Springkraut wachsen am Waldboden diese weißen, sternförmigen Blumen, die Milchsterne. Von der Treppe aus sehe ich auf kühle und schattige Plätze, wo die Sonnenstrahlen wie Seesterne auf dem feuchten, moosigen Waldboden liegen.
Ich bin gar nicht müde und auch keineswegs bedrückt. Ich könnte singen. Ich bin wie Meg Merrilies. Das ist von Keats, und ich erinnere mich noch an ein paar Verse daraus, obwohl es mindestens vierzig Jahre her ist, daß ich das Gedicht gelesen habe. Wenn das nicht ein gutes Gedächtnis bezeugt, dann weiß ich nicht, was sonst.

Alt Meg, sie war Zigeunerin
Und wohnte auf dem Moor,
Ihr Bett war brauner Heidegrund,
Und ihr Haus sich draus verlor.
Ihre Traube Ginsterschote war,
Ihre Äpfel Brombeerfrucht,
Ihr Wein wildweißer Rose Tau,
Ein Grabmalstein ihr Buch.

Ich sehe einige Brombeersträucher hier. Sie tragen auch Beeren, doch, fürchte ich, sind sie nicht schwarz genug, und es wird noch einen Monat dauern, bis sie ihr hartes Smaragdgrün verloren haben. Was aber Megs Wein betrifft, so müssen ihre Rosen von einer ganz gewaltigen Sorte ge-

wesen sein. Mit dem Tau aus den wilden Blumen, die hier wachsen, würde kein Durstiger seinen Durst stillen können.
Plötzlich fällt es mir ein; es ist, als fiele ein Stein auf meine Fröhlichkeit. Ich habe kein Wasser mitgenommen. Ich habe nichts zu trinken, nicht einen Schluck, nicht einmal eine Orange, deren Saft ich aussaugen könnte. Wo habe ich nur meine Gedanken gehabt? Wie konnte ich das vergessen? Was soll ich tun? Ich bin fast am Ende der Treppe angelangt. Es müssen im ganzen ein paar hundert Stufen sein. Nicht daran zu denken, sie wieder hinaufzuklettern. Auf einmal bin ich müde, so sehr, daß ich kaum einen Fuß vor den andern setzen kann.
Schritt um Schritt gehe ich weiter, und dann bin ich da. Um mich herum ragen die alten grauen Gebäude auf. Ich sehe gar nicht genau hin, denn meine Erschöpfung drückt mich fast zu Boden, jetzt, da ich angekommen bin. Ich bin schlapp und schlaff wie ein Waschlappen. Ich empfinde auch gar keinen besonderen Schmerz mehr in meinen Füßen oder unter den Rippen – nur ein Pulsen und Pochen in jedem Glied meines Körpers.
Eine Tür ist angelehnt. Ich stoße sie auf und gehe hinein. Ich setze die Tüte mit meinen Einkäufen auf den mit einem dicken Staubteppich bedeckten Boden. Dann kauere ich mich ohne einen Gedanken, ohne etwas anderes zu spüren als meine grenzenlose Müdigkeit, auf dem staubigen Boden nieder und lege mich zum Schlaf zurecht.
Hungrig wache ich auf und überlege einen Augenblick, wann wohl Doris den Tee fertig haben wird und ob sie heute gebacken hat, denn mir ist so, als habe sie davon gesprochen, einen Gewürzkuchen backen zu wollen. Aber dann sehe ich auf dem Fußboden neben mir meinen Sommerhut; die Kornblumen hängen in den Staub. Was in aller Welt hat mich dazu getrieben, hierherzugehen? Wenn ich nun krank werde?
Immer nur einen Tag auf einmal, das Heute – allein damit hat man es zu tun. Ich will nicht weiter vorwärts schauen. Ich werde es hier ganz behaglich haben. Ich werde mit allem großartig fertig werden. Ich grabe in meiner Tüte, und nachdem ich gegessen habe, fühle ich mich wieder wohl. Aber ich habe Durst. Es ist kein Wasser da, kein Tropfen.

Wie ist das gekommen? In diesem Augenblick würde ich so ziemlich alles für eine Tasse Tee geben. Ich meine zu hören, wie Doris lacht. *Geschieht dir ganz recht! Warum hast du den Tee in den Ausguß geschüttet?* Nein, das habe ich noch nie getan – wie kannst du so etwas sagen? Ich bin es nicht gewesen. Du bist gemein, Doris. Wie kann soviel Gemeinheit ungestraft bleiben?

Sie ist nicht hier. Woran denke ich nur? Ich will mich einmal umsehen. Vielleicht ist ein Brunnen da. Also, ich glaube fest, daß es hier einen Brunnen gibt, wenn ich ihn nur finden könnte. Was wäre eine Festung ohne einen Brunnen?

In diesem Haus muß früher einmal, als hier noch gearbeitet wurde, ein Direktor oder gar der Besitzer gewohnt haben. Die Fenster sind zerbrochen. Wenn ich hinaussehe, erblicke ich nicht weit von hier, unmittelbar am Strand gelegen, ein größeres Gebäude. Regen und Meerwasser sind darüber hinweggegangen, das Holz hat sich geworfen, und einige Bretter haben sich gelockert. Das war wohl die Fischkonservenfabrik, wo die Boote bei jedem Wetter kamen mit ihrer Ladung von schleimig glänzenden, sich krümmenden, schon geschuppten Fischen und den großen Muscheln, deren gerillte Schalen die See aufgebrochen hatte.

Auch mein Haus ist grau, wie ich erkenne, wenn ich den Kopf etwas weiter zum Fenster hinausstecke. Weit entfernt, mich daran zu stoßen, finde ich in diesem Umstand etwas Beruhigendes und glaube, mich hier bald heimisch zu fühlen. Marvin würde es allerdings mißfallen. Er ist ganz versessen auf Farbe und Anstrich. Freilich ist das sein Geschäft, er verkauft Farben für den Anstrich von Häusern und behauptet, davon soviel zu verstehen wie nur irgend jemand sonst. Wahrscheinlich hat er recht, falls das etwas bedeutet. Man sieht ihn manchmal in Mustertabellen vertieft, wobei er die Namen neuer Farben auswendig lernt, zum Beispiel – *Pariser Chartreuse* oder *Fiesta-Rose.* Aber dies ist mein Haus und nicht seines, und wenn ich mich dazu entschließe, es ungetüncht und ungeschminkt zu lassen, so ist das meine eigene Sache.

Und nun die Zimmer. Das Wohnzimmer ist leer bis auf die Staubflocken und -wülste, die in den Ecken tanzen, sobald sie ein Luftzug durchs Zimmer fegt. Hier war der Kamin,

aber er ist eingestürzt, und was übrigblieb, ist der Schutt zerbrochener Ziegelsteine. Vor dem Erkerfenster, das früher mit einem quastenverzierten Samtvorhang drapiert gewesen sein mag, befindet sich eine eingebaute Bank. Sie ist von der Art, bei der man die obere Platte wie den Deckel einer Truhe hochklappen und Familienalben oder überflüssige Kissen hineinpacken kann. Ich hebe den Deckel hoch und blicke hinein. Ich sehe eine alte Messingwaage, wie man sie zum Wiegen von Briefen oder Pfeffer benutzte. Sie schwankt und neigt sich, als mein Finger an sie rührt, aber die Messinggewichte sind verlorengegangen. Hier kann nichts gewogen und zu leicht befunden werden. In der Küche und in der Spülküche haben, wie es scheint, Landstreicher oder Ausreißer gehaust. Diese Entdeckung gibt mir zu denken. Ich bin also nicht die einzige, die diesen Ort kennt. Natürlich nicht. Ob sie wiederkommen werden? Was würde ich dann tun? Vielleicht sind sie harmlos und suchen nur Unterschlupf. Ich kann meine Burg genausowenig abschließen wie mein Zimmer zu Hause. Nun, das ist eine schöne Bescherung. Doch ich will nicht unken. Wenn es soweit ist, werde ich weitersehen. Aber das sind nur trotzige kleine Redensarten, denn in Wahrheit bin ich ängstlich.
Der Tisch ist schwarz und von verspritztem Fett verschmiert. Mehr als ein Messer hat ihn zerhackt und Initialen hineingeritzt. Ein leerer irdener Krug mit dem Etikett *Lieblicher Beerenwein* steht mitten auf dem Tisch. Daneben ein Papierteller, auf dem einmal Chips und Fisch gelegen haben. Wer hat sie sich in den Mund gestopft, überlege ich mir, und wo ist er jetzt? Und ist es lange her, oder war es erst gestern? Der Ausguß ist rostig und verschmutzt, und die Leitung funktioniert nicht. Auf dem Boden steht eine alte Tabakdose *Old Chum,* in der drei Zigarettenstummel liegen. Das ist alles. Weiter gibt es hier nichts.
Eine Treppe führt von der Diele nach oben. Das Geländer ist aus dunkelgebeizter Eiche, der Pfosten mit Schnitzereien verziert. Langsam steige ich hinauf. Immer nur eine Stufe auf einmal. Eine nach der andern. Dann ist es geschafft. Hier oben fühle ich mich gewissermaßen besser verbarrikadiert, sicherer, mit einem Wort. Die Zimmer sind alle leer, abgesehen von dem Samenstaub der Fuchsschwänze. Nein, doch nicht ganz leer. In einem Schlafzim-

mer steht ein Himmelbett, und, so unglaublich es ist, die Matratze ist noch da. Entzückt beklopfe ich sie mit der Hand. Man hat mir mein Zimmer gerichtet. Die Matratze ist zwar stockig und muffig, weil sie nie gelüftet worden ist. Aber sie ist da, und sie gehört mir. Vom Schlafzimmerfenster aus sehe ich auf die dunklen Bäume und, dahinter, auf das Meer. Wer hätte gedacht, daß ich ein Zimmer mit Aussicht bekomme? Mit neuem Mut trapse ich die Treppe hinunter und hole meine Tasche und meinen Hut herauf.
An einen neuen Ort zu ziehen, ist die aufregendste Sache von der Welt. Eine Weile glaubt man, nichts von früher mitgebracht zu haben. Alles, was einmal war, ist wie durchgestrichen oder weggeätzt. Man fängt noch einmal ganz von vorn an, und diesmal wird nichts fehlgehen.

Das Haus Mr. Oatleys war wie ein riesiger aus Stein gebauter Stall. Er wohnte allein dort, immer in seiner Bibliothek, sprach gefühlvoll von seiner Liebe zu den Klassikern und schmuggelte zwischen die Franzbanddeckel der *Anabasis* von Xenophon Kriminalromane. Selten betrat er die Salons seines Hauses, achtete aber doch darauf, daß stets alles aufs feinste gerichtet war für eventuelle Besucher, die nie kamen. Ich konnte mich nicht beklagen. Er war gut zu mir. Ich allerdings auch zu ihm. Es war ein reines Geschäft – keine Spur von etwas, das darüber hinausging. Er war in jedem Fall zu alt. Ich hielt sein Haus schön in Ordnung für ihn, brachte ihm um zehn Uhr früh heiße Milch, hörte zu, wie er sie hinunterspülte, spielte Schach mit ihm und lachte zu seinen ausführlich erzählten Geschichten. Er war im Schiffahrtsgeschäft gewesen und erzählte, wie sie heimlich Asiatinnen ins Land gebracht hatten, als es den Chinesen verboten war, ihre Frauen mitzubringen. Sie hatten sich Unsummen für die Überfahrt zahlen lassen und die Frauen so eng wie Ölsardinen in der Büchse in den unteren Laderaum gesteckt. Wenn nun die Männer von der Einwanderungsbehörde den Schwindel rochen, wurde der blinde Boden durch einen Hebelgriff geöffnet, und die Frauen plumpsten ins Wasser. Er versicherte, sie hätten von Anfang an gewußt, welcher Gefahr sie sich aussetzten. Die Männer waren natürlich sehr ärgerlich, wenn sie sowohl ihre Frauen als auch das Fahrgeld verloren hatten, aber was ließ sich dagegen machen? Und Mr. Oatley zuckte die Achseln und lächelte; er bettelte um mein Lachen und meine Zustimmung. Und ich tat ihm den Gefallen, denn wer konnte es ändern? Wieviel er mir auch in seinem Testament vermacht hat, ich habe es redlich verdient. Das kann ich beschwören.

John und ich hatten ungehinderten Zutritt zum Garten. Der Rasen war wie ein grüner Tanzsaal; ein alter japanischer Gärtner pflegte ihn. Seltsame Bäume wuchsen dort – ein Pflaumenbaum mit Weinblättern und Affenbäume mit schwärzlich-grünen Ästen, dürr und äffisch anmutend. Wir hatten nur zwei Zimmer oben im Steinhaus, aber mir schien es wie ein Wunder, überhaupt ein Zimmer für mich zu haben. Ich war keine große Kochkünstlerin, aber das spielte keine Rolle, denn Mr. Oatley mußte als Magenkranker Diät halten.

Mein Gehalt für die ersten Monate gab ich gänzlich für Kleidung aus. Ich kaufte mir ein rittersspornblaues Kostüm, Hut, Handschuhe, Schuhe, kurz alles. Ich warf die alten, zu weiten Hosen von Marvin fort, die ich für John gekürzt hatte. John ging zur Schule und machte sich ganz gut, meinte ich, wenn man in Betracht zog, daß er die Schule hatte wechseln müssen, und das ist für kein Kind leicht. Er durfte seine Freunde zwar nicht ins Haus bringen, das war das einzige, was zu bedauern blieb. Aber er erzählte mir dafür von ihnen. Ein wenig überraschte es mich, daß er so schnell Freunde gefunden hatte, aber er hatte ja auch einen Charme, daß ihm die Vögel von den Bäumen nachflogen, wenn er nur wollte. Ich war darauf begierig, seine Freunde kennenzulernen, wenn ich auch nach allem, was er mir von ihnen erzählte, ohnehin überzeugt war, daß sie nur nett sein konnten. Fast war es, als ob ich sie schon kannte, denn ich wußte, wie sie hießen, wie sie aussahen und aus welcher Familie sie kamen. David Connor war blond, kleiner als John, aber ein guter Fußballspieler. Sein Vater war Arzt. James Reilly war ein langer Schlaks, ein Spaßmacher; sein Vater war im Bestattungswesen tätig – Reilly und Blight, Beerdigungsinstitut –, ich hatte das Schild in der Stadt gesehen, es war stattlich, golden und blau.

Als John einmal eine ganze Weile nach der Mittagszeit noch nicht nach Hause gekommen war, kam ich auf die

Idee, zu telefonieren. Ich freute mich, einen Vorwand zu haben, um mich bekannt zu machen. Ich hatte mir das Gespräch schon wie einen Dialog in einem Theaterstück ausgedacht.
„Ich bin Johns Mutter", wollte ich sagen. „Ich bin so froh, daß sich unsere Jungens angefreundet haben."
„O ja", würde sie antworten. „Ihr Sohn hat uns so viel von Ihnen erzählt. Ich höre, Sie kommen aus der Prärie. Ich habe eine Cousine in Winnipeg – haben Sie sie vielleicht einmal kennengelernt? Sie müssen einmal am Nachmittag auf eine Tasse Tee kommen ..."
Ich nahm den Hörer ab.
„Ja, hier spricht Mrs. Connor", sagte eine junge Stimme. „Ja, Doktor Connors Frau. Wen, sagten Sie? John Shipley? Wie kommen Sie darauf, daß er bei uns sein soll?"
Verlegen erklärte ich es ihr. Ich meinte, ein erschrecktes Kichern zu vernehmen. Dann aber erklärte die Stimme streng: „Sie müssen wahnsinnig sein. Wir haben keinen Sohn, der David heißt."
Ich habe es John nie erzählt. Ich brachte es nicht über mich. Er spann an seinem Märchengespinst weiter, und ich bekam es nicht fertig, ihm ein Wort zu sagen. Statt dessen gab ich mir Mühe, ihm mein Vertrauen zu beweisen.
„Nicht jeder kann mit einem Vermögen beginnen. Manch einer hat sich aus eigener Kraft emporgearbeitet wie dein Großvater Currie. Und du wirst das auch schaffen. Ich weiß es. Du wirst es zu etwas bringen, warte nur ab. Du hast seine Findigkeit und seinen gesunden Menschenverstand. Wir werden noch einmal ein Haus haben, das schöner ist als dieses."
Manchmal ging er darauf ein, plante mit mir, schmückte, was ich sagte, noch aus und überbot es, wenn er mir die Zukunft ausmalte. Aber es gab Zeiten, wo er still und stumm zuhörte und seine Unrast für eine Weile vergaß, als habe ich ihn mit meinem Gesumm in den Schlaf gelullt, wie ich es getan hatte, als er noch ein kleiner Junge war.
Wir waren, wie es nur recht war, mit unserem Leben zufrieden. Es hatte seine Ordnung. Wir wohnten in einem ordentlichen Haus, mit Möbeln aus massivem Mahagoni- und Rosenholz und mit dunkelblauen chinesischen Teppichen,

den Geschenken dankbarer Asiaten, deren Ehefrauen Mr. Oatley mit Erfolg ins Land geschmuggelt hatte. Auf dem Tisch in der Halle stand eine prächtige Punschterrine aus türkisfarbenem Porzellan, mit den Gestalten hoher Würdenträger in karmesinroten Röcken darauf. Vasen und Bowlen in *Email cloisonné*, auch Drahtemail genannt, waren in diesem Haus gang und gäbe; sie standen auf einem Untersatz aus Teakholz. Mr. Oatley stellte mir niemals Fragen, sowenig wie ich ihm, und wenn wir auch wie gute Freunde zusammenlebten, hielten wir doch eine angemessene Distanz. Er wußte, daß ich aus guter Familie stammte. Ich fand es nur recht und billig, ihm etwas von meiner Familie zu erzählen und ihm zu sagen, wer mein Vater war, und ein paar Dinge dieser Art. Ich sagte ihm, daß mein Mann gestorben sei. Es war das einzige Mal, daß ich Bram erwähnte. Ich hatte Glück gehabt, als ich diese Stellung fand, so meinte ich, und ich zweifle nicht, daß sich auch Mr. Oatley glücklich schätzte, denn ich war tüchtig, schaffte meine Arbeit im Handumdrehen und ließ mich nicht von den Händlern übers Ohr hauen.

Als John in die höhere Schule kam, fand er Freunde – solche, die wirklich existierten. Ich weiß es, denn ich sah sie. Sie holten ihn in einem Ford ab, hupten draußen vor der Gartentür, und John stürzte hinaus. Sie kamen nie ins Haus. Ich hielt sie für unsolide und hatte den Verdacht, daß sie tranken. Als ich es John sagte, lächelte er bloß, legte mir den Arm um die Schultern und erklärte, es seien prächtige Burschen, und ich brauche mir keine Sorgen zu machen. Er schien ein gewisses unbekümmertes Selbstvertrauen gewonnen zu haben, seitdem er so gewachsen und so hübsch geworden war, denn ein hübscher Junge war er mit seinem scharf geschnittenen Gesicht und dem glatten schwarzen Haar.

Er machte mich auch mit keiner seiner Freundinnen bekannt, und es dauerte eine ganze Weile, bis ich den Grund begriff. In einer Sommernacht glaubte ich, einen Herumtreiber im Garten zu hören. Ich ging hinunter und trat auf die große Veranda, ganz leise, ohne Licht zu machen. Die beiden waren in den Büschen. Ich hatte nicht die Absicht, sie zu belauschen, aber für den Augenblick konnte ich mich nicht rühren.

„Ich würde dich gern mit ins Haus nehmen", sagte John, „aber mein Onkel würde Krach schlagen. Er hält nichts von jungen Mädchen."
„Und ich würde so gern einmal das Haus von innen sehen", seufzte eine gierige kleine Stimme. „Von außen sieht es einfach toll aus. Ich wette, daß es phantastische Sachen bei euch zu sehen gibt. Wäre dein Onkel wirklich böse?"
„Doch. Er ist sowas wie ein Einsiedler."
„Aber deine Mutter? Würde sie auch etwas dagegen haben?"
„Weißt du, sie würde nie etwas gegen seinen Willen tun", antwortete er etwas von oben herab. „Das ist bei uns eine Familientradition. Jede laute Auseinandersetzung ist verpönt."
„O Gott, o Gott!" Sie kicherte.
Auch er lachte. Dann hörte ich das Rascheln ihrer Kleidung, als sie sich auf dem Boden wälzten, und ihr gieriges Keuchen, als sie sich küßten. Wie ein zorniges, ungeschlachtes Gespenst lief ich in mein Zimmer zurück.
Ich schnüffelte nie in seinem Zimmer herum. Er machte sich sogar das Bett selbst. Manchmal hörte ich nachts sein unterdrücktes Keuchen, und eine Weile lag ich dann unruhig und gereizt wach, aber am Morgen hatte ich es vergessen.
Ich hielt mich nicht gern auf bei dem Gedanken an sein Geschlecht. Ich vermute, weil es mich an Dinge erinnerte, die ich tagsüber sozusagen hinter Schloß und Riegel hielt, und an die Nächte, in denen ich schlaflos lag, bis ich endlich zu einem Beruhigungsmittel griff, um die Vorstellung von Brams gewaltiger Männlichkeit zu vertreiben. Niemals dachte ich am Tage an Bram, aber nachts geschah es zuweilen, daß ich aus dem Halbschlaf erwachte, mich ihm zuwandte – und dann erkannte, daß er nicht da war. Dann überkam mich ein so bitteres Gefühl der Leere, daß es war, als sei die Nacht in mir selbst, nicht um mich, ja überhaupt nicht draußen. Es gab Zeiten, in denen ich nur deshalb zu ihm zurückgekehrt wäre. Aber am Morgen hatte ich mich wieder in der Gewalt, zog mein schwarzes Zofenkleid mit dem weißen Spitzenkragen an, ging hinunter, servierte mit kühler Umsicht Mr. Oatley das Frühstück und reichte ihm die Morgenzeitung mit so ruhiger Hand, daß er nicht ahnen

konnte, wie weit ich in der Nacht fortgewesen war.
Es war ein friedliches Leben, das wir dort führten, eine Zeit des Abwartens, des Auf-der-Stelle-Tretens. Aber es sollte sich herausstellen, daß die Ereignisse, auf die wir, ohne es zu wissen, warteten, ganz anders waren, als ich sie mir vorgestellt hatte.

Und nun bin ich hier, dieselbe Hagar, aber wieder einmal in einer anderen Situation, und wieder warte ich. Ich gebe mir ein wenig Mühe zu beten, wie man es am Abend tun soll, und denke, daß ich vielleicht hier einmal daraufkomme, wie man es richtig anstellt. Aber es funktioniert nicht besser als sonst. Ich kann nichts von dem, was mir in meinem Leben geschehen ist, anders machen, oder das, was nicht geschehen ist, nun geschehen lassen. Aber ich kann nicht behaupten, daß mir das recht ist oder daß ich damit einverstanden bin oder daß ich glaube, es sei gut so. Das kann und werde ich nie sagen, und wenn ich dafür verdammt sein soll. So sitze ich also nur auf dem Bett und sehe aus dem Fenster, bis die Dunkelheit kommt und die Bäume verschwinden und selbst das Meer von der Nacht verschluckt worden ist.

VI

Regen. Benommen wache ich im Dunkeln auf und überlege mir einen Augenblick, ob Doris schon in mein Zimmer gekommen ist, um die Fenster zu schließen. Dann schüttle ich mühsam den Schlaf ab und begreife, wo ich bin. Eine Scheibe im Fenster ist zerbrochen, und es regnet herein. Ein lauer Regen, glücklicherweise, nicht zu vergleichen mit den Gewittern bei uns in der Prärie, wenn der Blitz den Himmel aufriß, wie eine zornige Klaue nach dem Mantel Gottes greift.
Aber daß es nur ein leichter Regen sei, ist eine Täuschung. Er hat etwas unangenehm Beharrliches. Ich fröstle. Kein Wunder. Ich habe nur meine dünne Strickjacke an. Ich friere. Mir ist schrecklich kalt jetzt auf dieser buckligen Matratze, die so muffig und feucht riecht. Meine Füße, noch in Schuhen, sind völlig verkrampft. Ich müßte aufstehen und mich hinstellen, um meine Muskeln wieder zu strecken.

Aber ich wage es nicht. Wenn ich nun falle? Wer würde mich aufheben? Jedenfalls möchte ich nicht gern das Bett verlassen, als sei es so etwas wie ein Bollwerk, wo mir niemand etwas anhaben kann.
Der Regen prasselt so laut, daß ich unmöglich hören könnte, wenn jemand die Treppe heraufkäme. Ich will hier ganz still liegen. Ich will versuchen, etwas ruhiger zu atmen, damit das Geräusch meines Atems nicht Laute von draußen übertönt. Doch alles, was ich hören kann, ist der Regen und der Wind, der an den lockeren Zedernschindeln auf dem Dach rüttelt und sie zum Schnattern bringt. Die empfindliche Stelle unter meinen Rippen macht sich bemerkbar. Ist es der alte Schmerz oder nur meine Angst?
Wäre Bram hier und es kämen Fremde herein, er würde kurzen Prozeß mit ihnen machen. Er würde sie anbrüllen mit seiner Stimme wie ein Stier, und sie würden wieder fortgehen. Er würde fluchen und schimpfen, und sie würden verschwinden. Aber er ist nicht hier.
Die Dunkelheit ist wie eine Decke, dick und erstickend wie Wolle. Ich habe kein Licht. Ein Mensch braucht Licht – das ist einmal sicher. Ich überlege mir, ob ich überhaupt hier bin oder mir nur einbilde, es zu sein.
Ist da ein neues Geräusch? Da – jetzt hat es aufgehört. Wird es wiederkommen? Was war es? Der Regen hört nicht auf, das weiß ich genau. Ich hätte nicht an diesen abgelegenen Ort kommen sollen. Jetzt erinnere ich mich gar nicht mehr, warum ich hergekommen bin.
Würde mich jemand hören, wenn ich schrie? Niemand, falls nicht noch jemand im Hause ist. Ein Fischer auf seinem Boot mit dem Treibnetz, der an der Landspitze vorbeikommt, hörte vielleicht ein Echo und wüßte nicht, ob es eine Einbildung ist oder die Klagen der Ertrunkenen, die, braunen Tang im Munde, rufen, aus der Tiefe, wo ihr grünes Haar, sich kräuselnd, auf grünen, von Entenmuscheln besetzten Felsen treibt. Ich könnte mir jetzt gut vorstellen, daß ich selbst dort unten wäre, gekrönt mit purpurnen Seesternen, am Handgelenk Muschelketten, aufgezogen auf weicher Algenschnur, wie ich warte, daß die Wellen die Last meines Fleisches forttragen, bis ich frei geworden bin, ein Skelett, und mit den Fischen und Gezeiten reisen kann.

Nur eine Sekunde winkt es mir zu. Der Schrecken bringt mich fast um den Verstand. Hagar, du dumme alte Frau, altes Reff, altes Wrack, siehst du dich als Irismuschel, als Nautilus? Hör auf!
Ich möchte eine Zigarette rauchen. Ich muß nur aufpassen, nicht das Haus in Brand zu stecken. Das wäre ein Witz, bei solchem Regen zu verbrennen. Ich stoße den Rauch aus und fühle mich besser. Mir sind heute ein paar Verse aus einem Gedicht eingefallen, werde ich auch noch auf den Schluß kommen? Ich suche ihn zu fassen, aber immer wieder entschlüpft er mir, und dann plötzlich kommt er wieder, und ich kann die Verse aufsagen. Sie geben mir mehr Mut, als wenn ich den Dreiundzwanzigsten Psalm zitieren würde. Aber warum das so ist, kann ich nicht sagen.

Alt Meg war amazonengroß
Und königlich von Mut,
Trug wollnen Umwurf alt und rot
Und einen Schifferhut.
Sie starb vor lang – ihr morsch Gebein
Gott mache, daß es ruht.

Eine Wolldecke hätte ich wohl gern. Es ist mir kalt. Mein Zimmer ist heute nacht so kalt. Das ist so recht Doris' Art, nicht die Zentralheizung in Gang zu setzen. Ein richtiger Pfennigfuchser ist die Frau. Wir könnten alle in unseren Betten erfrieren, ehe sie das Haus für einen halben Dollar durchwärmt. Ich kann das verflixte Zittern vor Kälte nicht lassen. Aber ich werde sie nicht rufen. Sie wird keine Klage von mir hören. Sie würde doch nur lauter Decken auf mich türmen, bis ich schwitze, und sich dann umdrehen und zu ihm sagen: „Sie will die Heizung anhaben, und das im Hochsommer – stell dir das vor!" Sie glaubt, ich könnte ihre Beiseite-Bemerkungen nicht hören, aber ich höre sie gut. Mich hält sie nicht zum Narren. Ich weiß, worauf sie aus ist.
Das sage ich. Aber in Wirklichkeit weiß ich es gar nicht. Sie kann es nicht auf mein Geld abgesehen haben – ich habe weiß Gott nicht viel. Vielleicht auf mein Haus. Oder nur darauf, mich vom Halse zu haben, so daß sie nachts

ungestört durchschlafen kann. Wenn ich in dieser Weise nachgrüble, mache ich mich selbst krank. Die Übelkeit brennt mir im Schlund, als hätte ich brennendes Benzin geschluckt. Ich sollte nachts nicht rauchen. Es bringt meine Verdauung völlig durcheinander. Wo ist mein Aschenbecher, den mir Marvin geschenkt hat? Ein merkwürdiges Geschenk von ihm, wenn ich es mir recht überlege, denn er findet es doch abscheulich, daß ich rauche.

Wo ist Marvin? Ich höre keinen von den beiden unten herumlaufen. Sollten sie schon so früh zu Bett gegangen sein?

Bis auf den letzten sind sie alle weggegangen und haben mich verlassen. Ich habe sie nie verlassen. Es war genau umgekehrt, das kann ich schwören.

Als John alt genug fürs College war, konnte er nicht sofort gehen, weil ich es nicht geschafft hatte, genug zu sparen. Mr. Oatley besorgte ihm eine Stellung in einem Büro, und er arbeitete dort ein paar Jahre. Es war keine besonders gute Stellung, aber ich tröstete ihn damit, daß es nur vorübergehend sei. In einem oder zwei Jahren würden wir zusammen genügend Geld gespart haben. Damit es schneller ginge, legte ich mein Geld auf Mr. Oatleys Rat in Papieren an. Das tat zu jener Zeit jeder. Es war üblich.

Ich verstand nicht das geringste von der Börse – was sie eigentlich bedeutete, auch nicht, warum die Aktienkurse plötzlich zusammenbrachen. Aber gerade das war geschehen, und vermögende Männer wehklagten wie die Witwen von Assur, und ich erfuhr, daß meine kostbar ausgestatteten Aktien nicht das Papier wert waren, auf dem sie gedruckt waren. Und das war das Ende davon.

Ich hielt mich nicht lange mit Klagen auf. Das hat noch nie zu etwas geführt. Mein erster Gedanke war, daß sich John jetzt um ein Stipendium bewerben müßte. Aber als ich es ihm sagte, schüttelte er nur den Kopf. Ich ärgerte mich.

„Sei bitte jetzt nicht albern, John. Ein Versuch kann doch nichts schaden, nicht wahr?“

Seine Augen wurden dunkel wie von einem unbegreiflichen Zorn. „Ein Stipendium ist nicht so leicht zu haben. Das scheint dir nicht klar zu sein. Es gibt nicht so viele Sti-

pendien. Selbst wenn das Leben davon abhinge, bekäme ich kein Stipendium."
„Und warum nicht?"
„Weil ich seit vier Jahren aus der Schule bin, Mutter. Es ist zu spät für mich. Außerdem fehlt mir die Begabung."
„Die hast du, wenn du dich nur an die Arbeit machen wolltest und nicht soviel Zeit damit vertätest, dich mit deinen sogenannten Freunden herumzutreiben. Von denen ist keiner viel wert, wenn du mich fragst."
„Ich habe dich nicht gefragt, was dich allerdings nie hindern wird, deine Meinung zu sagen."
„Es steht dir nicht zu, grob zu werden, John."
„Schon gut. Es tut mir leid. Ich hab's nicht so gemeint."
Schließlich war er einverstanden damit, daß er weiterarbeitete und daß wir beide sparten, bis er, sobald wir es geschafft hätten, auf die Universität ging. Dann aber mußte das Büro, in dem er arbeitete, Personal einsparen, und er wurde entlassen. Er fand keine andere Stellung. Auf einmal waren Arbeitsmöglichkeiten so selten geworden wie Hühnerzähne. An der Küste waren die Verhältnisse schlecht, denn von allenthalben kamen einzelne und ganze Familien, wohl weil sie meinten, daß sich die Armut leichter in einem milden Klima ertragen ließ, wo man für Feuerung nicht viel ausgab und frisches Obst so billig sein sollte.
In einem Jahr hatte John vorübergehend zwei Jobs gefunden. Zuerst arbeitete er in einer Fabrik für alkoholfreie Getränke und füllte *Cherry Creme* in Flaschen ab. Er wurde entlassen. Dann verkaufte er mit einem Handwagen im Park gerösteten Mais, aber als der Winter kam, da fragte keiner nach *Popcorn*. „Ich gehe hier fort", sagte John eines Tages unvermittelt. „Ich gehe zurück."
„Wohin zurück?"
„Nach Manawaka", sagte John. „Auf die Shipley-Farm. Da kann ich wenigstens arbeiten."
„Du kannst nicht zurück", zeterte ich. „Er kann ja schon gestorben sein, was wissen wir? Die Farm ist vielleicht in andere Hände übergegangen."
„Er ist nicht gestorben", sagte John.
„Woher weißt du das?"
„Ich habe ihm geschrieben. Er hat seine Antwort an Marvin

geschickt. Marv schreibt ihm ab und zu. Hast du das nicht gewußt?"

„Nein. Er hat nie davon gesprochen."

Das war allerdings kaum überraschend, da wir so selten mit Marvin zusammenkamen. Vor einigen Jahren war er zu der Farbenfirma *Britemore Paint* gegangen, hatte Doris geheiratet, und nun hatten sie schon einen Sohn von einem Jahr. Marvin lud mich zwar immer ein, sie zu besuchen, aber ich ging nicht oft zu ihnen, denn ich war ihm gegenüber immer irgendwie verlegen, und diese alberne Doris war mir unerträglich. Trotzdem ärgerte es mich, daß er die ganze Zeit mit Bram in Verbindung gestanden hatte, ohne mir ein Wort davon zu sagen.

„Marvin hätte es mir wenigstens sagen können."

„Wahrscheinlich dachte er, es würde dich nicht interessieren", sagte John.

„Was hat er dir in seinem Brief geschrieben?" fragte ich.

John lachte. „Aus seiner Handschrift wird man kaum schlau. Die Buchstaben sehen aus wie Spatzenspuren im Schnee."

„Wie geht's ihm?"

„Seit wann interessiert dich das?" fragte John.

Ich war wütend und wollte es unbedingt wissen.

„Ich habe dich gefragt, wie es deinem Vater geht."

John zuckte die Achseln. „Es geht ihm soweit ganz gut, glaube ich. Im vergangenen Winter hatte er eine Mestizin da, die für ihn gekocht hat. Aber im Frühling ist sie wieder fortgegangen und nicht wiedergekommen."

„Kochen", sagte ich bitter. „Ich kann's mir denken."

„Ich sehe nicht ein, warum das so wichtig ist", sagte John. „Er hatte sie gern. Sie war freundlich, schreibt er."

„Das mußte sie wohl sein, wenn sie es bei ihm aushalten wollte." Ich konnte meine Bitterkeit nicht zurückhalten. „Für dich hat er früher nie viel Interesse gezeigt. Wenn er dich jetzt zurückhaben will, dann nur, um es mir heimzuzahlen."

Johns Stimme klang kühl, wie weit fort. Kaum nahm ich seine Worte auf.

„Er hat nie gesagt, daß er mich zurückhaben will. Er hat nur gesagt, ich könnte kommen, wenn ich wollte."

„Du hast vergessen, wie er ist", sagte ich. „Du wirst nicht bei ihm bleiben. Das wirst du sehen, sobald du da bist."

„Ich habe es nicht vergessen“, sagte John.
„Warum willst du dann zurück? Da ist nichts für dich zu holen.“
„Wer weiß“, sagte er. „Vielleicht geht es mir da glänzend. Vielleicht ist es gerade das Richtige für mich.“
Sein Lachen war mir unverständlich.
Ich brachte ihn natürlich nicht zur Bahn, denn junge Leute, die ihre Reise auf der Kupplung zwischen den Wagen zurücklegen, konnten nicht gut winkende Mütter brauchen, wenn sie unerlaubterweise auf die Güterwagen eines bereits fahrenden Zuges kletterten. Ich nahm ihm übel, daß er so reiste wie ein Landstreicher, aber ich hatte nicht das Geld für die Fahrkarte, und als ich ihm vorschlug, das Geld von Mr. Oatley zu borgen, regte sich John dermaßen auf, daß ich es aufgab.
Ich brachte ihn ans schmiedeeiserne Tor von Mr. Oatleys Haus; er wünschte sich nur, schon fort zu sein, überging meine Worte, übersah meine Hände, und ich wollte nur dieses ungeduldige braune Gesicht berühren und wagte es nicht. Als ich ihm die gewohnten, nichtssagenden Warnungen und Ratschläge gab – paß auf dich auf und schreibe oft –, fügte ich noch etwas hinzu: „Du könntest mir mal schreiben, wie es wirklich um ihn steht.“ Ich wäre die letzte, zu behaupten, daß Ehen im Himmel geschlossen werden, es sei denn, wie ich manchmal dachte, nur zu dem einen Zweck, zu beobachten, was geschehen wird, wenn man dieses oder jenes ungleiche Paar zusammengefügt hat, und zuzusehen, wie sie sich streiten und zanken. Sonst könnte ich's mir nicht vorstellen. Warum sollte es IHN kümmern, wer sich mit wem paart und wer sich voneinander trennt? Aber wenn ein Mann und eine Frau in einem Haus zusammenleben, in einem Bett zusammen schlafen, ihre Mahlzeiten zusammen einnehmen und Kinder haben, dann kann man sie nicht so leicht wieder voneinander trennen durch den bloßen Willen zur Trennung.
John schrieb selten, und in seinen Briefen stand wenig. Zwei Jahre vergingen. Mr. Oatley schrumpfte immer mehr zusammen und pickte nur noch an seinem Essen. Ich wurde immer korpulenter und fürchtete den Weg zu meinem Zimmer hinauf, bei dem ich jedesmal außer Atem kam. Nichts geschah. Dann schrieb John plötzlich lako-

nisch: „Vater ist krank. Ich glaube nicht, daß er noch lange zu leben hat.“
Ich fuhr also zu ihm. Ich kann es nicht erklären. Ich konnte es damals nicht, und ich kann es heute nicht. Ich fuhr, fertig. Es hatte seinen Grund in sich selbst.
Ich hätte keinen schlechteren Zeitpunkt wählen können. Zwar hatte ich von der Dürre gelesen, aber sie bedeutete mir nichts Wirkliches. Ich konnte mir nichts darunter vorstellen. Worte in einer Zeitung haben wenig Macht, uns aufzurütteln. Man schüttelt den Kopf, sagt „was für eine Schande“ und blättert um zur nächsten Seite, zur nächsten gedruckten und unwirklichen Katastrophe.
Die Shipley-Farm, so stellte ich bald fest, war endlich in guter Gesellschaft. Wie viel oder wie wenig sie gearbeitet hatten, die Ordentlichen und die Bummelanten, jetzt kam es aufs selbe hinaus. Das muß für Männer wie Henry Pearl oder Alden Cates, die ihr Leben lang wie die Pferde geschuftet hatten, das ärgste gewesen sein, wenn sie jetzt ihre Farmen in dem gleichen Zustand sahen wie die Farm Brams, der immer nur den lieben Gott einen guten Mann hatte sein lassen.
Die Prärie hatte etwas Gespenstisches. Leicht gewellt lag der Staub auf den Feldern. Die breiten Holzhäuser standen nackt und ungeschützt da, noch grauer und düsterer als zuvor, und da und dort war ein Fenster mit Brettern verschalt – wie ein Auge mit einem Pflaster drüber. Stacheldrahtzäune hatten sich gelockert und waren nicht wieder in Ordnung gebracht worden. Das Salzkraut, Symbol der Not, blühte und gedieh. Die Farmer schnitten es und fütterten damit ihr abgemagertes Vieh. Die Krähen krächzten noch immer, und auch die Telefondrähte an den Masten schwirrten noch auf und nieder über den Straßen, die wie Waschbretter aussahen. Und doch war nichts mehr wie früher.
Der Wind war überall. Er schlurrte und scharrte durch den Staub wie ein alter Mann durch welkes Laub am Boden, er watete und stöberte im groben Sand, bis die Luft davon grau war. Der aufgerührte Staub tanzte mit dem alten Wüstling Wind. Schleppend begann sich das Paar zu drehen, wirbelte dann immer schneller, tanzte eine Tarantella, bis der Wind müde wurde und der rasende Staub zu Boden sank.
John holte mich an der Bahn ab. Er kam in einem alten

Auto, aber er benützte es ohne den Motor. Er hatte ein Pferd davorgespannt. Auf meinen verblüfften Blick sagte er: „Benzin ist teuer. Wir sparen es für den Notfall."
Auf der Shipley-Farm standen die rostigen Maschinen und Geräte wie hochbejahrte Wesen, die nach und nach absterben, ausgesetzt allen Unbilden der Witterung, die Rippen zur Sonne gewandt. Die Blätter meiner Fliederbüsche waren gelb verbrannt, und die Zweige brachen, wenn man an sie rührte. Das Haus war schon immer grau gewesen, also gab es in dieser Hinsicht keinen Unterschied, außer daß die vordere Veranda, die beim Bau des Hauses aus grünem Holz angefügt worden war, aus einem Holz, das sich seit Jahren geworfen hatte, nun durch den Frost den Rest bekommen hatte. Sie sah eingefallen aus wie ein Gesicht mit zahnlosem Kiefer.
Unser vom Pferd gezogenes Auto fuhr in den Farmhof, und der Staub stieg wie eine Mehlwolke auf. Meine Ringelblumen waren natürlich inzwischen vollkommen eingegangen. Ich hatte sie hinter dem Haus gepflanzt, um Schnittblumen zu haben, und sie hatten sich von selbst weiter ausgesät, aber jetzt standen nur noch ein paar gänzlich verwelkte Blumen da, kleine orangefarbene Flecken, unvermutet mitten in alles überwucherndem Unkraut, Schafsfuß und Disteln. Neben dem Stall waren wie immer die Sonnenblumen in die Höhe geschossen; im Frühling hatte sie der geschmolzene Schnee getränkt, aber seitdem waren sie ohne Wasser geblieben. Die hohen Stengel waren hohl und braun, die schweren Köpfe hingen vornüber mit ausgefallenen Blütenblättern, und die Scheiben waren leer wie ungefüllte Honigwaben, denn sie waren vertrocknet, bevor sich die Samen bilden konnten. Auf dem Beet, in dem ich Radieschen, Möhren und Salat gezogen hatte, gediehen jetzt allein die Heuschrecken, die in der knochentrockenen Luft umherschwirrten und -sprangen.
„Er hat die Farm nun wirklich verkommen lassen", sagte ich. „Es bricht mir das Herz, wenn ich es sehe."
„Was hättest du getan?" fragte John. „Einen Regenmacher engagiert? Die Pastoren dazu angehalten, den lieben Gott um Regen zu bitten, oder die Indianer vom Gebirge, mit ihren Tänzen Wolken zu beschwören?"
„Ich glaube nicht, daß es so schlimm aussehen müßte",

sagte ich. „Für ihn ist es nur eine Ausrede, keinen Finger mehr krumm zu machen."
„Das ist ungefähr das einzige, was er überhaupt noch tun kann."
„Wie geht es ihm?" fragte ich und sah John aufmerksam an.
Er zuckte die Achseln. „Du fragst mich immer wieder danach. Was für eine Antwort erwartest du von mir? Daß es ihm prächtig geht? Ich habe es dir gesagt: Er ist krank."
Das wußte ich. Und doch, wenn ich an ihn dachte, sah ich ihn nicht einmal so vor mir, wie ich ihn verlassen hatte. In meiner Vorstellung sah ich den Brampton Shipley, den ich geheiratet hatte, sah einen schwarzen Bart, ein hageres Gesicht und eine Art, mit den Achseln zu zucken, die zeigte, daß er sich nicht die Bohne um die Meinung eines anderen kümmerte. Ich strich glättend über mein Kleid. Ich war nicht schlanker geworden. An den Hüften und der Brust war ich zu stark ausgepolstert, aber das Kleid stand mir gut; es war aus grünem Kattun, mit Perlknöpfen vorn durchgeknöpft; ich hatte es beim Ausverkauf im letzten Herbst gekauft.
Das Haus hatte den ranzigen Geruch, der von ungespültem Geschirr, unsauberen Fußböden und auf dem Tisch stehengebliebenen Essensresten kommt. Die Küche war ein Schlachtfeld. In die dunkle Fettschicht, mit der das Wachstuch auf dem Tisch bedeckt war, hätte man gut seinen Namen einritzen können. Ein Brot lag auf dem Tisch, mit dem Fleischermesser wie ein Spieß darin. Eine Schüssel mit gekochten Vogelbeeren – die Beeren waren hart und klein – war von Fliegen umlagert. Eine gewaltige Mutterfliege saß auf einem gespickten Stück Pökelfleisch und bemühte sich in obszöner Weise, ihre weißen, traubenartig aneinanderhaftenden Eier aus ihrem Leib herauszupressen.
„Ich hatte gründlich aufräumen wollen", sagte John. „Aber ich bin nicht dazu gekommen."
Das Haus hätte nicht schlimmer aussehen können als er selbst. Er trug einen alten Overall von Bram, der vor Schmutz so steif war, daß er auch allein stehengeblieben wäre. Er war abgemagert. In seinem Gesicht standen die Backenknochen wie bei einem Totenschädel vor, aber er

grinste, als bereite es ihm das größte Vergnügen, gerade so auszusehen.
„Willkommen auf deinem Schloß!" sagte er und verbeugte sich.
Ich warf ihm einen raschen Blick zu und wunderte mich, warum ich es nicht gleich bemerkt hatte. Er hatte übrigens den Wagen nicht zu kutschieren brauchen, denn das Pferd fand den Weg auch mit verbundenen Augen, so wie seinerzeit schon Brams Pferde ihren Herrn sicher nach Hause geführt hatten.
„Ich dachte nicht, daß du es dir leisten kannst zu trinken", sagte ich.
„Man braucht im Leben weiter nichts als ein bißchen Erfindungsgabe", sagte er. „Ein bißchen Schwung und Unternehmungsgeist, wie du so oft gesagt hast. Wir machen ihn selbst. Ich wenigstens. Viel anderes gibt es hier nicht zu tun. Es ist mein Lebenswerk geworden. Die Beeren waren dieses Jahr nichts wert, aber ich habe einen erlesenen Champagner aus Kartoffelschalen gebraut. Hast du Lust, ihn zu probieren?"
„Nein, danke. Wo ist dein Vater?"
„Er ist jetzt meistens im Vorderzimmer. Er hat es ja sein Leben lang nicht viel benutzt, also kann er es wenigstens jetzt noch ein bißchen genießen, solange er dazu imstande ist."
Ich glaube, während meiner ganzen Abwesenheit war niemand auch nur einmal mit dem Staubtuch über die Möbel im Vorderzimmer gegangen. Der Staub wuchs wie Schimmel auf allem, was dort stand – auf dem goldgelben eichenen Sessel, in dem einst Jason Currie gesessen und mich im Einmaleins unterwiesen hatte, auf der Porzellanvitrine und dem geschnitzten kleinen Sofa aus dem Haus der Curries. Der Teppich meines Vaters aus Indien lag noch dort, aber er war so fleckig von Verschüttetem und so überzogen mit Schmutzspuren, daß man die blauen und rotbraunen Reben und Blumen kaum noch erkannte.
Bram saß im Lehnstuhl, mit gespreizten Beinen, seine graumelierte Strickjacke bis zum Adamsapfel zugeknöpft, obwohl die Hitze an diesem Tage drückend war. Wie kam es, daß er so klein geworden war? Nichts mehr von breitschultriger Kraft. Der Rücken war gekrümmt, und aus seinem

breiten Stutzbart war eine ungleichmäßig ausgefranste Umrahmung seines Gesichts geworden. Als er mir den Blick zuwandte, waren seine Augen sanft und trübe, ohne jeden Ausdruck. Und ich, ich schämte mich ganz entsetzlich, wenn ich mich erinnerte, wie ich in den vergangenen Jahren nachts an ihn gedacht hatte.
Er erkannte mich nicht. Er sprach meinen Namen nicht aus. Er sagte kein Wort. Er starrte mich nur einen Augenblick an, dann blinzelte er und sah weg.
„Zeit für deine Medizin, Vater", sagte John.
Zuerst wunderte ich mich, daß er das Geld für den Arzt oder den Apotheker aufgebracht hatte. Aber dann sah ich, was es war. Er füllte das Glas aus dem irdenen Krug, der auf dem Fußboden stand, gab es dem alten Mann in die Hand und half ihm, es zum Munde zu führen, damit er nicht zuviel verschüttete und auf seinen Anzug goß.
„Ist das seine Medizin?" fragte ich.
„Aber ja", sagte John. „Mach nicht so ein finsteres Gesicht, mein Engel. Er bekommt, was er braucht."
„John –", brach es aus mir heraus. „Was ist mit dir geschehen?"
„Still! Es ist alles in Ordnung. Ich weiß schon, was ihm guttut."
„So, weißt du das? Weißt du so genau, daß du es richtig machst?"
„Hast du es so genau gewußt?" fragte John mit einer fürchterlichen Sanftheit in seiner Stimme. „Ja?"
John allein kümmerte sich um Bram, führte ihn nach draußen auf den Abort und säuberte ihn, wenn er sich, was zuweilen geschah, beschmutzt hatte. Und all diese Dienste verrichtete er mit solchem Eifer und einem so schamlosen Lachen, daß es zugleich unheimlich und grotesk anmutete.
Brams Töchter, Jess und Gladys, wohnten noch immer in der Nähe von Manawaka. Aber sie kamen nie, um nach ihm zu sehen. Er verharrte in dem ständigen Dämmerzustand seiner dahinsickernden Tage. Zuweilen sprach er, meist nur ruckweise, in abgebrochenen Sätzen, doch gelegentlich auch mit vorübergehender Klarheit. So zum Beispiel, als er – es geschah nur einmal – von mir sprach.
„Diese Hagar – vielleicht hätte ich sie damals windelweich prügeln sollen, und sie hätte dann schon gemerkt, daß ich

es konnte. Was meinst du? Glaubst du, ich hätte es tun sollen?"
Ich konnte nicht sprechen, weil mir die Kehle von den aufsteigenden Tränen wie zugeschnürt war, aber auch vor Zorn – nicht auf jemand im besonderen, auf Gott vielleicht, weil er uns zwar Augen gab, aber fast nie die Gabe zu sehen.
Eines Tages sah mich Bram mit einem Blick des Erkennens an.
„Sie sind zur Aushilfe gekommen, nicht wahr?" fragte er. „Merkwürdig, Sie erinnern mich an jemanden."
„An wen?" In perverser Selbstquälerei wollte oder konnte ich es ihm nicht selbst sagen.
Es schien ihm schwerzufallen, seine Gedanken auf etwas zu konzentrieren. Sein Gesicht wurde grau vor Anstrengung.
„Ich weiß nicht. Vielleicht – an Clara. Ja, an Clara."
Die Frau, an die ich ihn erinnerte, war seine dicke erste Frau, diese Kuh von einer Frau.

Ich fuhr mit John in die Stadt, um Eier zu verkaufen. Die gräßlichen Hühner waren jetzt ein wahres Geschenk des Himmels geworden, denn sie konnten offenbar von so gut wie nichts leben. Hätten es die Menschen nur halb so gut gekonnt, wir hätten nicht zu klagen brauchen. Auf der Treppe zu Curries Kaufhaus begegneten wir einem jungen Mädchen. Sie war ungefähr in Johns Alter, ein bißchen zu rundlich, aber blond und ganz hübsch. Sie schien allerdings ein albernes Ding zu sein. Solch ein Theater machte sie mit John, legte ihre weißen Hände auf seinen braunen, behaarten Arm und gurrte wie eine Kropftaube. John bekam schmale Augen und warf ihr einen spöttisch-schmachtenden Blick zu. Sie blühte geradezu auf dabei.
„Was hast du in den nächsten Tagen vor, John?"
„Am Samstag noch nichts. Gehst du zum Tanz?"
„Ich möchte gern –"
„Dann sehen wir uns ja dort", sagte er, und sie sah verlegen drein, denn sie hatte gehofft, er fordere sie auf, mit ihm gemeinsam dorthin zu gehen. Wie konnte er es? Er hatte kein Geld für diese Dinge übrig. Er lebte mit Bram hauptsächlich von dem Geld, das ich ihnen geschickt hatte, und wahr-

scheinlich dachte er, ich würde es nicht gern sehen, wenn er es für Mädchen ausgab. Es stimmte. Ich hätte es nicht gern gesehen.

Schließlich ließ er sich herbei, uns miteinander bekannt zu machen. „Mutter – das ist Arlene Simmons."

Ich musterte sie mit neu erwachtem Interesse.

„Die Tochter von Telford und Lottie?"

„Ebendiese."

Arlene. Es sah Lottie ähnlich, einen solchen Namen zu wählen. Alles Renommiererei, genau wie ihre Art früher, Arlene anzuziehen, affig und geziert. John legte den Arm um ihre Schulter und machte ihr dabei das weiße Pikeekleid schmutzig.

„Also auf bald, ja?" sagte er, und wir gingen weiter, er pfeifend und ich verwirrt.

„Du hättest ein bißchen höflicher sein können", warf ich ihm vor, sobald wir außer Hörweite waren. „Nicht daß sie auf mich einen besonderen Eindruck gemacht hätte. Aber trotz alledem –"

„Höflich!" Er prustete vor Lachen. „Das ist nicht gerade das, was sie von mir erwartet."

„Was will sie dann von dir – dich heiraten?"

„Heiraten? Du lieber Gott, nein. Sie würde doch nicht einen Shipley heiraten. Es reizt sie nur, mit ihm zu poussieren. Das ist das Ganze."

„Sprich nicht so", sagte ich scharf. „Ich möchte dich nicht noch einmal in dieser Weise sprechen hören. Jedenfalls ist sie nicht die Richtige für dich. Sie ist dreist und –"

„Dreist? Die? Ein Kaninchen ist sie, ein richtiges kleines Kaninchen."

„Du hast sie also gern?"

„Willst du dich lustig machen? Ich würde mit ihr ins Bett gehen, wenn ich die Gelegenheit hätte, das ist alles."

„Du sprichst genau wie dein Vater", sagte ich. „Genauso gewöhnlich. Ich mag das nicht bei dir. Du bist doch ganz anders als er."

„Da irrst du dich", sagte John.

Ein andermal lief mir Lottie über den Weg. Sie war so fett wie Butter geworden, und ihr dauergewelltes Haar war so grau, wie es meines jetzt ist. Sie trug ein Kleid aus blauer

Shantungseide, das vielleicht recht elegant gewirkt hätte, wäre sie nicht so korpulent gewesen.
„Ja, Hagar!“ zirpte sie. „Es ist schön, dich wieder hier zu sehen, nach so langer Zeit. Wir haben so Schönes von dir gehört – wie du dort an der Küste Erfolg gehabt hast. Und eine so angenehme Stellung – als Gesellschafterin, hörten wir, bei einem älteren Herrn, der ein Vermögen mit Import–Export oder so was Ähnlichem gemacht hat.“
„Du hast falsch gehört“, sagte ich. „Ich bin seine Haushälterin.“
„Oh –“ Sie sah betrübt aus und wußte nicht, was sie sagen sollte. „Ach so? Nun, man hört so vieles. Alles, was wir über die Leute hören, die von Manawaka an die Küste gezogen sind, stammt von Charlotte, die dort schon seit einer Ewigkeit lebt. Gott weiß, woher sie das immer alles hat, aber sie hat ein gutes Ohr dafür, hat es immer gehabt. Du erinnerst dich doch an Charlotte Tappen, die Tochter vom alten Doktor Tappen. Sie hat einen von den Halpernsöhnen aus South Wachakwa geheiratet. Er ist bei einer Versicherungsgesellschaft, und vor der Krise ging es ihm großartig. Im Augenblick geht es selbstverständlich keinem großartig. Immerhin, wir haben unser Auskommen, und das ist ja die Hauptsache. Arlene ist für die Sommerferien nach Hause gekommen. Sie hat an der Universität Hauswirtschaft studiert, weißt du, und ist jetzt Lehrerin in der Stadt. Es ist so eine Freude, sie hier zu haben, wirklich. Eine Frau versäumt viel, wenn sie keine Tochter hat. Wie lange bleibst du hier?“
„Ich habe einen Monat Urlaub. Aber ich habe Mister Oatley eine Aushilfe besorgt, so daß ich länger bleiben kann, wenn es notwendig wird.“
„Ist etwas nicht in Ordnung bei euch?“
„Bram liegt im Sterben“, sagte ich kurz angebunden, denn ich wollte das Thema nicht weiter ausspinnen und nicht mehr als nötig darüber sprechen.
„Mein Gott!“ sagte Lottie leise. „Das wußte ich nicht.“

John ging oft abends nach dem Essen aus. Bei Tagesanbruch, wenn gerade das Morgengrauen den Himmel am Rande aufbrach, noch bevor die Spatzen erwachten, hörte ich ihn heimkommen mit seinem als Kutsche aufgezäumten

Auto. Ich machte mir nicht die Mühe, ihn zu fragen, wo er gewesen sei, denn ich war überzeugt, daß er mir doch nichts erzählen würde. Dieses Sichherumtreiben war mir wohlvertraut. Ich hatte das alles schon einmal erlebt.
„Wo ist Charlie Bean?“ fragte ich.
„Er ist tot“, sagte John. „Vor ein paar Jahren gestorben. Man hat ihn draußen vor Doherty's im Schnee gefunden. Wahrscheinlich war er betrunken und ist dann erfroren. Sicher wußte es niemand.“
„Um den war es nicht schade, wenn du mich fragst.“
Aber das hatte ich ganz automatisch gesagt, weil man solche Bemerkung von mir erwartete, weil ich sie selbst von mir erwartete. Charlie hatte keine Familie, er starb als ein alleinstehender Mann. Ich glaube nicht, daß auch nur eine lebende Seele in Manawaka zu seinem Begräbnis kam.
„Er war kein so schlechter Kerl“, sagte John. „Er schenkte mir, als ich klein war, Bonbons und nahm mich in Dohertys Zweispänner-Schlitten mit. Es war so ein dicker schwarzer Schlitten mit gepolstertem Sitz und einer richtigen Büffelhaut, die man sich über die Knie legen konnte.“
In dieser Rolle, als Spender von Bonbons und Schlittenfahrten, konnte ich mir Charlie schwer vorstellen. Es war, als sprächen wir von zwei verschiedenen Männern.
„Davon habe ich nichts gewußt.“
„Wenn ich es dir gesagt hätte, würdest du mich nicht fortgelassen haben“, sagte John. „Oder du hättest Angst gehabt, ich könnte in eine Schneewehe stürzen oder mir das Genick brechen. Du glaubtest immer, daß mir etwas Schreckliches passieren würde.“
„So? Nun ja, man sorgt sich. Das ist nur natürlich. Was habe ich außerdem nicht gewußt?“
Er grinste. „Eine ganze Masse, glaube ich. Als du mir verboten hattest, über die Eisenbahnbrücke zu gehen, dachten wir uns ein anderes Spiel aus. Der Kniff bestand darin, bis zur Mitte der Brücke zu gehen und zu sehen, wer am längsten dort blieb, wenn der Zug kam. Wenn er fast da war, ließen wir uns über das Geländer fallen und kletterten an einem der Träger ins Flußtal hinunter. Wir nahmen uns immer vor, oben zu bleiben, während der Zug über die Brücke fuhr. Wir glaubten, wir hätten gerade noch genug Platz,

wenn wir uns am äußersten Rand hinlegten. Aber keiner von uns brachte je den Mut dazu auf."
„Ich dachte nicht, daß du noch weiterhin mit diesen Tonnerrejungens herumgelaufen wärst."
„Natürlich bin ich", sagte John. „Lazarus Tonnerre habe ich die Plaidnadel für sein Messer gegeben. Soviel ich weiß, hat er sie heute noch."
„Wo ist das Messer?"
„In Rauch aufgegangen", antwortete er. „Ich habe es einmal verkauft, um mir Zigaretten leisten zu können. Es war kein besonderes Messer."
„Wer's wagt, tret' an!" sagte ich.
„Was?"
„Ach – nichts."

Eines Nachmittags bat ich John, mich zum Friedhof hinauszufahren.
„Weshalb willst du dorthin?" fragte er.
„Ich möchte nachsehen, ob der Platz der Curries gepflegt wird. Mein Vater hat dafür eine bestimmte Summe ausgesetzt."
„Ach, du lieber Gott! Na, dann komm!" sagte John.
Da der Friedhof auf dem Hügel lag, fing er jedes Windchen ein; aber trotzdem gab es keine Kühlung, denn der Wind war so heiß und trocken, daß er die Nasenschleimhaut auszudörren schien. Die Rottannen am Wege standen dunkel vor der Sonne. Der einzige Laut oben war an diesem Tage das leise Ticken und Knacken der Heuschrecken, wenn sie wie ein mechanisches Spielzeug in die Höhe sprangen. Die Familiengrabstelle war ordentlich gepflegt, die Blumen sogar begossen. Die Päonien gediehen so üppig wie stets, wenn auch die wilden Blumen und das Gras außerhalb unseres Platzes welk und farblos geworden waren wie die getrockneten Blüten in einer alten porzellanenen Potpourrivase.
Aber etwas war anders als sonst, und im ersten Augenblick konnte ich kaum glauben, daß etwas Derartiges hatte geschehen können, daß jemand etwas Derartiges hatte tun können. Der marmorne Engel war umgestürzt und lag auf dem Gesicht, mitten zwischen den Päonien, und die schwarzen Ameisen liefen über die weißen Ringellocken. John stand neben mir und lachte.

„Die alte Dame hat einen richtigen Kopfsprung gemacht."
Ich war bestürzt. „Wer kann das doch nur getan haben?" fragte ich.
„Woher soll ich das wissen?"
„Wir müssen die Statue wieder aufstellen", sagte ich. „So können wir's nicht lassen."
„Dieses Ding hochstemmen? Nicht um alles in der Welt. Ich wette, es wiegt eine Tonne."
„Gut!" Ich war wütend auf ihn. „Wenn du es nicht tust, werde ich es selbst tun."
„Du bist doch albern", sagte John. „Du könntest es ja gar nicht."
„Ich lasse den Platz nicht in diesem Zustand. Alles andere ist mir gleich, John. Vollkommen gleichgültig."
Meine Stimme klang in der dünnen Luft wie ein Krächzen. Ich schnappte nach Luft wie ein Karpfen und weinte beinahe.
„Also gut, dann will ich es tun", sagte er. „Aber wundere dich nicht, wenn dein Engel einen Zusammenbruch erleidet und ich mir dabei das Kreuz breche. Das wäre eine schöne Geschichte, wenn man sich das Rückgrat bricht, weil einem so ein verdammter Marmorengel auf den Rükken fällt."
Er lehnte die Schultern gegen das Haupt des Engels und stemmte ihn hoch. Der Schweiß erschien auf seinem scharf geprägten Gesicht, und eine schwarze Strähne fiel ihm in die Stirn. Ich versuchte vergebens ihm zu helfen, war ihm aber dabei nur im Wege und fühlte den Stein an mir ziehen, als ich mich ihm entgegenstemmte. Wie zwei Maulwürfe krabbelten wir an diesem sengend heißen Nachmittag in dem lockeren Erdreich. Ich fürchtete für mein Herz. Diese Furcht hatte ich, seitdem ich dick geworden war. Ich stellte mir vor, wenn ich allzu heftig an ihm zerrte, würde es so sein, wie wenn man mit plötzlichem Ruck den Stöpsel aus einem Ausguß zöge, und mit einem Gurgeln würde mich das Leben wie Waschwasser verlassen. Ich trat beiseite und ließ es John tun.
Ich wünschte mir, John hätte wie Jakob ausgesehen, als er mit dem Engel rang, um ihm mit seiner Kraft den Segen zu entreißen. Aber nein. Er schwitzte nur und brummte zor-

nig. Einmal glitt er aus und schlug mit der Stirn an ein Marmorohr. Er fluchte. Die Muskeln an seinen Armen strafften sich und schwollen an; endlich bewegte sich das Standbild, schwankte noch einmal hin und her und stand wieder aufrecht. John wischte sich das Gesicht mit den Händen ab.
„Da. Zufrieden?"
Ich sah hin, und wieder traute ich meinen Augen nicht. Jemand hatte den schmollenden Marmormund und die vollen Wangen mit Lippenstift angemalt. Noch haftete überall die Erde am Gesicht, aber das vulgäre Rosa war deutlich sichtbar.
„Donnerwetter", sagte John wie im Selbstgespräch. „Das ist gut."
„Wer hat das getan?"
„Die Figur sieht so ein ganzes Stück besser aus, wenn du mich nach meiner Meinung fragst. Warum wollen wir es nicht so lassen?"
Ich hatte die Statue nie leiden können. Gern hätte ich sie stehengelassen und wäre gegangen. Heute wünsche ich, ich hätte es getan. Doch damals war das unmöglich.
„Die Simmons haben ihren Platz gerade gegenüber", sagte ich, „und Lottie kommt jeden Sonntag her und stellt Blumen auf das Grab ihrer Schwiegermutter, wie ich positiv weiß. Glaubst du, ich möchte, daß sie das hier sieht und jedermann erzählt?"
„Das wäre allerdings eine unauslöschliche Schande", sagte John. „Da – nimm mein Taschentuch. Ich will sogar für dich darauf spucken. Damit sollte es eigentlich weggehen."
Ich rieb den Engel ab und säuberte das Gesicht, obwohl auch dann noch eine schwache Röte darauf zurückblieb; der Lippenstift war haltbarer, als ich geglaubt hatte. Dann gingen wir.
„Wer kann es getan haben?" fragte ich. „Wer ist zu einem so mutwilligen Streich fähig?"
„Wie soll ich das wissen?" fragte John wieder. „Wahrscheinlich ein Betrunkener."
Er sagte nichts weiter dazu, wenngleich er recht gut merkte, daß ich ihm nicht glaubte.
Marvin kam während seines Urlaubs, um Bram zu besuchen. Er blieb nur wenige Tage, und meistens stritt er sich

mit John. Es hatte mich immer geärgert, ihr Gezänk anhören zu müssen. Ich bekam Kopfschmerzen davon. Es ging mir genauso wie zu der Zeit, als sie noch jünger waren: Es kam mir nicht eigentlich darauf an, was sie auf dem Herzen hatten und worum sie sich stritten, wenn sie nur endlich ruhig sein wollten.
„Du kannst nicht hierbleiben", sagte Marvin. „Schau doch, wieviel junge Leute heute in die Stadt gehen, um dort Arbeit zu suchen. Die beiden jüngeren Söhne von Gladys sind schon vor Monaten in die Stadt gezogen. Auch wenn die Dinge hier besser stünden – du hast doch keine Ahnung von der Landwirtschaft. Du bist in der Stadt groß geworden."
„Im Herbst kriege ich Unterstützung", sagte John. „Und jedenfalls ist hier mehr Platz als in so einem kleinen Stadtzimmer, wo du mich gern sehen möchtest, wahrscheinlich, um ein wachsames Auge auf mich zu haben."
„Wozu brauchst du eigentlich soviel Platz?" fragte Marvin. „Doch höchstens, um dir deinen Schnaps zu brennen. Du könntest dein Zimmer bei Mister Oatley wieder haben, wenn Mutter zurückgeht."
„Ich lasse Vater nicht allein."
„Darum brauchst du dir nicht mehr lange Sorgen zu machen, wenn du es weiter so treibst."
„Warum kommst dann du nicht her, Marv, wenn du glaubst, es soviel besser machen zu können."
„Sprich nicht so unvernünftig. Doris würde um nichts in der Welt hier leben wollen, außerdem muß ich an den kleinen Steven denken und an das Kind, das unterwegs ist. Ich bin jetzt bald zehn Jahre bei Britemore, und ich bleibe bestimmt so lange da, wie sie mich behalten."
„Du hast alles genau einkalkuliert, nicht wahr, Marv? Bist du noch Kirchendiener? Vielleicht wählen sie dich noch mal in den Kirchenvorstand."
„Ich habe mir jetzt genug von dir angehört", sagte Marvin. „Ich habe alles, was ich besitze, redlich verdient. Das möchte ich dir einmal sagen. Was meinst du, wie einem zumute ist, wenn man jede Wochen mit ansehen muß, wie wieder Kollegen gekündigt werden? Wie lange wird es dauern, bis ich an der Reihe bin? Wer streicht sich heutzutage das Haus an? Du bist nicht der einzige, der

eine schwierige Zeit durchmacht. Es werden jetzt Gruppen von Arbeitslosen für Straßenarbeiten zusammengestellt, aber ich wette, daß du nicht einmal versucht hast, dort anzukommen."
„Hör auf", sagte John plötzlich. „Was verstehst du davon?"
„Du bist dir natürlich zu schade, um eine Spitzhacke in die Hand zu nehmen. Verdammt noch mal, ich habe im Holzfäller-Camp gearbeitet und dann im Hafen, als ich aus dem Krieg zurückkam."
„Ja, ich weiß", sagte John wütend, „du warst einer unserer tapferen Jungens, zu allem anderen auch das noch."
„Ich war siebzehn", sagte Marvin, und seine Stimme klang hart.
Ich hätte ihn gern gefragt, wo er damals überall gewesen war und was er zu sehen bekommen hatte. Ich hätte ihm gern versprochen, stillzusitzen und zuzuhören. Aber ich konnte es nicht gut, nicht mehr zu diesem späten Zeitpunkt. Er hätte es mir ohnehin nicht erzählt. Marvin erschien mir als der Unbekannte Soldat, als der Soldat, dessen Namen keiner kennt.
„Ach Gott, Marv", sagte John, plötzlich wie erschlafft und von Reue ergriffen, als sei seine Wut verraucht, „ich hab's wirklich nicht so gemeint – ehrlich."
Marvin nahm den plötzlichen Umschlag nicht ohne Verlegenheit auf.
„Schon gut, in Ordnung", beeilte er sich zu sagen. „Hör zu, John, du gehst an die Küste zurück, sobald du kannst, und ich will das Menschenmögliche tun, um dir dabei zu helfen, etwas zu finden. Bei Mister Oatley brauchst du keine Miete zu zahlen."
John preßte die Hände zusammen.
„Nein", sagte er schließlich. „Ich möchte nicht mit dir deswegen streiten, Marv. Aber ich gehe nicht dorthin zurück. Ich habe genug davon, in anderer Leute Häusern zu wohnen."
Marvin hätte genausogut gar nicht zu kommen brauchen, soweit es seinen Vater betraf. Bram erkannte ihn nicht. Aber an dem Abend, an dem er wieder fortging, sah ich ihn zu Bram ins Zimmer gehen und hörte, wie er leise sagte: „Vater – es tut mir leid, Vater."

Bram war wach oder so weit wach, wie er es in diesen Tagen überhaupt war.
„Wer ist da? Was hast du gesagt?“ fragte er verdrossen. „Was tut dir denn leid?“
Marvin antwortete nicht. Vielleicht wußte er es selbst nicht.
Von mir sprach Bram immer nur als von „der Frau da“, wie von einer Dienstmagd, wenn er mich bei John erwähnte. Ein einziges Mal, es war nachts, hörte ich ihn „Hagar!“ rufen. Ich ging in sein Zimmer, aber er hatte nur im Schlaf gesprochen. Zusammengekauert und gebrechlich lag er in dem großen Bett, in dem wir zusammen gelegen hatten, und es ekelte mich, wenn ich daran dachte, daß ich mit ihm geschlafen hatte, denn jetzt sah er wie ein altes Kind aus. Ich betrachtete ihn. Etwas in mir hatte ihn, so wie er einst war, nie leiden können, und doch hätte ich ihn in diesem Augenblick gern zurückgerufen von dort, wohin er jetzt gegangen war, um ihm wenigstens einmal das zu sagen, was Marvin ihm gesagt hatte, übrigens mit der gleichen Ratlosigkeit, denn ich wußte nicht, wem die Schuld zu geben war daran, daß alles so gekommen war. Ich legte meine Hand leicht auf seine Stirn; die Haut und das Haar waren ein wenig feucht, wie das bei Kindern in den erstickenden Sommernächten immer ist. Aber jetzt gab es nichts, was ich für ihn tun konnte; er brauchte nichts mehr. Deshalb ging ich in Marvins früheres Zimmer zurück, in dem ich jetzt schlief.
Eines Morgens fanden wir ihn tot. Er war in der Nacht gestorben, ohne alles Aufhebens und ohne daß jemand bei ihm gewesen wäre. Damals glaubte ich noch, es käme darauf an, daß jemand dabei ist, und ich machte mir Vorwürfe, nicht gewacht zu haben. Heute weiß ich es besser. Im Tode hatte er nicht mehr die geringste Ähnlichkeit mit Brampton Shipley. Er sah wie der Leichnam eines unbekannten alten Mannes aus, und das war alles.
Marvin konnte nicht nach Manawaka zurückkommen, um an dem Begräbnis teilzunehmen, aber er schickte etwas Geld, um sich an den Kosten zu beteiligen. In demselben Brief schrieb er, daß sie eine Tochter bekommen hatten, die sie Christina nannten. Aber der Tod Brams hatte mich so aufgewühlt, daß ich kaum an das neugeborene Kind dachte.

Ich konnte damals nicht ahnen, daß mir meine Enkelin Tina einmal so ans Herz wachsen würde.
Brams Töchter erschienen und weinten pflichtschuldigst. Sie gluckten zusammen über den paar Sachen, die ihrer Mutter gehört hatten und die sie nun mitnahmen. Und dann gingen sie fort. Sie machten sich nicht die Mühe, zu seinem Begräbnis zu kommen, weil sie darüber verärgert waren, daß er die Farm nicht ihnen hinterlassen hatte. Warum hätten sie die Farm erben sollen? Sie hatten in ihrem Leben verdammt wenig für ihn getan.
Die Shipleys hatten kein Familiengrab auf dem Friedhof. Gladys und Jess meinten, er sollte möglichst nahe bei seiner ersten Frau beerdigt werden, doch dem widersprach ich entschieden. Ich ließ ihn bei den Curries begraben und auf den Grabstein aus rotem Marmor neben dem weißen Engel seinen Familiennamen eingravieren, so daß auf der einen Seite des Steins der Name *Currie* und auf der anderen *Shipley* stand. Ich weiß nicht, warum ich es tat. Ich meinte, ich müsse es so machen.
„Glaubst du, daß ich es mit dem Grabstein richtig mache?" fragte ich John.
„Ich glaube, es kommt nicht darauf an, ob du es so oder so machst", antwortete John müde. „Er ist tot. Er erfährt es nicht mehr, und es wäre ihm auch sicher gleich. Es sind sowieso nur die beiden Seiten der gleichen Münze, er und die Curries. Da können sie genausogut zusammen liegen."
Ich weiß nicht, was er damit meinte. Er wollte es nicht sagen. Ebensowenig weiß ich, wer von uns sich um Bram gesorgt hat, oder ob es überhaupt einer getan hat. Ich weiß, ich hatte in der Vergangenheit an ihm herumgenörgelt, aber Gott weiß, daß ich meine Gründe hatte. Und doch bedeutete er mir etwas. John hatte ihn gewaschen und ihm zu essen gegeben, und er hatte ihm geholfen zu sterben – in welchem Grade, wußte John allein; und ob er das Richtige getan hatte, und in welchem Geist, das wußte allein Gott.
Aber als wir Bram begraben hatten und wieder nach Hause kamen und die Lampen für den Abend anzündeten, da war es John, der weinte, und nicht ich.

VII

Die Sonne sticht wie mit Nadeln, und ich wache auf. Warum sind mir die Glieder so steif, warum tut mir alles weh? Was ist mit mir los? Dann sehe ich, wo ich bin und daß ich mit allen meinen Sachen an geschlafen habe, sogar die Schuhe habe ich anbehalten und zum Zudecken nur meine Strickjacke gehabt. Ich muß dieses stickige Zimmer unbedingt verlassen und frische Luft haben, und doch rühre ich mich nicht gern fort von hier. Doris brachte mir immer das Frühstück ans Bett, wenn ich eine besonders schlechte Nacht gehabt hatte. Sie würde es gewiß wieder tun, wenn ich nach Hause zurückkehrte.
Für einen Augenblick ist das eine sehr große Versuchung. Ich könnte die zweihundert Erdstufen ja wieder hinaufklettern, empor aus diesem Tal und dieser Grube, fort von den Zedern mit den herabhängenden Zweigen und fort vom Meer, könnte jemanden finden, dem ich ganz nüchtern meine Situation erklärte und den ich bäte, mich zum nächsten Polizeirevier zu führen …
Nein. Ich werde es nicht tun. Ich stelle mir die Polizeibeamten von *Shadow Point*, von der Schattenspitze, als eine unheimliche Gesellschaft spitznasiger Schatten vor, die schnuppernd wie Geisterhunde jeder verdächtigen Fährte folgen, jede auffällige Person beobachten, und die, wie Vampire die Zähne bleckend, lächeln, wenn ich ihnen stammelnd meine Geschichte erzähle. Ich sehe mich, mit breitem Hinterteil auf einem unbequemen, geraden Stuhl hokkend, warten. Ich schwitze und halte demütig die Hände gefaltet, während die Schwarzuniformierten telefonieren, wobei sie zärtlich die Hand über die Muschel wölben und eine solche Selbstsicherheit an den Tag legen, als sei ich ein entlaufener Sträfling oder wahnsinnig. Vielleicht würden sie mich einsperren, bis Marvin kam, aus Furcht, ich könnte in einem Wahnsinnsanfall ihre Akten umherstreuen und wie ein Elefant zu tanzen beginnen. Ich muß lachen bei dem Gedanken, wie gern ich gerade das täte und dabei ihre Frettchengesichter sähe mit einem bei ihnen ganz ungewohnten Ausdruck der Verblüffung.
Mit welcher Genugtuung würde Doris bei meiner Rückkehr sagen, sie habe es ja immer gewußt, daß mir nicht zu trauen

sei, sobald sie mich nur einen Moment aus den Augen ließe. Ich höre sie seufzen, während sie sich an Marvin heranschlängelt und ihm ihre Meinung über mich sagt. Und dann ...

Natürlich. Ich hätte es beinahe vergessen. Sie würden mich in ihr Auto packen und wie ein Bündel alte Kleider in diesem Heim abliefern. Dort würde ich nie mehr herauskommen. Die einzige Möglichkeit, solche Häuser zu verlassen, ist die mit den Füßen nach vorn, in einem Kasten aus Holz. Ich lasse mich nicht zwingen. Da können sie sich allesamt hängen lassen, die Hetzhunde und Jäger.

Jetzt, da ich einen Entschluß gefaßt habe, spüre ich plötzlich, wie ausgedörrt ich bin. Ich habe seit – ich weiß nicht mehr, wie langer Zeit – keinen Tropfen Wasser zu trinken gehabt. Es ist schon lange her. Aber der Durst ist anders, als ich ihn mir vorgestellt hatte. Es ist nicht so, daß mir die Kehle brennt oder auch nur besonders trocken ist. Sie ist blockiert, geschlossen, und es schmerzt, wenn ich schlucke. Meerwasser darf ich nicht trinken. Soll es nicht giftig sein? Gewiß. „Wasser, Wasser überall, und doch keinen Tropfen zu trinken ..." Das ist meine Lage. Welchen Albatros habe ich nur erschlagen, um des Himmels willen? Gut, wir werden sehen – komm, alter Seemann, aufgestanden und raus aus deiner muffigen Koje, und wir wollen mal sehen, was sich auftreiben läßt.

Fast fröhlich – obwohl ich weiß Gott sehr wenig Grund zur Fröhlichkeit habe – stehe ich auf, bedächtig, und setze meinen Hut auf, nachdem ich, so gut ich es kann, den Sand und Staub aus seinen Samtblumenblättern gebürstet habe. Dann nehme ich meine Einkaufstüte und wage mich die Treppe hinunter und aus dem Haus hinaus.

Es ist ein strahlender Morgen, still, klar und golden. Die alte Fabrik steht friedlich und gar nicht mehr unheimlich in der warmen Morgenluft. Ich höre, wie an der Seeseite das Wasser in langsamem Rhythmus gegen die Bretterwand schwappt. Das Erdreich ist feucht – es muß in der Nacht geregnet haben. Die Bäume sind staubfrei – jedes Blatt ist vom Regen gewaschen, und das Laub zeigt ein Mosaik verschiedener Grüns – von einem gelblichen Grün bis zu Flaschengrün und Smaragdgrün und zum Grün der Pfauen- und der Taubenfedern. Ich staune über solche Mannigfaltigkeit.

Scharen von Spatzen, mit heiseren Stimmen, die zu gewaltig für sie sind, flattern, wirbeln und stürzen in einem Ausbruch von Übermut wie Pfeile davon. Voller Neid und Bewunderung sehe ich ihnen zu. Mein Schritt ist gemessen, doch nur, weil es nicht anders geht. Jetzt halten sie an, kreisen und lassen sich nieder. Ich erkenne, worauf sie es abgesehen haben. In einem rostigen, verbeulten Eimer, der neben einem Schuppen steht, hat sich das Regenwasser gesammelt – für sie und für mich. Ich habe immer die Spatzen gern gehabt, und nun haben sie mich hierhergeführt, und dies ist mein Brunnen in der Wüste, es ist so klar wie nur etwas.

So höflich, wie es mir eben möglich ist, schlage ich mit den Armen um mich und scheuche die Vögel fort, und sie schelten mich von weitem aus. Das Wasser ist trübe, es schmeckt nach Erde, nach welkem Laub und Rost, aber ich darf mich nicht beklagen. Ich achte nicht auf die Schelte der Spatzen, nehme den eingebeulten Eimer in die Hand und stelle ihn hinter die Tür meines Herrensitzes. Wirklich schlimm, sie berauben zu müssen, aber wer in dieser Welt nicht für sich selbst sorgt, dem wird ein anderer auch nicht helfen.

Ich gehe den Weg zum Strand hinunter. Die Luft ist salzig, und der Fischgeruch ist stark. Das Ufer ist bedeckt von weißen, vom Meer abgeschliffenen Steinen, die unter meinen unsicheren Schritten klappernd hin und her rutschen. Große Holzstücke, Balken und abgebrochene Masten, von den Wellen an Land gespült, liegen wie Bänke am Strand. Das Meer ist grün und klar; wo es flach ist, kann ich bis auf den Grund sehen, wo die Steine, die in Wirklichkeit von einem trüben, glanzlosen Oliv- oder Schieferton sind, sich unter Wasser verwandelt haben und feucht schimmern wie Granate, Opale und Platten aus Jade. Ein dunkler Klumpen von braunem Tang treibt träge vorbei, wie eine Seejungfer anzusehen mit seinen Strähnen und den gekräuselten Blättern wie bräunlich-gelbes Haar. Einige offene Muschelschalen, vielleicht von Möwen ausgenommen, ragen aus dem vom Meer überspülten Sand wie fortgeworfene Untertassen hervor, die auf einem Müllhaufen im Meer liegen. Eine Krabbe spaziert elegant mit ihren Scheren an mir vorüber.

Nicht weit von mir spielen zwei Kinder am Strand. Zuerst

schrecke ich zurück, ich wende mich schon halb um und will davonstolpern und im Gebüsch verschwinden. Aber dann sehe ich ein, wie lächerlich es ist, mich vor ihnen zu fürchten, und so setze ich mich denn auf einen der Stämme und sehe ihnen zu. Sie bemerken mich nicht. Sie sind ganz versunken in ihr Spiel, ein Junge und ein Mädchen, beide etwa sechs Jahre alt. Der Junge hat glattes schwarzes Haar. Das Haar des Mädchens ist lang und hellbraun, am Hinterkopf von einem Gummiband zusammengehalten. Sie spielen Familie – soviel ist deutlich zu erkennen. Der Junge sucht Muscheln. Den Kopf gesenkt, trabt er den Strand entlang, sucht ihn mit den Augen ab und bückt sich hier und dort, wo er eine Muschel gefunden hat. Er spült sie ab, wozu er mit seinen bloßen Füßen ein Stückchen ins Wasser hineingeht. Dann kommt er wieder zurückgelaufen.

„Hier. Die können wir als Schüsseln nehmen", sagt er.

„Nein", sagt sie. „Es sind Teller. Schüsseln haben wir genug. Schau, ich habe sie alle aufgestellt, und hier ist unser Essen."

Unter ihren Händen wird alles adrett und ordentlich. Muschelschalen und flache Schüsseln aus Baumrinde stehen in einer Reihe auf einem Baumstamm; sie sind mit allerlei Lekkerbissen gefüllt – mit Mooshäppchen, Kieseln, Farnkraut als Salat und ein paar Blumen als Nachtisch.

„Hier ist der Geschirrschrank", sagt er. „Hier können wir die Teller aufstapeln."

„Nein, das ist kein Geschirrschrank, Kennie", sagt sie. „Es ist unser Eßtisch, und wir müssen die Teller rundherum stellen, für jeden einen. Hier – gib her."

Das törichte kleine Mädchen. Es versteht nichts. Warum lobt ihn die Kleine nicht ein bißchen? Sie ist so streng zu ihm. Er wird es im nächsten Augenblick satt haben. Ich möchte sie warnen – paß auf, paß auf, oder du wirst ihn verlieren.

Laß dich warnen, mein Mädchen. Es wird dir leid tun.

„Sieh her", sagt sie selbstzufrieden. „So werden sie gestellt."

Wie ordentlich sie ihren Tisch gedeckt hat. Er gibt dem Baumstamm einen Fußtritt, und das Tafelservice tanzt und hüpft nur so. Eine Schüssel fällt herab, und der köstliche Moosbraten wird über den Boden gestreut.

„Du hast es kaputt gemacht!“ kreischt sie. „Du Dummkopf! Du bist ein verdammter blöder Kerl!“
Dafür würde ich dir den Mund mit Seife auswaschen, junge Dame, wenn du meine Tochter wärst.
„Was macht das schon?“ sagt Kennie mürrisch. „Du willst immer nur Haushalt spielen. Das macht keinen Spaß.“
Und da – ich kann nicht anders – gebe ich der schrecklichen Versuchung nach, ihren Streit zu schlichten.
„Hallo!“ rufe ich ihnen zu, ruhig, um sie nicht zu erschrekken. „Ich habe wirklich etwas zu essen hier. Möchtet ihr etwas für euren Haushalt haben?“
Sie springen auf und drängen sich aneinander und starren mich großäugig an. Ich lächle freundlich und deute auf meine Tüte. Sie sind scheu. Vielleicht hätte ich nichts von Essen sagen sollen. Sicher haben ihre Mütter sie davor gewarnt, von Fremden etwas anzunehmen.
Der Junge nimmt das Mädchen an der Hand.
„Los, komm“, sagt er grob. „Wir müssen jetzt nach Hause gehen.“
Sie hält sich an seiner Hand fest und tappt lautlos neben ihm, der tüchtig ausschreitet. Aber sobald sie das Gebüsch erreicht haben, höre ich sie rennen. Sie rennen wie um ihr Leben. Ich bleibe zurück und starre ihnen nach, und aus irgendeinem Grunde denke ich, daß ich das Mädchen unterschätzt habe. Oder vielleicht war es der Junge, den ich unterschätzt habe.
Dann wird mir jäh bewußt, wie sehr ich die Kinder erschreckt haben muß. Wie dumm, wie dumm! Wie konnte ich nur so töricht sein! Sie haben nur eine dicke alte Frau gesehen, in einem zerknitterten, dürftigen Kleid, auf dem Kopf einen schwarzen Hut (wie seltsam, für den Strand!) mit wippenden künstlichen blauen Blumen, eine alte Frau, die verdächtig zwinkerte und dabei eine schmierige Tüte in der Hand hielt. Jetzt halten sie sich für Hänsel und Gretel; Hals über Kopf hetzen sie durch den Wald und überlegen, wie sie dem Backofen entgehen sollen. Warum nur habe ich gesprochen? Ich kann mich nie genug zurückhalten. Unter dem Eindruck ihrer wilden Flucht seufze ich wieder und wieder. Wenn sie nur noch einen Augenblick geblieben wären, hätte ich ihnen erklären können, daß ich nichts Böses im Schilde führte. Aber sie würden mir nicht geglaubt ha-

ben. Es war besser, sie laufenzulassen. Und doch, wie gern hätte ich sie noch länger beobachtet und ihren raschen, sicheren und lebhaften Bewegungen zugesehen, auch wie die Sonne auf ihre Glieder schien, so daß die feinen Härchen schimmerten. Ich war allerdings zu weit entfernt von ihnen gewesen, um das wirklich sehen zu können oder auch den staubigen Sommergeruch zu spüren, der von ihren Körpern ausging, diesen Geruch nach Sonne und Schweiß und den zarten Grasduft, den Kinder an warmen Sommertagen haben. Ich erinnere mich an diese Dinge nur von früher her.

Ich habe heute noch nichts gegessen. Ich hatte es einfach vergessen. Jetzt krame ich in meiner Tüte und nehme die Crackers und zwei Schweizer Käse-Dreiecke heraus. Mit den Fingernägeln löse ich das Stanniolpapier ab und stecke es wieder in die Tüte, denn ich kann es nicht gut leiden, wenn die Leute Abfälle am Strand wegwerfen. Das Salzgebäck ist trocken und übermäßig gesalzen, und der Käse schmeckt so, wie man sich vorstellt, daß Kernseife schmekken müßte. Ich habe diese kleinen Käse schon lange nicht mehr gegessen. Früher waren sie von besserer Qualität, will mir vorkommen. Sie waren einmal recht schmackhaft. Aber heutzutage wird alles so schlecht gemacht, mit minderwertigen Zutaten; es ist das Geld nicht wert. Ich schlucke den Käse hinunter, weil ich mich ernähren muß, aber es ist kein Genuß dabei. Ich habe wieder diesen gallebitteren Geschmack im Munde.

Ich habe heute noch keine Verdauung gehabt. Wahrscheinlich kommt daher diese Übelkeit. Ich bekomme Leibschmerzen, also nehme ich meine Tüte und gehe zurück in den Wald, an den toten Gebäuden vorbei hinein in den Wald, der sich den ganzen Hügel hinauf erstreckt. Ich will nicht sehr hoch hinaufklettern. Nur weit genug, um vor Blicken geschützt zu sein. Das Gehen fällt mir schwer. Ich gleite und rutsche auf den braunen Tannennadeln, die dicht auf dem Boden liegen. Ich bahne mir einen Weg durch das Farnkraut und stolpere über abgebrochene Zweige, die überall verstreut wie alte Knochen liegen und unter meinen Schritten knacken. Zedernzweige schlagen mir ins Gesicht, Brombeersträucher peinigen meine Beine. Ich fürchte, in irgendein tiefes Loch zu treten, das mit verfaulendem Holz und moderndem Laub ausgefüllt ist, und dabei den Halt zu verlieren.

Und nun falle ich wirklich. Ich rutsche mit beiden Füßen aus, als ich auf ein feuchtes Moospolster trete, und schon liege ich auf dem Boden. Ich scheuere mir die Ellbogen an rauher Borke wund. Durch die aufgerissenen Strümpfe sikkert Blut, das aus den Schrammen an den Beinen tropft. Unter den Rippen pocht es schmerzhaft, und ich höre als Begleitung dazu meinen unregelmäßigen Herzschlag.

Ich kann mich nicht rühren. Ich kann nicht aufstehen. Ich sitze fest wie ein Marienkäfer, der auf den Rücken gefallen ist, und winke wie toll um Hilfe, die nicht kommen kann. Es gibt keine Hilfe, ich bin allein. Ich höre meine lauten, schluchzenden Atemzüge, und ich mache mir klar, daß ich weine, mehr vor Ärger als vor Schmerzen. Zwar tut mir alles weh, aber das Schlimmste ist doch, daß ich hilflos bin.

Die Wut packt mich. Ich fluche wie Bram und lasse keine Blasphemie aus, an die ich mich erinnern kann. Ich schreie sie in den stillen Wald. Vielleicht gibt mir der Zorn neue Kraft, denn ich klammere mich an einen Zweig, gleichgültig, ob er voller Dornen oder Nadeln ist oder nicht, und ziehe mich an ihm hoch. Siehst du, ich wußte doch, daß ich allein aufstehen konnte. Ich hab's geschafft. Stolz wie Napoleon oder Luzifer stehe ich da und blicke über das von mir eroberte wüste Land.

Mein Bauch krampft sich zusammen, und das erinnert mich daran, warum ich hierherkam. Ich hocke mich nieder und drücke. Umsonst. Ich habe nicht daran gedacht, ein Abführmittel einzupacken, unüberlegt, wie ich bin. Ich bin verstopft, verschlossen wie ein Banktresor, zu dem der Schlüssel fehlt. Vielleicht später. Ich will mich nicht deswegen ärgern, sondern es gar nicht zur Kenntnis nehmen – der einzig angemessene Standpunkt. Ich will mich nicht abhängig machen von diesem schmachvollen Leiden. Aber wenn man vor Leibschmerzen ganz aufgebläht ist, wenn man schwitzt und zittert von der Anstrengung vergeblichen Drückens, dann ist es sehr schwer, an etwas anderes zu denken. Das ist das Schändliche an diesem Zustand. Doch wenigstens ist niemand hier, der mich beobachten könnte. Das ist immerhin ein Vorteil.

Ich raffe meine Röcke und setze mich auf einen umgestürzten Baumstamm. Ich will mich ein Weilchen ausruhen. Ich habe keine Eile. Mir gefällt dieser grüne, blau überwölbte Platz, der zugleich warm und kühl ist, mit Sonne und Schatten, und wo sich niemand betulich mit mir zu schaffen macht. Vielleicht bin ich gar nicht hierhergekommen, um mich zu verstecken, sondern um etwas zu entdecken. Wenn ich still hier sitze und meinem Herzen aufgebe, über die Brücke zu gehen – wird es gehorchen?

Aber ich kann nicht länger als zwei Sekunden ruhig sitzen. Ich konnte es nie. Mag einmal der Platz richtig sein, ist es vielleicht die Stunde nicht, und ich kann wie in einem Spiegel von bodenloser Tiefe erkennen, daß ich freiwillig niemals diesen Augenblick auch nur um die Spanne eines Atemzugs schneller herbeiführen werde.

Allmählich merke ich, daß der Wald ganz und gar nicht still ist, vielmehr wimmelt von kleinen Wesen, die mit unzähligen, geheimnisvollen Besorgungen unterwegs sind. Ein Zug Ameisen überquert den Baumstamm, auf dem ich sitze. In feierlicher Reihe marschieren sie, eine hinter der andern, in die Schlacht – eine Miniaturschlacht, oder auch zu einem Leichenschmaus. Eine riesige Wegschnecke schiebt sich klebrig über meinen Pfad; sie bewegt sich mit einer unendlichen Langsamkeit – wie ein träges Gewässer. Der Baumstamm ist mit Moos bewachsen; ich zupfe daran und halte ein mächtiges Stück in der Hand. Es ist langes, krauses Moos, wie Haar, wie eine grüne Perücke, passend für eine Eule, die den Richter macht und Gericht hält über diebische Eichelhäher oder Aaskäfer. Neben mir ragt aus der Borke ein Sims aus kleinen Pilzen. Die samtene untere Seite ist champignonfarben. Wenn ich sie berühre, bleibt mein Fingerabdruck darin stehen. Dicht dabei sprießt aus dem Boden eine indische Feigenwurzart, die wie ein Pinsel mit roter Spitze aussieht – für den Gerichtsschreiber. Jetzt brauchen wir nur noch die Spatzen als Geschworene zu berufen, aber die würden mich ohne Zweifel im Nu verurteilen.

Ich werde des Spiels müde. Ich bin wie die Kinder, die Familie gespielt haben. Ich habe nichts Besseres zu tun. Und nun erinnere ich mich an ein paar andere Kinder, die auch einmal Familie gespielt haben, freilich auf eine etwas andere Weise.

Nach dem Tode Brams telegrafierte ich Mr. Oatley und teilte ihm mit, daß mein Bruder gestorben sei. Ich konnte nicht gut Ehemann sagen, da dieser ja angeblich schon vor Jahren gestorben war. Mr. Oatley war damit einverstanden, daß ich noch ein paar Wochen in Manawaka blieb, wenn er auch schrieb, daß ihm nicht allzuviel an meiner Vertretung gelegen sei, und mich bat, nicht gar zu lange mehr fortzubleiben. Ich wäre sofort gefahren, aber ich glaubte, John noch nicht allein lassen zu dürfen.
So langsam vergingen die Tage und die Abende, verrannen wie Sand, der durch die Sanduhr rinnt. John war fast immer fort. Ich machte mir Sorgen und schalt mit ihm, aber er sagte nur, daß es auf der Farm ohnehin nichts zu tun gäbe. Allein im Haus, wäre ich wahnsinnig geworden, wenn ich nichts zu tun gefunden hätte. Ich putzte das Haus von oben bis unten, und Gott weiß, wie nötig es war. Der Boden war seit Jahren nicht mehr gesäubert worden. Zwischen alten Zeitungen und zerbrochenen Schaukelstühlen fand ich eine Kassette aus poliertem Nußbaumholz, mit einer Einlegearbeit in Perlmutter, in die der Name *Clara Shipley* hineingeritzt war. In dem Kästchen lag ein Lesezeichen von der Art, wie man sie früher in die Bibel legte, ein breites, blaues Band mit einem Stück Petit-point-Stickerei, einem kleinen Viereck, auf dem der Wahlspruch stand: *Kein Kreuz, keine Krone.*
Ob es Clara selbst gestickt hatte? Vielleicht als junges Mädchen, aber ich konnte mir nicht vorstellen, wie sie mit ihren Wurstfingern die dünne Nadel geführt haben sollte, wenn ich auch andererseits recht gern glaubte, daß sich ihr schwerfälliges, ungeschicktes Wesen in diesem Wahlspruch bestätigt und bekräftigt fühlte. Die Kassette enthielt ein weiteres Erinnerungsstück, einen kleinen goldenen Ring, mit Perlchen besetzt und in der Mitte mit einem winzigen Kranz unter Glas, so einem, den man früher aus dem Haar der Verstorbenen zu flechten pflegte. Das Haar war ursprünglich blond gewesen, nun aber zu einem glanzlosen Hellbraun geworden, und ich überlegte, wessen Haar dies gewesen sein mochte. Mir fiel ein, daß mir Bram einmal erzählt hatte, sein Erstgeborener sei als kleines Kind gestorben. Ich nahm den Ring in die Hand und versuchte mir vorzustellen, was Clara dieses Kind bedeutet hatte, von dessen

Haar sie mit soviel Geduld einen Kranz geflochten und ihn dann hier oben verborgen hatte.

Ich nahm die Kassette samt ihrem Inhalt in die Wohnung hinunter. Ich hätte mir kaum die Mühe gemacht, sie sofort Jess zu bringen, wenn ich nicht meines Alleinseins im Hause so müde gewesen wäre und das Gefühl gehabt hätte, es keinen Augenblick länger aushalten zu können. John war mit der Auto-Kutsche unterwegs, und den Lastwagen konnte ich nicht fahren, aber es stand noch ein alter Rollwagen im Stall. Von Brams guten Pferden war natürlich keines mehr da – gestorben oder verkauft, um bares Geld für den Kauf des Lkw und des Traktors zu haben. Außer dem Pferd, das John draußen hatte, stand nur eine alte Stute im Stall; sie hatte sich einmal ein Vorderbein gebrochen, und das war jetzt kürzer als das andere. Ich spannte sie vor den Wagen und hatte wie immer Angst, wenn ich mit Pferden zu tun hatte, obwohl diese hinkende Stute, selbst wenn ihr Leben davon abhing, nicht hätte durchgehen können.

Jess wohnte drei Meilen von uns entfernt; staubig und erhitzt kam ich bei ihr an. Als ich in den Hof fuhr, bemerkte ich etwas, das mich sehr überraschte. Johns Auto-Kutsche stand dort. Ich schlang die Zügel um einen Zaunpfahl und ging auf die Tür zu, während ich die Kassette wie eine Opfergabe vor mir hertrug, wie einer der Drei Weisen aus dem Morgenland. Ich kam mir recht närrisch vor und wäre lieber nicht hierhergekommen. Was hatte ausgerechnet John hier zu suchen? Bevor ich am Fenster vorbei weiterging, blieb ich stehen und hörte ihre Stimmen. Sie hatten mich noch nicht gesehen. In der Küche waren John und Jess.

„Da ist Calvin gekommen“, hörte ich Jess sagen.

Als sie meinen Wagen hörte, hatte sie geglaubt, ihr Mann sei gekommen und nur erst in den Stall gegangen. Ich hätte wohl gleich hineingehen müssen, aber ich brachte es nicht über mich, die gute Gelegenheit ungenutzt zu lassen.

„Ja“, sagte John gleichgültig. Dann fuhr er fort, als nähme er das Gespräch dort wieder auf, wo sie es unterbrochen hatten: „Du siehst, Jess, daß es nicht unerwartet kam. Diese letzte Krankheit muß vor über einem Jahr angefangen haben.“

„Ich habe ihn besucht, sooft ich konnte“, sagte Jess. „Das ist nicht so einfach mit Calvin, der nun auch älter wird. Es

läuft darauf hinaus, daß Vern und ich alle Arbeit auf der Farm allein besorgen."
Es war, als ob beide ein Selbstgespräch führten – Parallelen, die sich nicht trafen.
„Damals holte ich den Doktor", sagte John. „Aber er tat weiter nichts, als mir zu erklären, daß es Vaters Leber war und daß da niemand mehr viel helfen konnte."
„Wenn ich öfter gekommen wäre, hätte mir Calvin die Hölle heiß gemacht", sagte Jess. „Ich habe es Glad gesagt – warum gehst *du* nicht mal zur Abwechslung zu Vater; Stan ist nicht halb so eigen, wenn das Essen einmal nicht so pünktlich auf dem Tisch steht. Wenn ich mich um fünf Minuten verspäte, regt sich Calvin wer weiß wie auf. Es ist mit ihm immer ärger geworden, seitdem sich seine Arthritis verschlimmert hat. Er sitzt in der Küche herum, bis ich meine, den Verstand zu verlieren."
„Ich redete ihm gut zu, er solle doch mehr essen", sagte John, „aber er wollte nicht. Was glaubt sie denn, was ich hätte tun sollen? Er bekam, was er haben wollte – zu diesem Zeitpunkt gab es nichts anderes mehr, was ihm noch geholfen hätte."
„Glad sagte, ich hätte gut reden", fuhr Jess fort, „aber seitdem Chris und der junge Stan nicht mehr zu Hause seien, habe sie doppelt soviel Arbeit wie früher. Es ist dein Vater, Gladys, sagte ich, das mußt du immer bedenken."
John schlug mit der Faust auf den Küchentisch.
„Was für einen Zweck hat das Ganze?" schrie er plötzlich.
„Ich weiß es nicht, und mehr kann ich nicht sagen."
Ein kurzes Schweigen. Dann Jessies Stimme, unsicher.
„Was ist denn los, Johnnie?"
Johnnie. Als gehörte er ihr. Ich erstarrte, und ich preßte das Kästchen aus Nußbaum an meine Brust, daß es weh tat.
„Nichts ist los", sagte John. „Es ist alles in bester Ordnung."
„Du darfst von diesem Zeug nicht zuviel trinken", sagte Jess. „Es ist nicht dasselbe wie gekaufter Branntwein. Du kriegst davon einen Katzenjammer, und ich wette, daß es auch deinem Magen nicht guttut."
Mich packte die Wut, als ich hörte, wie sie meinem Sohn gute Ratschläge erteilte. Aber John ging nicht darauf ein.

„Wie war er ganz früher, Jess?“ fragte er. „Wie war er, als du noch ein Kind warst?“
„Er war wohl etwas jähzornig“, antwortete Jess nachdenklich, „aber mit Glad und mir war er meistens ganz gemütlich, als wir noch Kinder waren. Er kam mir damals groß vor, ein großer, starker Mann mit seinem schwarzen Bart, von dem er nicht ließ, auch als kein Mann mehr einen Bart trug. Auf Pferde war er ganz verrückt. Daran wirst du dich noch erinnern, Johnnie. Und er machte viel Späße, er war ganz der Mann für Späße. Er konnte uns alle zum Lachen bringen. Ich muß noch ganz klein gewesen sein zu der Zeit, an die ich denke. Es ist länger her, als ich gern sage.“
„Ach, mein Gott“, sagte John mit gepreßter Stimme. „Mein Gott ...“
Ich konnte nicht länger dort stehenbleiben. Ich ging am Fenster vorbei und klopfte an die Küchentür. John saß am Tisch und hatte den Kopf auf die ausgestreckten Arme gelegt. Aber bei meinem Klopfen hob er den Kopf. Ich stapfte schwerfällig in die Küche. Jess stand am Herd. Sie war Clara immer ähnlicher geworden, eine kleine, gedrungene, unförmige Frau. Ihr Kattunkleid war wohl einmal mit Blumen gemustert gewesen; heute waren es nur noch verschwommene pastellfarbene Fleckchen. Ihre Hände sahen so feucht aus, wie es die ihrer Mutter gewesen waren. Ich reichte ihr das Kästchen.
„Ich wollte dir nur das hier bringen. Es hat deiner Mutter gehört. Ich habe es auf unserem Boden gefunden.“
„Oh, danke sehr.“ Sie war kurz angebunden, denn wir hatten kürzlich eine heftige Auseinandersetzung darüber gehabt, wo Bram begraben werden sollte. Ich wollte aber nicht, daß sie in dem Kästchen ein Friedensangebot sah, denn das war es nicht.
„Ich dachte, eine von euch beiden, du oder Gladys, müßte es haben“, sagte ich kühl. „Darum habe ich es gebracht. Es ist euer rechtmäßiges Eigentum.“
„Vielen Dank“, sagte Jess widerwillig.
John warf Jess einen Blick zu. „Siehst du? Ich habe es dir gesagt, daß sie herkommt und mich holt, wenn sie erfährt, daß ich hier bin.“
„Das habe ich nicht getan“, rief ich. „Es ist nicht wahr.“

„Sag nichts mehr", forderte er mit einer Handbewegung. „Ich komme schon."
Er folgte mir mit einer so spöttischen Sanftmut, daß ich es kaum ertrug. Und Jess, das Kästchen ihrer Mutter in den Händen, schien sich zu fragen – man konnte es fast hören –: „Also, was bedeutet nun das?"
Als wir nach Hause kamen, fragte ich John halb zornig, halb flehend: „Warum hast du das zu ihr gesagt? Du weißt, daß ich dich nirgendwo abholen würde. Warum sagst du so etwas, John?"
„Verzeih!" sagte er. „Ich weiß nicht, warum ich es gesagt habe. Es tut mir leid."

Ich hatte bis zu dem Abend, an dem Arlene John nach Hause brachte, nicht gewußt, daß beide abends miteinander ausgingen. Ich hörte den Wagen in den Hof fahren. Als ich hinaussah, erkannte ich Telfords blauen Nash. Arlene fuhr ihn, und John saß neben ihr auf dem Vordersitz und hatte den Kopf weit nach hinten gelehnt.
Sie zerrte ihn aus dem Wagen – er konnte sich kaum aufrecht halten – und schaffte ihn ins Haus. Das zerzauste schwarze Haar fiel ihm in die Stirn, und er trug, für mich bestimmt, ein albernes Grinsen zur Schau, das ihn große Mühe kostete und bald hinschwand. Er sagte nur ein paar Worte, aber er wiederholte sie immer wieder: „Mir ist so schlecht, Mutter. Mir ist so entsetzlich schlecht."
Ich schalt ihn in diesem Augenblick nicht. Welchen Zweck hätte es gehabt? Ja, ich konnte nicht einmal Mißbilligung aufbringen, sondern nur eine Art zärtlicher Besorgtheit.
„Komm jetzt", sagte ich freundlich. „Komm, dir wird gleich besser werden."
Ich legte den Arm um ihn und führte ihn. In der Küche fiel er auf die Couch.
„Es ginge ihm besser, wenn er es loswerden könnte", sagte Arlene.
In mancher Hinsicht war sie ein sehr praktisch denkendes Mädchen.
„Es ist ihm immer schwergefallen, sich zu übergeben, sogar schon als Kind", sagte ich. Mir fiel nichts anderes ein, das ich hätte sagen können.
„Also dann –" Sie stand zögernd in der Tür; ihr helles Haar

fiel ihr lose auf die Schultern. „Ich glaube, ich gehe nun wieder."

Ich nahm mich zusammen. Gern hätte ich sie gefragt, wer ihn außer ihr so gesehen hatte, doch ich brachte es nicht über mich.

„Danke, Arlene", sagte ich.

„Schon gut." Sie warf mir einen feindseligen Blick zu und ging.

Als ich am nächsten Morgen hinunterkam, saß er auf der Couch und strich sich mit den Fingern durchs Haar.

„Wo bist du gestern abend gewesen?" fragte ich barsch.

Er blickte zu mir auf. „Wo? Oh – auf einem Ball in der *Legion Hall.* Wie bin ich nach Hause gekommen?"

„Arlene hat dich gebracht."

Er antwortete überraschenderweise mit einem leisen Lachen. „Ist das dein Ernst?"

„Allerdings. Und ich kann dir sagen, daß ich nicht sehr stolz auf dich war, in dem Zustand, in dem sie dich gesehen hat."

„Sie hat mich nach Hause gebracht ...", sagte er. „Also verstehst du das?"

„Wovon sprichst du eigentlich?" fragte ich scharf.

Sein Gesicht zeigte einen etwas verblüfften Ausdruck.

„Ich hatte immer geglaubt, daß sie sich bloß deshalb mit mir herumtrieb, weil sie es eigentlich nicht sollte", sagte er. „Aber es ist doch merkwürdig, daß sie gestern abend zu mir gehalten hat, findest du nicht?"

„Was willst du damit sagen?"

„Ich habe mich gestern mit jemandem geprügelt", erklärte John, ohne den geringsten Versuch, etwas zu verheimlichen. „Ich war vollkommen betrunken, und als er mich in den Magen boxte, flog ich quer übers Parkett."

Er blickte auf und lächelte. Es war das gleiche verzerrte Lächeln, das ich früher schon einmal bei jemandem gesehen hatte.

„Ich schlitterte wie eine Eishockeyscheibe", sagte er.

Dann wandte er die grauen Augen von mir ab und sagte: „Ich habe vergessen, dir zu erzählen, daß Arlenes Eltern dabei waren."

Von allen nur möglichen Leuten mußten es ausgerechnet Lottie und Telford sein. Vor Zorn konnte ich kaum spre-

chen. Dann aber fuhr ich ihn an: „Wenn du es darauf abgesehen hast, daß ich den Kopf nicht mehr hochtragen kann in dieser Stadt, dann hast du dein Ziel gewiß erreicht."
Er achtete nicht auf meine Worte. Er schien sie überhaupt nicht gehört zu haben.
„Und trotzdem hat sie mich nach Hause gebracht", sagte er langsam. „Hast du so etwas schon erlebt?"
Ich sah ihn an mit dem Gefühl, daß wir beide den Standpunkt vertauscht hatten. Denn jetzt war ich von dem überzeugt, was er nicht mehr zu glauben schien. Jetzt glaubte ich, es mache Arlene nur Spaß, mit ihm wie mit einer zerfetzten Fahne zu prunken.
Schließlich mußte ich zu Mr. Oatley zurück. Ich versuchte nochmals, John dazu zu überreden, mit mir zu kommen, aber er wollte nicht einmal darüber sprechen. Es ärgerte mich sehr, ihn zurücklassen zu müssen und nicht zu wissen, was hier vorging.

Im folgenden Sommer kam ich wieder nach Manawaka. Mr. Oatley besuchte seine Schwester in Kalifornien und gab mir zwei Monate Urlaub, mit vollem Gehalt, was gewiß sehr großzügig war.
Als ich die Küche im Shipley-Haus betrat, fiel mir auf, daß sie gescheuert war, und zwar erst vor kurzem, denn es roch noch nach der Seife. Sogar das alte Wachstuch auf dem großen, breiten Tisch war sauber abgewischt.
„Nun, du hast ja alles ordentlich geputzt", sagte ich.
„Ich nicht", antwortete John. „Arlene kommt ziemlich oft heraus."
„Ich dachte, sie ist Lehrerin in der Stadt."
„Jetzt nicht mehr. Sie ist entlassen worden, als das Lehrpersonal verringert wurde. Eine andere Stellung kriegt sie nicht; es gibt keine. Sie wohnt jetzt bei ihren Eltern."
„Sie werden sich freuen, sie daheim zu haben. Davon bin ich überzeugt."
„Sicher. Sie freuen sich. Aber Arlene sieht die Sache ein bißchen anders an."
„Warum denn? Telford ist ein wohlhabender Mann."
„Er ist es nicht mehr. Sie kommen gerade so durch. Aber darum geht es auch gar nicht."
Arlene kam am selben Nachmittag. Sie war dünner als frü-

her, und das war keineswegs von Vorteil für sie. Ich fand, sie hatte einen leidenden Gesichtsausdruck, als mache sie sich Sorgen. Ihr Haar war etwas dunkler geworden und hatte seinen eigentlichen blonden Ton verloren. Es war jetzt eher ein helles Gelblichbraun geworden, doch als ich es John gegenüber erwähnte, behauptete er, keinen Unterschied bemerkt zu haben. Sie trug einen blauen Dirndlrock mit weißer Bluse, alles recht einfach und alles andere als neu. Nach dem Abendessen ging sie ohne weiteres an den Garderobenhaken hinter der Tür und nahm eine Schürze – ihre eigene – herunter. Schließlich stellte ich fest, daß sie in den Küchenschränken genau Bescheid wußte.
John war in den Stall gegangen. Ich sprach kein Wort, sondern wartete ab, was sie sagen würde.
„Ich habe ihn immer gern gemocht", begann sie endlich. „Schon als Kind. Aber damals wollte er nicht mit mir sprechen. Ich kann nicht behaupten, daß ich ihm daraus einen Vorwurf mache."
„Was meinen Sie damit?"
„Nun, Sie wissen doch, wie mich Mutter aufgetakelt hatte, mit lauter Schärpen und Schleifen. Ich muß toll ausgesehen haben. Sie hat eine schreckliche Zierpuppe aus mir gemacht, als ich noch klein war."
Ich hatte nun für Lottie wirklich nichts übrig, und doch ärgerte es mich, ihre Tochter so reden zu hören.
„Das habe ich gern. Schieben Sie nur immer alles auf Ihre Mutter", sagte ich.
„So habe ich es nicht gemeint", sagte sie unsicher. Dann ging sie darüber hinweg. „Nun, heute ist es jedenfalls anders."
„Was ist anders?"
„Das mit John und mir", sagte sie. „Jetzt besitzt keiner von uns beiden etwas. Ich nehme an, er hat Ihnen erzählt, daß ich stellungslos bin."
„Das ist ja nun wirklich großartig, wie? – Ich hätte nicht gedacht, daß das ein Grund zum Jauchzen ist!"
„In einer Weise doch, jedenfalls für mich."
„So können Sie nur denken, weil es Ihnen noch nie wirklich schlecht gegangen ist", sagte ich. „Sie meinen wohl, es müsse von selbst bald wieder alles besser werden. Nun, vielleicht, aber ich würde mich nicht darauf verlassen."

„Wir werden durchkommen", sagte sie. „Sie werden es sehen."
„Das kann nicht Ihr Ernst sein. Sie wollen ihn doch nicht heiraten?"
„Warum nicht?" fragte sie.
„Ihr habt zusammen keinen roten Heller. Und davon abgesehen, er ist nicht der richtige Mann für Sie. Es schmerzt mich mehr, als ich sagen kann, daß ich darüber sprechen muß – aber er trinkt zuviel, und, was schlimmer ist, er tut es seit Jahren."
„Vielleicht gibt er es auf", sagte sie eigensinnig. „Man kann es nicht wissen. Er hat in letzter Zeit nicht viel getrunken."
„Wenn Sie glauben, ihn ändern zu können, obwohl das bis jetzt noch keinem gelungen ist", sagte ich, „dann werden Sie eine böse Überraschung erleben, mein Kind. Sie werden nicht eine lebende Seele in dieser Welt ändern, soviel kann ich Ihnen verraten."
„Ich will's ja gar nicht", sagte sie. „Ich halte nur zu ihm, das ist alles. Könnte ich mehr für ihn tun, ich täte es, aber ich kann es nicht, ebensowenig wie er für mich."
Ich verstand nicht, worauf sie hinauswollte, aber ihr ruhiger, fast verschlossener Gesichtsausdruck reizte meinen Zorn.
„Sie können mir glauben, daß ich weiß, wovon ich spreche, wenn es sich um solche Dinge handelt. Aber Sie möchten sich am liebsten Hals über Kopf hineinstürzen, nicht wahr?"
„Er ist nicht wie sein Vater", erwiderte Arlene rasch. „Was er auch manchmal selbst darüber sagen mag, ich weiß, daß er nicht so ist."
„Was wissen Sie denn von seinem Vater?" Es war lächerlich, aber jetzt war ich Brams wegen auf sie böse. Ich schwankte wie ein Pendel von einer Seite auf die andere. Ich konnte nichts anderes denken, als daß sie kein Recht hatte, sich ein Urteil über einen Mann anzumaßen, von dem sie überhaupt nichts wußte. Doch dann faßte ich mich wieder. Welchen Zweck hatte es, sich wegen dieser Person aufzuregen?
„Ich hatte immer geglaubt, daß John nach den Curries schlägt", erklärte ich. „Ich hatte gar keinen Zweifel daran, bis er hierher zurückkam und anfing, wie ein Landstreicher zu leben."

„Ich verstehe nicht, wie Sie so von ihm sprechen können", sagte sie.
„Sie verstehen es nicht, nein? Dann warten Sie, bis Sie selbst einen Sohn haben, für den Sie Pläne machen und für den Sie arbeiten wie ein Kärrner, und dann war alles umsonst."
„Ich glaube, Sie kennen ihn gar nicht richtig", sagte Arlene.
Sie glaubte ihn genau zu kennen. Vielleicht hatte sie ihm in die grauen Augen geguckt und die Augen mit ihm verwechselt. Sie kannte ihn – o gewiß, nur ich nicht, die ihn geboren und großgezogen hatte und all seine Eigenarten seit einem Vierteljahrhundert kannte. Ihre Unverschämtheit regte mich auf. Ich hätte ihr ins Gesicht schlagen mögen, so hart, daß ihre Zähne wackelten. Aber einen gewissen Schein von guten Manieren hielt ich aufrecht. Ich lächelte ihr mit falscher Güte zu und gab ihr ein Sieb mit grünen Bohnen in die Hand.
„Würden Sie mir wohl bitte die grünen Bohnen abziehen, während ich die Kartoffeln schäle?"
Sie nahm das Sieb und das Küchenmesser. „Mrs. Shipley ..."
„Wir wollen jetzt nicht darüber sprechen, Arlene. Später einmal vielleicht. Ihr seid beide noch jung, und ihr habt keinen Pfennig – so sehe ich es jedenfalls."
In Wirklichkeit waren sie nicht mehr so jung. John war beinahe dreißig, und Arlene mußte achtundzwanzig Jahre alt sein. Aber sie wirkten jung, vielleicht weil sie kein Geld hatten. Nach dem Essen kamen wir auf das Thema nicht wieder zurück. Als John sie in die Stadt brachte, blieb ich auf und wartete auf seine Rückkehr. Ich mochte abends nicht ins Vorderzimmer gehen, düster, wie es war, mit der leeren Porzellanvitrine und dem Teppich, der noch nach dem Mottenpulver roch, das ich im vorigen Sommer dort gestreut hatte. Bram schien mir noch immer in diesem Raum zu sitzen, schnaufend und brummend, die wässerigen Augen auf mich gerichtet, wobei er mich mit seiner ersten Frau verwechselte. Ich blieb also in der Küche und setzte mich auf die alte Couch aus Toronto mit der volantbesetzten Chintzdecke, die nun völlig zerschlissen war. Der Lampendocht mußte geschneuzt werden, die Funken flo-

gen hoch und berußten den Zylinder. Nach all den Jahren im Hause Mr. Oatleys mit elektrischem Licht war ich an Petroleumlampen nicht mehr gewöhnt. Als ich den Docht herunterschraubte, damit die Flamme nicht so flackerte, dachte ich an die Tage der Kindheit. Wie weit lagen sie zurück.

Ich sah aus dem Fenster, auf die Gartentür, die nur an einer Angel hing, und auf das dunkle Pappelgehölz draußen. Und ich dachte, daß ich jedem, der mir vor vierzig Jahren gesagt hätte, mein Sohn würde sich einmal in die Tochter von Lottie Drieser, von Fräulein Namenlos, verlieben, ins Gesicht gelacht hätte.

Endlich kam John nach Hause. Er stand in der Tür, und im Lampenschein traten die geschwungene Linie der Kehle und die beiden Schlüsselbeine – wie ein Joch unter der sonngebräunten Haut – deutlich hervor. Das Hemd war am Halse offen, nur ein blaues Arbeitshemd, aber es war sauber.

„Sie wäscht dir wohl auch die Hemden", sagte ich.

„Ja, und?" fragte er.

„Oh, nichts. Nur hätte ich unter all den jungen Mädchen, von denen ich glaubte, du könntest dich einmal für sie interessieren, zu allerletzt an sie gedacht."

„Ich habe sie als kleines Mädchen nicht leiden können", sagte er. „Wahrscheinlich sah ich in ihr nur Telford Simmons Tochter ..."

„Wer ist schon Telford Simmons, ich bitte dich!" unterbrach ich ihn. „Der alte Billy Simmons war der erste Leichenbestatter hier und obendrein ein ganz armer, wenn es stimmt, was uns mein Vater erzählte. Als Telford klein war, bügelte seine Mutter die Damasttafeltücher und Servietten anderer Leute, um ein bißchen dazuzuverdienen. Die Simmons waren nichts, womit sich Staat machen ließ."

„Vielleicht kommt es dir überraschend", sagte John. „Aber ich habe kein Verhältnis mit ihrem Großvater, und sie nicht mit meinem."

„John – du willst sie doch nicht heiraten?"

„Wenn, dann ist es meine Angelegenheit. Es hat keinen Zweck, darüber zu sprechen."

„Doch", widersprach ich. „Es hat Zweck. Du denkst, ich könnte dich nicht verstehen, nicht wahr? Wie kann ich dich verstehen, wenn du mir nichts erzählst? Glaubst du, mir sei

gleichgültig, was du empfindest oder was dir widerfährt? Ach, du wirst es einmal erkennen. Junge Menschen glauben immer, sie allein könnten etwas verstehen. Was verstehst du denn schon? Und was weiß sie – Seitenhiebe gegen deinen Vater teilt sie aus."
Irgendwie hatte ich den Faden verloren. Ich wußte nicht mehr, was ich hatte sagen wollen – oder im Begriff war, ihn zu fragen. Wir sahen uns an – die ganze Länge der Küche lag zwischen uns, und keiner wußte, was er weiter sagen sollte.
„Du mußt müde sein nach der Reise", sagte John schließlich. „Ich habe deinen Koffer in Marvins früheres Zimmer gestellt, aber ich bringe ihn dir herunter, wenn du lieber im vorderen Schlafzimmer schläfst."
Es war Brams und mein Schlafzimmer gewesen – das einzige im Hause mit einem Baum vorm Fenster. Gewiß lärmten die Spatzen noch jeden Morgen in dem Ahornbaum.
„Nein, danke", sagte ich. „Marvins Zimmer genügt mir vollkommen."
„Nimm die Lampe mit, wenn du nach oben gehst", sagte John. „Ich brauche sie nicht."
„Gehst du nicht auch hinauf?"
„Etwas später."
Er blieb allein im Dunkel zurück. Die Hände hinter dem Kopf gefaltet, wippte er auf seinem Stuhl nach hinten. Die Dunkelheit hatte ihn – auch als Kind – nie gestört. Er konnte dabei, wie er sagte, gut nachdenken. Ich war ganz anders. Für mich war das Dunkel erfüllt von Gespenstern und Vampiren mit federförmigen Fingern, von den Stimmen der Trolle und von bleichen Irrlichtern, die wie ein Auge funkelten. Aber das habe ich weder ihm noch sonst jemandem je verraten.

Die schwüle Hitze der Nachmittage war kaum zu ertragen. Für gewöhnlich lag ich nach dem Mittagessen in meinem Zimmer oben bei herabgelassenen Jalousien. Eines Tages jedoch, als ich schwitzend und vollkommen erschöpft aus der Stadt heimkam, legte ich mich im Vorderzimmer auf die große, breite Couch mit der gestrickten Wolldecke, die ich einst wegen ihrer unzähligen blauen Schattierungen sehr geschätzt hatte – Türkis, Himmelblau, Meerwasserblau und

Vergißmeinnicht. Jetzt hatten die Farben ihre Leuchtkraft verloren, wahrscheinlich weil die Wolle in hartem und zu heißem Wasser gewaschen worden war – zweifellos Arlenes Werk. Ich mußte lange geschlafen haben, denn als ich aufwachte und ihre Stimmen näher kommen hörte, stand die Sonne tief.
„Mutter ...“
Noch halb im Schlaf überlegte ich, ob ich antworten sollte, aber meiner Trägheit oder Neugierde nachgebend, schwieg ich. Er ging von der Küche aus die Treppe hinauf und kam im nächsten Augenblick wieder herunter. Der Gedanke, im Vorderzimmer nachzusehen, kam ihm gar nicht; es war schon immer selten benutzt und seit dem Tode Brams kaum einmal wieder betreten worden.
„Sie ist noch nicht zurück“, sagte John. „Ich habe sie heute früh in die Stadt gefahren. Hank Pearl sollte sie zurückbringen, aber sie sagte mir, wenn sie nicht zum Abendessen zurück sei, dann sei sie bei den Pearls geblieben. Ich glaube nicht, daß sie nun vor acht oder neun Uhr hier sein wird.“
„Es ist schön, wieder einmal allein hier zu sein“, sagte Arlene, „wenn es auch nur für eine kleine Weile ist.“
„Sie hat nur zwei Monate Zeit. Danach haben wir das Haus wieder für uns.“
„Wann werde ich endgültig hierherkommen?“ fragte sie.
„Bald“, antwortete er verlegen. „Bald, Arlene. War es nicht schön, wie es bisher war?“
„Doch“, sagte sie langsam. „Aber wenn wir so weitermachen, werde ich eines Abends vergessen, nach Hause zu gehen.“
„Macht es dir etwas aus, was sie zu Hause sagen?“
„Das sollte es wohl nicht, ich weiß“, sagte sie. „Aber wenn man es immerzu hört – weißt du, was Mutter jetzt sagt?“
„Was sagt sie?“
„Sie hat schreckliche Angst, daß es mir wie ihrer Mutter geht.“
John lachte. „Damals wußten sie vieles noch nicht. Wir werden diesen Fehler nicht machen.“
„Ich weiß“, sagte Arlene. „Aber –“
„Aber was?“
„Ich möchte wirklich ein Kind haben“, sagte sie, schlicht

und freimütig und ohne eine Spur von Berechnung oder Zögern. „Ein Kind von dir. Das ist doch selbstverständlich, nicht wahr?"
„Ich glaube, ja."
„Aber du möchtest es wohl nicht?"
„Doch, bestimmt", sagte er. „Nur –"
„Was denn, John?"
„Wir haben kein Geld", sagte er. „Denkst du auch daran?"
„Ich habe es nicht vergessen", antwortete sie.
„Aber du würdest dich dadurch nicht hindern lassen, nicht wahr?"
„Man kann nicht ewig warten", sagte Arlene. „Wir würden auskommen."
„Sicherlich. Aber du weißt nicht, wie es ist, Arlene."
„Wenn ich dich nicht gern hätte", sagte sie, „würde ich es nicht wollen. Nur weil ich dich gern habe."
„Ich weiß", sagte er. „Das ist das alte Lied bei den Frauen. Sie tun alles, weil sie einen gern haben. Ich bin überzeugt, daß es so ist; aber, mein Gott, es hat so etwas Eigensinniges."
„Laß uns jetzt nicht davon sprechen", sagte sie, sofort auf ihrer Hut.
„Ich will mich nicht drücken", beteuerte John. „Hör zu, sobald sie wieder fort ist, wollen wir heiraten, Arlene. Laß uns nur noch ein Weilchen mit dem Kind warten. Dräng mich nicht zu sehr. Es tut mir leid, Liebling, aber ..."
„Ich verstehe", sagte Arlene. „Wir wollen warten. Es ist gut so."
Sie hatte erreicht, was sie wollte. Jetzt ließ sie natürlich rasch das Thema fallen.
„Stell dir vor, dies ist unser Haus", sagte sie. „Kein Fremder kann hier hereinkommen. Stell dir vor, wir haben eine Ewigkeit lang Zeit. Wir erwarten niemanden. Wir können die ganze Nacht zusammenliegen, wenn wir es wollen, und uns lieben, ohne überhaupt zu schlafen."
Er lachte und schloß die Hintertür ab. Es raschelte, als sie ihre Kleider abwarfen, und die Sprungfedern der Matratze knarrten.
„Du wirst immer schneller", sagte er. „Du bist – mein Gott, du bist schon soweit, nicht?"
Ich durfte mich nicht rühren. Ich wagte kaum zu atmen bei

dem Gedanken, was geschähe, wenn sie mich hier auf meiner Wolldecke wie eine große, braune Raupe entdeckten. Gelähmt vor Verlegenheit, war ich gezwungen, mich ruhig zu verhalten, wie unruhig ich auch innerlich sein mochte, und zuzuhören, wie sie sich liebten.

Nichts besaßen sie, keinen Pfennig auf der Bank, nur eine graue Schale um sich, das Haus, und draußen den Staubwind, der keinem etwas Gutes zutrug, und dem allen verschlossen sich diese beiden und offenbarten sich nur einander. Es schien mir unglaublich, daß es solchen Überschwang reuelosen Lebens in dieser schäbigen und griesgrämigen Welt geben durfte. Am Ende stieß er einen unartikulierten Schrei aus – die Stimme des Wirbelsturms. Ihr Schrei war anders. Die Worte kamen kehlig: „Oh, mein Geliebter – mein Geliebter ..."

Ich war hingerissen, betäubt; es war ein wunderliches Gefühl, währte aber nur einen Augenblick. Dann kam ich wieder zur Besinnung. Mein erster Gedanke war, daß Lottie toben würde, wenn sie dahinterkäme. Und ich – nun, es war nach dem Tode Brams mein Haus. Was ihnen an Scham fehlte, ersetzten sie durch Dreistigkeit, diese beiden; taten es hier auf meiner Toronto-Couch bei hellem Tageslicht. Ich wurde wütend bei dem bloßen Gedanken daran. Auf meinem blauen Mosaik lag ich wie eine Krabbe auf dem Grunde eines gekachelten Schwimmbeckens und gab mich schweigend meinem Zorn hin. Ich durfte mich nicht von der Stelle rühren. Unbequem und verkrampft lag ich auf der Wolldecke, die mir die Ellbogen wund scheuerte.

Sie standen mit der größten Selbstverständlichkeit auf und machten sich an die Vorbereitungen zum Abendessen. Sie deckte den Tisch; er klapperte mit den Pfannen, machte Feuer im Herd und pfiff dabei. Als alles fertig war, aßen sie zusammen in ihrem Spielhaus. Ich hatte einen Wolfshunger, und der Magen knurrte mir, aber sie hörten es nicht. Sie waren ganz im Banne ihres Spiels. Schließlich gingen sie fort. Da aber hatte ich keinen Hunger mehr. Ich ging nach oben, legte mich zu Bett und überlegte, was zu tun war.

Lottie war die letzte, in der ich einst eine Verbündete gesehen hätte, aber es blieb uns beiden in dieser Angelegenheit keine Wahl. Wir saßen in ihrem Wohnzimmer und tranken

Tee. In ihrer Wohnung hatte sich nichts geändert. Sie war wie stets mit dekorativem Plunder angefüllt. Lottie stellte gute Sachen unmittelbar neben Ramsch und Kinkerlitzchen. Ein hübsches Aquarium von der Seufzerbrücke war flankiert von zwei Gipsfischen, aufgedunsenen Wesen mit hervortretenden Augen und bemalt mit einem grellen, künstlichen Grün. Ein Blumenmädchen aus brauner Fayence, eine Royal-Doulton-Figur, stand auf dem Regal neben einem rosa Porzellanpudel von der Sorte, wie sie in den Zehn-Cent-Läden an kleine Mädchen verkauft werden, die ihr Geburtstagsgeld ausgeben wollen. Überall lagen gehäkelte Deckchen, es sah aus, als habe ein Sturm gestärkte Spitzen wie Schneeflocken in das Zimmer getragen.
Lottie war klein und dick wie ein Bovist. Sie sah so aus, als ob sie entweder platzen oder wie ein Gummiball hüpfen würde, wenn man sie nur leise berührte. Die Driesers setzten alle Fett an. An ihre Mutter, die schicklicherweise so jung gestorben war, jung und unverheiratet, konnte ich mich nicht mehr gut erinnern; aber ihre Tante, die Schneiderin, die Lottie großgezogen hatte, war wie eine gemästete Weihnachtsgans gewatschelt.
Lottie trug an diesem Tage ein marineblaues seidenes Kostüm; wahrscheinlich meinte sie, die dunkle Farbe würde sie schlanker erscheinen lassen. Was für eine Hoffnung! Und natürlich hatte sie es sich nicht versagen können, sich ein Dutzend baumelnder Perlenschnüre um den Hals zu schlingen – falsche Perlen. Ich war zwar selbst nicht gerade schlank, zugegeben, aber ich hatte festes Fleisch – nicht dieses wabbelige Fett, das von selbst in ständiger zitternder Bewegung zu sein scheint. Ich hatte mein seidenes Kostüm angezogen, dunkelrosa, das ich im Frühjahr im Ausverkauf erstanden hatte, und trug einen passenden Hut dazu. Lottie war offensichtlich verblüfft, mich so schick zu sehen.
Wir kamen gleich zur Sache.
„Selbstverständlich kann man keinen netteren Jungen als John finden", sagte Lottie und wandte den Blick ihrer Vogelaugen von meinem Gesicht ab. „Darum handelt es sich nicht. Er hat dann und wann seine Dummheiten gemacht; das muß ich sagen, und du weißt es gewiß selbst. Doch Arlene behauptet, daß er vernünftig geworden ist, und ich hoffe, daß sie recht hat. Wir fanden es natürlich sehr schön

von ihm, daß er zurückkam und sich um seinen Vater kümmerte. Ich glaube, ein Arzt hätte sowieso nicht mehr viel helfen können. John hat nie ein Wort über Bram gesagt, wenn er bei uns war. Ich habe immer viel für ein loyales Verhalten übriggehabt. Sein Vater kann in diesem letzten Jahr nicht sehr unterhaltend gewesen sein, und es war sicher nicht immer ganz einfach mit ihm, mit seiner Krankheit und allem, was dazugehört."

„Arlene ist ein reizendes Mädchen", sagte ich. „Als einziges Kind hat sie natürlich Vorteile genossen, die nicht jeder seinen Kindern geben kann. Ich glaube, daß sie sich nie einrichten mußte, andererseits halte ich sie auch nicht für verschwenderisch, wie es so manches junge Mädchen ist, das nicht gelernt hat, wie es in der Welt wirklich zugeht. Ach ja, es ist schon seltsam, nicht wahr? Als wir noch jung waren, hätten wir uns dies nicht träumen lassen, was, Lottie?"

Damit hatte ich ihren wunden Punkt berührt, aber es geschah ihr ganz recht, daß sie sich ihre Herkunft vorhalten lassen mußte, nachdem sie in dieser Art und Weise über meinen Sohn und meinen Mann gesprochen hatte. Sie fächelte sich mit einer Illustrierten, während sie die andere, saphirgeschmückte Hand nach meiner Tasse ausstreckte.

„Noch etwas Tee, Hagar?"

„Ja, danke, gern. Arlene ist solch ein hübsches Mädchen. So wunderschönes Haar."

Lotties Züge hellten sich auf. „Ja, nicht wahr? Sie hat das Glück, diese richtig honigblonde Tönung mitbekommen zu haben. Es war immer naturgewellt. Als sie noch klein war, bürstete ich es jeden Abend hundertmal."

Sie warf sich in Positur und strahlte – Pfauenmutter, Mutter einer Königin. Sie lächelte plötzlich mit solcher Zuversicht, daß ich beinahe die nächste Bemerkung unterdrückt hätte. Aber die Gelegenheit war zu gut, als daß ich sie ungenützt vorübergehen lassen konnte. Wer weiß, ob sie je wiederkam.

„Sie hat weder mit dir noch mit Telford Ähnlichkeit", sagte ich. „Wem schlägt sie eigentlich nach?"

„Sie ist Telfords Mutter wie aus dem Gesicht geschnitten", sagte Lottie. Ihre Stimme klang eisig.

Ich war zufrieden und trank höflich meinen Tee.

„Ich habe nicht das geringste dagegen, daß sie sich irgendwann später einmal heiraten", sagte ich schließlich. „Ich wehre mich nur dagegen, daß sie es jetzt tun. Sie besitzen keinen Pfennig."
„Telford und ich sind genau derselben Meinung. Wenn sie nur warten wollten, bis die Zeiten wieder besser geworden sind und sie etwas zum Leben haben. Bis dahin wüßten sie dann auch, ob es ihnen wirklich ernst miteinander ist."
Ich nickte. „Es ist ein Fehler, überstürzt zu heiraten und dann zu merken, daß es nur so etwas wie blinde Verliebtheit war. Ich weiß das nur zu gut."
Ich konnte es mir jetzt leisten, ihr diesen Brocken zuzuwerfen.
„Davon bin ich überzeugt", sagte Lottie begütigend.
„Dennoch ist das Geld der springende Punkt", sagte ich.
Und so war es tatsächlich. Als ich diese Worte aussprach, hatte ich Lottie fast vergessen. Ich dachte nur an die beiden, die von der Unterstützung leben mußten, vielleicht mit Kindern. Und ich wäre verpflichtet, ihnen zu schicken, was ich konnte, aber wäre nie imstande, genug zu sparen. Im Geiste sah ich sie mit einer ganzen Schar von Kindern, wie Jessie sie hatte, wie Fischlaich aneinanderhängend, Kinder, denen die Nase lief und denen die viel zu weiten abgelegten Hosen der älteren Geschwister hinunterrutschten. Ich ertrug diesen Gedanken nicht. Daneben verlor alles andere an Bedeutung. Ich brauchte nur daran zu denken, was ich durchgemacht hatte, um John aus einer solchen Umgebung herauszuholen. Ich roch sie förmlich wieder, mit dem ewigen grauen Seifenschaum in den blechernen Waschschüsseln.
Ich sah Lottie ins Gesicht und fand in ihren Augen die gleiche Angst.
„Hagar, wenn sie nun Kinder bekämen? Wir haben – vielleicht glaubst du es nicht –, aber wir haben nur sehr wenig zurückgelegt. Wir könnten nicht – wir könnten einfach nicht ..."
„Ich auch nicht", sagte ich. „Ich weiß nicht, Lottie, ich kann es mir einfach nicht vorstellen."
„Sie ist mein ein und alles", sagte Lottie. „Zwei hatte ich verloren, bevor ich sie bekam. Sie ist alles, was ich habe. Du verstehst nicht ..."

Und da verstand ich sie, und ich verfluchte mich wegen meiner Engherzigkeit zuvor – daß ich hatte glauben können, ich sei die einzige.
„Er ist für mich dasselbe", sagte ich. „Da hofft man und hofft, daß nichts fehlgeht, und wenn es dann doch fehlgeht, dann ist es mehr, als man ertragen kann."
Sie nickte, und eine Weile schwiegen wir. Wie seltsam, daß wir sozusagen unser ganzes Leben lang Freundinnen gewesen waren und doch bis zu diesem Augenblick nie freundschaftlich füreinander gefühlt hatten. Da saßen wir, zwischen Spitzendeckchen und Teetassen, zwei dicke alte Frauen, die nicht mehr miteinander haderten, sondern nur noch mit dem Schicksal, und die all ihren Witz aufboten gegen Gottes Witz.
„Telfords Cousine im Osten hat sich immer gewünscht, daß Arlene sie besucht", sagte Lottie. „Vielleicht ginge Arlene zu ihr, wenn sich für sie dort irgendeine Stellung fände oder man ihr etwas für die Hilfe im Haushalt der Cousine zahlte. Caroline hat ein sehr großes Haus und kein Dienstmädchen. Ich will ihr noch heute abend schreiben."
„Das wäre das beste", pflichtete ich ihr bei. „Und laß den Vorschlag von Caroline kommen."
„Selbstverständlich", sagte Lottie.
Wir plauderten über dies und das, sprachen von alten Zeiten und gemeinsamen Bekannten. Und plötzlich trat von irgendwoher aus der Rumpelkammer meiner Erinnerung ein bestimmter Nachmittag ins Licht. Ich gab dem Impuls nach und fragte: „Erinnerst du dich noch an diese Küken damals, Lottie, auf dem Schuttabladeplatz, als wir noch Kinder waren? Ich habe mich immer gewundert, daß du dich überwinden konntest, das zu tun, was du damals tatest. Ich habe jahrelang nicht mehr daran gedacht, aber ich weiß, ich fragte mich damals immer, ob du nicht ein komisches Gefühl dabei hattest?"
„Küken?" fragte Lottie belustigt. „Daran kann ich mich überhaupt nicht mehr erinnern."

In den nächsten vier Wochen ging alles weiter wie bisher, und Arlene kam so oft, daß es mir auf die Nerven ging.
„Muß sie jeden Tag, den Gott werden läßt, hierherkommen?" fragte ich John schließlich.

„Wenn du so darüber denkst, werde ich sie überhaupt nicht mehr herbringen", sagte er wütend. „Wäre dir das lieber?"
„Ja, das wäre es", antwortete ich. „Wahrhaftig, es wäre mir lieber."
Warum hatte ich das gesagt? Kaum hatte ich diese Worte ausgesprochen, als ich sie auch schon bedauerte. Aber ich konnte mich nicht so weit demütigen, sie zurückzunehmen.
Diesen ganzen langen Monat, in dem der Hitzedunst wie eine Fata Morgana von Wasser über dem gelb verfärbten Heideland lag und der höllisch heiße Sturm das spärliche Gras versengte und die Felder gleichsam davonwehte, hatten die beiden als Heim nur die Straßengräben und den staubigen Straßenrand, an dem selbst das Unkraut verdorrt und verwelkt war. Ich habe nie herausbekommen, wohin sie gingen oder wo sie sich vorübergehend ihr Bett, oder was es nun war, gemacht hatten, wo sie sich für eine Weile liebten.

Aufschreckend komme ich wieder zu mir. Ich halte einen Erdklumpen mit rauhem, haarigem Moos in der Hand, und zu meinen Füßen kauert sich eine lange blinde Schnecke an meinen Schuh. Was war nur über mich gekommen? Ich muß eine Ewigkeit hier auf diesem umgestürzten Baumstamm gesessen haben. Es ist kühl im Wald geworden. Ich habe Hunger, und die Nacht kommt.
Ich kann nicht in das Haus dort zurückgehen. Die Treppe ist zu viel für mich. Außerdem würden Fremde und Landstreicher eher in das Haus als in die frühere Fischkonservenfabrik eindringen. Ich werde in die Fabrik gehen. Dort bin ich sicherer. Ich kann das Meer rauschen hören, und ich werde frischere Luft haben.
Vorsichtig trete ich den Rückweg an. Ich mache halt und trinke noch einmal aus meinem Eimer Regenwasser. Dann überquere ich den von Unkraut überwachsenen Weg, öffne die Fabriktür und schaue hinein.

VIII

Eine große Rumpelkammer scheint es zu sein, eher die Seemannskiste eines alten und hünenhaften Seefahrers als eine seit Jahren stillgelegte Fischkonservenfabrik. Es ist ein einziger riesiger Raum mit hohen, mächtigen Dachsparren wie eine Scheune. Die Dielen des Fußbodens sind schmierig schwarz, in vielen Jahren wie gebeizt von dunklem Öl und von Fischblut. Rostiges, nicht mehr erkennbares Gerät liegt zerstreut überall herum, so, als habe es jemand für einen Augenblick abgestellt, um es gleich wieder aufzunehmen, sei dann aber nie wiedergekommen. Ölbeschmutzte hanfene Taue liegen wie müde gewordene Schlangen, kraftlos und flach, in der Ecke. Kisten, die einmal säuberlich gestapelt waren, liegen jetzt durcheinandergeworfen hier und dort, doch auf jeder ist noch deutlich die Sortenbezeichnung zu lesen, *Lachs, ausgesuchte Qualität, Bester Cohoe.* Die Netze sind wohl von dem letzten Fischer, der mit seinem Fang hierherkam, zurückgelassen worden; girlandenartig hängen sie, herabsackenden Vorhängen gleich, quer über den Fässern, oder sie liegen, in feuchten, muffigen Falten, auf dem Boden. Einige zwar sind ganz trocken. Als ich sie ausschüttle, flattern nur die papierenen Flügel von toten Motten heraus. Keine großartige Bettdecke, aber besser als nichts.

Am andern Ende der langen Halle steht, auf Blöcke gestützt, ein ausrangiertes Fischerboot; es ist der gesamten Takelage beraubt, und der verblaßte blaue Anstrich bröckelt vom Rumpf. Kein Geisterschiff, nur ein Skelett, wie von einem jener Schiffe, die an Land geschwemmt wurden, Jahrhunderte nachdem sie mit den Toten der Wikinger aufgebrochen waren zur Reise in den Himmel. Mir gefällt der Anblick dieses Bootes nicht besonders. Ich bleibe hier und lasse mich zwischen Kisten und Netzen nieder.

Da steht ein ganzer Stapel von Muschelschalen. Jemand hatte sie als Aschenbecher mit nach Hause nehmen wollen und es dann vergessen. Innen sind sie sandig – das Meer haftet noch an ihnen. Die Außenseite dieser Muscheln ist hellbraun und auf eine verwickelte Weise mit Linien und Fältchen gemustert. Ich hebe sie auf und wende sie hin und her und streiche über ihre rauhe, harte Außenseite und über die angenehm anzufühlende Innenseite, die mit einem seidigen Perlmutterschmelz überzogen ist.

Ich habe alles, was ich brauche. Eine umgestülpte Kiste ist mein Tisch, eine andere mein Stuhl. Ich breite mein Abendbrot aus und verspeise es. Als ich fertig bin, ist es noch immer etwas hell, und ich erkenne, daß in einer Muschel zu meinen Füßen ein paar Käfer gefangen sind. Mit dem Fingernagel klaube ich sie heraus. Sie leben nicht mehr. Doch der Tod hat ihnen nicht ihren Glanz genommen. Sie haben einen leuchtend grünen Rücken mit einer klaren, metallischen Linie in der Mitte; ihr Bauch schimmert wie reines Kupfer. Wenn ich aber schon Juwelen entdecke, ist es das mindeste, daß ich sie auch trage. Warum nicht, zumal niemand hier ist, der mich auslachen kann. Ich nehme den Hut ab – er ist ohnehin kaum passend für hier, ein steifer, hausbackener Hut, auf dem kostbare Blumen sprießen. Mit großer Sorgfalt stecke ich mir die Jade- und Kupferkleinodien ins Haar. Ich blicke in meinen Handtaschenspiegel. Die Wirkung ist erfreulich. Die Edelsteine beleben das Grau meines Haars. Sie verwandeln mich geradezu. Ganz still und gerade sitze ich und spreize träge meine Hände auf den Knien, ich, die Königin der Motten und Kaiserin der Ohrwürmer.

Plötzlich bin ich vollkommen abgespannt. Ich mache mir klar, daß ich den pochenden Schmerz in meinem Brustkorb nicht länger ignorieren kann. Meine Füße sind wohl in den engen Schuhen angeschwollen, und die dicken Venen auf den Beinen brennen wie Blasen. Dieser Tag hat mich erschöpft, obwohl ich eigentlich nichts anderes getan habe, als ein bißchen spazierenzugehen. Ich kann mich nicht mehr recht erinnern, was ich heute morgen getan habe. Bin ich morgens in den Wald gegangen, oder war es schon Nachmittag? Es ist nicht wichtig, aber es ärgert mich, daß ich es nicht genau sagen kann. Ich zerbreche mir den Kopf, aber der Morgen bleibt mir verborgen. Vielleicht habe ich das andere Haus geputzt. Ich kann unsaubere Häuser nicht ausstehen.

Der Kopf dreht sich mir, daß mir übel wird. Da. Nun habe ich es getan. Ich bin von meiner Kiste gerutscht und sitze auf dem Fußboden, die Beine steif wie Zaunpfähle nach vorn gestreckt, und presse mit den Händen meinen wie einen Ballon aufgeblähten Bauch, als ob er mir entweichen und davonschweben könnte, wenn ich ihn nicht festhielte.

Eine Möwe fliegt in diesem Raum umher. Ich spüre ihren Flügelschlag, wenn sie herabstößt und wieder emporfliegt. Sie ist erschreckt, ist in die Falle gegangen und schlägt aufgeregt mit den Flügeln. Ich hasse Vögel innerhalb eines Gebäudes. Ihre Angst macht sie unnatürlich. Ich ertrage es nicht, wenn sie mich berühren. *Ein Vogel im Haus bedeutet einen Todesfall im Haus,* so sagte man früher bei uns. Ist natürlich Unsinn. Aber die Art und Weise, wie diese Kreatur hin und her flattert, erschreckt mich und stößt mich ab. Sie fliegt niedrig und pfeilgerade wie ein Habicht, und ohne recht zu wissen, was ich tue, ergreife ich eine der leeren Kisten und schleudere sie nach ihr. Ich erwarte nicht, daß ich sie treffe, ich will sie nur verscheuchen. Zu meinem Entsetzen aber habe ich die Möwe mit der Kiste getroffen; betäubt stürzt sie zu Boden. Kreischend kriecht sie, nur eine Handbreit entfernt, an mir vorbei, mit einem blutig gesträubten Flügel. Ist der Flügel gebrochen, oder was ist geschehen? Sollte ich sie töten? Wäre ich meilenweit fort von hier und jemand erzählte mir dies oder ich stellte es mir vor, dann würde ich etwas für diese arme Möwe empfinden, zumindest ein leises Bedauern bei dem Gedanken an die weiße Kurve ihres Flugs im Wind. Aber jetzt will ich sie nur forthaben, will, daß sie ihren Schnabel schließt und ich nicht länger ihren Schrei zu hören brauche. Ich würde sie gern töten, aber ich kann mich nicht so weit überwinden, nahe genug heranzugehen.

Wenn Marvin hier wäre, der wüßte, was er zu tun hätte. Er ist praktisch. Er weiß sich immer zu helfen. Die Möwe hat noch viel Kraft. Sie wird niemals sterben. Sie taumelt, erhebt sich wieder, sinkt nieder und schlägt sich wund am Boden in der ohnmächtigen Wut, nicht tun zu können, was sie erzwingen möchte. Endlich schleppt sie sich auf einen Haufen Netze und bleibt dort bebend und flügelschlagend liegen. Ich wage mich nicht zu rühren. Es ist nicht recht, daß ich hier sitzen und dies mit anhören muß.

Warum kommt Marvin nicht? Er nimmt keine Rücksicht auf mich. Er ist wohl mit Doris ausgegangen. Sehr wahrscheinlich sitzen sie im Kino und kümmern sich kein bißchen

darum, ob ich lebe oder sterbe. Nun, ich werde nicht sterben. Sie sollen sich nicht einbilden, daß sie so leicht mein Haus bekommen. Wenn er versucht, es zu verkaufen, schicke ich ihm den Rechtsanwalt auf den Hals.
Inzwischen ist es dunkler geworden. Was ich hier tue, könnte ich beim besten Willen nicht sagen. Das letzte Licht sickert fahl durch Spalten und Ritzen, und die dunklen Flecken werden immer größer. Unheimlich mit ihren Ecken und Kanten stehen das verlassene Boot und die Geräte da. Nichts sieht gerade aus. Alles ist wie verbogen, ramponiert, ausgehöhlt, und die leeren Stellen sind mit Schatten ausgefüllt. Vielleicht sollte ich singen?

Bleibe bei uns, Herr,
denn es will Abend werden,
und der Tag hat sich geneiget.

Meine Stimme zittert im Tremolo und geht dann über in ein leises, trauervolles Brummen; ich könnte genausogut die Anweisungen aus dem Lehrbuch fürs Stricken singen, es würde mir ebensoviel helfen.
Plötzlich höre ich das dumpfe Bellen von Hunden. Etwas Grausames ist in diesem Laut. Ihnen gegenüber zu stehen, wäre wie die Begegnung mit einem Wahnsinnigen – zwecklos jedes Argumentieren; man würde nicht verstanden werden.
Zwei Hunde. Zwei tiefe, heisere Stimmen von der Hügelseite, fern und dumpf, aber immer deutlicher werdend, je näher sie kommen. Ich höre sie durch das nasse Farnkraut brechen. Sie sind aufgeregt, hinter irgend etwas her – einem Wild, einem Menschen? Ich glaube, sie müssen mich einfach hier entdecken. Vielleicht verfolgen sie meine Spur durch den Wald.
Wieder dieses wölfische Gebell, ungeduldig und böse. Sie würden keine lebende Seele schonen, wenn man sie gewähren ließe. Ich komme nicht auf die Füße. Auf Händen und Knien krieche ich bis zu dem dürftigen Unterschlupf, den mir ein Stapel Kisten bietet. Neben mir kann ich den Haufen von Netzen fühlen, auf dem die Möwe lag. Ich hatte sie vergessen. Jetzt höre ich sie nicht mehr. Hat sie einen Weg aus dem Haus gefunden, zurück zum Meer, wo sie das Salz-

wasser heilt oder die Gewalt einer einzigen grünschwarzen Woge sie vernichtet?
Ich warte zwischen den Kisten. Draußen schnüffeln die Hunde und wühlen in Gras und gefallenem Laub. Einer der beiden bellt plötzlich hell und triumphierend, der andere rast auf ihn zu, um zu sehen. Ich wage nicht zu atmen bei dem Gedanken, sie könnten einen Weg gefunden haben, um hier einzudringen. Ich warte und warte. Sie geben keinen Laut von sich. Dann aber höre ich ein unerklärliches Knurren und Balgen, und weg sind sie. Ich höre sie keuchend vorbeilaufen, dann, schwach, das Brechen der Zweige, als sie zwischen den Bäumen den Hügel wieder hinaufjagen. Sind sie wirklich fort? Ich kann es nicht glauben. Werden sie wiederkommen? Ich muß mich bewegen und einen Platz suchen, der sicherer ist. Bebend und schwitzend liege ich hier, doch beinahe schon ohne Angst. Mögen sie wiederkommen und ihr arges Werk tun. Wenn sie in diesem Augenblick über mich herfielen – ich würde mich nicht wehren.
Aber ein einziges leises Knacken genügt, daß ich anderen Sinnes werde. Ich höre, daß die Tür aufgeht und jemand hereinkommt. Ich kann nichts sehen. Es ist jetzt vollkommen Nacht geworden. Stockfinstere Nacht. Ich weiß nur, daß dort jemand steht.
Ein Streichholz flammt auf. Für einen Augenblick flackert der falsche Stern. Ich luge hinter den Kisten hervor und sehe flüchtig das Gesicht eines Mannes – ein Backenknochen schimmert auf, ein Augenpaar blinzelt in die Schatten, die der kurze Lichtschein wirft. Dann ein keuchendes Einziehen des Atems. War das er oder ich? Das Streichholz verlischt. Wir stehen uns in der Dunkelheit gegenüber.
„Wer ist da?“ Er hat eine hohe, flötende Stimme, wie man sich eine Eunuchenstimme vorstellt.
„Wenn Sie den Inhalt meines Portemonnaies haben wollen, dann nehmen Sie ihn sich, obwohl es wenig genug ist“, sage ich.
Er kommt einen Schritt näher, vorsichtig, verstohlen. Dann zündet er wieder ein Streichholz an.
„Eine alte Frau –“ Er stößt den Atem aus, daß es wie ein Schluchzen klingt. „Mein Gott, und ich dachte – ich weiß nicht …“

Erst jetzt kommt mir der Gedanke, daß er sich ebenso erschreckt hat wie ich. Das Falsett in seiner Stimme war nur Angst gewesen. Wie merkwürdig, daß sich jemand vor mir erschrecken kann. Das Streichholz verbrennt ihm die Finger; er läßt es fallen. Er sucht in seinen Taschen, und als das nächste kleine Feuerwerk aufflammt, hält er eine Kerze bereit. Er starrt mich an, und da werde ich mir meiner selbst bewußt, wie ich zwischen leeren Kisten kauere – das kattunene Hauskleid beschmutzt, das Gesicht dreckverschmiert, mein Haar hat sich aus dem Knoten gelöst und hängt wie Strähnen grauer Wolle herab. Ich hebe eine Hand, um mein Haar in Ordnung zu bringen. Dabei berühren meine Finger etwas Sprödes, Zerbrechliches. Ich drücke zu – es quatscht und knackt unter meinen Fingernägeln und strömt einen fauligen Geruch aus. Erst jetzt erinnere ich mich der Käfer, und ich möchte vor Scham in den Boden sinken.
„Ich hoffe, Sie werden mein Äußeres entschuldigen", sage ich.
„Machen Sie sich nichts daraus", sagt er. „Ist Ihnen auch nichts zugestoßen, meine Dame? Wie sind Sie hierhergekommen?"
Ein Gedanke kommt mir. Jetzt weiß ich, warum er hier ist. Ein Dieb wäre mir lieber gewesen.
„Sie kommen meinetwegen, nicht wahr? Nun, ich werde nicht mit Ihnen gehen. Ich wette, Marvin hat Ihnen nicht erzählt, was für Pläne er mit mir hat. O nein, davon erzählen sie keinem Menschen etwas. Diese Häuser haben nichts mit Pflege oder einem Heim zu tun, sie nennen sich ganz zu Unrecht so. Sobald man Sie einmal dort hat, müssen Sie auch dort bleiben. Da werden Sie gar nicht gefragt. Ich lasse mich nicht wie einen Sack Kartoffeln einfach irgendwohin transportieren."
„Bitte, meine Dame, beruhigen Sie sich doch", sagt er hastig. „Von alledem weiß ich nichts, mein Ehrenwort! Ich bin nicht Ihretwegen gekommen. Mein Name ist Murray Lees, Murray F. Lees, und ich bin seit mehr als zwanzig Jahren bei der *Vertrauenswürdigen Lebensversicherung.*"
Ich blicke ihn mißtrauisch an. Das Licht der Kerze reicht schwerlich aus, einen Unbekannten richtig einzuschätzen. Er trägt einen locker sitzenden Tweedmantel mit Fischgrä-

tenmuster; eine große Einkaufstüte hat er vor sich auf den Boden gestellt. Sein Gesicht erinnert mich an ein Nagetier; sein Blick ist unsicher. Auf der Oberlippe wächst ihm ein Schnurrbart von braungelber Farbe. Er schiebt den Unterkiefer vor und nagt mit den Zähnen ständig an diesem Bart.

„Ist das wirklich wahr? Marvin hat Sie nicht geschickt?"

„Himmlische Allmacht! Ich weiß überhaupt nicht, wer Marvin ist!"

„Marvin Shipley ist mein Sohn. Ich bin Hagar Shipley."

„Sehr erfreut, Ihre Bekanntschaft zu machen", sagt er. „Seien Sie unbesorgt. Ich bin hier hereingekommen, um ein bißchen Ruhe und Frieden zu finden. Manchmal habe ich das Bedürfnis, allein etwas nachzudenken. Darf ich mich setzen?"

„Bitte, lassen Sie sich nicht stören."

Er läßt sich auf einem Polster aus Fischernetzen neben mir nieder. Natürlich kann er gelogen haben. Ich traue ihm nicht, aber für den Augenblick habe ich vom Alleinsein genug.

„Die Hunde haben mich gehetzt", sagt er wehleidig, als sei ihm damit eine persönliche Beleidigung widerfahren. „Ich glaube nicht, daß sie wirklich bösartig sind, aber ich war gewiß nicht darauf erpicht, es auszuprobieren."

„Ich habe sie gehört. Auch ich habe Angst gehabt."

„Ich habe nicht gesagt, daß ich Angst hatte – oder?"

„Hatten Sie keine?"

„Doch", gesteht er mürrisch, „ich glaube, ja."

„Wem gehören die Hunde?"

„Woher soll ich das wissen?" sagt er. „Sie glauben doch nicht, daß ich oft hierherkomme?"

„Ich meinte nur ..."

„Sie gehören dem Wächter", sagt er. „Er wohnt oben, auf dem Hügel, aber er ist schon recht alt und kommt der Treppe wegen kaum noch herunter."

„Ich konnte mir nicht erklären, warum die Hunde plötzlich wieder fortliefen."

„Sie hatten einen verletzten Vogel gefunden und balgten sich um ihn. Sah wie eine Möwe aus, draußen im Gebüsch."

„Das war es also." Und aus einem mir unverständlichen

Grunde erzähle ich ihm die Geschichte.
„Ein Glück für mich, daß Sie sie getroffen hatten."
„Ich glaube, ja. Aber ich wollte sie nur hier heraushaben. Jetzt tut es mir leid, daß ich sie verletzt habe."
„Was?" fragt er empört. „Und mich hätten die Hunde in Stücke reißen dürfen?"
„So meinte ich es nicht. Aber es tut mir leid, daß sie die Möwe erwischt haben."
Er zündet sich eine Zigarette an und zieht gierig den Rauch ein. Er hält mir das Päckchen hin.
„Rauchen Sie?"
Zu seiner Überraschung nehme ich eine Zigarette. Er zündet sie mir an, dann nimmt er aus seiner Tüte eine bauchige irdene Flasche Rotwein und stellt sie auf den Boden. Er ist mit allem versehen und hat sogar einen Plastikbecher, den er nun füllt und mir reicht.
„Wenn Sie einen Schluck trinken wollen? Er ist nicht der beste, aber was können Sie um zwei fünfzig für die Zweiliterflasche erwarten?"
Er trinkt aus der Flasche. Ich nippe aus dem Becher. Der Wein schmeckt süßlich, ein bißchen künstlich, aber nach dem Regenwasser aus dem verrosteten Eimer ist er doch köstlich. Ich trinke den Rest in einem Schluck.
„Sie haben bestimmt Durst gehabt", sagt er. „Haben Sie heute etwas gegessen?"
„Es ist sehr aufmerksam von Ihnen, sich danach zu erkundigen. Aber ich habe gegessen. Sie auch?"
„Selbstverständlich. Glauben Sie, ich wäre ein Vagabund oder so was Ähnliches?"
„Nein, nein, aber ich habe hier irgendwo noch Salzgebäck. Greifen Sie zu, falls Sie mögen."
„Danke", sagt er, „ich habe im Augenblick wirklich keinen Hunger. Aber es ist sehr liebenswürdig von Ihnen."
Dann lacht er, ein leises, glucksendes Lachen.
„Was haben Sie?" frage ich.
„Wir sind so höflich", sagt er.
„Ich sehe keinen Grund, warum man seine Manieren vergessen soll, ganz gleich, wo man sich befindet", erwidere ich ein wenig reserviert.
„Nein?" fragt er. „Nun, ich sehe jeden Grund dazu, wenn ich die Wahrheit sagen soll. Aber das gehört nicht hierher.

Trinken Sie noch ein bißchen?“
„Sie sind sehr liebenswürdig, Mister …“
„Lees. Murray F. Lees.“ Er hält die bauchige Flasche hoch und öffnet weit den Mund. Er ist darin geübt, wie ich sehen kann. Nun scheint er Lust zum Plaudern zu bekommen. „Das F bedeutet Ferney. Murray Ferney Lees. Meine Mutter dachte gewiß, mit einem solchen Namen würde ich ein Dichter werden. Ferney war der Mädchenname meiner Mutter. Sie liebte ihren Namen, und es ärgerte sie, ihn aufgeben zu müssen, als sie meinen Vater heiratete. Darum gab sie ihn an mich weiter. Rose Ferney hieß sie. Ferney ist ein feiner Name, pflegte sie zu sagen.“
Er läßt ein kollerndes Gelächter hören.
„Sie war ein apartes, feinsinniges Seelchen“, sagt er. „Vom Haushaltführen verstand sie rein gar nichts.“
„Wahrscheinlich hatte sie es satt“, sage ich, „tagein, tagaus die Mahlzeiten zuzubereiten für eine lärmende Bande, die nie ein freundliches Wort für sie übrig hatte.“
„Glauben Sie mir, so war es ganz und gar“, sagt er.
Ich seufze tief auf und nehme wieder einen Schluck. „Wie man eine Sache betrachtet, hängt davon ab, auf welcher Seite des Zauns man steht.“
„Wie wahr“, sagt er. „Nehmen Sie mich, zum Beispiel. Sie werden Leute treffen, die Ihnen sagen: Wer in einer Lebensversicherung arbeitet, ist ein Parasit. Sehen Sie, das ist durchaus falsch. Was täten die Menschen, wenn sie nicht für ihre Zukunft Vorsorge treffen könnten? Beantworten Sie mir diese Frage! Sobald ein Mann weiß, daß für seine Familie gesorgt ist, wenn ihm einmal etwas zustoßen sollte, gibt ihm das innere Ruhe. Ich verkaufe innere Ruhe seit 1934. Ich kam zur *Vertrauenswürdigen* während der Wirtschaftskrise, und ich habe es nie bedauert. Bevor ich für sie arbeitete, hatte ich überhaupt keine Zukunftsaussichten.“
Er redet und redet. Ein langweiliger Mensch, aber der Klang seiner Stimme hat etwas Beruhigendes. Der Wein erwärmt mich. Ich spüre den Schmerz in der Brust nicht mehr so stark.
Draußen schmiegt sich die See an die Planken. Wenn ich allein wäre, würde ich dieses Geräusch alles andere als beruhigend finden. Es würde mich hinauslocken, wieder und wieder, mit jedem Zurückweichen der Woge zu ihrem Aus-

gangspunkt, in eine Tiefe hinab, so fremd und kalt wie ein ferner, gefrorener Planet – ein nächtiges Meer, das Schlangen birgt mit verschlagenem Blick, Schwertwale und Schwärme phosphoreszierender Lebewesen, die der Tag nicht kennt – eine schwarze See, die alles in sich hineinsaugt, ob die tote Möwe, die armseligen Abfälle aus den Booten oder Menschen, die vor der Ewigkeit nur durch ihren verletzlichen Körper, der die Furcht kennt, und durch ihre sehenden Augen geschützt sind. Aber ich habe einen Kameraden, also bin ich sicher, und das Meer ist nichts weiter als das Geräusch des Wassers, das an die Planken schlägt.

„Ich habe die Stellung meinen Gebeten zu verdanken", sagt er. „Sie mögen es nicht glauben, wenn Sie mich so sehen. Aber so war es. Ich war davon überzeugt. Damals war ich ein *Advokat des Heilands.* Ich bin es in aller Aufrichtigkeit geworden. Mein Großvater väterlicherseits ist Wanderprediger gewesen, *circuit rider.*"

„Zirkusreiter?"

„Ja, in Neros Zirkus. Er war einer der frühen Christen. *Circuit* sagte ich allerdings. Er wanderte und predigte das Wort Gottes. Er schlug auf dem Jahrmarktgelände am Stadtrand sein großes graues, flatterndes Segeltuchzelt auf und hängte sein Schild heraus. *Hören Sie Tollemache Lees, den bekannten Evangelisten. Ein Name von Klang im ganzen Cariboo-Gebirge und im gesamten Gebiet des Peace River. Die Predigt des heutigen Abends: ‚Was erwartet die Verdammten?' Versäumen Sie nicht, sich über dieses zeitgemäße Thema zu informieren.* So ungefähr. Die Sorte von Erlösung, die er verkaufte, war wie Feuerwasser. Sanft war sie nicht, das dürfen Sie mir glauben. Es mochte schwer zu schlucken sein, aber man fühlte sich wohl, wenn man es geschluckt hatte. Er hatte als Dachdecker begonnen und hörte als Seelenhirt auf, pflegte mein Vater zu sagen, und er meinte es nicht als Kompliment. Mein Vater hatte ein Schuhgeschäft in Blackfly, einer Stadt weiter oben im Norden, mit Sägewerken. Er gehörte der Brüdergemeinde an und konnte den Alten nicht ausstehen. Ich bin in Blackfly aufgewachsen."

„Ein merkwürdiger Name für eine Stadt."

„Das würden Sie nicht mehr sagen, wenn Sie einmal im Sommer dort gewesen wären", erklärt er. „Man war vor den verdammten kleinen Biestern keinen Augenblick sicher. Meine Mutter war womöglich noch mehr als mein Vater gegen den Alten eingenommen. Nachdem das Bethaus in Blackfly gebaut war, kam er regelmäßig. Es gefiel ihm weit besser als das Zelt, das mit der Zeit schon etwas schäbig geworden war. Das Bethaus hatte eine Kanzel aus gebeizter Eiche, mit einer weißen Atlasdecke, die rundum mit goldenen Quasten besetzt war; an der Vorderseite standen in stilisierten kastanienbraunen Lettern die Worte: *Alle, die jetzt leben, können erlöst werden.* Meine Mutter verbot mir, in das Bethaus zu gehen, aber ich tat es trotzdem. Sie ging an meinem Großvater vorbei, wenn sie ihm auf der Straße begegnete. Er kam ins Schuhgeschäft, und hin und wieder gab ihm mein Vater einen Dollar, um ihn loszuwerden. Mutter sagte, sie könne nur mit gesenktem Kopf durch Blackfly gehen, solange er da war. Mir aber gefielen die Versammlungen im Bethaus gut. Er hatte eine Stimme, die wie das Trompeten des Wals tönte. Beim Gemeindegesang war seine Stimme am deutlichsten zu vernehmen. Ich kann ihn heute noch hören:

Tauche deine Hände, tauche deine Hände,
Tauche sie in das Blut,
Das reine und lebendige Blut des Lammes ...“

Er singt laut und skandierend, mit einer Stimme, die vor Gelächter atemlos ist. Ich finde das nicht sehr amüsant. Es scheint mir nicht gerade von gutem Geschmack zu zeugen.
„Was für ein unerfreuliches Lied!“
„Ganz und gar nicht“, widerspricht er. „Es war besser als Buck Rogers und Tom Mix zusammengenommen. Außerdem glaubte ich felsenfest daran. Als ich erwachsen war und in die Gemeinde der Advokaten des Heilands aufgenommen war, nannte mich meine Mutter einen lebenden Atavismus. Arme Mutter, armes Seelchen. Immer ängstlich. Sie war Anglikanerin und fürchtete, andere Anglikaner könnten beobachten, daß ich ins Bethaus ging. Sie machte sich um alles mögliche Sorgen. Im Sommer quälte sie der Gedanke, sie könne nach Schweiß riechen, und deshalb trippelte sie alle halbe Stunden ins Schlafzimmer und be-

streute sich mit Lavendeltalkumpuder; aber als die desodorierenden Mittel aufkamen, weigerte sie sich, sie zu benutzen, denn sie hätten Spuren auf ihrem Kleid hinterlassen können, und die Leute würden das dann sehen."

„Das arme Ding", sage ich, schnalze mit der Zunge und halte ihm meinen Plastikbecher wieder hin. „Wenn ich mir vorstelle, daß man sein Leben damit verbringt, sich den Kopf darüber zu zerbrechen, was die andern von einem denken! Sie muß einen ziemlich schwachen Charakter gehabt haben."

„Haben Sie sich einmal eine Gartenwinde angesehen?" fragt er. „Sie sehen so zart aus, daß Sie glauben, man brauche sie nur böse anzusehen und schon welkten sie dahin. Aber versuchen Sie es, sie auszureißen, und Sie werden sehen, wie weit Sie kommen. Schwach! Was Sie nicht sagen! Sie machte so viel Theater wegen meiner Zugehörigkeit zu den *Advokaten des Heilands,* daß ich am Ende Blackfly für immer verließ. Sie war sogar noch resoluter als Lou."

„Lou – ist das Ihre Frau?"

Er hebt die Flasche wieder in die Höhe, kippt sie mit der Öffnung nach vorn und wischt sich dann den Mund mit der Hand ab.

„Ja. Ich habe sie bei einem Erweckungszeltlager kennengelernt. Sie war ein großes, strammes Mädchen, ein Rotschopf. Wie eine Federmatratze war die Frau. Ich kann Ihnen sagen, dieses Lagertreffen war eine tolle Sache."

Er ist doch ziemlich gewöhnlich, wie ich merke. Ich rümpfe die Nase, und er schaut mich an.

„Ich hatte sie gern", sagt er wie zu seiner Verteidigung. „Was heißt gern? Ich war verrückt nach ihr. Damals hätte sie die Engel vom Himmel herunterbeten können, wenn sie dazu Lust gehabt hätte, und wenn sie sich aufs Moos legte und ihre großen weißen Schenkel spreizte, dann gab es auf der ganzen Welt keinen schöneren Ort."

Seine offenen Worte verblüffen mich – und rufen in mir Erinnerungen wach; ich bin verlegen und kann ihm nicht ins Gesicht sehen.

„Nun, ich muß sagen, das ist eine merkwürdige Kombination: Beten und *das.*"

„Da werden Ihnen Tausende recht geben", sagt er mürrisch. „Gott ist zwar die Liebe, aber bitte, nennen Sie die beiden nicht in einem Atem! Ich kann Ihnen nur sagen, daß ich diese Frau geliebt habe."

„Das nennen Sie Liebe?"

„Wenn das nicht Liebe war, was dann?"

„Ich weiß nicht. Wirklich, ich weiß es nicht."

Ich atme einmal tief ein und aus. „Oh – ich bin müde. Ich bin dieser Tage ganz erschöpft. Früher bin ich nie so müde gewesen. Dieser alberne Arzt. Ein gutes Stärkungsmittel würde mir weit besser helfen als all seine Röntgenstrahlen."

„Fühlen Sie sich nicht gut?" fragt mein Gefährte. „Soll ich mit meinem Geschwätz aufhören?"

Darüber muß ich lächeln. Er könnte ja um alles in der Welt nicht aufhören zu reden.

„Nein, sprechen Sie nur weiter. Ich höre Ihnen gern zu."

„Nun, wenn Sie wirklich wollen ... Wo ist Ihr Glas geblieben?"

„Nein, im Ernst, ich darf nichts mehr annehmen. Sie werden es selbst brauchen."

„Machen Sie sich deswegen keine Sorgen", antwortet er. „Ich freue mich über Ihre Gesellschaft. Wie ich gerade sagte, Lou und ich waren schneller verheiratet, als wir beabsichtigt hatten, aber das machte mir kein Kopfzerbrechen. Wohl aber ihr. Plötzlich machte auch sie sich Gedanken. Sie wollte den Leuten sagen, daß das Kind eine Frühgeburt sei. Außer Tomaten aß sie so gut wie nichts mehr – Sie wissen, Tomaten enthalten nur sehr wenig Kalorien. Aber als Donnie geboren wurde, wog er neun Pfund – eine Katastrophe!"

Er reicht mir das Glas, und ich trinke wieder. Sein Wein ist stärker, als der Geschmack vermuten läßt. Aber die Glieder sind mir leicht geworden, ich fühle mich wohl, und der Schmerz ist so gut wie ganz verschwunden. Er zuckt mit den Achseln.

„Ich nahm sie fest in die Arme und sagte ihr, daß es ganz gleich sei", fährt er fort. „Aber es hatte keinen Zweck. Sie glaubte, daß Gott sie strafen wollte. Eine Bestrafung, sagte ich, so ein Prachtkerl, gesund und aufgeweckt! Hat er vielleicht zwei Köpfe oder nur ein Auge. Aber sie konnte meinen Standpunkt nicht teilen. Sie werden es nicht glauben wollen, aber sie war nie mehr wie früher."

„Was Sie nicht sagen! In welcher Weise?"
„Sie hielt sich zurück. Sie war nicht mehr mit dem Herzen dabei. Aber sie war doppelt so eifrig im Bethaus. Sie ist es noch. Aber ich nicht."
Er beugt sich vor und sieht mir fest in die Augen.
„Ich habe meinen Glauben verloren", vertraut er mir an. „Ich hatte ihn sozusagen verlegt, und als ich ihn dann suchte, war er nicht mehr da."
„Vielleicht haben Sie ihn nie besessen", bemerke ich und finde es eine Aufdringlichkeit von ihm, mir das alles zu erzählen. Als ob mich das interessierte.
„Ich dachte, ich hätte ihn besessen", sagt er unsicher. „Aber vielleicht auch nicht. Ich nahm ihn allerdings nicht ganz so feierlich wie manch anderer, aber wenn ich in der Gemeinde aufstand und Zeugnis ablegte, sprach ich, wie es in dem Brief an die Korinther heißt, mit Menschen- und mit Engelszungen. Ich hatte genug von alledem, als Lou das von Donnie sagte. Aber erst das Ende aller Tage brachte mich endgültig dazu, Schluß zu machen."
„Wie bitte?"
„Wir hatten damals im Bethaus einen Laienprediger", erklärt er. „Er hatte als Steinanstreicher begonnen. Sie wissen doch, einer, der mit einem Eimer Tünche herumgeht und auf die Steine am Chausseerand Parolen und Sprüche malt, die die vorüberkommenden Autofahrer aufheitern sollen. Zum Beispiel, *Das Jüngste Gericht ist nahe,* und dergleichen mehr. Nun, ich nehme an, daß ihm die Farbe ausgegangen war, und so kam er in unser Bethaus in der Larkspur Street und begann uns zu erklären, daß die Stunde nahe sei. Sie haben sicher geglaubt, daß diese Dinge schon vor vielen Jahren aus der Mode gekommen sind. Aber sie sind es nie."
„Ich habe nie etwas mit Sekten zu tun gehabt", sage ich. „Darum kann ich Ihnen auch keine Antwort darauf geben."
„Dann haben Sie nie mit den richtigen Leuten verkehrt", sagt Murray Ferney Lees. „Dieser Bursche, Pulsifer war sein Name, hatte – das muß ich zugeben – viel Überzeugungskraft. Sie kennen diesen Typ – groß, nicht ausgesprochen hübsch, aber vertrauenerweckend – Sie hören ihm zu und denken – Junge, Junge, der ist aber seiner Sache ganz sicher; wie könnte er unrecht haben? Lou verschlang seine

Worte geradezu. Dabei ließ er sich auf kein Risiko ein. Er sagte niemals, daß das Ende aller Dinge am 4. September zwei Uhr dreißig nachmittags eintreten würde. O nein! Er sagte nur, daß es bald bevorstünde, und das konnte er ganz genau mit Bibelstellen belegen. Wir aber sollten Wachtposten aufstellen und Nachtwachen halten und darum beten, daß uns der genaue Zeitpunkt offenbart würde, damit wir bereit seien. Hör mal, sagte ich zu Lou, was machen wir, wenn uns der genaue Zeitpunkt offenbart wird? Vielleicht wirst du das Ende aller Dinge aufhalten wollen und Gott bitten, doch freundlicherweise so lange damit zu warten, bis du eine alte Dame geworden bist? – Darum geht es hier gar nicht, Murray, antwortete sie. Worauf es ankommt, ist: Kannst du nicht eine Stunde wachen? Was sie beträfe, so könne sie es ganz bestimmt, und wenn ich es nicht konnte, dann war das mein Pech."

Ich werde schläfrig, während ich ihm zuhöre, aber etwas in seiner Stimme hält mich wach. Er trinkt wieder und schiebt mir dann die Flasche hinüber. Ich versuche sie schräg zu halten und mir einzuschenken, aber der Wein geht daneben und fließt auf den Boden. Entsetzt nimmt er mir die krugförmige Flasche aus der Hand. Er ist total betrunken, aber er schenkt mir das Glas voll, ohne einen Tropfen zu verschütten. Er hat im Einschenken Übung. Aber ich ziehe ihn nicht damit auf, nicht einmal insgeheim. Dieser Mann hat etwas Einnehmendes. Ich mag ihn jetzt gut leiden, trotz seines Kaninchengesichts und trotz seines nervösen Am-Schnurrbart-Nagens. Seine merkwürdige Art interessiert mich. Ich begreife nicht mehr, wie ich ihn langweilig finden konnte. Ich habe zwar schon einmal vage von den *Advokaten des Heilands* gehört, aber noch nie aus erster Hand. Ich hatte mir nie träumen lassen, einmal mit solchen Leuten etwas zu tun zu haben.

„Sind Sie nun zu den Nachtwachen im Bethaus gegangen, Mister Lees?"

„Ja", sagt er. „Ich dachte, zum Teufel, es ist eine Szene nicht wert. Ich hasse Szenen. Ich bekomme Migräne davon. Lou kann schreien, daß das Haus einstürzt, wenn sie einmal in Fahrt kommt. Allerdings brachte es mich, als Vertreter einer Lebensversicherung, in eine peinliche Lage, wie Sie wohl ermessen können. Was soll ich tun, fragte ich Lou, soll

ich trotzdem weiter meine Versicherungspolicen verkaufen? Was ja, wenn ich glaube, daß keiner meiner Kunden sechzig Jahre alt wird, eine Heuchelei wäre, wie du zugeben mußt. Oder soll ich ihnen sagen, daß sie ihr Geld verschwenden? In diesem Falle wäre es freilich am besten, wenn das Reich Gottes so bald wie möglich käme, andernfalls wären wir nämlich nicht imstande, die Raten für das Haus weiterzuzahlen. – Um so mehr Grund, sagte sie, daß wir beten, um das genaue Datum zu erfahren."
„Sie glaubten doch nicht, daß das Ende wirklich bevorstand, nicht wahr?"
Er breitet seine Hände aus, als wolle er mich auffordern, sie zu betrachten. Die Nägel sind vollkommen abgekaut.
„Ich glaubte es, wenn ich im Bethaus mit den andern zusammen war. Man denkt sich: Alle glauben es, da kann ich nicht der einzige sein, der es nicht glaubt. Aber was man nicht weiß, ist dies, daß vielleicht alle genauso denken. Vielleicht auch nicht. Wie kann man das wissen? Das hat mich manchmal unsicher gemacht."
„Aber Sie selbst – wenn Sie nicht mit den andern zusammen waren?"
„Ich habe von Kindheit an immer denselben Unsinn gehört. Es waren alte Geschichten. Ich war daran gewöhnt. Ich konnte darüber nicht wie Lou in Ekstase geraten. Oder – ja, vielleicht konnte ich es auch, aber nicht so leicht. Ich brauchte einen Antreiber, verstehen Sie? Wie dem auch sei, ich ging an jenem Abend zu der Vigilie."
Er bricht ab und blickt in der Halle umher, blickt hinauf zu den in der Dunkelheit verborgenen hohen Dachsparren, hinüber zu dem ausrangierten Boot, dessen Bug nur undeutlich zu erkennen ist. In den trüben Fensterscheiben seines Steuerhauses liegt der Widerschein vom Licht unserer dünnen Kerze, so daß sie wie ein Spiegel in der Nacht schimmern. Ich beuge mich vor, aufmerksam, während ich mit einer Hand ein verkrampftes Glied massiere, und schaue mir diesen Mann an, dessen Namen ich auf einmal vergessen habe, dessen Gesicht jedoch, das mir jetzt zugewandt ist, schweigend, aber klar und eindringlich fordert: *Hören Sie zu, Sie müssen mich anhören!* Er sitzt mit übereinandergeschlagenen Beinen und schwankt ein wenig hin und her, als er mit tiefer, lauter Stimme fortfährt.

„Herr, offenbare diesen Deinen wenigen Getreuen Deine geheime Absicht, damit sie sich vorbereiten, teilzunehmen am himmlischen Festmahl in Deinem Tabernakel droben in der Höhe und den Wein zu trinken in Deinem eigenen Reich ..."
Er unterbricht sich und wirft mir einen Blick zu, um zu sehen, was ich davon halte. Ich sehe ihn an, sehe die Schatten, die sich jetzt um ihn sammeln. Sein Gesicht weicht zurück, dann nähert er sich schnell wieder, aber immer nur sein Gesicht, wie wenn sein Körper nicht mehr existierte. Ich fürchte mich und sähe es lieber, wenn er aufhören wollte. Ich möchte nichts mehr hören.
„Was sie wirklich meinten", sagt er, „war: Wenn es bevorsteht, lieber Gott, dann hab Erbarmen und sage uns, wann. Denn diese Ungewißheit können wir nicht ertragen."
„Kein ungewöhnlicher Zustand", bemerke ich trocken.
„Wie? Nun, wie dem auch sei, ich kniete dort – der Boden war hart wie Eisen, und die Bügelfalte in der Hose war dahin –, und auf einmal hob ich den Kopf und blickte mich um. Ich sah den alten Pulsifer, er hatte die Augen geschlossen und zitterte und bebte, rhythmisch wie das Herz klopft. Und da kam mir plötzlich der Gedanke, daß er, wenn das Ende nicht kam, keineswegs erleichtert, sondern enttäuscht sein würde. Zweierlei dachte ich in diesem Augenblick. Erstens, daß sich Gott, wenn er nur ein bißchen Sinn für Humor hatte, in eben diesem Moment vor Lachen bog. Zweitens, daß es, wenn die Stunde schlug, wahrscheinlich für IHN eine größere Überraschung war als für uns. Hier hast du nichts zu suchen, Murray, sagte ich mir. ‚Du kannst tun, was dir beliebt', sagte ich zu Lou, ‚aber ich mache, daß ich rauskomme, und gehe nach Hause. Wir hätten Donnie sowieso nicht so lange allein lassen dürfen.' Sie hörte mich nicht. Ich nahm den Hausschlüssel aus ihrer Tasche. Sie merkte es nicht. Sie war zu sehr darin vertieft, um die Schlüssel zum Himmelreich zu beten."
Er hebt die Flasche, und ich sehe, wie beim Schlucken sein Adamsapfel auf und ab gleitet. Es verleiht ihm ein clownhaftes, karikaturhaftes Aussehen, und mehr, weil er mir deshalb leid tut, als aus dem Wunsch, wirklich noch mehr zu hören, beuge ich mich vor und berühre seine Hand.

„Und dann?"
„Es ist eine merkwürdige Sache", sagt er. „Sie glaubte, es würde von weither kommen. Mit der Stimme des Allmächtigen und einem Regen von Blut und Heuschrecken. Der Mond verfinstert und die Sterne aus ihrer Bahn getreten. Und dabei war es schon die ganze Zeit ganz nahe gewesen."
Er zögert einen Augenblick und fährt dann mit einiger Anstrengung fort.
„Ich kam eine Viertelstunde nach der Feuerwehr nach Hause. Das Feuer war im Souterrain ausgebrochen und hatte sich von dort ausgebreitet. Das Haus war alt – etwa fünfundzwanzig Jahre, schätze ich –, und das Holz innen war sehr trocken. Das Haus war vollkommen verloren. Natürlich hatten wir es versichert."
„Aber der ..."
Er nickt. In seiner Miene ist etwas wie Verwirrung, wie stumme Ratlosigkeit.
„Es heißt, daß es rasch geht", sagt er. „Man verbrennt nicht wirklich, wissen Sie, erst danach. Man stirbt am Rauch."
Er richtet den Blick auf mich. „Das hat man mir jedenfalls gesagt. Aber wie kann ich wissen, ob es schnell geht? Vielleicht stimmt es nicht. Genau wüßte ich es nur, wenn es mir selbst widerfahren wäre."
Mit einem Ruck zieht er den Kopf zurück. „Bei Gott, ich wünsche, es wäre."
Er glaubt, er habe den Schmerz entdeckt, wie ein neues Rauschgift. Da könnte ich ihm einiges erzählen. Aber als ich überlege, was ich ihm eigentlich erzählen will, ist es wieder fort. Es ist nur Wind gewesen, der mich einen Augenblick mit meiner angesammelten Weisheit gebläht hat und dann wie ein Rülpser entfuhr. Nichts kann ich ihm erzählen. Nur etwas einziges will mir einfallen, das ich sagen kann, das überhaupt von Bedeutung ist: „Ich habe einen Sohn gehabt und ihn verloren."
„Nun, dann wissen Sie Bescheid", antwortet er nur.
Wir sitzen still in dieser Fabrikhalle, in der wir allein sind, und warten auf das schreckliche Gelächter Gottes, aber wir hören nichts als das dünne Kichern des Meeres.
„Ich komme nicht dahinter, wessen Schuld es gewesen sein könnte", sagt er. „Traf sie meinen Großvater, weil er Predi-

ger war? Meine Mutter, weil sie mich dahin gebracht hatte, daß ich das Höllenfeuer ihrem Lavendelpuder vorzog? Vielleicht Lou, weil sie so überzeugt war, daß ihm nichts geschehen könne? Oder mich, weil ich nicht längst bekannt hatte, daß ich genauso gut zu Hause bleiben konnte, statt ins Bethaus zu gehen, so wenig bedeutete es mir."
Warum hört er nicht auf davon? Ich habe genug gehört.
„Niemand hat schuld."
„Gut, aber wissen Sie, was ich zu tun pflegte, bevor ich zu dem abendlichen Gottesdienst ging? Ich trank im Souterrain ein paar Schluck Whisky, um mich anzukurbeln. Vielleicht habe ich eine brennende Zigarette liegenlassen. Ich konnte mich nie mehr richtig erinnern."
Er hält die Hand auf die Flasche. „Wissen Sie, was? Ich meine, was sie sagte, Lou."
„Was denn?"
„Sie meinte, jetzt hätte ich die ideale Ausrede gefunden. Und ich kann nicht behaupten, daß sie unrecht hat. Vielleicht ist das alles, was geblieben ist. Es sind fünf Jahre her."
Er steht auf. „Wenn ich wüßte, wo Ihre Cracker geblieben sind. Ich könnte gerade jetzt gut ein paar vertragen."
Er nimmt die Kerze mit, läßt mich im Dunkeln und taumelt über die hallenden Dielen. Ich schließe die Augen. Ich will ein Weilchen ausruhen und an nichts denken. Aber als meine Augen nun nicht einmal mehr die Schatten als Ruhepunkt haben, an dem ich mich gleichsam festhalten kann, tauche ich, stürze ich in die Tiefe, stoße herab wie eine Möwe. Eine Empfindung, die mir Übelkeit verursacht. Mir ist, als ob ich vielleicht nicht mehr zurückfände, auch wenn ich die Augen wieder öffne. Vielleicht fegt es mich hinaus wie eine Möwe, die der Wind, der zu stark für sie ist, fortbläst, zwingt es mich in die aufgewühlte See, drückt mich nach unten, reißt mich klaftertief in eine Tiefe, so still und kalt wie schwarzes Glas.
Er ist wieder da. Ich öffne die Augen und stelle fest, daß kein Licht mehr da ist.
„Die Kerze ist ausgebrannt", erklärt er nüchtern. „Ohne Licht kommt es einem kälter vor, nicht wahr? Sie müssen ganz erfroren sein. Sie haben ja nur eine Strickjacke."
Er hat also bemerkt, was ich anhabe. Ängstlich versuche

ich, mit den Fingern tastend, zu entdecken, ob mein Kleid zerrissen ist und wo. Der Stoff bauscht und kräuselt sich. Ich kann nichts fühlen außer meinem eigenen Fett; ich zittere vor Kälte. Die Kerze ist aus. Jetzt kann er mich ohnehin nicht sehen. Ganz gleich, wie ich aussehe.
„Mir geht es gut“, sage ich. „Es ist eine wollene Strickjacke. Sie gehen doch nicht fort? Ist es Ihnen nicht zu kalt?“
„Mir nicht“, brummt er. „Ich glaube, ich sollte Ihnen meinen Mantel geben. Ist es Ihnen bestimmt warm genug?“
„Aber ja, ganz bestimmt.“
„Na, dann ist es ja gut. Ich wollte es nur wissen.“
Wir schwiegen beide. Ich schließe wieder die Augen.

Eines Nachmittags kam John nach Hause und erzählte mir, daß Arlene auf ein Jahr in den Osten ging.
„Eine Cousine ihres Vaters zahlt ihr etwas für ihre Hilfe im Haushalt. Es bleibt in der Familie, sie bekommen also ein Dienstmädchen praktisch umsonst. Eine prachtvolle Übereinkunft, verdammt noch mal.“
„Warum geht sie dann hin, wenn es so schlecht ist?“
„Weißt du, oberflächlich gesehen ist es nicht schlecht – das sind solche Angebote nie. Die Einladung ist in einer sehr netten Form gehalten. Arlene sagt, wenn sie sie ablehnte, würden das ihre Eltern nicht verstehen. Sie würden nicht begreifen, wie sie ein solch vernünftiges Angebot ablehnen könnte. Jedenfalls meint sie, sie habe nun lange genug auf Kosten ihrer Eltern gelebt, und da sie jetzt die Möglichkeit hat, etwas zu verdienen, ist sie entschlossen, ihnen wenigstens einen Teil von dem zurückzuzahlen, was sie für sie ausgegeben haben, seitdem sie stellungslos ist. Nur ein Jahr, sagt sie, und dann sind wir frei und können neu anfangen.“
„Dagegen kannst du doch gewiß nichts haben, nicht wahr? Ich freue mich, daß sie soviel Verantwortungsgefühl hat.“
„Diese Art von Schuld wird man nie los“, sagte John, „wenn der Mensch, in dessen Schuld man ist, es nicht will. Nichts ist dann je genug. Die Simmons wollen nicht das Geld – sie wollen sie selbst. Sie kann sich von ihnen nicht loskaufen. Ein Jahr wird da keinen Unterschied ausmachen.“
„Eine merkwürdige Art, jemanden zu halten, indem man ihn fortgehen läßt“, sagte ich.

John zuckte mit den Achseln. „Die beste Art, die es gibt, gerade jetzt. Es wäre doch möglich, daß sie in Toronto irgendeinen gutgestellten Mann kennenlernt; und wenn Telford in Pension geht, können er und Lottie auch nach Toronto ziehen."
Was mich dabei am meisten ärgerte, war der gewollt unhöfliche Ton, in dem John von Telford und Lottie sprach, indem er sie bei ihren Vornamen nannte.
„Ich finde diese Art zu sprechen abscheulich", sagte ich.
„So? Aber du scheinst von alledem nicht sehr überrascht zu sein. Hast du es erwartet?"
„Sei nicht lächerlich", fuhr ich ihn an. „Ich habe nicht die leiseste Vorstellung, wovon du sprichst."
„Wirklich?" Dann fuhr er in grimmigem Trotz fort: „Sie fährt in vierzehn Tagen. Weißt du, was ich jetzt tue? Von jetzt an bringe ich sie jeden Abend hierher, und wenn sie schwanger wird, dann um so besser!"
„Das wirst du nicht tun!" schrie ich. „Man spricht in Manawaka schon genug über euch. Nur ein Kind kann nicht warten auf etwas, das es haben will."
„So denkst du", sagte John. „Vielleicht hast du nie etwas genug gewollt."
Auf einmal war mein Zorn verraucht. Ich konnte ihn nur ansehen, ihm gut zureden und versuchen, ihn zur Einsicht zu bringen.
„Ich will nur dein Glück", sagte ich. „Wie sehr, das wirst du nie erfahren. Ich möchte nicht, daß du einen Irrtum begehst und Verpflichtungen übernimmst, denen du nicht gewachsen bist. Ich weiß, wohin das führt. Du glaubst, ich verstünde davon nichts, aber da irrst du dich. Bitte, John, versuche mich zu verstehen ..."
Auch er vergaß seinen Zorn, und im Blick seiner grauen Augen, die auf mich gerichtet waren, stand Ratlosigkeit.
„Aber das ist doch verrückt", sagte er. „Du hast alles mißverstanden. Ich war – also ich war gerade nach langer Zeit wieder auf dem besten Wege, hast du das nicht gewußt?"
„Vollkommen abgebrannt", widersprach ich ihm. „Ohne Beruf und Beschäftigung, und ohne jede Aussicht – und da kannst du mir das sagen?"
„Du hast immer auf das falsche Pferd gesetzt", sagte er ru-

hig. „Dein Sohn war Marvin, aber das hast du nie erkannt, nicht wahr?“

An diesem Abend und an allen folgenden fuhr er mit dem Lastwagen an Stelle der Auto-Kutsche. Wahrscheinlich dachte er, er brauche das Benzin nicht länger zu sparen. Aber trotz allem, was er gesagt hatte, brachte er Arlene nicht mehr ins Haus. Sie spielten nie wieder im Shipley-Haus Mann und Frau.

An dem Abend, an den ich denke, wollte ich einmal nicht aufbleiben, bis er nach Hause kam. Er kam jetzt immer sehr spät, jedesmal später, meinte ich, und ich war wütend bei dem Gedanken, daß das für das Benzin ausgegebene Geld mein Geld war. Er hatte kein Recht, den Lkw zu benutzen, um mit Arlene Gott weiß wohin durch die Gegend zu fahren. Ich sagte ihm das an jenem Abend mit unmißverständlichen Worten, doch er antwortete nur, daß er über das Geld Buch geführt habe und es mir, sobald er könnte, zurückzahlen würde.

Außerdem brauchten sie nicht viel Benzin, da sie nie weit hinausführen.

„Daran zweifle ich allerdings nicht“, sagte ich. „Ihr seid alle beide dreist genug, nicht weiter zu gehen als bis zur Erbsenstrauchhecke vor Simmons Haus.“

Ich war ein bißchen scharf gewesen, ich weiß, aber er war an meine Art gewöhnt und pflegte meine Worte nicht allzusehr auf die Goldwaage zu legen. Er mußte wissen, daß ich es nur aus Sorge um ihn tat.

„In einem Ort, wo jeder jeden kennt, genügt es nicht, das Böse zu meiden; du mußt auch den bloßen Anschein vermeiden“, sagte ich ihm an jenem Abend.

Zu meiner Überraschung lächelte er.

„Das ist wirklich sehr viel verlangt“, sagte er. Dann öffnete er die Küchentür und sagte: „Auf nachher also. Auf Wiedersehen.“

Er verließ das Haus, und ich ging nach oben und legte mich zu Bett. Ich konnte nicht einschlafen. Früher, als ich jünger war, kam mir der Schlaf so leicht – ich hatte nie ein Geschenk darin gesehen. Aber jetzt mußte ich dem Schlaf mit Kriminalromanen nachhelfen. Doch diesmal half das Lesen nicht. Die Luft – es war August – war drückend und stand still. Ich saß aufrecht, mit Kissen im Rücken, und überlegte

gerade, ob ich nicht nachgeben und doch eine Schlaftablette nehmen sollte.
Da hörte ich jemanden an die Tür schlagen, und ich erschrak; ich dachte, es wäre vielleicht ein Vagabund, der als blinder Passagier im Güterwagen gekommen war und nun Essen und eine Unterkunft suchte, vielleicht ein Verzweifelter, der in Versuchung geraten mochte, das Haus zu plündern. Ich wartete, unschlüssig, ob ich hinuntergehen sollte oder nicht, bis ich eine Stimme hörte, die meinen Namen rief: „Hagar – Hagar!"
Als ich die Tür öffnete, stand Henry Pearl draußen. Er suchte nach Worten, und endlich platzte er unbeholfen damit heraus.
„Das beste ist, du kommst gleich mit, Hagar. Es geht um John."
„Was ist geschehen? Ist ihm etwas passiert?"
Aber Henry war außerstande zu sprechen. In den letzten Jahren war er sehr mager geworden. Seine Kleidung hing schlotterig an ihm, und in seinem Gesicht zeichneten sich die Runzeln ab wie die Maserung im Holz. Er hatte selbst drei Söhne, schwerfällige, besonnene Burschen, die ihm, soviel ich wußte, noch nie die geringste Sorge bereitet hatten – oder vielleicht hatten sie doch, und ich wußte es nur nicht. Mein einziger Gedanke war, daß John in irgendeine Patsche gekommen war. Manchmal kam es an Samstagabenden in der *Flamingo Dancing Hall* zu Prügeleien, und die zerbrochenen Bierflaschen flogen dort wie die Vögel umher, hatte ich gehört.
„Henry, was ist geschehen?"
„Zieh dich an und komm", sagte er. „Ich erzähle es dir unterwegs."
Aus den paar Kilometern bis Manawaka schienen Tausende zu werden. Henry, am Steuer seines alten Ford-Lastwagens, sprach mit einer so quälenden Langsamkeit, daß ich ihm ins Gesicht hätte schreien mögen, mir auf der Stelle alles zu sagen.
„Er ist im Krankenhaus", sagte er. „Es war ein Unfall, Hagar. Er …"
„Ist es schlimm? Wird er durchkommen?"
„Ich weiß nicht", murmelte Henry. „Ich glaube, sie können es noch nicht sagen."

Und dann erzählte er es mir. Sein ältester Sohn war auf dem Tanz gewesen und hatte gesehen, wie John, zum erstenmal nach Monaten betrunken, mit Lazarus Tonnerre wettete, daß er mit dem Wagen über die Eisenbahnbrücke fahren würde. Arlene versuchte ihn zurückzuhalten, aber er wollte nicht auf sie hören. Also begleitete sie ihn.

„Er vergewisserte sich, daß kein Zug auf dem Fahrplan stand", berichtete Henry weiter. „Er war nicht so betrunken gewesen, verstehst du. Er hatte genau festgestellt, daß kein Zug kommen konnte, sagt Hank."

„Ist der Wagen – über die Brücke gestürzt?"

„Nein", sagte Henry. „Er bekam ihn, Gott weiß wie, hinüber. Er ist tatsächlich über die Brücke gekommen."

„Und dann –"

„Es war ein Sonderzug", sagte Henry. „Ein Güterzug, der nicht im Fahrplan stand. Er transportierte Kartoffeln und Lebensmittel für die Unterstützungsempfänger. Er kam aus der Kurve, die dem Fluß folgt, gerade vor der Brücke. Sie konnten den Zug erst sehen, als es schon zu spät war."

Niemand hatte schuld. Wo liegt die letzte Ursache? Wie weit liegt sie zurück?

„Arlene ...", fragte ich. Sie war mir plötzlich eingefallen. „Ist sie schwer verletzt?"

Henry legte mir den Arm um die Schulter. Es war fast, als wolle er sich entschuldigen und meine, es sei irgendwie seine Schuld, daß er mir dies sagen müsse.

„Sie meinen, daß sie auf der Stelle tot gewesen ist", sagte er.

Ich dachte, daß hier ein Mißverständnis vorliegen müsse, daß dies alles nicht wahr sein könne. Man glaubt immer an ein Mißverständnis. Der Übergang kommt zu schnell. Beide waren vor wenigen Stunden noch gesund. Sie konnten sich doch nicht in so kurzer Zeit so sehr verwandelt haben.

„Wird er am Leben bleiben?" fragte ich.

Henry antwortete nicht, und ich begriff, was für ein Wahnsinn es war, diese Frage einem andern Sterblichen zu stellen.

Im Krankenhaus herrschte zu dieser nächtlichen Stunde tiefe Stille; kaum daß ein Luftzug durch die keimfrei blinkenden Korridore ging. Dann erschien die Oberin mit feierlich-wichtiger Miene, und ich folgte ihr. Ich dachte nichts, gar nichts, und doch erinnere ich mich an ein paar Worte, die mir in diesem Augenblick unausgesprochen durch den Kopf gegangen sein müssen: ‚Wenn er sterben muß, laß es mich nicht sehen.'

Er hatte Verletzungen im Gesicht, aber sie waren nur oberflächlich. Die Wunden, die sein Leben bedrohten, waren unsichtbar. Er war nicht bei Bewußtsein. Ich saß neben dem hohen, schmalen Krankenhausbett und wartete. Schwestern und Ärzte kamen und gingen, vollzogen gleichsam ihre Riten, sprachen miteinander und mit mir. Mein Bewußtsein nahm sie nicht auf. Ich sah nur sein sonngebräuntes Gesicht, sein glattes schwarzes Haar. Und dann – waren Stunden oder Minuten vergangen? – öffnete er die Augen. Dieselben grauen Augen wie immer, und in sorglosen Augenblicken konnten sie mit einer so unvernünftigen Hoffnung in die Welt sehen, daß man es kaum ertrug. Jetzt aber wechselten sie sogleich den Ausdruck. Sie zeigten eine angstvolle Spannung.

„Ist Arlene ...", fragte er. „Ist ihr nichts passiert?"

„Es geht ihr gut", sagte ich. „Ruhe du dich jetzt aus."

Er atmete flach und mühsam und hatte die Augen halb geschlossen.

„Das hatte ich nicht gewollt", sagte er. „Es tut mir leid ..."

Er wandte ein wenig den Kopf in meine Richtung, machte die Augen noch einmal auf und lächelte auf seine besondere Art, bitter und unbegreifbar.

„Nicht wahr, ich habe mich wie ein Kind benommen? Inzwischen hätte ich wissen sollen, daß es zu nichts führt."

„Still", sagte ich. „Es wird ja alles wieder gut."

Einen Augenblick lag er ruhig. Dann schien ihn plötzlich der Schmerz zu erreichen, ihn zu durchdringen und mit seiner teuflischen Gewalt von ihm Besitz zu ergreifen. Er begann zu schreien. Als er wieder sprach, war seine Stimme wie zerbrochen.

„Mutter, es tut so weh. Es tut so weh. Kannst du ihnen nicht sagen, daß sie mir helfen sollen? Mir etwas geben?"

Ich wollte ihm sagen, daß ich jetzt ging, um eine Schwester zu holen, damit sie ihm eine Spritze gab. Aber bevor ich sprechen oder gehen konnte, lachte er, ein leises, rauhes Lachen, das seine Schmerzen noch steigerte.

„Nein", sagte er deutlich. „Das kannst du nicht. Es macht nichts. Laß nur sein."
Er faßte meine Hand, und es war, als ob er versuchte, mich über etwas zu trösten, das sich nicht ändern ließ.
Ob ich etwas sagte und was und ob er mich hörte – ich weiß es nicht. Er lag, ohne zu sprechen, und sein Atem ging immer rascher. Und dann starb er. Mein Sohn starb.
Als mich die Oberin nachts hinunterführte, durch die sauberen, ruhigen Flure, zum Wartezimmer, wo noch immer Henry Pearl geduldig wartete, sah ich in einer Nische etwas, das offenbar nicht für meine Augen bestimmt war. Es war ein fahrbarer Tisch, auf dem etwas lag, das mit einem weißen Tuch bedeckt war wie bei der heiligen Kommunion.
Die Oberin hüstelte vor Verlegenheit.
„Ach Gott, der Mann von Camerons Bestattungsinstitut ist noch nicht gekommen. Die Simmons waren bereits hier. Was war sie für ein reizendes Mädchen."
Wütend, wie um den Verstand gebracht, fuhr ich sie an.
„Was wissen Sie davon, wie sie oder wie er war?"
Begütigend legte sie mir den Arm um die Schultern. „Weinen Sie ruhig. Es ist das beste."
Aber ich schob ihren Arm fort. Ich richtete mich auf, und das war das Schwerste, was ich in meinem Leben zu tun hatte: jetzt gerade zu stehen. Ich wollte nicht in Gegenwart von Fremden weinen, welche Anstrengung es mich auch kostete.
Aber als ich endlich zu Hause war, allein in Marvins früherem Schlafzimmer, und Frauen aus der Stadt unten in der Küche saßen und Kaffee kochten, merkte ich, daß ich die Tränen zu lange zurückgehalten hatte und daß sie sich jetzt nicht mehr bitten ließen. In der Nacht, in der mein Sohn starb, wurde ich zu Stein und weinte kein einziges Mal. Als mir die hilfreichen Frauen eine Tasse heißen Kaffee brachten, sagten sie etwas davon, wie gut ich es trug. Ich konnte sie nur mit trockenen Augen wie aus einer großen Entfernung ansehen und kein Wort sagen. Diese ganze Nacht hatte ich nur den einen Gedanken: Ich hätte ihm noch viel zu sagen gehabt, so viel in Ordnung zu bringen. Aber er hatte nicht gewartet.
Ich glaube, einige Leute aus Manawaka fanden es seltsam, daß ich nach dem Trauergottesdienst nicht auf den Fried-

hof mitging. Ich wollte nicht sehen, wie er begraben wurde, neben seinem Vater und nahe bei meinem Vater unter dem Grabstein mit dem doppelten Namen, neben dem schief der Engel stand.

Nach einiger Zeit besuchte ich Lottie. Aber das Band zwischen uns – wie dünn es auch gewesen sein mochte – war zerrissen. Ich sah sie nur wenige Minuten. Sie erhob keinen Vorwurf, sowenig wie ich, aber wir hatten uns nichts mehr zu sagen. Es war zu viel für sie gewesen. Sie hatte sich gelegt, und als ich, von Telford unsicher am Ellbogen geführt, hineinkam, sah ich nur ein zerknittertes, pfirsichfarbenes Seidennachthemd auf einem tränenfeuchten leinenen Kopfkissenbezug und ein Paar geschlossene Augen.

„Sie ist noch wie betäubt“, sagte Telford. „Sie werden das gewiß verstehen.“

Ich sah ihn an und überlegte mir, wie es wäre, einen willfährigen Mann um sich zu haben, so daß man es sich leisten konnte, das Bett zu hüten und sich dort die Mahlzeiten auf einem Tablett servieren zu lassen. Vielleicht tat ich ihr Unrecht. Aber ich durfte nicht zusammenbrechen; wer würde sich um mich kümmern?

Ich packte alles, was Wert hatte, zusammen – den Nußbaumeckschrank, die eichene Kredenz, den Sessel und das Sofa, das bißchen Porzellan, das noch übriggeblieben war – und ließ es Marvin schicken. Mit dem Verkauf der Shipley-Farm betraute ich den Anwalt, der Luke McVities Praxis nach dessen Tode übernommen hatte. Dann ging ich zurück zu Mr. Oatley. Ich kam gerade noch zurecht, das Haus gründlich putzen zu lassen, bevor er aus Kalifornien nach Hause kam.

Im Jahr darauf starb Mr. Oatley und vermachte mir in seinem Testament zehntausend Dollar. Ich kaufte ein Haus. Ich hatte damals keine bessere Verwendung für das Geld. Im selben Jahr regnete es in der Gegend von Manawaka im Frühling und im Frühsommer, genug, um eine gute Weizenernte zu sichern.

Einige Jahre später kam der Krieg. Der Preis für Weizen zog an, und Farmer, die keinen Cent gehabt hatten, kauften sich jetzt Mähdrescher und neue Wagen und ließen sich elektrisches Licht legen. Von den Jungens aus Manawaka kamen viele nicht zurück. Ich las es in der Zeitung. Die

meisten waren im selben Regiment, den *Cameron Highlanders*, und standen bei Dieppe, glaube ich, an einem Abschnitt, an dem die Verluste groß waren, wie es in der Zeitung hieß – was ein wenig nach Bleisoldaten klang und nicht nach Söhnen von Müttern. Die, die zurückkamen, hatten mit der vom Staat gewährten Beihilfe genug Geld, um ein College zu besuchen, wenn sie das wollten, oder sich ein Geschäft zu kaufen.
Er hätte ebensogut fallen wie heil wiederkommen können. Wer kann es sagen? Oder hängen diese Dinge wirklich von dem ab, was draußen geschieht?

Jetzt, glaube ich, weine ich. Ich fasse mit der Hand an mein Gesicht und finde es feucht von Tränen. Plötzlich erschreckt mich eine Stimme neben mir.
„Ach Gott, ist das traurig."
Ich kann mir nicht denken, wer es ist, und dann erinnere ich mich – ein Mann war hier, wir haben miteinander gesprochen, und ich habe seinen Wein getrunken. Aber ich hatte nicht die Absicht, ihm dies zu erzählen.
„Habe ich das alles laut gesagt?"
„Es ist gut so", sagt er. „Es ist vollkommen in Ordnung. Es hilft Ihnen, wenn Sie es loswerden."
Als wären es Würmer, von denen man sich mit einem Abführmittel befreit. Aber es tut nichts. Er hat eine freundliche Stimme. Ich bin froh, daß er da ist. Ich bedauere es nicht, daß ich es ihm erzählt habe, durchaus nicht, und das ist bemerkenswert.
„Es war sinnlos", sage ich langsam. „Das war es. Vollkommen sinnlos. Einer Wette wegen."
„So etwas gibt es", sagt der Mann.
„Ich weiß. Das braucht mir niemand zu sagen. Aber ich finde mich damit nicht ab."
Ich spüre in der Dunkelheit, wie er die Achseln zuckt. „Aber was können Sie sonst tun?"
Ich zittere und kann kaum sprechen vor Zorn. Er schnürt mir die Kehle zu. „Es empört mich und wird mich bis an mein Lebensende empören. Nicht gegen irgendwen, nur daß es auf diese Weise geschah."
„Das nützt Ihnen nichts."
„Ich weiß. Ich weiß es sehr wohl. Aber ich kann's nicht ändern."

„Ich verstehe, was Sie meinen." Er schüttelt die Flasche. „Sie ist leer."
Es klingt, als sei er überrascht, wie ein Kind. Seine Stimme ist undeutlich geworden, falls es nicht mein Gehör ist. Die Worte kommen schwankend durch das Dunkel auf mich zu.
„Lou wird außer sich sein. Ich müßte eigentlich gehen. Aber erst muß ich schlafen, nur ein Weilchen."
„Gehen Sie nicht", bitte ich ihn. „Sie werden doch Marvin nicht erzählen, daß ich hier bin, nicht wahr? Es geht mir gut. Ich habe es gemütlich hier. Das sehen Sie doch?"
„Sicher sehe ich das."
„Versprechen Sie also, nichts zu sagen."
„Ich verspreche es", sagt er.
Ich glaube ihm und fühle mich ruhiger.
„Es wird kalt hier drinnen, finden Sie nicht?" meint er.
„Ja, es ist kalt. Sehr kalt. Ich habe solche Kälte noch nie erlebt."
Wir sitzen eng nebeneinander, um uns gegenseitig zu wärmen, und lehnen uns gegen die Kisten. Dann sinken wir in Schlaf.

Ich wache auf. Kein bißchen Mondschein heute nacht. Die Nacht ist vollkommen dunkel, und die Luft ist für die Jahreszeit unverhältnismäßig kalt. Am Tage war letzthin immer eine glühende Hitze gewesen – man sollte nicht glauben, daß es in der Nacht dermaßen abkühlen kann. Vielleicht kommt Regen – was für ein Segen wäre das nach so langer Zeit. Das Bett ist nicht bequem. Wir hätten für dieses Zimmer ein neues Bett kaufen sollen – aber wir hatten wohl nie das Geld dafür übrig. Als Marvin noch hier schlief, hat er sich nie beklagt – ich verstehe nicht, warum er es nicht getan hat.
Mir ist plötzlich so übel, mein Magen sauer und empfindlich, meine Halsmuskeln spannen sich, was ein schlechtes Zeichen ist. Was ist das? Was ist mit mir los? Der Magen dreht sich mir um. Ach, ich kann es nicht halten – alles, alles auf den Fußboden. So plötzlich. Ich hatte keine Zeit mehr, ein Becken zu holen oder nach unten zu gehen. Es ist eine Schande.
Ich atme stoßweise und wie gehetzt. Ich fühle mein Herz –

es stampft wie ein Schmiedehammer. Was ist nur mit mir los? Ich versuche aufzustehen, schaffe es aber nicht.
„Oh – mir ist so übel. Ich fühle mich so elend." Meine Stimme klingt heiser und dumpf. Ich würge die Worte heraus.
Dann kommt eine andere Stimme. „Was fehlt Ihnen? Geht's Ihnen nicht gut? Was ist denn passiert? O mein Gott, Sie haben ja alles erbrochen. So eine Verschwendung! Ich wußte doch, daß ich Ihnen nichts hätte geben dürfen."
Ein Mann. Wovon spricht er? Er zündet ein Streichholz an, und ich sehe, über mich gebeugt, ein vertrautes Gesicht.
„Sie sind ja wirklich krank ..."
Es klingt beunruhigt. Ich versuche, ihm irgendwie beruhigend zuzulächeln, aber mein Gesicht ist ganz steif – es muß ihm wie die Parodie auf ein Lächeln erscheinen, wie das Grinsen einer Schlange.
„Es ist alles gut", sage ich. „Jetzt, wo du da bist."
„Wirklich? Ich weiß nicht recht. Ich weiß nicht, was ich tun soll."
Das Streichholz geht aus, aber ich spüre, wo er ist. Ich strecke meine Hand aus, fast über meine Schüchternheit belustigt, und greife mit meinen Fingern zart um sein Handgelenk.
„Mach dir keine Sorgen, mein Lieber. Es ist gar nichts. Mir fehlt überhaupt nichts. Es ist sehr aufmerksam von dir, so besorgt zu sein, aber es ist kein Grund dazu vorhanden. Geh nun wieder zu Bett."
„Ihre Stimme klingt so ... Ich glaube, Sie brauchen einen Arzt."
„Nein, Unsinn. Ich brauche nur dich. Ich freue mich, daß du heute nacht nicht ganz so spät nach Hause gekommen bist. Du hättest meinetwegen nicht zurückzukommen brauchen. Aber ich freue mich, daß du es getan hast."
„Himmel, wer, glauben Sie denn ...?"
Ich fühle mich jetzt besser. Ich liege ganz ruhig. Meine Hand umspannt noch immer sein Handgelenk. Es ist so schmal, daß ich die feinen Knochen durch die Haut fühle und das Schlagen seines Pulses. Wenn es einen Augenblick gibt zu sprechen, dann ist er jetzt gekommen.
„Ich habe es nicht wirklich so gemeint, daß du sie nicht herbringen dürftest. Man spricht manchmal etwas übereilt. Ich

war immer etwas jähzornig. Ich möchte nicht, daß du das Gefühl hast, jedesmal mit ihr irgendwohin gehen zu müssen. Ihr könnt am Abend hierherkommen. Ich würde kein Wort sagen. Ich könnte ins Vorderzimmer gehen oder auch nach oben, wenn du das lieber möchtest. Ich würde euch nicht in die Quere kommen. Wäre das nicht eine gute Idee?"

Ich habe so ruhig, so vernünftig gesprochen. Er kann wahrhaftig nicht von der Hand weisen, was ich ihm da vorschlage. Ich warte. Endlich höre ich seine Stimme. Ein unerklärlicher, knirschender Laut, wie ein Stöhnen oder Schluchzen. Mir wird bange. Vielleicht ist er noch immer zornig. Aber als er spricht, ist seine Stimme gar nicht zornig.

„Es ist in Ordnung", sagt er. „Ich habe immer gewußt, daß du es nicht so gemeint hast. Ist alles gut so. Versuch jetzt, ein bißchen zu schlafen. Es ist alles in bester Ordnung."

Zufrieden seufze ich. Er zieht mir die Bettdecke hoch und wickelt mich in sie ein. In diesem Augenblick könnte ich sogar Gott um Verzeihung bitten dafür, daß ich manchmal schlecht von ihm gedacht habe.

„Ich will jetzt schlafen", sage ich.

„Das ist recht", sagt er. „Tu das."

IX

Das Morgenlicht sticht mir in die Augen, schmerzend wie Kälte. Ich habe die ganze Nacht auf dem Bretterboden gelegen und so, mit dem Kopf an eine Kiste gelehnt, geschlafen, und nun sind meine Muskeln und Gelenke so steif geworden, daß ich mich kaum noch bewegen kann. Der Magen dreht sich mir, und der Durst hat meinen Mund ausgedörrt.

Ich bin mit einem Tweedmantel zugedeckt, wie ich sehe, keinem sehr schönen übrigens; er ist von minderer Qualität, dünn und wohl nur für eine Saison bestimmt. Wem gehört er?

Dann erinnere ich mich, mit einem Gefühl des Ekels, und sehe mich um. Er ist fort. Mein Gedächtnis ist jetzt von einer unangenehmen Klarheit; die Erinnerungen kommen sprudelnd wie kühles Quellwasser. Das kann doch nicht ich gewesen sein, Hagar Shipley, sonst immer, gelinde gesagt, so wählerisch und eigen, die hier mit einem vollkommen fremden Menschen getrunken hat und dann, an ihn geschmiegt, in Schlaf gesunken ist. Ich will's nicht glauben, aber so war es. Und um ehrlich zu sein, wenn ich es recht bedenke, kommt es mir gar nicht so entsetzlich vor. Von innen sieht alles anders aus als von außen.

Noch etwas anderes hat sich heute nacht ereignet. Worte fielen, die ich vergessen habe und an die ich mich beim besten Willen nicht mehr erinnern kann. Aber warum fühle ich mich so verwaist, als sei mir gerade erst ein Mensch gestorben? Er lastet so schwer auf mir, dieser unbekannte Verlust. Die Totenkerze ist ausgeblasen und wird es auf ewig bleiben. Im Himmel ist keine Barmherzigkeit.

Ich bin verwirrt. Es war nett von dem Mann, mir seinen Mantel hierzulassen. Von hundert macht das nicht einer. Wenn ich nur einen Schluck Wasser hätte. Ich glaube, er wird zurückkommen.

Meinetwegen können sie mich aufs Feld werfen und brauchen keinen Cent für Blumenarrangements auszugeben, auch keinen Atem zu verschwenden an Gebete, die meine Seele in den Himmel geleiten sollen, denn ich werde so tot sein wie eine tote Makrele. Es fällt mir schwer, mir eine Welt ohne mich vorzustellen. Wird alles aufhören, wenn ich aufhöre? Dummes altes Mädchen, wer glaubst du denn zu sein? *Hagar.* Es ist niemand auf dieser Welt, der so wäre wie ich.

Ich komme vom Hundertsten ins Tausendste. Heute morgen laufen mir die Gedanken davon. Warum kommt er nicht? Er muß kommen – davon bin ich nun fest überzeugt. Nur besser, wenn er bald käme. Ich habe Durst. Ich fühle mich schwach. Wenn ich eine Kleinigkeit äße, ginge es mir vielleicht wieder besser. Vielleicht bringt er eine Orange mit. Eine Orange würde jetzt gut rutschen. Oder – nein. Ich glaube doch nicht, daß ich etwas zu mir nehmen könnte. Ein Glas Wasser ist wirklich alles, was ich mir wünsche.

Dann höre ich Schritte, nicht von einem allein, sondern von mehreren Leuten, die näher kommen. Ich muß mich sofort etwas in Ordnung bringen. Aber ich tue es nicht. Ich liege

hier untätig und ärgere mich selbst über meine Passivität. Es kann nicht er sein. Er käme ja allein. Er hat es versprochen.
„Hier lang. Da ist die Tür."
Seine Stimme? Er würde mich nicht verraten. Er hat es versprochen, und ich habe ihm geglaubt. Die Tür geht auf, ich zögere, hinzusehen. Dann wende ich ein wenig das Gesicht zur Seite. Marvin steht da, in seinem guten dunkelgrauen Anzug. Das breite Gesicht mir zugewandt, runzelt er die Stirn. Neben ihm steht Doris, packt seinen Arm und schnappt nach Luft. Ein Fremder ist bei ihnen, eine ausgemergelte Gestalt mit ängstlichen Kaninchenaugen, unter denen tiefe Schatten liegen, und einem rötlichen Schnurrbart.
„Na Gott sei Dank", sagt Marvin mit fester, ruhiger und vollkommen ausdrucksloser Stimme. „Es wurde auch allmählich Zeit. Wir haben dich überall gesucht."
Doris, in dunkle Kunstseide gehüllt – sie trägt wieder dieses fürchterliche braune Kleid –, fliegt auf mich zu, beugt sich zu mir herab, berührt mich hier und da, kurz, betastet mich, als sei ich eine Rindskeule und sie meine Käuferin.
„Weißt du, du hast uns einen furchtbaren Schrecken eingejagt. Warum nur hast du das gemacht, Mutter? Als ich vom Einkaufen nach Hause kam und du warst nicht mehr da, verlor ich nahezu den Verstand. Wir haben uns so gesorgt, und es war schrecklich für uns, daß wir zur Polizei gehen mußten. Da haben sie mich so komisch angesehen, als hätte ich besser auf dich aufpassen sollen, aber wie um alles in der Welt konnte ich ahnen, daß du so etwas vorhattest?"
„Hör auf, Liebling, ja?" sagt Marvin. „Man sieht doch, daß sie an den Folgen all dieser Entbehrungen leidet."
„Du meine Güte, was für eine Bescherung", sagt Doris mit einem Blick auf mich, den Raum, den beschmutzten Fußboden – einem Blick, dem nichts entgeht.
Ich liege hier, gewaltig und unbeweglich, wie ein gefangener alter Habicht, mit weit offenen Augen, die nicht blinzeln. Ich werde nicht sprechen. Laß sie plappern. Marvin kniet bei mir nieder.
„Mutter – kannst du mich verstehen? Hörst du, was ich sage?"

Der Fremde saugt an seinem Schnurrbart, als enthielte er ein geheimes und köstliches Aroma. Er vermeidet es, mich anzusehen.
„Sie ist wirr", sagt er. „Sie war bestimmt heute nacht wirr im Kopfe. Wie ich Ihnen schon sagte, Mister Shipley, war ich gerade auf dem Heimweg von einem Nachbarn, als ich so ein Stöhnen hörte. Ich ging hinein, um nachzusehen, und da war sie."
„Wir sind Ihnen so dankbar, Mister Lees", zirpt Doris. „Nicht wahr, Marv?"
Marvin richtet einen langen, skeptischen Blick auf ihn. „Doch, das sind wir. Es wäre allerdings besser gewesen, wenn Sie früher zur Polizei gegangen wären."
Der Mann ringt die Hände. „Also, wie ich Ihnen schon sagte, ich mußte erst nach Hause gehen ..."
„Ja. Das haben Sie gesagt."
Ich empfinde eine stumme Dankbarkeit für Marvin. Der läßt sich nicht so leicht reinlegen. Innerlich muß ich zugeben, daß ich erleichtert bin, ihn hier zu sehen. Zugleich verachte ich mich wegen meiner Zufriedenheit. Bin ich schon so schwach geworden, daß ich mich darüber freuen muß, lebendig eingefangen worden zu sein?
Ich fange den Blick des Fremden auf und betrachte ihn mit soviel Hochmut, wie ich nur aufbringen kann. Er merkt, daß ich jetzt klar bei Verstand bin. Sein Blick zeigt es mir. Ein unglücklicher, ängstlicher Blick. Er streckt mir beide Hände entgegen.
„Ich konnte nicht anders handeln, verstehen Sie?" murmelt er. „Es war nur zu Ihrem Besten."
Er hält meinem Blick stand. Er läßt ihn nicht los. Dann erkenne ich überrascht, daß er auf meine Vergebung wartet. Ich bin im Begriff zu sagen – *ich weiß, ich weiß, Sie konnten nicht anders – es war nicht Ihre Schuld.* Aber das sind nicht die Worte, die herauskommen.
„Kann's nicht lassen ..." Es ist das erste Wort, das ich heute spreche, und meine Stimme hat einen krächzenden Klang. „Uns angeboren – sich in anderer Leute Angelegenheiten mischen – kann's nicht lassen, unsere Seelen zu retten."
Der Fremde sieht Marvin an und zuckt die Achseln.
„Sie ist nicht bei sich", sagt er. „Ich sagte es Ihnen ja."
Marvin geht daran, mich aufzurichten. „Versuch einmal zu

gehen, Mutter. Kannst du es versuchen? Da, ich halte dich fest."

Der Fremde versucht mich am andern Arm zu ergreifen, aber ich schlage ihm auf die Hand.

„Fassen Sie mich nicht an! Scheren Sie sich weg, Sie!"

„Schon gut, schon gut", sagt er hilflos. „Ich wollte nur helfen, weiter nichts ..."

„Wie kannst du nur so häßlich sein, Mutter?" ereifert sich Doris. „Schließlich hat dir Mister Lees das Leben gerettet."

Diese lächerliche Behauptung bringt mich fast zum Lachen, aber als ich dann dem Fremden in die Augen sehe, kommen mir noch andere Erinnerungen, Erinnerungen an das, was er mir in der Nacht erzählt hat und was ich ihm erzählt habe, und mit einemmal scheint mir diese Behauptung nicht mehr so lächerlich zu sein. Impulsiv, ohne recht zu wissen, was ich tue, strecke ich die Hand aus und berühre sein Handgelenk.

„Ich wollte nicht unfreundlich sein. Es – es tut mir leid, das mit Ihrem Jungen."

Nach diesen Worten bin ich wie erleichtert. Überrascht, ergriffen, aber auch gewissermaßen in seiner Würde wiederhergestellt, sieht mich der Fremde an.

„Schon in Ordnung – ich wußte, daß Sie es nicht so meinten", sagt er. „Und – danke für das andere, was Sie sagten. Es gilt auch umgekehrt."

Ich kann nur stumm nicken, gerührt von seinem Takt in Gegenwart von Marvin und Doris.

„Nun, ich glaube, ich werde jetzt gehen", sagt er verlegen. „Falls ich Ihnen nicht doch zur Hand gehen darf."

„Ich schaffe es allein", sagt Marvin kurz angebunden. „Sie brauchen sich nicht zu bemühen."

So geht denn der Mann fort, kehrt zurück in sein eigenes Haus und sein eigenes Leben. Ich bedauere es nicht, ihn gehen zu sehen, denn ich hätte es nicht ertragen, noch ein einziges Wort mit ihm zu sprechen. Und doch bleibe ich mit dem Gefühl zurück, daß es so etwas wie eine Gnade war, daß er mir begegnete, auch wenn es sich auf rätselhafte Weise mischt mit dem Gefühl, das ich heute früh hatte – einen Menschen verloren zu haben.

„Was meintest du denn?" fragt Marvin. „Was war das für ein Junge?"

„Oh … es war nichts. Etwas, was er erzählt hatte. Ich habe es vergessen. Wie soll ich diese Stufen hinaufkommen, Marvin?“
„Halt dich fest an mir“, sagt er. „Wir werden es schaffen.“
Er zieht und zerrt mich, tut schwitzend sein Äußerstes und schleppt mich Stufe um Stufe nach oben. Benommen, nehme ich es nur halb auf, daß wir diese endlosen Stufen eine nach der andern hinaufsteigen. Marvins Arme umklammern mich mit eisernem Griff. Er ist sehr stark. Aber er wird nie bis zur Spitze kommen. Soviel weiß ich.
„Oh, ich kann nicht mehr.“
„Nur noch ein klein bißchen. Versuch's noch mal.“
Endlich mache ich die Augen auf. Wir sind im Wagen, und ich bin eingepackt in Kissen und Decken.
„So, und jetzt geht es wohl ohne weitere Umwege in dieses Heim …“
„Nein“, sagt Marvin langsam, den Blick auf die Straße geheftet. „Dafür ist es nun zu spät geworden. Es wäre schon ein Wunder, wenn du keine Lungenentzündung bekommst. Du mußt jetzt ins Krankenhaus. Der Doktor sagt, daß etwas anderes gar nicht mehr in Frage kommt.“
„Mir fehlt nichts“, behaupte ich weinend. „Ich bin nur ein bißchen müde, das ist das ganze. Bei mir ist alles in Ordnung. Ich gehe nicht ins Krankenhaus.“
„Wir wollten es dir erst nicht sagen“, erklärt er, als entschuldige er sich für das folgende, „aber wenn du dich so anstellst wegen des Krankenhauses, mußt du es wohl erfahren.“
Und dann erzählt er mir, was auf dem Röntgenbild zu sehen war. Es ist unwichtig, wirklich, nur ein Name. Es könnte praktisch alles sein. Wenn es nicht das wäre, dann wäre es irgend etwas anderes gewesen. Und doch, als ich es höre, ist es wie ein Schlag, der mich betäubt.
Merkwürdig. Erst jetzt begreife ich, daß das, was nun kommt, nicht unbegrenzt aufgeschoben werden kann.

O Gott, wie ist meine Welt klein geworden! Sie besteht nur noch aus einem riesigen Saal mit lauter hohen, schmalen weißen Betten, in deren jedem eine Frau liegt. Ich hatte nicht dritter Klasse liegen wollen, aber Marvin sagte, der Arzt habe behauptet, anderswo sei kein Platz mehr gewe-

sen. Ich wundere mich. Mehr kann ich nicht sagen. Wäre ich eine Person von gesellschaftlichem Rang, eine dieser Witwen von Stand mit großartig hergerichteter Frisur, wie man sie in der Gesellschaftsspalte der Zeitungen sieht, ich wette meinen Kopf, daß man schnell Platz für mich gefunden hätte. Auf dieser Station müssen dreißig Betten, wenn nicht noch mehr, stehen. Es ist das reinste Tollhaus. Ich liege hier auf meinem Brett von einem Bett, mit der Bettdecke bis zum Kinn zugedeckt, und mein Bauch ist unter der Decke wie ein Gelatinehügel, der bei jedem Atemzug ein wenig zittert. Meine Füße sind hochgelegt, um Krämpfe zu verhindern. Ich bin wie ein Ausstellungsstück in einem Museum. Jeder kann hier vorbeischlendern und stehenbleiben, um mich zu betrachten. Eintritt frei.
Ich schließe die Augen und habe so für einen Augenblick die Illusion der Zurückgezogenheit. Aber der Lärm ist schlimm. Ein ständiges Klirren und Rasseln, wenn die Vorhänge beim Auf- oder Zuziehen die Vorhangschiene entlanggleiten. Dank diesen Vorhängen kann um jedes Bett ein eigener abgeschlossener kleiner Raum geschaffen werden. Aber sie wollen uns nachts dieses Privileg nicht gönnen. Ich habe die Schwester gebeten, die Vorhänge vor meinem Bett zuzuziehen; sie hat es abgelehnt und sagt, ich müsse frische Luft haben, außerdem habe die Nachtschwester gern den Blick frei auf alle Betten. So schläft man denn hier wie in einer Kaserne oder auf dem Armenfriedhof, Seite an Seite mit Gott weiß wem alles.
Schwestern in Weiß und Stationsmädchen in Blau laufen hin und her, ständig unterwegs mit Teewagen, kleinen klirrenden Zügen, befrachtet mit Bettschüsseln, mit Karaffen voll Apfelsaft, mit Tabletts, auf denen das Essen steht, oder Papierbechern mit Pillen, die sie uns überreichen, als wäre man ein Kind auf einer Geburtstagsgesellschaft, das seine Portion Süßigkeiten empfängt. Die Pillenschwester hat eine dröhnende Stimme, die mir ausgesprochen unangenehm ist.
„Mrs. – Mrs. Shipley, stimmt's? Nun wollen wir mal sehen, was wir heute abend für Sie haben. Eine große rosa und eine ganz kleine gelbe. Da, nehmen Sie."
„Ich will sie nicht. Ich brauche sie nicht. Ich vertrage keine Tabletten. Sie bleiben mir im Halse stecken."
„Hoho", lacht sie wie der Weihnachtsmann. „Also die krie-

gen Sie bestimmt herunter mit einem tüchtigen Schluck Wasser. Der Doktor hat gesagt, daß Sie sie nehmen müssen, also können wir nichts daran ändern, nicht wahr? Vorwärts, seien Sie ein braves Mädchen ..."

Ich könnte ihr einen Dolch mitten ins Herz stechen, wenn ich eine Waffe hätte und die Kraft dazu, sie zu führen. Ich würde ihr wohl zeigen, was ein braves Mädchen ist, der unverschämten Person.

„Ich will sie nicht." Meine Augen sind schwer geworden und brennen; es fehlt nicht viel, daß ich weine, aber sie soll von mir keine Tränen zu sehen bekommen. „Ich weiß nicht einmal, was es für Pillen sind. Sie brauchen sie mir nicht so aufzudrängen. Ich spucke sie doch wieder aus."

„Ich kann mich nicht die ganze Nacht bei Ihnen aufhalten", sagt sie. „Ich habe vierzig Patienten zu versorgen. Also, nun nehmen Sie sie schon. Die eine ist gegen Ihre Schmerzen, die andere ist eine Schlaftablette. Das ist das ganze."

Ich mache den Mund auf, um ihr zu antworten, und schon wirft sie mir mit einer raschen Bewegung die Pillen in den Mund, wie ein Junge, der mit Murmeln spielt. Notgedrungen schlucke ich. Sie bleiben mir im Halse stecken. Ich hatte es ja gewußt. Ich würge.

„Da, trinken Sie einen Schluck Wasser." Sie reicht mir das Glas. Dann fragt sie, diesmal mit honigsüßer Stimme: „So schlimm war es doch gar nicht, nicht wahr?"

Ich liege hier, und der Schmerz schlägt mit seinen Flügeln gegen meinen Brustkorb. Allmählich läßt seine Kraft nach, und ich spüre Erleichterung. Schließlich wird das Licht ausgemacht, aber rundherum in dem nicht ganz dunklen Raum kann ich die Atemzüge der Frauen hören. Einige schnarchen, daß es wie eine Säge klingt, andere wimmern im Schlaf. Wieder bei anderen klingt es ein wenig wie Wiehern. Eine dünne Stimme singt auf deutsch. Sie singt falsch. In meiner Nähe betet jemand laut. Leise schlagen die Absätze der Schwester auf den Boden, wie Klopfen an der Tür klingt es. Und ununterbrochen flattern Atemgeräusch und Stimmen wie Vögel, gefangen in einem Gebäude.

Ach, mein armer Rücken –
Schwester, wo sind Sie? Ich brauche eine Bettschüssel –
Ich weiß nicht, was soll es bedeuten –

Tom? Bist du es, Tom?
Heilige Mutter Gottes, bitt für uns –
Daß ich so traurig bin –
Ich habe die ganze Zeit gerufen, und niemand hört –
Heil der Schwachen, Zuflucht der Sünder –
Tom, bist du da?
Ein Märchen aus uralten Zeiten –
Der Rücken bricht mir bald –
Königin der Apostel, Königin der Märtyrer, bitt für uns –
Das geht mir nicht aus dem Sinn –
Tom?

Das Mittel beginnt zu wirken. Wie in einem Strudel reißt es mich in die kalte Tiefe eines Ozeans.

„Fieber messen, Mrs. Shipley. So ist's recht. Wachen Sie auf und sperren Sie den Mund auf. Da –"
Ich werde aus dem Schlaf gezerrt wie ein Fisch aus dem Netz. „Was ist das? Was bedeutet das alles? Wer sind Sie?"
Obwohl ich sehe, daß sie Schwesterntracht trägt, bin ich mir zuerst nicht ganz klar darüber, wo ich bin. Dann weiß ich es wieder. Sie haben mich gefangen. Sie haben mich hierhergebracht, und ich kann nicht mehr heraus. Und dann, als ich mich erinnere, warum, kommt der Schmerz wie eine Sturzsee über mich in plötzlicher Heimsuchung, und ich greife nach der Hand der Schwester.
„Oh ..."
„Sie haben Schmerzen, wie? Doktor Corby hat angeordnet, daß Sie, sobald Sie Schmerzen haben, eine Tablette bekommen. Wenn Sie noch ein paar Minuten warten können, bringe ich Ihnen etwas."
Sie hat so ruhig und gelassen, mit so natürlicher Freundlichkeit gesprochen, daß ich überzeugt bin, sie meint ihr Versprechen ehrlich. Sie ist nicht wie die Pillenschwester. Diese Frau ist anders, stattlich, mit braunem graumeliertem Haar. Sie ist nicht herablassend. Ihr nüchtern-sachliches Wesen gefällt mir ungemein. Aber wie immer, wenn ich Mitgefühl spüre, schwächt dies meine Widerstandskraft, es unterminiert meine Nerven, und schon klammere ich mich – es ist so beschämend – an ihren Arm und weine und kann, scheint's, gar nicht wieder aufhören.

Sie legt den Arm um meine zuckenden Schultern.
„Nicht weinen, es wird alles wieder gut. Warten Sie nur eine Minute, ich gehe sofort und bringe Ihnen etwas."
Sie bringt mir die Pille von künstlichem Rosa, ich nehme sie ihr aus der Hand und schlucke sie hinunter. Endlich vermag ich mich wieder zu fassen.
„Danke, Schwester. Sie sind so gut."
„Das ist mein Beruf", erwidert sie rasch, aber sie lächelt dabei.
Und dann sehe ich, daß es wirklich ihr Beruf ist. Ich brauche mich nicht verpflichtet zu fühlen. Das macht es mir leichter. Ich ertrage es nicht, mich zu Dank verpflichtet zu fühlen. Ich kann genauso dankbar wie jeder andere auch sein, solange man es nicht von mir fordert. Als sie fort ist, versuche ich wieder einzuschlafen. Aber ich kann es nicht. Um mich herum wacht alles auf. Ich höre morgendliche Geräusche, Gähnen mit offenem Mund, das Rascheln von Bettzeug, Rülpsen und eruptive Winde, die aus verschiedenen Betten tönen.
Die Frau im nächsten Bett summt vor sich hin, und von Zeit zu Zeit überläßt sie sich einem sinnlosen Gesang.
„Lu ... lu ...", singt sie.
Sie ist so dürr – ein Wunder, daß sie sich überhaupt aufrecht halten kann, aber sie klettert vorsichtig aus dem Bett und kommt vornübergebeugt näher, wobei sie die Hände an den Unterleib preßt, als fürchte sie, es könne sich dort etwas lockern und lösen, wenn sie es nicht an seinem Platz hielte. Sie ist nur noch Haut und Knochen, eine Hexe aus dem Gruselmärchenbuch. Sie kann nicht viel größer als anderthalb Meter sein, und wenn sie sich vornüber beugt, sieht sie wie eine Zwergin aus. Sie ist ein so dürftiges winziges Geschöpf, daß sie, wenn sie nur noch ein klein bißchen zusammenschrumpft, ganz und gar verschwinden würde.
„Nun, wie haben Sie geschlafen?" fragt sie. „Wohl ein bißchen unruhig, wie?"
Aus ihrer Stimme klingt diese unausstehliche Aufgeräumtheit, die mir so zuwider ist. Ich bin nicht in der Stimmung für ihre Munterkeit und wünsche zu Gott, sie möge gehen und mich in Ruhe lassen.
„Ich habe so gut wie gar nicht geschlafen", antworte ich.

„Wer könnte das wohl hier, bei all dem Stöhnen und Seufzen, das nicht aufhört. Da könnte man geradesogut versuchen, auf dem Bahnhof zu schlafen."
„Sie haben selbst am meisten gesprochen", behauptet sie. „Ich habe Sie gehört. Zweimal sind Sie aufgestanden, die Schwester mußte sie jedesmal wieder zu Bett bringen."
Ich sehe sie kühl an. „Sie müssen sich täuschen. Ich habe kein einziges Wort gesprochen, und ich war die ganze Nacht über hier in diesem Bett. Ich habe mich überhaupt nicht bewegt."
„Das meinen Sie", sagt sie. „Mrs. Reilly wird es Ihnen bestätigen."
Sie ruft mit kreischender Stimme zu einem Bett auf der anderen Seite hinüber.
„Mrs. Reilly, meine Liebe, sind Sie schon wach? Haben Sie nicht diese Dame heute nacht gehört? Ging es nicht rein ins Bett, raus aus dem Bett? Das reinste Stehaufmännchen, stimmt es nicht?"
Es ist ein Fleischgebirge, das drüben in einem ungemachten Bett ein wenig in Bewegung gerät. Aber als ihre Stimme ertönt, ist sie klar und wohlklingend, mit deutlichem irischem Akzent; fasziniert starre ich hinüber.
„Ich habe sie gehört, die Ärmste. Gewiß habe ich sie gehört."
Dann erst begreife ich, was sie gesagt hat. Es kann nicht wahr sein. Ich erinnere mich nicht an dergleichen. Ich spüre in dieser kleinen alten Hexe, die dort am Fußende meines Bettes steht, eine versteckte Bosheit. Was hat sie eigentlich davon? Sie lügt. Ich weiß es.
„Sie irren sich. Ich habe die ganze Nacht hier vollkommen wach gelegen und zugehört. Ich bin vor lauter Lärm gar nicht zum Schlafen gekommen. Ist nicht eine Deutsche hier?"
„Das ist Mrs. Dobereiner", zischt die kleine Person und zeigt auf die Seite gegenüber. „Sie kann nicht viel Englisch, aber sie singt, daß es eine Freude ist. Eine richtige Lerche. Mir wäre allerdings lieber, sie könnte so singen, daß wir auch den Sinn verstehen. Eine Menge Ausländer trifft man heutzutage, finden Sie nicht?"
Sie beugt sich vor und ruft kreischend hinüber. „Wir sagen gerade, wie gern wir Sie singen hören, Mrs. Dobereiner."

Sie glaubt offensichtlich, sie brauche nur laut genug zu sprechen, um die Mauer der fremden Sprache zu durchbrechen.
„*Singen*, verstehen Sie …“, schreit sie gellend. „Lu, lu …“
Sie bricht ab und wendet sich mit einem Kopfschütteln mir wieder zu.
„Sie ist manchmal ganz niedergeschlagen“, erklärt sie, unnötigerweise im Flüsterton. „Weil sie sich nicht verständlich machen kann, wissen Sie. Ein Heiliger würde die Geduld verlieren. Also, es ist wirklich schlimm, daß Sie keine gute Nacht hatten. Ein guter Schlaf ist doch das Wichtigste, nicht?“
„Mit so vielen Leuten um mich werde ich nie schlafen können“, sage ich gereizt. „Niemals im Leben. Sie haben mich in diesen Saal gelegt, sagt Marvin, weil zweiter Klasse nichts frei war. Hier werde ich überhaupt nicht schlafen, das kann ich Ihnen sagen.“
„Zweiter Klasse?“ fragt sie scharf. „Da sind Sie gut dran, wenn Sie sich das leisten können, mehr kann ich nicht sagen. Ich könnte nicht in die zweite Klasse gehen, auch wenn zehn Millionen Betten in diesem Augenblick frei wären. Marvin ist wohl Ihr Sohn? Ich habe ihn gestern gesehen. Er sieht großartig aus. Sie haben Glück. Ich habe keinen.“
„Keine Kinder?“
„Nie gehabt, obwohl wir sie uns sehnlichst gewünscht haben. Es wird wohl Gottes Wille so sein. Wir haben weder Kind noch Kegel, mein Tom und ich.“
„Tom? Oh, dann waren Sie es, die ich heute nacht immer wieder nach Tom fragen hörte.“
„Sehr wahrscheinlich“, sagt sie ruhig. „Ich möchte die Möglichkeit nicht von mir weisen. Ich bin daran gewöhnt, ihn nachts neben mir zu haben. Das kann wohl auch nicht anders sein. In diesem August waren es zweiundfünfzig Jahre, daß wir verheiratet sind. Ich bin siebzig. Mit achtzehn habe ich geheiratet. Wie heißt Ihr Mann mit Vornamen? John, stimmt's?“
Ich kann sie nur anstarren, und triumphierend lacht sie. „Na, sehen Sie? Ich habe Ihnen doch gesagt, daß ich Sie heute nacht gehört habe. Glauben Sie mir jetzt?“
Ich wende das Gesicht ab. Hier kann man nirgends allein

sein. Die Vorhänge sind ständig aufgezogen. Ich lege die Hand aufs Gesicht, und die kleine Person hüpft ans Kopfende meines Bettes.
„He –, regen Sie sich doch nicht auf", sagt sie. „Ich hab' mir nichts Böses dabei gedacht. Lebt er vielleicht nicht mehr? Es tut mir wirklich leid. Ich wollte Ihnen nicht weh tun."
Ich glaube, sie meint es gut. Das Krankenhaushemd, das sie trägt, geht ihr nur bis zu den Knien – es muß eine Kindergröße sein – und es läßt ihre knochigen, blaugeäderten Beine frei. Es sieht wie ein weißbestäubter Mehlsack aus, der im Nacken mit Bändern zusammengebunden ist, und sobald sie sich bückt, um meine Fiebertabelle am Fußende des Bettes zu studieren, klappt das Hemd hinten auseinander und enthüllt zwei magere, geradezu eingefallene Gesäßbacken. Beinahe lache ich laut heraus, bis ich mir klarmache, daß ich ein Hemd der gleichen Art trage.
„Wie ich sehe, heißen Sie Mrs. Shipley", sagt sie. „Wir könnten uns eigentlich bekannt machen. Ich bin Mrs. Jardine. Elva Jardine. Dort drüben liegt, wie ich schon sagte, Mrs. Dobereiner, und die große, stattliche Dame dort ist Mrs. Reilly."
Sie beugt sich dicht zu mir herab.
„Haben Sie in Ihrem ganzen Leben schon einmal einen so dicken Menschen gesehen? Sie wurde im Rollstuhl transportiert, und drei Wärter waren nötig, um sie ins Bett zu heben. Es werden bei ihr die Drüsen sein, stelle ich mir vor. Ein richtiges Kreuz, wenn Sie mich fragen. Tom sagt immer zu mir – Elva, du bist so leicht wie eine Feder, du müßtest ein bißchen Fleisch auf die Knochen kriegen. Aber jetzt bin ich doch froh, das kann ich ehrlich sagen. Sie sind ja auch nicht ausgesprochen mager, Mrs. Shipley, aber nicht zu vergleichen mit ihr."
„Großer Gott –", ich weiß kaum, was ich da in meinem Verlangen nach Stille sage. „Ich fühle mich nicht wohl. Können Sie mich nicht in Ruhe lassen?"
„O bitte sehr!" schnaubt sie. „Wenn Sie es so auffassen."
Beleidigt und tief vornübergebeugt verläßt sie mich. Die Stunden werden mir lang. Ein Weilchen gelingt es mir, zu schlafen. Manchmal achte ich auf das Geräusch der Wagen, die draußen vorbeifahren. Es klingt so beschäftigt und eilig. Und doch sind sie unwirklich, sind nur Spielzeugautos, und

die Straße draußen ist eine reine Schöpfung meiner Einbildungskraft. Alles, was ist, ist hier. Manchmal schwindelt mir, und ich spüre Brechreiz. Die Schwester, eine neue, bringt mir die Beruhigungspillen. Ich sinke in Lethargie und dämmere dahin.
„Mutter ..."
Es ist Marvin. Kann er denn schon hier sein?
„Doris hat sich nicht gut gefühlt. Sie will morgen kommen. Wie geht es dir?"
Da steht er wie ein Turm vor mir, blickt unsicher auf mich herab und überlegt, was er mir sagen könnte. Das breite, rötliche Gesicht ist mit Schweißperlen besetzt. Es ist ein warmer Tag. Das war mir noch gar nicht aufgefallen. Mit dem Handrücken wischt er sich den Schweiß von der Oberlippe. Ich bin merkwürdig erfreut, ihn zu sehen. Ich nehme mir fest vor, mich nicht zu beklagen. Aber als ich dann spreche, kommt doch alles das heraus.
„Du kannst dir nicht vorstellen, Marvin, was für ein Lärm hier die Nacht über herrscht. Ich habe noch nie so viel Schnarchen und Im-Schlaf-Reden erlebt. Ich habe kaum geschlafen. Die Frau neben mir – sie redet unentwegt. Sie kann nicht eine Minute den Mund halten. Es ist eine ununterbrochene Quälerei. Wenn du wüßtest, wie es hier zugeht ..."
„Ich will noch einmal wegen eines Zimmers in der zweiten Klasse fragen."
„Jede Veränderung wäre eine Verbesserung gegen hier. Du hast ja keine Vorstellung."
„Schön", sagt er. „Ich will sehen, was ich machen kann. Brauchst du irgend etwas?"
„Nein, ich glaube nicht. Was sollte ich hier wohl brauchen? Das heißt, du könntest Doris bitten, mir die beiden seidenen Nachthemden mitzubringen – das blaßrosa und das blaue. Ich kann diese Krankenhaushemden nicht tragen. Sie sind wie Sackleinen, so grob und so kratzig. Ach ja – die Haarspange für meinen Knoten. Die, die ich bei mir hatte, habe ich verloren. Aber ich habe noch eine als Reserve. Sie liegt in der obersten Schublade meines Toilettentischs. Und sag ihr, sie möchte nicht vergessen, mir die Haarnetze mitzubringen – nicht die dicken für die Nacht, die andern. Sie weiß schon. Und ein paar Haarnadeln. Sie möchte auch das

Maiglöckchen-Eau de Cologne einpacken, das mir Tina geschenkt hat."
„Gut. Ich will mir Mühe geben, an alles zu denken. Brauchst du etwas zu essen oder sonst etwas?"
„Ich habe keinen Appetit. Sie geben einem hier nur Brei. Einfach Brei, weiter nichts. Kein Mensch könnte dieses Zeug essen. Mir steht nicht der Sinn danach. Weißt du, was sie mir als Abendbrot gebracht haben? Ein verlorenes Ei. Stell dir vor, das war alles. Nicht ein bißchen Fleisch. Ich mache mir nichts aus Eiern. Als Nachtisch rotes Gelee, und sonst gar nichts. Sie leben nicht schlecht vom Geld der Patienten hier, das kann ich dir sagen."
„Du bist auf sogenannte leichte Diät gesetzt", sagt er mit etwas unglücklicher Miene. „Es ist, was der Doktor angeordnet hat. Eine weiche Kost. Sie versuchen nicht, dich zu betrügen."
„Weiche Kost, daß ich nicht lache! Weich im Kopf, meinst du. Dieser Doktor – wie hieß er noch? Dieser Doktor Tappen – von dem habe ich nie viel gehalten."
„Doktor Corby. Tappen, das war vor vielen Jahren in Manawaka."
„Ja, ja, das weiß ich. Ich habe nur nicht überlegt ..."
Es beschämt mich, daß er mich verbessert hat, und das macht mich ärgerlich. Takt war nie seine Stärke.
„Wenn du diesen faden Brei zu essen bekämst, würdest du bald begreifen ..."
„Hättest du gern Weintrauben? Er sagt, Obst dürftest du essen."
„Ich weiß nicht –" Ich bin ein wenig besänftigt, aber verlegen und nicht willens nachzugeben, denn ich weiß, daß ich unvernünftig war. Es ist nicht Marvins Schuld. Es ist niemandes Schuld – das widerliche weiche Ei, die zusammengeschrumpfte Welt, die Stimmen, die die Nacht hindurch wehklagen wie Trauergäste. Warum ist es immer so schwer, den Richtigen zu finden, dem man Schuld geben kann? Und warum suche ich ihn immer zu finden? Als ob das wirklich helfen würde!
„Ich bringe dir morgen ein paar Trauben", sagt Marvin, „versuch nun zu schlafen, hörst du?"
Man sagt mir immer, ich solle schlafen, als könnte man damit kurieren, was mir fehlt.

„Ja. Es geht mir soweit ganz gut, wirklich."
„Ist das auch wahr?" Besorgt sieht er mich an, und ich schäme mich, wenn ich an mein Quengeln denke.
„Gewiß. Mach dir keine Sorgen, Marvin."
„Nun, ich mache mir Sorgen", antwortet er. „Das ist selbstverständlich."
Er macht sie sich wirklich. Ich sehe es an seinem Gesicht.
„Was fehlt Doris? Doch nichts Ernstes?"
„Sie hat wieder so einen Anfall gehabt", sagt er. „Du weißt, daß ihr Herz nicht ganz in Ordnung ist."
Die Stirn gerunzelt, steht er dort vor mir.
„Es beunruhigt mich", sagt er.
Und ich sehe, daß er Angst hat, für sie und für sich. Er hat sie gern. Sie bedeutet ihm sehr viel. Es ist also nur natürlich, denke ich. Aber es ist mir etwas Ungewohntes – schwer hinzunehmen oder sich damit abzufinden.
„So, jetzt wird es Zeit für dich, nach Hause zu gehen", sage ich.
Ich schäme mich plötzlich, noch hier zu sein, noch vorhanden zu sein. Wie, wenn sie vor mir ginge? Es wäre unrecht und unnatürlich.
„Ich will mich um ein Zimmer in der zweiten Klasse für dich kümmern", verspricht er. Dann geht er fort, und ich bin wieder allein, mitten in diesem Kindergarten wimmernder alter Damen. Von denen ich eine bin. Selten sieht man es so.
Vor dem Bett gleich neben dem meinen sitzt Tom, Elva Jardines Mann, auf einem geraden Stuhl und preßt die Hände zusammen, daß die Knöchel knacken. Er ist ein kahlköpfiger alter Mann mit gelblichweißem Schnurrbart. Er ist sehr still. Kein Wunder, wenn man mit der Frau verheiratet ist. Ich glaube nicht, daß er je dazu gekommen ist, auch ein Wort zu sagen.
„Der Doktor sagt, daß morgen die Fäden herauskommen", plappert sie weiter. „Das ist sehr schnell, sagt er. Sie sind eine Musterpatientin, sagt er. So schnell kommen die Fäden nur selten heraus. Ich kann jetzt schon beinahe ganz allein ins Badezimmer gehen. Das ist schon ganz schön."
„Hat er nicht gesagt, wann du wieder nach Hause kannst, Elva?"

„Nein, so direkt hat er das nicht gesagt. Aber bei dem Tempo, in dem es jetzt bei mir vorwärts geht, kann es nicht mehr lange dauern."
„Das hoffe ich auch."
„Und du, Tom? Wirst du mit allem fertig?"
„Doch, ich komme zurecht. Aber – weißt du, es ist doch nicht dasselbe."
„Ach ja. Nun, es wird nicht für lange mehr sein. Hat dich Mrs. Garvey zum Essen eingeladen, wie sie gesagt hat?"
„Zweimal", sagt Tom niedergeschlagen. „Sie kocht einen fürchterlichen Fraß. Ich war ihr natürlich dankbar, versteh mich recht. Aber die Frau hat keine Ahnung vom Kochen."
„Mach dir nichts daraus. Ich bin bald wieder bei dir."
„Darauf hoffe ich sehr, Elva. Brauchst du irgend etwas?"
„Nicht das geringste, mir geht es großartig", versichert sie ihm.
„Wie ist das Essen? Nicht so schlecht, hast du gesagt?"
„Neuerdings ist es recht gut", sagt sie. „Wirklich ausgezeichnet. Heute abend gab es eine Scheibe Schinken und ein Stück Schokoladentorte. Vollkommen ausreichend für mich. Ich war nie eine starke Esserin."
„Du hast immer weniger als ein Spatz gegessen", brummt er. „Du mußt dir Mühe geben zu essen, Elva. Wenn du nichts in den Ofen hineinsteckst, geht das Feuer aus."
„Ja, das hast du immer gesagt", antwortet sie nur.
In ihrer Stimme ist eine solche Zärtlichkeit, daß ich mich schäme, zuzuhören. Ich drehe den Kopf zur Seite und liege still. Die Glocke läutet, und die Besucher brechen auf. Tom Jardine geht schwerfällig den Korridor hinunter.
Alles ist still. Aber dann höre ich Geräusche vom Bett nebenan. Es ist die Jardine, sie weint. Bald höre ich, wie sie sich die Nase schneuzt.
„Nun, davon werde ich nicht schneller gesund", murmelt sie vor sich hin, „soviel ist sicher."
Sie zieht das Schubfach ihres Nachtischs auf und kramt darin herum.
„Wo ist nur meine Haarbürste geblieben? Ach, da ist sie ja. Mein Haar müßte einmal gründlich gewaschen werden ..."

Dann bearbeitet sie mit der Bürste ihre Kopfhaut und streicht über die dünne graue Wolle ihrer Haare.
„Lu, lu ..." Sie trällert vor sich hin, die Haarnadeln im Munde. Wider Willen sehe ich ihr zu. Behutsam nimmt sie die Haarnadeln aus dem Munde und stößt sie sich gleichsam in den Schädel. Ich verstehe nicht, wozu sie Haarnadeln braucht; sie hat ja fast keine Haare, die sie damit feststecken könnte. Wieder singt sie, diesmal sind es Worte. Sie hat eine dünne, flötende Stimme, und sie singt immer an der verkehrten Stelle um einen halben Ton zu hoch oder zu tief. Ihr Gebiß klappert, wie wenn eine Taube zuschnappt. Sie greift in den Mund und nimmt die störenden Zähne heraus; sie hält sie in der Hand und betrachtet sie mißvergnügt. Dann sieht sie, daß ich sie beobachte. Ich wende den Kopf, doch nicht schnell genug.
„Tom kann es nicht leiden, wenn ich meine Zähne herausnehme", sagt sie. „Aber die verdammten Dinger haben nie richtig gepaßt. Ich trage sie nur, wenn er hier ist. Ich kann genauso gut ohne sie essen, Krusten ausgenommen."
Ich gebe keine Antwort. Sie ruft zu dem Bett auf der anderen Seite hinüber, wo unter Bettüchern das menschliche Fleischgebirge bebt und gluckst: „Wie geht es Ihrer Tochter, Mrs. Reilly? Ich habe gesehen, daß sie Ihnen Blumen gebracht hat."
„Gladiolen sind es. Rosa Gladiolen. Eine wunderbare Blume, die Gladiole."
Wieder überrascht mich die Stimme des Fleischgebirges durch ihre Klarheit und ihren süßen Wohlklang. Mrs. Reilly hebt den Arm, um die Blumen zu berühren. Es ist ein weißer, riesiger Arm mit dicken, wogenden und wallenden Fettschichten.
„Eine Blume, die sich lange hält", bemerkt Elva Jardine.
„Meine Tochter hatte Beschwerden an den Füßen, das arme Kind", sagt Mrs. Reilly. „Es liegt an dem ewigen Stehen. Den ganzen Tag hinterm Ladentisch. Es ist schon recht anstrengend."
„Sie ist eben ziemlich stark. Sie trägt ein ganz hübsches Gewicht mit sich herum."
„Sie kann nicht Diät halten. Also das kann Eileen überhaupt nicht. Sie fühlt sich dann ganz elend. Ich bin genauso. Es nimmt mir alle Energie. Sie werden es nicht für

möglich halten, Mrs. Jardine, was man mir heute abend als eine vollständige Mahlzeit vorgesetzt hat."
„Doch, Sie haben es mir gezeigt. Gewiß, es schreit zum Himmel. Aber es ist doch nur zu Ihrem Besten, Mrs. Reilly. Ihr Arzt hat es Ihnen gesagt. Das dürfen Sie dabei nicht vergessen. So viel Fett ist für Ihr Herz gefährlich."
Ein tiefer Seufzer entringt sich Mrs. Reilly. „Das ist wahr, und ich weiß es ja auch, aber es ist bitter, nicht einen Bissen Brot zu seiner Mahlzeit zu bekommen. Ich habe immer gern ein bißchen Brot zu den Mahlzeiten gehabt."
„Komisch, nicht wahr?" sagt Elva Jardine. „Sehen Sie zum Beispiel mich an. Ich könnte mich mit Brot nur so vollstopfen, und ich würde keine zehn Gramm zunehmen. Aber es ist Gottes Wille, wenn eine Frau dazu neigt, Fett anzusetzen."
„Das stimmt", sagt Mrs. Reilly reumütig. „Und ich bin ein eigensinniges Geschöpf. Wenn man bedenkt, daß gerade Sie mir das sagen müssen, Mrs. Jardine, als Protestantin, dann sollte ich mich eigentlich schämen."
Ihre Sanftmut widert mich an. Ich an ihrer Stelle würde mich nach Brot heiser schreien und, wenn es mir Spaß machte, einen Schlaganfall bekommen und daran sterben.
„Schüssel."
Die Stimme ist wie eine Rauchwolke, wie ein dünner Dunst. Aber als sie wiederkommt, klingt Verzweiflung auf.
„Schüssel, bitte ... bitte."
Elva Jardine reckt sich den runzligen Hals aus wie ein alter Seefahrer, der im Ausguck nach Land ausschaut.
„He! Wo steckt die Schwester? Schwester! Hallo! Mrs. Dobereiner braucht die Bettschüssel."
„Schon gut", antwortet eine ungerührte Stimme ganz in der Nähe. „Einen Augenblick."
„Sie sollten sich lieber ein bißchen beeilen", sagt Elva Jardine, „oder der Himmel weiß, was geschieht."
Die Schwester erscheint und zieht die Vorhänge auf. Sie sieht müde aus.
„Wir sind heute abend nur wenige Schwestern, und alle Patienten brauchen zur gleichen Zeit die Bettschüssel. Ich habe noch nie erlebt, daß es anders war. Schön, da haben Sie sie, Mrs. Dobereiner."

„Danke vielmals. Tausend Dank. Sie haben ein gutes Herz."
Sie hat deutsch gesprochen.

Elva Jardine klettert aus dem Bett.

„Ich muß einmal versuchen, auf meinen eigenen zwei Beinen ins Badezimmer zu gehen."

Die Schwester steckt den Kopf hinter dem Vorhang hervor.

„Warten Sie eine Sekunde, Mrs. Jardine. Ich helfe Ihnen."

„Ich glaube, ich schaffe es allein. Schauen Sie her – wie finden Sie das?"

„Sehr gut. Soll ich wirklich nicht helfen?"

„Ich werde schon rufen, wenn ich Sie brauche, keine Angst."

Sie wankt davon, bucklig und die Hände an den Unterleib gepreßt.

Die Schwester kommt zu mir. „Wie geht es Ihnen, Mrs. Shipley?"

„Heute abend ein bißchen besser, danke. Ich habe vor einer Weile eine Tablette eingenommen und fühle mich nun ganz wohl. Wird Mrs. Jardine bald entlassen?"

„Mrs. Jardine?" Die Schwester scheint überrascht. „Aber nein. Sie hat ihre erste Operation hinter sich, weiter nichts. Sie muß noch zweimal operiert werden, ehe sie über den Berg ist, wenn sie's überhaupt schafft."

„Was ist es denn? Was fehlt ihr?"

„Oh, eine ganze Menge", antwortet die Schwester vage, als hätte sie bereits zuviel gesagt. „Kümmern Sie sich nicht darum. Schlafen Sie jetzt, ja?"

„Ja, ja. Ich werde schlafen. Das ist alles, wofür ich noch gut bin."

„So dürfen Sie sich nicht einstellen", sagt sie.

Sie schickt sich an weiterzugehen, dreht sich aber noch einmal um. „Wollen Sie nicht die Bettschüssel, da ich schon einmal dabei bin?"

„Nein, danke. Ich kann sehr gut allein ins Bad gehen."

„O nein …" Sie scheint geradezu entrüstet zu sein. „Das dürfen Sie nicht versuchen."

„Ich kann es aber. Selbstverständlich bin ich dazu fähig. Wenn sie, dieses kleine Bißchen, dazu imstande ist, dann sollte ich meinen, daß ich es auch kann."

„Nein", sagt die Schwester. „Das ist nicht dasselbe. Sie dürfen nicht aufstehen."

Kann ich kränker sein als Elva Jardine, dieses Geschöpf, das man meint, umpusten zu können?

„Ich komme hier bald wieder heraus, nicht wahr? Mir geht es schon sehr viel besser. Bald bin ich wieder zu Hause, nicht?"

„Wir wollen einmal sehen. Jetzt müssen Sie schlafen."

„Dafür habe ich noch Zeit genug."

„Diese Einstellung dürfen Sie nicht haben", sagt sie wieder.

„Ich sollte wohl mehr die Lichtseite des Lebens sehen, was?"

„So ist es", sagt sie.

Sie sieht mich verwirrt an, als könne sie mein bitteres Lachen nicht verstehen. Dann geht sie mit einem Achselzukken weiter. Elva Jardine ist aus dem Bad zurück und hockt auf einem Stuhl neben meinem Bett.

„Haben Sie jetzt Lust zu sprechen?" fragt sie. Und fährt fort, wie ein Miniaturgeier: „Haben Sie starke Schmerzen, meine Liebe?"

„Oh, ein bißchen. Mal ist es schlimmer, mal besser."

„Ich verstehe, was Sie sagen wollen. Also, wenn es schlimm ist, dann schreien Sie. Sie werden nie etwas erreichen, wenn Sie's nicht so machen. Das beste ist, Sie sprechen mit Ihrem Doktor, wenn er seine Morgenvisite macht. Die Schwestern dürfen Ihnen nicht ein Aspirin geben, wenn er es nicht angeordnet hat, wußten Sie das? Man darf sich ohne Erlaubnis nicht einmal das Haar waschen. Hier müssen Sie alle Tricks kennen, oder Sie sind verloren. Ich bin seit drei Monaten hier. Es hat Wochen und Wochen gedauert, bis sie mich so weit bei Kräften hatten, daß ich operiert werden konnte."

„Drei Monate? So lange schon?"

„Unsinn, das ist nicht lange. Mrs. Dobereiner ist schon sieben Monate hier. Armes Ding, sie lassen sie lange warten. Eins der Stationsmädchen ist Deutsche, wissen Sie, die kräftige, die den Obstsaft herumträgt. Nun, die hat mir erzählt, was Mrs. Dobereiner sagt, wenn sie nicht gerade ihre Lieder singt."

„Was? Was sagt sie?"

„Sie betet um ihren Tod", sagt Elva Jardine mit dämonischer Stimme; das Entsetzen ist ihr ein angenehmer Kitzel.

Sie lehnt sich zurück, faltet die Hände und beobachtet mich, um zu sehen, wie ich darauf reagiere.
„Ich könnte so etwas nie tun. Sie?“ fragt sie. „Aber trotz allem, man weiß ja nie. Mrs. Reilly hat es zum Beispiel sehr mit dem Beten. Sie bildet sich etwas darauf ein.“
Sie beugt sich wieder nach vorn, mit einer vertraulichen Gebärde. „Sie denkt, sie ist die einzige, die es richtig kann. Komisch, nicht wahr? Dabei ist sie gutherzig. Gibt einem das Hemd vom Leibe. Wir sind Freundinnen, sie und ich. Ich ziehe sie auf. Ich bete auch, sage ich zu ihr, was sagst du dazu? Sie lächelt dann nur höflich, aber sie glaubt mir nicht wirklich.“
Sie lacht, leise, gackernd, und plötzlich beginnt sie zu singen: „Jesus will mich als Sonnenstrahl.“
Aber sie hört gleich wieder auf. „Sie macht mich nur manchmal damit ärgerlich, das ist alles. Wenn Sie jemand sehen, der jeden Tag betet! Tom hat das Kirchenlied immer gesungen, aber mit einem anderen Text, Sie verstehen, was ich sagen will. Er hatte nie viel für die Kirche übrig. Aber für mich ist sie am Ende doch Gottes ewiger Atem. Ich habe in Freehold dreißig Jahre lang an der Sonntagsschule unterrichtet.“
„Sie sind aus Freehold?“
„Klar. Wollen Sie sagen, daß Sie schon mal etwas von Freehold gehört haben?“
Unwillkürlich wird sie mir sympathisch.
„Selbstverständlich. Ich bin aus Manawaka. Das sind keine vierzig Kilometer von Freehold, stimmt's?“
„So ungefähr. Nein so was! Sie sind aus Manawaka? Ich kenne eine Menge Leute aus Manawaka. Wir hatten eine Farm bei Freehold. Kennen Sie die Pearls?“
„Natürlich. Ich bin mit Henry Pearl zur Schule gegangen. Ich kenne sie gut.“
„Denken Sie mal an! Die älteste Tochter meiner Schwester – Janice heißt sie – ist mit Bob Pearl verheiratet. Und der ist also ein Sohn von Henry Pearl?“
„Sein jüngster, glaube ich. Henry hat drei Söhne. Nun, ist das nicht merkwürdig? Was ist aus ihm geworden, aus Bob?“
„Er hatte in Freehold ein eigenes Geschäft, nach dem, was ich zuletzt von ihm hörte“, antwortet sie. „Es geht ihm

recht gut, glaube ich. Sie haben vier Kinder. Aber ich höre nicht mehr viel aus Freehold. Meine Schwester ist vor fünf Jahren gestorben."
„Ich war mit den Pearls gut bekannt. Es war eine tüchtige, fleißige Familie."
„Bob war es bestimmt, das weiß ich genau. Meine Schwester hielt große Stücke auf ihn. Man konnte in Freehold oft hören, daß die Leute aus Manawaka eingebildet seien, aber nie hat das jemand von Bob behauptet. Man konnte sich keinen netteren Burschen denken. Er hat nie einen Abstieg darin gesehen, daß er in Freehold lebte, obwohl es doch so viel kleiner als Manawaka ist."
„Sie haben eine Farm gehabt, sagten Sie?"
„Ja. Sie haben in der Stadt gewohnt, nicht?"
Wie töricht von mir, mich geschmeichelt zu fühlen, daß sie das so ohne weiteres annimmt.
„Nun, eigentlich nicht. Ich bin zwar in der Stadt aufgewachsen, aber mein Mann hatte eine Farm."
„Ja? Ist er schon lange gestorben?"
„Vor langer Zeit."
„Es muß hart für Sie gewesen sein", sagt sie. „Meine Mutter ist mit dreißig Witwe geworden. Das ist kein Leben."
Unsere Blicke treffen sich. Diese Frau hat etwas Liebenswürdiges an sich.
„Er war ein großer, kräftiger Mann", sage ich. „Stark wie ein Pferd. Er hatte einen Bart, so schwarz wie das Pik-As. Er war ein schöner Mann, ein stattlicher Mann."
„Manchmal trifft es gerade die zuerst", sagt sie. „Aber so ist das Leben. Tom und ich sind immer glücklich gewesen. Wir haben uns nie trennen müssen, bis ich hierhergekommen bin. Mit Geld ist er furchtbar knauserig, das ist das einzige, aber wenn er es nicht gewesen wäre, weiß der liebe Gott, wo wir jetzt wären."
Sie beugt sich nach vorn und sieht mich an. „Sie sehen ein bißchen blaß und mitgenommen aus. Denken Sie daran, wenn morgen Ihr Arzt kommt, ihn wegen einer Spritze zu fragen. Sie kriegen sie sonst nicht von weitem zu sehen, lassen Sie es sich von mir gesagt sein."
Ich strecke meine Hand unter der Decke hervor und lege sie auf ihre knochige Hand.
„Ich danke Ihnen sehr, Mrs. Jardine."

„Aber bitte sehr, nichts zu danken. Und jetzt versuchen Sie zu schlafen. Wenn Sie nachts eine Schwester brauchen, wecken Sie mich, ja? Manchmal merken sie nicht, wenn man das Licht anhat. Sie brauchen mich bloß zu wecken, und ich rufe dann für Sie. Meine Stimme trägt weit. Ich habe im Kirchenchor der Baptistengemeinde in Freehold mehr Jahre gesungen, als ich zählen kann."

„Sie sind ..." Ich weiß jetzt weder was noch wie ich es sagen soll. „Sie sind sehr gütig, Mrs. Jardine."

„Nun, wir müssen doch zusammenhalten, wir alten Präriefarmer, was? Nennen Sie mich doch Elva. Das bin ich mehr gewöhnt."

„Ich heiße Hagar."

„Schön, Hagar. Auf morgen früh dann!"

Wie lange ist es her, daß mich jemand bei meinem Vornamen genannt hat? Sie geht schlurfend zu ihrem Bett zurück.

„Gute Nacht, Mrs. Reilly", ruft sie. „Schlafen Sie gut!"

„Gott gebe Ihnen Ruhe!" antwortet der Fleischberg halb im Schlaf.

Aber wenn das Licht ausgeht und die Dunkelheit über uns hereinbricht, hören auch die Gespräche von Bett zu Bett auf. Jeder von uns lebt nun in seiner eigenen Nacht, in einem Halbschlaf der Narkotika, aus dem er zuweilen auftaucht bis an die Oberfläche, wo die Stimmen rufen. Wenn man die Augen schließt, nachdem man in grelles Licht geblickt hat, sieht man Funken von Blau oder Rot vor dem schwarzen Hintergrund. Und so sind die Stimmen, Erinnerungsbruchstücke, auf Schatten gemalt. Sie erschrecken mich jetzt nicht mehr so wie früher; denn ich weiß, wo sie herkommen. Das Gemurmel aus den Betten weiter weg bleibt zu unbestimmt, als daß man es enträtseln könnte. Aber die Stimmen aus den Betten in meiner Nähe kann ich benennen. In Gedanken gehe ich die Namen durch, um zu sehen, ob ich mich noch an alle erinnere. Mrs. Reilly. Mrs. Dobereiner. Mrs. Jardine. Nur auf ihren Vornamen kann ich nicht kommen. Ich weiß doch, daß sie ihn mir gesagt hat. Ida? Elvira? Ihr Mann heißt Tom, und sie hatten eine Farm bei Freehold. Ich kann nicht einschlafen. Ich bin wie betäubt, aber die Schmerzen vertreiben den Schlaf.

„Schwester …"
Ich rufe und rufe, und endlich kommt sie. Ach, wie lassen sie sich Zeit!
„Können Sie mir nicht irgend etwas geben? Es tut so weh – hier, an dieser Stelle …"
„Sie können noch eine Tablette haben, aber der Doktor hat keine Erlaubnis für eine Spritze gegeben. Es tut mir leid."
Leid. Ich glaub's ihr! „Wenn Sie wüßten …"
„Ehrlich, es tut mir leid", sagt sie. „Aber ich darf nicht –"
„Ihnen ist es natürlich egal. *Sie* haben die Schmerzen ja nicht. Was wissen Sie schon davon?"
Ich höre meine anklagende Stimme und schäme mich. Aber es läßt sich nicht bremsen: „Sie läßt es doch ganz kalt …"
Sie bringt mir eine Pille, und ich reiße sie ihr aus der Hand, als ob sie sie mir nicht geben wollte. Sie gibt mir Wasser und geht dann wieder. Als nach einer Weile der Schmerz nachläßt, habe ich soviel Anstand, sie zurückzurufen.
„Schwester!"
„Ja? Was denn?"
„Es tut mir leid, daß ich eben so gesprochen habe …"
„Oh, schon gut", sagt sie gelassen. „Machen Sie sich darum keine Gedanken. Daran bin ich gewöhnt. Jetzt müssen Sie aber versuchen zu schlafen."
„Ja, das will ich tun." Jetzt möchte ich ihr etwas zu Gefallen tun, möchte ihr etwas sagen, das sie gern hört. „Ich versuche es, das verspreche ich Ihnen."
Ich döse und wache wieder auf. Die Stimmen sind wie vom Wind bewegte Blätter, die ans Fenster schlagen.

Tom, mach dir keine unnützen Gedanken –
Mutter Gottes, bitt für uns jetzt und in der Stunde unseres –
Mein Gott, erlöse mich –
Erinnerst du dich daran, Tom? Ich weiß es noch ganz genau –
Vergib, daß ich dich beleidigt habe, denn ich liebe –
Erlöse mich von meinen Schmerzen –
Bram!

Eine der Stimmen hat fast einen Schrei ausgestoßen. Es dauert eine Weile, ehe ich mir klarmache, daß es meine eigene Stimme war.
Wo bin ich? Ich muß ins Bad, das ist alles, was ich weiß. Ich

kann den verdammten Lichtschalter nicht finden. Wo kann wohl Doris geblieben sein? Ich habe immerzu gerufen, aber sie antwortet nicht. Man sollte meinen, daß sie wenigstens antworten könnte. Ich stehe neben meinem Bett, halte mich daran fest und taste mich weiter.
„Schwester! Schwester!“ Wer ist das mit dieser hohen, angstvollen Stimme ganz in meiner Nähe? „Kommen Sie rasch! Mrs. Shipley ist aus dem Bett gestiegen.“
Jetzt stehe ich, wie mir scheint, auf einem langen Gang, und alles, was ich hören kann, sind regelmäßige, mahlende, knirschende Atemzüge. Von weitem sehe ich Licht. Ich weiß, darauf muß ich zusteuern.
„Ich würde mich beeilen, Schwester. Sie geht auf den Flur zu …“
Schwester? Schritte nähern sich mit raschem Klappern. Und dann weiß ich Bescheid.
„Kommen Sie jetzt, Mrs. Shipley. Ich helfe Ihnen zurück.“
„Ich wollte nur ins Bad. Weiter nichts. Da ist doch kein Unrecht dabei, oder?“
„Es ist schon gut. Kommen Sie nur mit mir, und dann ist gleich wieder alles in Ordnung. Hier, nehmen Sie meinen Arm …“
„Ich lasse mir nicht gern helfen, ich kann's nicht leiden …“ Meine Stimme klingt launisch-empfindlich und läßt nicht die Wut erkennen, die ich in mir verschließe. „Ich habe immer alles allein getan.“
„Sind Sie seinerzeit nie irgendwem zur Hand gegangen? Jetzt sind Sie an der Reihe, sich helfen zu lassen. Sehen Sie es einmal so an. Sie haben ein Recht darauf.“
Sie hat recht. Ich brauche mich nicht zu Dank verpflichtet zu fühlen. Nur kann ich mich nicht auf viele Menschen besinnen, denen ich geholfen habe. Das ist der einzige Fehler dabei. Ich habe Daniel bei der Rechtschreibung geholfen. Darin war ich sehr viel besser als er. Er hat es mir nicht sehr gedankt. Er tat so, als ob er mir hülfe und nicht ich ihm. Aber Vater glaubte mir, als ich es ihm erzählte. Er wußte, daß Daniel ein Dummkopf war. Jetzt tut es mir leid, daß ich es Vater gesagt habe. Aber es machte mich wütend – es ist nicht recht, wenn man für das, was man tut, keine Anerkennung erhält.

Ich kann nichts mehr unternehmen. Sie steckt mich ins Bett und zieht mir die Decke bis unters Kinn. Ich liege ganz still, und dann höre ich die Stimme meiner Nachbarin.
„Alles in Ordnung jetzt bei Ihnen, Hagar?"
Ich lege mich auf die Seite, mit dem Gesicht zu ihr, obwohl ich sie nicht sehen kann: „Ja. Ja, Elva, ist alles in Ordnung."
„Schön. Morgen werde ich Sie, falls Sie es vergessen, daran erinnern, den Doktor wegen der Spritze zu fragen. Sie würden besser schlafen, wenn Sie eine bekommen hätten."
„Ja, würden Sie mich daran erinnern? Ich habe im allgemeinen ein sehr gutes Gedächtnis, aber manchmal entfällt mir etwas ..."
„Mir geht es genauso. Nun, dann wollen wir uns mal in die Klappe hauen, mein Mädchen."
Darüber muß ich lächeln. Und dann spüre ich selbst, wie ich in Schlaf sinke.

Am nächsten Morgen kommt der Arzt zu mir. Wie heißt er noch? Ich habe seinen Namen vergessen und will nicht fragen.
„Nun, wie geht's uns heute?" erkundigt er sich.
„Uns" ist ein Witz. „Ich weiß nicht, wie es Ihnen geht, aber ich habe mich schon besser gefühlt, wie ich gestehen muß."
„Aber auch nicht gar zu schlecht, wie?"
„Nein, ich glaube nicht." Warum lüge ich? Plötzlich bin ich wütend über meinen Stolz und meine gespielte Haltung – und seine Dummheit. „Hier tut es weh. Nachts tut es sehr weh. Ach, Sie wissen nicht –"
Ich hasse meine wimmernde Stimme und wende den Blick von ihm ab, und ich sehe, wie Elva Jardine im Bett nebenan gestikuliert und sich mit dem ausgestreckten Zeigefinger in den Oberarm sticht. Da fällt es mir wieder ein.
„Können Sie mir nicht irgend etwas dagegen geben?"
Er nickt, betastet mich und lächelt dann, ein zaghaftes, gezwungenes Lächeln. Es läßt mich erkennen, daß auch seine Rolle nicht ganz so einfach ist.
„Das kann ich natürlich tun. Seien Sie unbesorgt, Mrs. Shipley. Ich werde die nötigen Anweisungen geben. Sie werden sich wohler fühlen."

Als mich Marvin besucht, ist Doris dabei. Sie haben mir Blumen mitgebracht. Es geschehen noch Wunder. Es sind auch nicht die gewöhnlichen Gartenblumen, sondern Rosen aus dem Blumenladen, zarte Knospen, die gerade aufgehen, und mit Asparaguszweigen schön geordnet in einer grünen Glasvase.
„Aber das war doch nicht nötig ..."
„Wir dachten, du würdest dich darüber freuen", sagt Doris. „Nichts muntert einen so auf wie ein paar Blumen. Hier sind deine Nachthemden – das rosa und das blaue; sind es die, die du haben wolltest? Und dein Eau de Cologne und die Haarnetze. Wenn es dir recht ist, frisiere ich dich jetzt."
„Ja, tu das. Ich habe genug davon, daß mir das Haar so um die Schultern hängt. Ich kann es nicht haben, wenn ich nicht ordentlich frisiert bin."
„Wie geht es dir, Mutter?" erkundigt sich Marvin.
Was für eine dumme Frage. Aber ich antworte, was er erwartet, denn das macht es leichter.
„Danke, ausgezeichnet."
„Wir hatten gestern Nachricht von Tina", berichtet Doris.
„Wie geht es ihr?"
Doris seufzt, steckt die letzte Haarnadel in meine Frisur und läßt sich dann auf dem Stuhl an meinem Bett nieder. Sie trägt ihr Kostüm aus grauer Seide. Es ist ziemlich zerknautscht, und sie sieht erhitzt aus. Das sieht ihr ähnlich, sich für einen bloßen Krankenhausbesuch so herauszustaffieren. Das Bukett auf ihrem Hut wippt, daß es zum Lachen ist. Einen furchtbaren Geschmack in Hüten hat diese Frau. Ihr Kopf ist das reinste Treibhaus voll Knollenbegonien, mit Blumenblättern in allen Schattierungen, rosa, fleischfarben, blaßrot und blutrot. Ich sehe in ihrem Gesicht einen besorgten Ausdruck.
„Was ist los, Doris, um Himmels willen? Ist etwas mit Tina?"
„Sie heiratet", sagt Doris.
Ich lache vor Erleichterung auf. „Ich dachte, sie habe sich mindestens ein Bein gebrochen. Was ist denn so schrecklich daran, daß sie heiratet? Wer ist der Mann?"
„Es ist ein junger Rechtsanwalt, den sie vor ein paar Monaten kennengelernt hat. Oh, ich bin überzeugt, daß er ganz

nett und so weiter ist, und Tina sagt auch, daß er eine gute Praxis hat. Aber sie kennt ihn erst so kurze Zeit."

„Unsinn! Sie ist kein Kind mehr. Sie ist fünfundzwanzig, wenn ich mich nicht irre?"

„Siebenundzwanzig im vorigen September", sagt Doris.

„Also, du würdest noch genauso denken, wenn sie sechzig ist."

„Das würde ich nicht", widerspricht Doris und preßt die Lippen aufeinander. „Ich meine, das ist ..."

„Schon gut, schon gut", wirft Marvin ein. „Wir wollen uns deswegen nicht aufregen. Wie ich dir schon sagte, Doris: Tina ist alt genug, um zu wissen, was sie will."

„Ich glaube es gern. Aber ich kann mir nicht helfen, ich hätte lieber, es wäre jemand, den wir kennen."

„Tina ist ein verständiges Mädchen", erkläre ich. „Sag ihr ..."

Was könnte ich ihr wohl sagen lassen, überlege ich, das für sie von irgendeinem Nutzen wäre? Sie weiß eine ganze Menge mehr als ich, als ich heiratete. Oder vielleicht auch nicht, im Grunde, aber wer könnte ihr das sagen? Ich habe meiner Enkelin keine Botschaft zu übermitteln. Statt dessen zerre ich an meiner rechten Hand, reiße und ziehe, bis ich endlich mit einem Ruck den Ring vom Finger bekomme.

„Schick ihr das hier, Doris, willst du so gut sein? Es ist der Saphirring meiner Mutter. Ich möchte, daß ihn Tina bekommt."

Doris hält den Atem an. „Ist das – ist das auch wirklich dein Wunsch, Mutter?"

Etwas in ihren Augen stimmt mich traurig. Am liebsten würde ich mich abwenden.

„Selbstverständlich ist es mein Wunsch. Was nutzt der Ring noch mir? Ich hätte ihn, glaube ich, dir geben müssen, schon vor Jahren. Aber ich brachte es nie fertig, mich von ihm zu trennen. Dumm. Zu dumm, daß du ihn damals nicht bekommen hast. Jetzt will ich es nicht. Schicke ihn Tina."

„Mutter", Marvin hat manchmal eine sehr laute Stimme. „Willst du es wirklich?"

Stumm nicke ich. Warum diese ganze Aufregung? Im nächsten Augenblick werde ich das verdammte Ding wieder an mich nehmen, damit sie den Mund halten. Als habe sie den gleichen Gedanken gehabt, steckt Doris den Ring rasch in ihre Tasche. Marvin scharrt mit den Füßen und räuspert sich.

„Da hätte ich doch beinahe vergessen, es dir zu sagen. Ich habe die Sache mit dem Zimmer erledigt. Sie bringen dich heute abend in die zweite Klasse."

Ich habe plötzlich das Gefühl von einem Verlust, als sei ich ausgestoßen worden. Ich kann es nicht erklären. Ich müßte ihm doch dankbar sein. Ich kann kein Wort sagen. Ich sehe ihn an und spüre in den Augen die verräterischen Tränen. Beschämt vertreibe ich sie durch eifriges Blinzeln, aber er hat sie gesehen.

„Was hast du denn? Du hast mir doch gesagt, du wolltest ein Zimmer in der zweiten Klasse. Hier könntest du nicht schlafen."

„Ja, ja, ich weiß. Ich habe mich inzwischen mehr daran gewöhnt, das ist es. Es wäre nicht nötig gewesen, umzuziehen."

„Also, ich weiß nicht", sagt er niedergeschlagen. „Ich weiß einfach nicht, was ich sagen soll. Mit dir kennt man sich nicht aus. Alle Anordnungen sind bereits getroffen worden. Du wirst umziehen müssen. Es tut mir leid, aber so ist es."

Ich weiß, es ist nicht mehr zu umgehen. Es ist nicht seine Schuld. Ich habe ihm gesagt, daß ich hier fort wollte. Und doch kann ich mir nicht helfen, ich empfinde einen gewissen Unwillen über ihn. Er begreift es nicht, daß sich ein Mensch an eine bestimmte Umgebung gewöhnt. Es käme ihm nicht in den Sinn, daß sich jemand etwas wieder anders überlegt. O nein, das ginge nicht an. Er hat keine Spur von Einbildungskraft. Ich hätte ihnen den Saphirring lieber nicht geben sollen. Sie werden ihn sowieso nicht zu schätzen wissen. Ein Stück Glitzertand aus dem Trödelladen, mehr bedeutet er ihnen nicht.

„Sprich nicht mehr davon, Marvin. Hör bitte auf davon. Ich werde umziehen. Tu was du willst mit mir. Was kommt es darauf an, wohin ich gesteckt werde?"

„O Gott!" sagt Marvin. „Ich mache es immer falsch, nicht wahr?"

„Ich ziehe um, ich zieh' doch um! Habe ich gesagt, daß ich nicht umziehe?"

„Es wird dir sicher gefallen, ich bin überzeugt“, versucht es Doris mit mir. „Wenn du erst mal drüben bist. Es ist der neue Flügel.“
„Das ist ja auch das Dringendste für mich“, antworte ich schnippisch. „Ein neuer Flügel!“
„Es ist zwecklos, Marv!“ flüstert sie. „Du siehst doch selbst, daß es vollkommen zwecklos ist. Sie ist nicht mehr ganz richtig im Kopf. Wir können genausogut gehen.“
Aber er bleibt.
„Wenn du mir nur richtig sagen könntest, was du wirklich willst, Mutter ...“
Ich bin müde. Ich bin völlig erledigt. „Es ist mir gleich, Marvin. Es kommt überhaupt nicht darauf an.“
„Wirklich?“ Er runzelt die Stirn.
„Ganz sicher. Umziehen oder nicht umziehen. Es ist mir vollkommen gleichgültig.“
„Gut dann. Es ist nur, daß ich mir wie ein Narr vorkäme, wenn ich jetzt darum bitten müßte, alles wieder rückgängig zu machen, worum ich gebeten hatte ...“
„Ich verstehe. Es ist besser, du gehst jetzt, Marvin. Ich bin heute abend ein bißchen müde.“
Als er gegangen ist, drehe ich mich auf die andere Seite und schließe die Augen. Elva Jardine kommt vorbei und bleibt an meinem Bett stehen. Ich fühle, wie mich der rauhe Stoff ihres Hemds streift, aber ich halte die Augen fest geschlossen.
„Sie schläft“, zischt Elva. „Das wird ihr mächtig guttun.“
Dies sind die letzten Worte, die ich sie sagen höre, denn da kommen sie mit einer fahrbaren Krankentrage, heben mich hinauf und rollen mich fort. Vor dem Bett Elvas sind die Vorhänge geschlossen. Sie befindet sich mit der Schwester in Klausur, um sich irgendwelchen geheimnisvollen Riten zu unterwerfen, und weiß also nicht, daß ich fort bin. Mrs. Reilly, träge wie eine Riesenschnecke, schläft und schnarcht. Als mich die Räder über den Gang rollen, kann ich Mrs. Dobereiners Gesang hören wie das hohe dünne Schwirren einer Mücke.

Es zieht in Freud und Leide
Zu ihm mich immer fort ...

X

Jetzt ist die Welt noch kleiner geworden. So rasch schrumpft sie zusammen. Der nächste Raum wird der kleinste von allen sein.
„Der nächste Raum wird der kleinste überhaupt sein."
„Was?" fragt die Schwester zerstreut, während sie mir das Kopfkissen aufschüttelt.
„Gerade soviel Platz, wie ich brauche."
Sie sieht aus, als habe ich sie schockiert. „Das ist keine Art zu sprechen."
Sie hat recht. Ein peinliches Thema, das besser unerwähnt bleibt. Genauso haben wir als junge Mächen über Unterwäsche oder den Liebesakt gedacht. Aber ich möchte sie am Arm packen und ihre Aufmerksamkeit erzwingen. *Hören Sie mir zu. Sie müssen mich anhören. Es ist wichtig. Es ist ... ein besonderes Ereignis.*
Nur für mich. Nicht für sie. Ich ergreife sie nicht am Arm, und ich spreche auch nicht. Es würde sie nur verlegen machen, und sie würde nicht wissen, was sie sagen sollte.
Es ist ein helles, luftiges Zimmer. Die Wände sind von einem bläßlichen Gelbgrün. Ein Bad gehört dazu. Die Vorhänge sind hellgelb mit einem Rittersspornmuster. Ich habe immer geblümte Stoffe gern gehabt, wenn es kein knalliges Muster war. Aber so ein Zimmer muß ein Vermögen kosten. Und dieser Gedanke bedrückt mich sehr. Weiß der Himmel, was so ein Zimmer kostet. Marvin hat nichts davon gesagt. Ich muß ihn fragen, das darf ich nicht vergessen. Wenn ich zum Beispiel nicht genug Geld hätte? Ich kann nicht von Marvin und Doris verlangen, daß sie für das Zimmer bezahlen. Marvin würde es natürlich tun, das weiß ich. Aber ich möchte ihn nicht darum bitten. Sie werden mich wieder in ein anderes Zimmer verlegen müssen. Es ist die einzige Möglichkeit.
Da steht noch ein Bett, aber es ist leer. Ich bin allein. Wieder kommt eine Schwester, eine andere diesmal. Sie kann keinen Tag älter als zwanzig sein. Sie ist so schmächtig, daß man sich wundert, wie eine so ätherische Gestalt überhaupt lebensfähig ist. Ihr Bauch ist hohl, und ihre Brüste pflaumengroß. Das ist heute schick, vermute ich. Sehr wahrscheinlich ist sie auf ihr Aussehen stolz. Ihre Hüften sind so schmal, daß man sich nicht vorstellen kann, wie sie ein-

mal Kinder bekommen soll. Oder überhaupt nur heiraten. Sie ist so eng gebaut wie ein Pusterohr.
„Ihr Mädchen seid heutzutage so schlank."
Sie lächelt, an die albernen Bemerkungen alter Frauen gewöhnt.
„Ich wette, daß Sie in Ihrer Jugend genauso schlank waren, Mrs. Shipley."
„Oh ... Sie kennen meinen Namen?" Dann fällt mir ein, daß er am Fußende meines Bettes auf einer Tafel steht, und ich komme mir sehr dumm vor. „Ja, ich war in Ihrem Alter ziemlich schlank. Ich hatte schwarzes, langes, über die Schulter fallendes Haar, und es gab Leute, die mich recht nett fanden. Sie werden es nicht glauben, wenn Sie mich heute sehen."
„Doch, ich glaube es", sagt sie, indem sie ein wenig zurücktritt und mich betrachtet. „Ich würde nur nicht von *nett* sprechen, sondern von *schön*, von einer kraftvollen Schönheit. Ihr Gesicht hat so klare Züge, und ein guter Körperbau ändert sich nicht. Sie sind noch heute schön."
Ich bin mir klar darüber, daß sie mir schmeichelt, aber ich freue mich trotzdem. Es ist ein freundliches junges Mädchen. Ich glaube, sie handelt aus Freundlichkeit, nicht aus Mitleid.
„Das ist lieb von Ihnen. Sie sind ein nettes junges Mädchen, und Sie haben das Glück, jung zu sein."
Hätte ich das letzte lieber nicht gesagt! Früher habe ich nie einfach darauflosgeredet, wie es mir in den Sinn kam. Ich werde unachtsam.
„Mag sein." Sie lächelt, aber anders, distanzierter. „Aber vielleicht sind Sie die Glücklichere."
„Warum denn das, um alles in der Welt?"
„Nun", sagt sie ausweichend. „Sie haben all diese Jahre gehabt, die Ihnen niemand wegnehmen kann."
„Das ist allerdings kein reiner Segen", antworte ich trocken, aber sie versteht natürlich nicht, was ich meine. Wir hatten uns so gut unterhalten, und nun ist das vorbei. Etwas lauert jetzt in ihrem Blick, aber ich weiß nicht, was es ist. Was beunruhigt sie? Was kann ein so junges und anziehendes Wesen, wie sie es ist, überhaupt beunruhigen, mit ihrer Gesundheit und einer Berufsausbildung, die ihr jede Sorge nimmt, einmal ohne Stellung zu sein? Aber noch während

ich dies denke, weiß ich, daß es Unsinn ist. Die Plagen vererben sich von einer Generation auf die andere.
„Jetzt ruhen Sie sich erst einmal aus", sagt sie. „Nach einer Weile schaue ich herein, um zu sehen, ob Ihnen nichts fehlt."
Aber als dann die lange Nacht hereinbricht, kommt sie nicht. Hier sind keine Stimmen zu hören, ich höre keine lebende Seele. Ich schlafe und wache auf, schlafe und wache auf, bis ich am Ende nicht mehr weiß, ob ich schlafe und träume, wach zu sein, oder ob ich wache und mir einbilde zu schlafen.
Der Fußboden ist kalt, und ich weiß nicht, wo meine Pantoffeln geblieben sind. Gott sei Dank hat Doris wenigstens die Matte, die vor meinem Bett lag, fortgenommen. Diese Matte war wirklich gefährlich. Ob man wollte oder nicht, man rutschte auf ihr aus. Der Atem geht so langsam, und jeder Atemzug tut weh. Wie merkwürdig. Atmen war immer etwas so Leichtes, daß man gar nicht darüber nachdachte. Hinter der offenen Tür dort ist Licht. Wenn ich bis dorthin komme, wird jemand sprechen. Wird es die Stimme sein, auf die ich gewartet habe?
Was hält ihn zurück? Er könnte doch etwas sagen. Es würde ihm nicht weh tun, ein Wort zu sprechen. *Hagar*. Er war der einzige, der mich mit meinem Vornamen ansprach. Es würde ihm nichts schaden, wenn er spräche. Es ist nicht zu viel verlangt.
„Mrs. Shipley ..."
Eine hohe, aufgeregte Stimme. Eine Mädchenstimme. Und ich, der Schlafwandler, der plötzlich geweckt wird, kann nur stillstehen, wie gelähmt von ihrem Schrei. Dann packt mich eine Hand am Arm.
„Schon gut, Mrs. Shipley. Es ist alles in Ordnung. Kommen Sie nur mit mir."
Oh, ich bin hier? Und ich bin umhergeirrt, und das Mädchen ist erschrocken, denn sie hat die Verantwortung. Sie bringt mich zu Bett. Aber dann tut sie noch etwas anderes, was ich zuerst nicht verstehe.
„Es ist wirklich nur so etwas wie ein Bettjäckchen. Es ist nichts weiter. Es soll Sie nur vor Schaden bewahren. Es ist zu Ihrem eigenen Schutz."
Es fühlt sich wie grobes Leinen an. Sie steckt meine Arme

in die Ärmel und bindet dann die Jacke fest ans Bett. Ich zerre daran und stelle fest, daß ich mich nicht erheben kann – wie ein gefangener Vogel, dem man die Flügel zusammengebunden hat.
„Ich will das nicht. Ich dulde es nicht. Es ist nicht recht. Es ist gemein ..."
Die Schwester spricht leise, als schäme sie sich beinahe. „Es tut mir leid. Aber Sie könnten doch fallen, nicht wahr, und ..."
„Halten Sie mich für verrückt, so daß ich in diese Zwangsjacke gesteckt werden müßte?"
„Natürlich nicht. Nur, Sie könnten sich verletzen, weiter nichts. Bitte ..."
Ich höre die Verzweiflung in ihrer Stimme. Wenn ich es richtig bedenke: Was sollte sie sonst tun? Sie kann ja nicht die ganze Nacht an meinem Bett sitzen.
„Ich muß es tun", sagt sie. „Seien Sie nicht böse."
Sie muß es tun. Ganz recht. Es ist nicht ihre Schuld. Sogar ich sehe das ein.
„Schon gut." Ich höre kaum meine eigene Stimme, aber ich vernehme den leisen Seufzer, mit dem sie antwortet.
„Es tut mir leid", sagt sie hilflos, in einem unnötigen Versuch, sich zu entschuldigen, vielleicht im Namen Gottes, der sich nie entschuldigt. Und dann bin ich diejenige, der es leid tut.
„Ich habe Ihnen soviel Arbeit gemacht ..."
„Nein, durchaus nicht. Ich gebe Ihnen jetzt eine Spritze. Dann werden Sie sich wohler fühlen und wahrscheinlich auch einschlafen."
Und so unglaublich es ist, trotz meines Käfigs aus Segeltuch schlafe ich ein.
Als ich aufwache, ist das andere Bett besetzt. Die neue Patientin sitzt aufrecht im Bett und liest in einer Illustrierten oder tut wenigstens so. Manchmal weint sie ein bißchen und faßt sich an den Unterleib. Sie wird ungefähr sechzehn Jahre alt sein, und sie hat ein feines, zartes, olivfarbenes Gesicht. Als sie zögernd zu mir herüberblickt, sehe ich, daß sie dunkle, nur ein klein wenig schräg gestellte Augen hat. Ihr Haar ist kräftig, schwarz und glatt, und es glänzt. Sie ist eine Tochter des Himmlischen Reichs, wie wir die Chinesinnen früher nannten.

„Guten Morgen.“ Ich weiß nicht, ob ich etwas sagen soll oder lieber nicht, aber sie nimmt es freundlich auf. Sie legt die Illustrierte fort und lächelt mir zu. Grinst mir zu, genauer gesagt – es ist das dreiste, halb spitzbübische Lächeln, das die jungen Leute heutzutage alle haben.
„Hallo“, sagt sie. „Sie sind Mrs. Shipley. Ich habe es auf Ihrer Tafel gelesen. Ich heiße Sandra Wong.“
Sie spricht genau wie Tina. Offensichtlich ist sie hier geboren.
„Freut mich, Sie kennenzulernen.“
Der Grund meiner absurden Förmlichkeit diesem Kind gegenüber ist die plötzliche Gewißheit, daß es die Enkelin einer dieser kleinen Frauen mit den eingewickelten Füßen ist, die Mr. Oatley ins Land schmuggelte, damals, als Asiatinnen noch als unerwünscht galten – ins Land schmuggelte im gefährlichen Laderaum seiner Schiffe mit falschem Boden. Vielleicht verdanke ich mein Geld dem Preis für die Passage, der für ihre Großmutter gezahlt wurde. Eine seltsame Vorstellung. Mr. Oatley zeigte mir einmal einen dieser Schuhe. Er hatte die Größe eines Kinderschuhs, obwohl ihn eine erwachsene Frau getragen hatte. Ein Etui aus Seidenstickerei, smaragdfarben und golden, in dem der Fuß steckte, darunter eine halbmondförmige Plattform aus Bindfaden und Gips – damit müssen sie wie auf zwei Schaukelstühlen gegangen sein. Aber davon erzähle ich ihr nichts. Für sie wären es Geschichten aus dem grauen Altertum.
„Ich muß mir den Blinddarm herausnehmen lassen“, erklärt sie. „Sie werden bald kommen und mich holen. Es ist ein dringender Fall. Gestern nacht ging es mir wirklich schlecht. Ich war zu Tode erschrocken, auch meine Mutter. Ist Ihnen einmal der Blinddarm herausgenommen worden? Ist es schlimm?“
„Ich bin vor vielen Jahren am Blinddarm operiert worden“, sage ich, obwohl mir in Wahrheit nicht einmal die Mandeln herausgenommen worden sind. „Es ist keine schlimme Operation.“
„Nein?“ fragt sie. „Wirklich nicht? Ich bin noch nie operiert worden. Beim erstenmal weiß man noch nicht, worauf man sich gefaßt machen muß.“
„Sie brauchen sich keine Sorge zu machen“, sage ich. „Heut-

zutage ist das eine reine Routineangelegenheit. Sie werden im Handumdrehen wieder auf den Beinen sein."
„Meinen Sie wirklich? Ach, ich weiß nicht. Gestern nacht hatte ich doch ziemlich Angst. Mir ist der Gedanke an eine Narkose unangenehm."
„Unsinn. Das ist gar nichts. Sie fühlen sich hinterher ein bißchen elend, aber das ist auch alles."
„Stimmt das? Meinen Sie wirklich?"
„Selbstverständlich."
„Nun, Sie müssen es wissen", sagt sie. „Ich nehme an, daß Sie sicher schon eine ganze Menge Operationen hinter sich haben, wie?"
Ich kann mir kaum das Lachen verbeißen. Aber das würde sie kränken, also unterdrücke ich es.
„Wie kommen Sie darauf?"
„Nur so – ich dachte, jemand, der – Sie verstehen – nicht mehr so jung ist …"
„Ja, natürlich. Also, gar so viele Operationen habe ich nicht gehabt. Vielleicht war das einfach Glück."
„So wird es sein. Bei meiner Mutter ist vor zwei Jahren eine Hysterektomie gemacht worden."
Ich hätte in ihrem Alter nicht gewußt, was eine Hysterektomie ist.
„Du lieber Gott, das ist aber arg."
„Ja, das war wirklich schlimm. Nicht so sehr die Operation selbst, wissen Sie, als der seelische Schock hinterher."
„Tatsächlich?"
„Ja", erklärt sie wohlunterrichtet. „Meine Mutter war monatelang völlig mit den Nerven herunter. Es machte sie fertig, daß sie keine Kinder mehr bekommen konnte. Ich weiß zwar nicht, warum sie noch mehr haben wollte. Mit mir hat sie bereits fünf. Ich bin die zweitälteste."
„Das ist allerdings eine stattliche Familie. Was macht Ihr Vater?"
„Er hat einen Laden."
„Was Sie nicht sagen. Ganz wie mein Vater."
Aber damit habe ich etwas Verkehrtes gesagt. Zu groß ist der Abstand zwischen uns; sie will keine Ähnlichkeiten dieser Art.
„Oh", sagt sie gleichgültig. Sie blickt auf ihre Uhr. „Sie wollten in einer Minute hier sein. Was hält sie wohl auf? Ich

glaube, in einem so großen Haus könnte man einfach vergessen werden."
„Sie werden gleich kommen."
„Hoffentlich nicht zu rasch", sagt sie.
Ihre Augen wechseln den Ausdruck und weiten sich, bis sie die Form von zwei Pfirsichkernen haben; ihre bernsteinfarbene Mitte glänzt.
„Mama durfte nicht bleiben." Trotzig fügt sie hinzu: „Nicht daß ich sie brauche. Aber man wäre zusammen gewesen."
Eine Schwester kommt eilig herein und zieht die Vorhänge vor ihrem Bett zu.
„Ist es schon soweit?" Ihre Stimme klingt reizbar und unsicher. „Wird es weh tun?"
„Sie werden nichts spüren", sagt die Schwester.
„Wird es lange dauern? Darf meine Mutter hinterher zu mir kommen? Wohin bringen Sie mich? Oh – was machen Sie? Sie wollen mich doch nicht an *der* Stelle rasieren?"
Wieviel Fragen, und wie angsterfüllt sie klingen! Wegen einer solchen Kleinigkeit so aufgeregt zu sein! Ich liege selbstgefällig und fett in meinem Bett und denke: Sie wird noch lernen.
Sie bringen sie erst nach Stunden zurück, und da ist sie sehr still. Die Vorhänge werden vor ihrem Bett zugezogen. Manchmal stöhnt sie ein wenig im Halbschlaf der Narkose, deren Wirkung allmählich nachläßt. Langsam vergeht der Tag. Man bringt Tabletts herein, und ich gebe mir Mühe, etwas zu essen, aber ich habe, scheint's, alles Interesse am Essen verloren. Ich blicke zur Zimmerdecke, wo die Sonne ein kleines Muster malt. Jemand drückt mir eine Nadel ins Fleisch. Habe ich aufgeschrien? Was macht es, wenn ich es war? Aber lieber wäre mir, ich wäre es nicht gewesen.
Dieser Wald hat mir gefallen. Ich erinnere mich an das Farnkraut, so kühl und wie Spitzen durchbrochen. Aber ich hatte Durst, deshalb mußte ich hierherkommen. Der Mann hieß Ferney und erzählte mir von seiner Frau. Sie war nicht mehr die alte. Es war nicht recht ihm gegenüber. Sie verstand ihn einfach nicht. Aber er verstand sie genausowenig. Er sprach nie darüber, wie sie den Tod des Kindes aufgenommen hatte. Ich treibe wie Tang dahin. Um mich herum scheint alles leer zu sein.
„Mutter ..."

Ich zwinge mich an die Oberfläche. „Was ist denn? Was ist los?"
„Ich bin's, Doris. Wie geht es dir? Marv ist heute abend nicht gekommen. Er mußte einen Kunden besuchen. Aber ich habe Mister Troy mitgebracht. Du erinnerst dich doch an Mister Troy, nicht wahr? An unseren Pastor?"
Was denn noch? Keine Minute Ruhe. Ich erinnere mich sehr wohl an ihn. Sein Gesicht strahlt auf mich herab, rund und hochrot wie der Erntemond.
„Wie geht es Ihnen, Mrs. Shipley?"
Fällt den Leuten an solch einem Ort nie etwas anderes ein als diese Frage? Mit großer Anstrengung – mir ist, als ob meine Adern platzen müßten – sperre ich meine Augen weit auf und starre ihn an.
„Prächtig. Einfach prächtig. Sehen Sie es nicht?"
„Bitte, Mutter ...", mahnt Doris. „Ich bitte dich ..."
Also gut. Ich werde mich benehmen. Ich werde so sein, wie sie es sich wünschen. Aber wenn Doris nicht bald ein anderes Gesicht aufsetzt als diese scheinheilige Schmerzensmiene, werde ich ihr einen der Kraftausdrücke Brams an den Kopf werfen. Damit würde ich es wohl schaffen.
„Ich muß einen Augenblick mit der Schwester sprechen", bemerkt sie mit schwerfälligem Takt. „Vielleicht möchtest du dich ein Weilchen mit Mister Troy unterhalten."
Auf Zehenspitzen geht sie hinaus. Mr. Troy und ich verharren in einem bedrückenden Schweigen. Ich werfe ihm einen Blick zu und sehe ihm an, wie er nach Worten ringt und es für schier unmöglich hält, die rechten zu finden. Ich mache ihm angst. Was für ein Witz! Er könnte mir beinahe leid tun; er schwitzt so. Ungerührt warte ich. Warum sollte ich ihm helfen? Die Wirkung des Mittels läßt allmählich nach. Mir tun die Knochen weh, und der Schmerz breitet sich aus wie Feuer auf trockenem Gras. Plötzlich, wie in einem Ausbruch, kommen Mr. Troy die Worte.
„Möchten Sie gern beten?"
Es ist, als forderte er mich auf, den nächsten Tanz mit ihm zu tanzen.
„Ich habe es so lange ohne Beten ausgehalten", erwidere ich, „daß ich es ganz gut noch ein weiteres Weilchen aushalten kann."
„Das haben Sie nicht im Ernst gesagt, gewiß nicht. Wenn

Sie es einmal versuchen wollten ...“
Er sieht mich mit solchem Eifer an, daß nun ich mich hilflos fühle. Es ist ja sein Beruf. Er bietet mir das an, was er hat. Es ist nicht seine Schuld.
„Ich kann nicht“, sage ich. „Ich bin nie dahintergekommen, wie man es macht. Aber – wenn Sie mögen, Mister Troy, beten Sie!“
Sein Gesicht hellt sich auf. Wie erleichtert er ist. Er betet mit monotoner Stimme, als habe Gott nur Ohren für ein und denselben Ton. Ich höre kaum auf die eintönig hergeleierten Worte. Dann aber kommt mir ein Gedanke.
„Da gibt es eins“, sage ich, einer plötzlichen Eingebung folgend, „das fängt so an: ‚Alle Menschen, die auf Erden wohnen‘ – kennen Sie es?“
„Natürlich kenne ich es. Wollen Sie es hören? Jetzt?“ Er scheint verblüfft, als wäre es ganz und gar unangebracht.
„Wenn es Ihnen nichts ausmacht.“
„O nein, durchaus nicht. Nur wird es für gewöhnlich gesungen.“
„Gut, dann singen Sie es.“
„Was? Hier?“ Er ist fassungslos. Aber ich habe keine Geduld mit diesem jungen Mann.
„Warum nicht?“
„Also gut.“ Er faltet die Hände und nimmt sie wieder auseinander. Er wird rot und sieht sich um, ob vielleicht jemand zuhörte, als ob er in Ohnmacht fallen würde, falls er jemanden entdeckte. Aber ich sehe, daß er doch etwas Schneid hat. Er wird es tun, selbst wenn er dabei umkäme. Recht so. Das kann ich bewundern.
Er beginnt zu singen, und jetzt ist es an mir, überrascht zu sein. Er sollte immer singen und nie sprechen. Er sollte seine Predigten singen. Seine Unsicherheit, die er beim Sprechen zeigt, ist verschwunden. Seine Stimme ist fest und sicher.

Alle Menschen, die auf Erden wohnen,
Singen dem Herrn mit freudiger Stimme.
Sie dienen IHM mit Fröhlichkeit,
Sie lobpreisen IHN immerdar;
Tritt vor IHN und freue dich.

Ich hätte es mir gewünscht. Diese Erkenntnis kommt so eindringlich, so überwältigend und mit einer solchen Bitterkeit über mich, wie ich sie nie zuvor empfunden habe. Immer, immer muß ich mir dies gewünscht haben – mich einfach zu freuen. Wie kam es, daß ich es niemals konnte? Ich weiß, ich weiß. Wie lange weiß ich es schon? Oder habe ich es von jeher gewußt, in einer Spalte meines Herzens, tief vergraben und versteckt in irgendeiner Höhle? Jegliche Freude in mir, die ich vielleicht an meinem Mann oder einem meiner Kinder oder nur am hellen Licht eines Morgens oder einfach am Dasein auf dieser Erde gehabt habe – sie erstarb, weil ich plötzlich an das, was sich schickt, dachte – ach, sich schickt, für wen? Wann sprach ich je aus, was mein Herz fühlte?

Der Hochmut war meine Wüste, und der Dämon, der mich dorthin führte, war die Furcht. Ich war allein, nie anders als allein, und niemals frei, denn ich trug meine Ketten in mir, und sie breiteten ihre Gewalt aus und fesselten alles, was ich berührte. Ach, meine beiden Toten! Gestorben durch eigene Hand oder durch meine? Nichts kann mir diese Jahre auslöschen.

Mr. Troy hat aufgehört zu singen. „Ich habe Sie aufgeregt", sagt er unsicher. „Das tut mir leid."

„Nein, das haben Sie nicht getan." Meine Stimme klingt dumpf, und ich bedecke meine Augen mit den Händen, damit er sie nicht sieht. Er muß glauben, daß ich den Verstand verloren habe. „Ich habe es nur lange nicht mehr gehört. Das ist es."

Ich kann ihm jetzt ins Gesicht sehen. Ich ziehe die Hände fort und schaue ihn an. Er ist verlegen und beunruhigt.

„Fühlen Sie sich auch gewiß gut?"

„Ja, danke. Das war nicht leicht, allein laut zu singen."

„Wenn es das nicht war", sagt er grämlich, „ist es meine eigene Schuld."

Er glaubt, er habe es schlecht gemacht, und ich finde nicht die Worte, ihn zu beruhigen. Also muß er mich ungetröstet verlassen.

Doris kommt zurück. Sie macht sich an mir zu schaffen, schüttelt die Kissen auf, besorgt meine Blumen und frisiert mein Haar. Ich wäre froh, wenn sie nicht so geschäftig wäre. Mit ihrem unaufhörlichen Getue zerrt sie an meinen Ner-

ven. Mr. Troy ist gegangen und wartet draußen auf dem Flur.
„Habt ihr euch nett unterhalten?" fragt sie begierig.
Wenn sie nur aufhören wollte, an mir herumzufummeln.
„Wir haben uns nicht das geringste gegenseitig mitzuteilen", antworte ich.
Sie beißt sich auf die Lippen und wendet den Blick ab. Ich schäme mich. Aber ich will meine Worte nicht zurücknehmen. Was geht es sie überhaupt an?
Oh, ich bin nicht mehr zu ändern, bin unverbesserlich. Ich behalte meine Art zu sprechen bei, wie auch meine Reizbarkeit bei dem geringsten Anlaß immer die gleiche bleibt.
„Doris, ich habe dir nicht die Wahrheit gesagt. Er hat für mich gesungen, und es hat mir wohlgetan."
Sie sieht mich mißtrauisch von der Seite her an. Sie glaubt mir nicht.
„Jedenfalls kann niemand sagen, ich hätte es nicht versucht", bemerkt sie gereizt.
„Nein, das könnte niemand behaupten."
Ich seufze und wende mich von ihr ab. Um wessen Seelenheil wird sie sich kümmern, wenn ich nicht mehr da bin? Wie wird sie mich vermissen!
Später, als sie und Mr. Troy gegangen sind, kommt ein anderer Besucher. Zuerst weiß ich nicht, wo ich ihn unterbringen soll, obwohl mir sein Äußeres ganz vertraut ist. Er grinst und beugt sich zu mir herab.
„Großmutter, erkennst du mich nicht? Steven."
Ich bin verwirrt, bin erfreut, ihn zu sehen, und beschämt, ihn nicht sogleich erkannt zu haben.
„Steven. Aber ja. Selbstverständlich. Wie geht es dir? Ich habe dich eine ganze Weile nicht gesehen. Du siehst sehr elegant aus."
„Der Anzug ist neu. Freut mich, daß er dir gefällt. Ich muß wie ein Mann von Erfolg aussehen, weißt du."
„Du siehst nicht nur so aus. Du bist es. Nicht wahr?"
„Ich kann mich nicht beklagen", sagt er.
Er ist Architekt, ein sehr gescheiter Junge. Weiß der liebe Himmel, wo er den Verstand her hat. Weder vom Vater noch von der Mutter, würde ich sagen. Aber natürlich haben Marvin und Doris gespart und sich eingeschränkt, um

dem Jungen das Studium zu ermöglichen, das will ich anerkennen.
„Hat dir deine Mutter gesagt, daß du mich besuchen solltest?"
„Natürlich nicht", sagt er. „Ich dachte gerade daran, einmal bei dir hereinzuschauen und zu sehen, wie es dir geht."
Es klingt ärgerlich, also weiß ich, daß er lügt. Was kommt es darauf an? Aber es wäre nett gewesen, wenn er von selbst auf den Gedanken gekommen wäre.
„Tina heiratet", sage ich, um ein wenig Konversation zu machen.
Ich bin müde und nicht sehr in Stimmung. Aber ich hoffe trotzdem, daß er ein paar Minuten bleibt. Ich sehe ihn gern. Er ist ein hübscher Junge. Allerdings – Junge? Er muß an die dreißig sein.
„Ich habe gehört", sagt er. „Es wird auch allmählich Zeit. Mama will, daß die Hochzeit hier stattfindet, aber Tina sagt, sie habe nicht soviel Zeit, ebensowenig Angus – das ist der Bursche, den sie heiratet. Also wird Mama wohl zur Hochzeit nach dem Osten fliegen."
Bis zu diesem Augenblick habe ich mir nie klargemacht, wie abgeschnitten ich von allem bin. Ich habe Tina immer so gern gehabt. Doris hätte mir doch von alledem erzählen können. Es wäre das mindeste gewesen.
„Sie hat mir nichts gesagt. Nicht ein einziges Wort."
„Vielleicht hätte ich nicht davon sprechen sollen ..."
„Ein Glück, daß mir einer von diesen Dingen etwas erzählt. Deine Mutter macht sich gar nicht erst die Mühe. Es kommt ihr überhaupt nicht in den Sinn."
„Vielleicht hat sie es vergessen. Sie war ..."
„Das will ich glauben, daß sie es vergessen hat. Wann fliegt sie denn, Steven?"
Eine lange Pause. Mein Enkel wird rot und starrt auf meine Rosen, das Gesicht von mir abgewandt.
„Ich glaube, es ist noch nicht endgültig festgesetzt", sagt er schließlich.
Da verstehe ich mit einem Mal und weiß nun auch, warum Doris nie davon gesprochen hat. Sie müssen abwarten und sehen, was hier geschieht. Wie lästig ich für sie werde. *Wird es bald sein?* Das ist die Frage, die sie sich stellen. Ich werfe all ihre Pläne über den Haufen. Das bedeutet es für sie –

die Unannehmlichkeit, keine Pläne machen zu können. Steven beugt sich wieder zu mir. „Brauchst du irgendwas, Großmutter? Kann ich dir irgend etwas bringen?“
„Nein. Nichts. Ich brauche nichts.“
„Wirklich nicht?“
„Du könntest mir nur deine Zigaretten dalassen, Steven. Willst du?“
„O ja, selbstverständlich. Da – nimm eine jetzt.“
„Danke.“
Er zündet sie mir an und schiebt mir ein wenig nervös einen Aschenbecher dicht an mein Handgelenk, als ob ich unbedingt eine Brandgefahr darstelle. Dann lächelt er mir zu, und wieder bin ich von der Ähnlichkeit betroffen.
„Du hast große Ähnlichkeit mit deinem Großvater, Steven. Abgesehen davon, daß er einen Bart trug, könntest du beinahe Brampton Shipley als junger Mann sein.“
„Tatsächlich?“ Er ist nur mäßig interessiert, überlegt aber, was er darauf sagen kann. „Soll ich mich geschmeichelt fühlen?“
„Dein Großvater sah großartig aus.“
„Mama sagt immer, ich sähe wie Onkel Ned aus.“
„Was, wie Doris' Bruder? Unsinn. Du schlägst überhaupt nicht nach ihm. Du bist durch und durch ein Shipley.“
Er lacht. „Du bist ein prächtiges altes Mädchen, weißt du das?“
In seinem Ton klingt Herzlichkeit, und ich wäre zufrieden, wenn ich nicht auch Herablassung heraushörte wie bei jenen Matronen, die sich voller Überschwang gurrend über einen Kinderwagen beugen: „Was für ein reizendes Kind! Einfach entzückend!“
„Du brauchst nicht unverschämt zu werden, Steven. Du weißt, daß ich das nicht mag.“
„So habe ich es nicht gemeint. Denk dir nichts dabei. Freu dich doch, daß ich dich zu schätzen weiß.“
„Tust du das?“
„Klar tue ich das“, sagt er gutgelaunt. „Habe ich immer getan. Weißt du noch, wie du mir, als ich noch klein war, immer etwas Geld für Eisbonbons gegeben hast. Mama wurde blaß, wenn sie an die Zahnarztrechnung dachte.“
Das hatte ich vergessen. Aber ich muß lächeln, obwohl mir in Wahrheit wieder einmal die Galle überläuft. Das also bin

ich für ihn – eine Großmutter, die ihm Geld für Bonbons schenkte. Was weiß er von mir? Nicht das geringste. Ich ersticke beinahe an all den unsagbaren Jahren, an allem, was geschehen ist, was ausgesprochen wurde oder unausgesprochen blieb. Ich möchte ihm davon erzählen. Jemand müßte es wissen. Das meine ich wirklich. *Jemand müßte von all diesen Dingen wissen.*

Aber wo sollte ich anfangen, und was ist ihm überhaupt daran gelegen? Es könnte ja noch schlimmer sein. Wenigstens erinnert er sich an etwas Erfreuliches.

„Ich erinnere mich gut", sage ich. „Du warst ein kleiner Spitzbube, der immer in meiner Handtasche herumschnüffelte."

„Ich habe immer gewußt, worauf es ankommt", erwidert er, „sogar schon damals."

Aufmerksam sehe ich ihn an; ich höre in seiner Stimme einen spöttischen Widerhall der Stimme Johns.

„Steven – wie geht es dir wirklich? Gut? Bist du – zufrieden?"

Er blickt überrascht auf. „Zufrieden? Ich weiß nicht. Mir geht es so gut wie jedem andern auch, nehme ich an. Was für eine Frage!"

Und nun sehe ich, daß er Sorgen hat, von denen ich nichts weiß und nicht einmal etwas wissen will. Ich kann mich zu diesem Zeitpunkt auf nichts Neues mehr einlassen. Es ist zu viel. Ich muß es aufgeben. Selbst wenn ich mir herausnähme, ihn auszufragen, er würde es mir doch nicht sagen. Warum sollte er wohl? Es ist sein Leben, nicht meines.

„Danke für die Zigaretten", sage ich, „und für deinen Besuch."

„Schon gut", sagt er.

Wir haben uns nichts mehr zu sagen. Er beugt sich über mich und gibt mir einen raschen, angedeuteten Kuß auf die Wange. Dann geht er fort. Ich hätte ihm gern gesagt, daß er mir lieb ist und es in jedem Fall wäre, unabhängig davon, wie er war und was er aus seinem Leben machte. Aber er wäre nur verlegen geworden, und ich ebenso.

Meine Beschwerden melden sich wieder, bis es nur noch eins auf dieser Welt gibt, das für mich Bedeutung hat: meine Übelkeit und meine Schmerzen. Ich liege in den Bettüchern wie in festen Bandagen. Der Abend ist sehr

warm, kein Hauch von frischer Luft kommt durchs Fenster.
„Schwester …"
Wieder die Spritze, und ich warte gierig darauf und strecke schon den Arm aus, bevor die Schwester so weit ist. *Rasch, rasch, ich kann nicht mehr warten.* Dann ist es getan, und noch bevor die Wirkung eintreten kann, bin ich bereits erleichtert, da ich weiß, das Mittel ist in mir und arbeitet.
Die Vorhänge vor dem Bett der jungen Patientin werden aufgezogen. Sie ist wach. Sie sieht ungekämmt und unordentlich aus, ihre Augenlider sind geschwollen. Sie hat geweint. Jetzt erst bemerke ich, daß ihre Mutter fortgeht, eine kleine dunkle Frau mit kurzem dunklem Haar und einem Lächeln, das um Entschuldigung bittet. Sie winkt ihrer Tochter zu, als sie das Zimmer verläßt – eine flatternde Bewegung der Hände, voller Hilflosigkeit und gutem Zuspruch. Sie geht durch die Tür. Das junge Mädchen wartet noch einen Augenblick, dann wendet es das Gesicht ab.
„Wie fühlen Sie sich?" frage ich.
„Entsetzlich", antwortet sie. „Ich fühle mich einfach entsetzlich. Und Sie haben gesagt, es würde nicht schlimm sein."
Es klingt wie ein Vorwurf. Zunächst fühle ich Bedauern, da ich meine, sie getäuscht zu haben. Aber dann ärgere ich mich nur noch.
„Wenn Ihnen in Ihrem Leben nichts Schlimmeres widerfahren sollte, mein Mädchen, dann sind Sie glücklich gewesen. Das kann ich Ihnen verraten."
„Oh …" Sie schreit empört auf, um sich fortan in ein mürrisches Schweigen zu hüllen. Sie spricht kein Wort mehr mit mir, nicht einmal einen Blick gönnt sie mir noch. Als die Schwester hereinkommt, flüstert das junge Mädchen mit ihr. Ich höre: „Muß ich hier bleiben – mit der da zusammen?"
Wütend und beleidigt drehe ich mich auf die andere Seite und greife nach Stevens Zigaretten. Dann höre ich die Antwort der Schwester.
„Haben Sie ein wenig Geduld. Sie ist …"
Die letzten, leise gemurmelten Worte kann ich nicht verstehen. Aber dann kommt wieder die Stimme des Mädchens, klar und laut.

„O je, das wußte ich nicht. Aber wenn nun –? O bitte, bringen Sie mich in ein anderes Zimmer, bitte!"
Falle ich ihr auch schon zur Last? Aber wenn nun in der Nacht etwas passiert? Das war es, was sie wissen wollte.
„Ruhen Sie sich jetzt aus, Sandra", sagt die Schwester. „Wir wollen sehen, was sich tun läßt."

Nachts wird das Zimmer tief und dunkel, wie ein Kohlenkasten, und ich liege als Klumpen unten auf dem Boden. Die Stimme des Mädchens hat mich geweckt, und nun kann ich nicht wieder einschlafen. Es ist mir so zuwider, einen Menschen weinen zu hören. Sie stöhnt, zieht die Nase hoch und weint weiter. Sie will nicht mehr aufhören. Höchstwahrscheinlich wird es die ganze Nacht so weitergehen. Es ist unerträglich. Wenn sie sich doch ein bißchen Mühe geben wollte, still zu sein. Diese Person hat keine Selbstbeherrschung, gar keine. Beinahe könnte ich mir wünschen, daß sie stürbe, oder wenigstens ohnmächtig würde, damit ich nicht Stunde um Stunde hier wach liegen und dieses Wimmern mit anhören muß.
Ich komme nicht mehr auf ihren Vornamen. Wong ist der Familienname. Wenn mir ihr Vorname wieder einfiele, könnte ich etwas zu ihr hinüberrufen. Wie soll ich sie sonst anreden? „Miss Wong" klingt albern, von einem Menschen meines Alters gesagt. Ich kann auch nicht sagen „meine Liebe" – es klingt zu falsch. „Junge Dame", „Junges Mädchen?" – „Sie?" – „He, Sie –" wie grob! Sandra. Sie heißt Sandra.
„Sandra –"
„Ja, was denn?" Ihre Stimme ist dünn und ängstlich.
„Was ist mit Ihnen los?"
„Ich muß ins Bad", sagt sie. „Ich habe die Schwester gerufen, aber sie hat mich nicht gehört."
„Haben Sie Ihr Licht angemacht? Das kleine Licht über Ihrem Bett. Damit machen Sie die Schwester auf sich aufmerksam."
„Ich komme nicht heran. Ich kann mich nicht ohne Hilfe bewegen. Es tut weh."
„Dann werde ich mein Licht anmachen."
„Ja? Würden Sie das tun? Oh, tausend Dank!"
Das schwache Licht scheint auf, und wir warten. Niemand kommt.

„Sie müssen wohl heute nacht viel zu tun haben", sage ich, um sie zu beruhigen. „Manchmal dauert es eine Weile, bis sie kommen."
„Was soll ich machen, wenn ich es nicht mehr anhalten kann?" Sie lacht. Es ist ein gezwungenes, atemloses Lachen. Ich spüre ihre Qual und ihre grenzenlose Verlegenheit. Für sie ist es etwas Unvorstellbares.
„Machen Sie sich deswegen keine Gedanken", erwidere ich. „Das ist ihre Sache."
„Das mag sein", sagt sie, „aber ich würde mich so gräßlich fühlen …"
„Diese elenden Schwestern", sage ich ärgerlich und habe jetzt nur Mitgefühl mit dem jungen Mädchen und gar keins mit diesen ewig aufgeregten Schwestern. „Warum kommt sie nicht?"
Das Mädchen weint wieder. „Ich halte es nicht aus. Und die Seite tut mir so weh …"
Noch nie zuvor ist sie hilflos ihren Organen ausgeliefert gewesen. Schmerz und Demütigung waren nur Worte für sie. Plötzlich bringt es mich in Wut, wie diesem Kind mitgespielt wird. In ihrem Alter sollten ihr diese Dinge noch erspart bleiben.
„Ich hole Ihnen jetzt eine Bettschüssel."
„Nein", wehrt sie erschreckt ab. „Es geht ganz gut noch, wirklich. Das dürfen Sie nicht, Mrs. Shipley."
„Ich will es aber. Das sehe ich mir keine Minute länger mit an. Sie verwahren sie gleich hier im Badezimmer. Es ist nur ein Schritt."
„Meinen Sie wirklich, Sie können es?"
„Selbstverständlich. Warten Sie nur. Ich hole Ihnen eine, Sie werden schon sehen."
Schwer atmend richte ich mich langsam auf. Als ich die Beine aus dem Bett strecke, bekomme ich in einem Fuß einen Krampf und bin einen Augenblick hilflos. Ich klammere mich am Bett fest, setze den Fuß mit allen Zehen auf den eisigen Fußboden und vertreibe den Krampf. Dann stehe ich aufrecht, mit dem ganzen Gewicht meines schweren und plumpen Körpers, das Haar unfrisiert und strähnig über den nackten, fröstelnden Schultern, wie die Schlangen eines Gorgonenhauptes. Ich verstricke und verwickle mich in mein seidenes Nachthemd, so daß ich mich nur hum-

pelnd fortbewege. Ich bin recht wacklig auf den Beinen. Das idiotische Zittern will nicht aufhören. Jeder einzelne Muskel zuckt. Mir ist kalt. Ich finde es heute nacht ganz ungewöhnlich kalt. Einen Augenblick werde ich jetzt stehenbleiben. So. Jetzt geht es besser. Es sind ja nur ein paar Schritte, das weiß ich genau.
Langsam und mühsam schleppe ich mich dahin. Es kommt mir merkwürdig vor, so zu gehen, keine Gewalt mehr über meine Beine zu haben und keine richtigen Schritte machen zu können. Ein Fuß, dann der andere. Nur noch ein kleines Stück, Hagar. Los!
Jetzt. Ich bin im Badezimmer und stehe vor dem schimmernden Stahlregal. Es war trotz allem gar nicht so schwer gewesen. Aber der Weg zurück dauert länger. Ich gleite aus, taumle und falle beinahe. Hastig greife ich nach einem Halt, und meine Hand faßt ein Fensterbrett. Ich richte mich auf und gehe wieder weiter.
„Sind Sie okay, Mrs. Shipley?"
„Vollkommen – okay."
Ich muß über mich lächeln. Noch nie zuvor in meinem Leben habe ich dieses Wort gebraucht. Diese Slangausdrücke, hatte ich früher zu John gesagt, stempeln den Menschen ab, der sie benutzt.
Auf einmal muß ich stehenbleiben und Atem holen – ihn wieder einfangen. Hinter meinen Rippen brennt der Schmerz. Dann läßt er nach, aber nun ist mir schwindlig vor Schwäche. Dennoch werde ich an mein Ziel gelangen. Ich schaffe es mit der Ruhe. Also weiter.
So. Ich bin angelangt. Ich wußte, daß ich es schaffen würde. Und jetzt frage ich mich, ob ich es für sie oder für mich getan habe. Einerlei. Ich bin hier und bringe ihr, was sie braucht.
„O danke", sagt sie. „Wie bin ich froh –"
In diesem Augenblick wird das Deckenlicht eingeschaltet. Eine Schwester steht in der Tür, eine dicke Frau in mittleren Jahren, und schaut entsetzt drein.
„Mrs. Shipley! Was in aller Welt tun Sie da? Sind Sie heute nacht nicht festgebunden worden?"
„Sie haben es vergessen", sage ich, „und ein Glück, daß sie es vergessen haben."
„Herr im Himmel! Und wenn Sie nun gefallen wären?"

„Und wenn ich nun gefallen wäre?“ frage ich zurück. „Und wenn?“
Sie gibt mir keine Antwort, sondern bringt mich wieder zu Bett. Als sie uns beide versorgt hat, geht sie, und wir sind allein, das Mädchen und ich. Ich höre in dem dunklen Raum ein Geräusch. Das Mädchen lacht.
„Mrs. Shipley –“
„Ja?“
Sie unterdrückt ihr Lachen, aber von neuem bricht es aus ihr heraus.
„Oh, ich kann nicht lachen. Ich darf es nicht. Es reißt an der Wundnaht. Aber haben Sie schon einmal ein solches Gesicht gesehen, wie es die Schwester gemacht hat?“
Bei der Erinnerung an ihr Gesicht lache ich kurz durch die Nase.
„Sie war vollkommen fassungslos, wie sie mich da stehen sah, wie? Ich dachte, sie würde in Ohnmacht fallen.“
Plötzlich kommt ein Lachkrampf über mich. Ich kann mich nicht dagegen wehren. Verrückt. Ich muß verrückt sein. Ich werde mir dabei noch etwas verletzen.
„Oh ... oh“, keucht das Mädchen. „Sie sah Sie an, als hätten Sie soeben ein Verbrechen begangen.“
„Ja, genauso hat sie ausgesehen. Das arme Ding. Ach, das arme Geschöpf. Wir haben ihr wirklich Kummer gemacht.“
„Soviel ist sicher. Das haben wir getan.“
Wir brüllen und keuchen, uns vor Lachen krümmend, einem Lachen, das weh tut. Dann schlafen wir friedlich ein.

Es muß nun schon ein paar Tage her sein, daß das Mädchen operiert wurde. Sie ist wieder auf den Beinen und kann fast gerade gehen, ohne sich zu krümmen und sich krampfhaft die Seite zu halten. Oft kommt sie an mein Bett, reicht mir ein Glas Wasser oder zieht die Vorhänge vor meinem Bett zu, wenn ich ein bißchen dösen will. Sie ist ein schlankes Mädchen, grün und schlank, ein junger Baum von einem Mädchen. Die Knochen unter ihrer Gesichtshaut sind so fein geformt. Sie trägt einen Morgenrock aus blauem Brokat – aus dem Laden ihres Vaters, erzählt sie mir. Sie hat ihn zu ihrem letzten Geburtstag bekommen, als sie siebzehn Jahre alt wurde. Ich habe den Stoff angefühlt; sie hatte den Arm ausgestreckt, damit ich am Ärmel den Stoff fühlen konnte. Reine Seide. Die Stickerei ist in Rot und Gold, Chrysanthemen und ein verwickeltes Tempelmuster. Erinnert mich an die Lampions, die wir damals auf die Veranda hängten. Das muß schon lange, lange her sein.

Die Schmerzen werden heftiger, und dann kommt die Schwester, und die Nadel schlüpft in mich hinein, wie ein Schwimmer in einen See taucht.

Ruhen. Und Schaukeln, hin und her geschwenkt und herumgewirbelt. Ich denke an das Riesenrad der russischen Schaukel einmal im Jahr auf dem Jahrmarkt. Hui! So ging es. Wir sausten rundherum und lachten uns krank und flehten zu Gott, es möge aufhören.

„Meine Mama hat mir dieses Eau de Cologne mitgebracht. Es heißt *Ravishing.* Wollen Sie etwas nehmen?"

„Wie – o ja, gern. Können Sie es denn entbehren?"

„Aber sicher. Es ist ja eine große Flasche, sehen Sie?"

„O ja." Aber ich sehe nur ein fernes Glitzern von Glas.

„Da, auf beide Handgelenke. Jetzt riechen Sie wie ein ganzer Garten."

„Nun, das ist mal was anderes."

Meine Rippen tun mir weh. Niemand weiß es.

„Mutter!"

Marvin. Er ist allein. Ich tauche an die Oberfläche des Bewußtseins. Tief aus dem Schoß der See kommt der Fisch. Noch ein bißchen weiter – versuch's. Da.

„Hallo, Marvin."

„Wie geht es dir?"

„Mir –"

Ich kann's nicht sagen. Jetzt endlich wird es mir unmöglich, die Worte *mir geht's prächtig* zu formen. Ich werde nichts sagen. Es wird Zeit, daß ich lerne, meinen Mund zu halten. Aber ich tue es doch nicht. Ich höre meine Stimme etwas sagen, und was sie sagt, verblüfft mich.

„Mir – ist angst. Marvin, ich hab' solche Angst."

Dann nehme ich mit erschreckender Klarheit sein Bild in mich auf. Er sitzt an meinem Bett. Er hat die Hand, seine große Hand, an die Stirn gehoben und fährt sich langsam

über die Augen. Er senkt den Kopf. Was ist über mich gekommen? Ich glaube, dies war das erstemal in meinem Leben, daß ich so etwas gesagt habe. Eine Schande. Und doch ist es gewissermaßen eine Erleichterung, es auszusprechen. Freilich, was kann er darauf antworten?
„Wenn ich in den letzten Jahren manchmal unfreundlich gegen dich gewesen bin", sagt er mit leiser Stimme, „ich hab's nicht so gemeint."
Ich starre ihn an. Dann greift er plötzlich nach meiner Hand und hält sie fest.
Nun scheint er mir wirklich Jakob zu sein, der sich mit aller Gewalt an seinen Gegner klammert und mit ihm feilscht: *Ich lasse dich nicht, du segnest mich denn.* Und da wird mir klar, daß ich so merkwürdig geartet bin, wohl von Anbeginn an, daß ich mich selbst nur freisprechen kann, indem ich ihn freispreche.
Es ist meine Absicht, ihn um Verzeihung zu bitten, aber das ist nicht das, was er von mir erwartet.
„Du bist nicht böse gewesen, Marvin. Du bist immer gut zu mir gewesen. Ein besserer Sohn als John."
Die Toten hegen keinen Groll und suchen auch keinen Segen. Die Ruhe der Toten stört keine Angst, nur die der Lebenden. Marvin sieht mich mit ältlichen, sorgenvollen Augen an und glaubt mir. Es kommt ihm nicht in den Sinn, daß jemand in meiner Lage je lügen würde.
Er läßt meine Hand los.
„Hast du alles hier, was du brauchst?" fragt er unvermittelt. „Soll ich dir irgend etwas mitbringen?"
„Nein, danke, nichts."
„Schön, alsdann – auf Wiedersehen!" sagt Marvin.
Ich nicke und schließe die Augen.
Als er draußen ist, höre ich die Schwester im Gang mit ihm sprechen: „Eine erstaunliche Konstitution hat Ihre Mutter. Einer dieser Fälle, wo das Herz einfach weiterarbeitet, wenn auch noch so viel schon kaputt ist."
Eine Pause, dann erwidert Marvin: „Wir hatten immer eine heilige Angst vor ihr."
Ich glaube, das ist mehr, als ich billigerweise vom Leben erwarten konnte, denn er hat mit soviel Zorn und soviel Zärtlichkeit gesprochen.

Ich erinnere mich an das letzte Mal, daß ich in Manawaka war. Marvin und Doris fuhren in jenem Sommer mit dem Auto nach dem Osten, während ihres Urlaubs, und ich begleitete sie. Wir kamen über Manawaka, und wir fuhren auf die Shipley-Farm hinaus. Ich hätte den Ort nicht wiedererkannt. Es stand ein neues Haus dort, eines von den neuen *split-levels*, bei denen ein einstöckiger mit einem zweistöckigen Flügel kombiniert ist. Es war grün angestrichen. Scheune, Stall und Zäune waren neu, und kein Unkraut wuchs am Gartentor.

„Schau dir das an", sagte Marvin und pfiff durch die Zähne. „Dem Burschen muß es gut gehen."

„Wir wollen weiterfahren", sagte ich. „Es hat keinen Zweck, hier zu halten."

„Es sieht aber viel besser aus als früher", sagte Marvin, „wenn du mich fragst."

„Das bestreite ich nicht. Trotzdem ist es sinnlos, hier zu halten und ein fremdes Haus anzustarren."

Wir fuhren weiter, zum Friedhof hinaus. Doris blieb im Wagen, aber Marvin und ich gingen zum Begräbnisplatz unserer Familie. Der Engel stand noch immer dort, aber viele Winter oder der Mangel an Pflege hatten ihm zugesetzt. Der Frost hatte die Erde um ihn aufgeworfen, und nun stand er schief und halb umgekippt. Sein Mund war weiß. Wir rührten ihn nicht an, wir schauten nur. Eines Tages wird er gänzlich umstürzen, und niemand wird sich die Mühe machen, ihn wieder aufzustellen.

Ein junger Aufseher war dort, ein Mann, der hinkte; er kam auf uns zu und sprach uns an. Wir kannten ihn nicht, und er kannte uns nicht und hielt uns wohl für neugierige Fremde auf der Durchreise.

„Sie kommen hier zufällig durch, nicht wahr?" sagte er und fuhr, als ich nickte, fort: „Wir haben einen recht hübschen Friedhof hier, einen wirklich alten, einen der ältesten in der ganzen Provinz. Wir haben einen Grabstein aus dem Jahre 1870. Tatsache. Recht interessant, manche dieser Grabsteine. Nehmen Sie den zum Beispiel – wetten, daß Sie noch nie einen Grabstein mit zwei Familiennamen gesehen haben, wie? Etwas Außergewöhnliches. Das hier ist der Currie-Shipley-Stein. Die beiden Familien waren durch Heirat verbunden. Pionierfamilien alle beide, zwei der ältesten in der Gegend, wie mir der Bürgermeister Telford Simmons erzählte, und er stammt selbst noch aus der alten Zeit. Ich habe sie natürlich nicht gekannt. Das war vor meiner Zeit. Ich bin in South Wachakwa aufgewachsen."

Alle beide. Die eine Familie wie die andere. Da gab es keinen Unterschied mehr. So mußte es sein. Trotzdem mochte ich nicht länger dort stehenbleiben. Ich wandte mich um und ging zurück zum Wagen. Marvin stand noch eine Weile im Gespräch mit dem Mann zusammen, dann kam auch er, und wir fuhren weiter.

Ich liege in meinem Kokon, eingesponnen in einem festen Gespinst, und junge Mädchen kommen und stechen mich mit ihren Nadeln. Dann lockert sich das feste Gespinst der Fäden. So. Das ist besser. Jetzt kann ich wieder atmen.

Wenn es möglich wäre, hätte ich gern, daß an meinem Grab ein Dudelsackpfeifer etwas Altschottisches spielte, eine *Pibroch*. Sind wohl *Die Blumen des Waldes* eine Pibroch? Wie soll ich es wissen, ich, die nie die schottischen Hochlande betreten hat. Mein Herz ist nicht dort. Und doch – ich wünsche es mir, da ich zu meinen Vätern versammelt werde. Wie soll man sich eine solche Absurdität erklären?

Die Trippelschritte bleiben ganz nahe bei mir stehen. Sie beugt sich zu mir herab. Ihr Gesicht ist herzförmig wie ein Fliederblatt. Es schwebt über mir, blattgleich, sehr zart, sehr nahe.

„Der Arzt sagt, ich brauche nur noch zwei oder drei Tage zu bleiben. Wie ich mich freue, wenn ich wieder zu Hause bin! Ist das nicht fein?"

„Ja, fein."

„Ich hoffe, Sie kommen auch bald hier heraus", sagt sie. Aber dann wird ihr klar, daß sie einen Schnitzer gemacht hat. „Ich meine ..."

„Ich weiß. Danke, mein Kind."

Sie geht fort. Ich liege hier und versuche mich an etwas in neunzig Jahren zu erinnern, das ich wirklich selbstlos und unbekümmert getan habe. Mir fallen nur zwei Gelegenheiten ein, auf die dies vielleicht zuträfe, beide aus jüngster Vergangenheit. Das eine Mal war es ein Scherz – doch, ein Scherz, bei dem, wie bei allen Siegen, der Aufwand in keinem Verhältnis zur Bedeutung des Ereignisses stand. Das andere Mal war es eine Lüge – und doch nicht eine Lüge,

denn sie kam schließlich und endlich aus einem Gefühl, das vielleicht so etwas wie Liebe war.
Als mein zweiter Sohn geboren wurde, hatte er zunächst Schwierigkeiten mit dem Atmen. Plötzlich in dies unbekannte Element der Luft versetzt, rang er nach Atem. Er hatte ja nicht wissen oder auch nur ahnen können, daß es gerade dies war, was auf Erden alle Kreatur tat. Das gleiche geschieht vielleicht auch anderswo. Da ist ein Element, so unbekannt, daß man es nie vermutet hätte bis zu dem Augenblick ... Wunschdenken. Wenn es so vor sich ginge, würden mir vor Verwunderung die Sinne schwinden. Können Engel in Ohnmacht fallen?
Sollte ich an eine höhere Macht appellieren? Es ist das Gegebene. *Vater unser* – nein. Davon will ich nichts wissen. Alles, was ich denken kann, ist: *Segne mich oder lasse es, Herr, denn ich werde nicht darum beten.*
Ich bin von Schmerz gebläht. Aufgeblasen, gedunsen, aufgequollen wie weiches Fleisch, das das Meer festhält. Ekelerregend. Ich hasse diesen Zustand. Ich habe gern alles sauber und ordentlich. Aber auch der Ekel wird nicht dauern. Auch er muß aufgegeben werden. Nur die Bedrängung durch den Schmerz bleibt. Die Welt ist eine Nadel.
„Rasch, bitte. Ich kann nicht mehr warten ..."
„Einen Augenblick, Mrs. Shipley. Ich bin gleich bei Ihnen."
Wo ist sie hin, diese dumme Frau?
„Doris! Doris! Ich brauche dich!"
Sie ist bei mir.
„Du hast dir aber Zeit gelassen, bis du gekommen bist. Das muß ich schon sagen. Nun mach rasch –"
Ich muß zurück, zurück in meinen glatten, weichen Kokon, wo es mir beinahe gut geht, eingelullt von Tränken und Mitteln. Dort kann ich meine Gedanken sammeln. Das ist es, was ich nötig habe: meine Gedanken zu sammeln.
„Du bist so langsam ..."
„Entschuldige. Geht es jetzt besser?"
„Ja. Nein. Ich habe – Durst. Kannst du nicht einmal ..."
„Da. Da ist das Glas. Kannst du es selbst ...?"
„Selbstverständlich. Was glaubst du denn von mir? Für wen hältst du mich eigentlich? Gib her. Oh, um Himmels willen, laß es mich selbst in die Hand nehmen!"

Ich schade mir nur selbst, wenn ich ihre Hilfe nicht annehme. Das weiß ich. Ich weiß es sehr gut. Aber ich kann's nicht ändern, es ist nun mal meine Art. Ich will aus diesem Glas trinken oder es verschütten, wie es mir beliebt. Ich werde nicht zulassen, daß jemand mir mein Glas hält. Und doch – wenn sie an meiner Stelle das gleiche täte, würde ich sie für verrückt halten und ihre Hände beiseite schieben, überzeugt, daß ich ihr das Glas besser halten könnte. Ich reiße es ihr aus der Hand, das Glas voll Wasser, das ich nur zu trinken brauche. Ich halte es in meinen Händen.
Da. Da.
Und dann –

Nachwort

Mit dem vorliegenden Roman wird den Lesern in der DDR erstmalig eine Erzählerin vorgestellt, die seit den sechziger Jahren zu den bedeutendsten und international bekanntesten Vertretern der Literaturszene Kanadas gehört. Wohl kaum ein anderer kanadischer Schriftsteller hat eine so große Popularität erlangt wie Margaret Laurence, die auch die höchste Auszeichnung der kanadischen Regierung, die Benennung zum Companion of the Order of Canada, erhielt. Ihr künstlerisches Schaffen, das neben literarhistorischen und literaturkritischen Arbeiten fünf Romane, zwei Bände Kurzgeschichten, einen Reisebericht, mehrere Essays sowie einige Kinderbücher umfaßt, läßt ein reges Interesse der Autorin an den großen und kleinen Problemen ihrer Umwelt und ihrer Mitmenschen erkennen. Auf die Frage, ob Schriftsteller eine besondere Verantwortung gegenüber der Gesellschaft besitzen, antwortete Margaret Laurence: „Was wir sagen, ist das, was jeder weiß oder was viele Menschen wissen, aber kaum jemand ausspricht ... Ich glaube nicht, daß sich die Verantwortung eines Autors von der anderer Menschen wirklich unterscheidet ... Ich denke, die größte Verantwortung des Schriftstellers ... besteht darin, soviel wie möglich von seiner eigenen Wahrheit zu erzählen.“ Literarische Tätigkeit ist für Margaret Laurence ein Weg, über Erscheinungen der sozialen Realität zu sprechen, die sie bewegen und beunruhigen. Unter anderem wendet sie sich gegen Imperialismus und jede Form von Kolonialismus, sorgt sich um das Schicksal der Métis und der Indianer in Kanada und zeigt sich in den meisten ihrer Prosawerke deutlich interessiert an der Stellung der Frau in der spätbürgerlichen Gesellschaft. Wiederholt äußert sie ihre tiefe Besorgnis um die Zukunft unseres Planeten angesichts eines menschheitsbedrohenden Atomkrieges, und bereits seit den sechziger Jahren war sie in der Friedensbewegung engagiert und nahm in England an mehreren Aldermaston-Märschen teil. In Kanada wurde sie besonders aktiv, nachdem Ronald Reagan das Amt des Präsidenten in den USA übernommen hatte, da sie, wie sie sagt, in ihm einen „ungebildeten, sehr gefährlichen Politiker“ sieht. Sie gehörte den gegen Atomwaffen kämpfenden Bewegungen „Operation Dismantle“ und „Project Ploughshares“ an und unterstützte die Friedensinitiativen des ehemaligen kanadischen Ministerpräsidenten Trudeau. In diesem Sinne schrieb sie auch das Vorwort zu einem Buch mit dem bezeichnenden Titel „Canada and the Nuclear Arms Race“, in dem sie u. a. bekennt: „Ich glaube, daß die Frage der Abrüstung das dringendste praktische, moralische und geistige Anliegen unserer Zeit ist.“ Nicht zuletzt als Mitglied der internationalen Schriftstellervereinigung PEN-Club setzte sie sich für ein friedliches Zusammenleben der Völker, für Meinungsfreiheit und Achtung der Menschenwürde sowie gegen jede Form von Diskriminierung ein.

Ausgehend von persönlichen Erfahrungen betonte Margaret Laurence 1973 in einem Interview, daß Schreiben für sie immer wieder eine neue Entdeckungsreise ist, auf der sie lernt, sich selbst und die Welt, in der sie lebt, noch besser zu erkennen und zu verstehen. Mit Blick auf ihre Leser versucht sie, die Dinge so klar und wirksam wie möglich an- und auszusprechen. Sie möchte die von ihr aufgegriffenen Probleme vielen Menschen nahebringen und fühlt sich als Schriftstellerin dann bestätigt, wenn Leser einen engen Bezug zwischen literarischer Darstellung und eigenem Erleben herstellen können. Deshalb wandte sie sich wiederholt solchen Fragen über das Leben der Menschen zu, die von vielen Lesern in vielen Ländern verstanden werden können. Für sie war wichtig, deutlich zu machen, „daß die Menschen zu weitreichender Verständigung und Liebe fähig sind, doch dies oft nur spärlich realisieren. Wir kommunizieren einfach nicht in dem Umfang und mit der Intensität, wie wir es könnten. Und ich möchte mit meinen literarischen Gestalten auf einige dieser Dinge aufmerksam machen.“

Für Margaret Laurence waren Autoren von Bedeutung, die die Belange des Alltagslebens reflektieren. Sie selbst zeigte ihre Figuren in alltäglichen Situationen, in denen sich menschliche Probleme universeller Natur abzeichnen. Existentielle Bereiche des Lebens wie Liebe, Geburt und Tod sowie Fragen des Sich-selbst-Erkennens, des gegenseitigen Wissens voneinander sowie das enge Verwachsensein mit einem bestimmten Ort kehren in ihren Büchern immer wieder. Trotz des allgemeinmenschlichen Charakters dieser und ähnlicher sie bewegender Probleme fällt in Laurence' Werken jedoch auch eine Dimension auf, die aus ihrer kanadischen Herkunft erwächst und ihre Behauptung rechtfertigt, daß sie besonders für die Kanadier schreibt. Ein feines Gespür für ererbte Traditionen, für das Leben ihrer Vorfahren und für Familiengeschichte ebenso wie für das spezifische Idiom erlangt unter ihrer Feder Züge der *Canadian Experience*. Die Absicht, mit ihren Werken die Vergangenheit Kanadas in ihrer Bedeutung für den einzelnen Menschen zu erkunden, war für die Autorin eine der stärksten Motivationen zum Schreiben.

Der Anfang von Laurence' schriftstellerischer Laufbahn stand indes unter dem Einfluß ihrer Beziehungen zu einer ganz anderen Region der Erde, zu Afrika. Dieses Land lernte die 1926 in dem kleinen Präriestädtchen Neepawa (Manitoba) geborene Jean Margaret Wemyss durch die berufliche Tätigkeit ihres Mannes, des Ingenieurs Jack Laurence, kennen. Nachdem sie ihm 1949 nach England gefolgt war, begleitete sie ihn ein Jahr später nach Afrika, wo sich die Familie bis 1957 in den damaligen britischen Kolonien Britisch-Somaliland und Goldküste aufhielt. Daß Margaret Laurence sich hier auch mit afrikanischer Literatur beschäftigte, basiert nicht zuletzt auf einer Liebe zu Büchern, die bereits in ihrer Kindheit geweckt wurde. Die zweite Frau ihres Vaters, die er nach dem frühzeitigen Tod von Margarets Mutter geheiratet hatte, verbreitete als Lehrerin für englische Literatur und als Bibliothekarin eine literarisch aufgeschlossene Atmosphäre und ermutigte Margaret durch helfende Kritik zum Schreiben. Nachdem der Vater gestorben war und sich die finanzielle Situation der Familie verschlechterte, wohnten sie zusammen mit den Großeltern. Hier wurde das gesamte Familienleben durch den Großvater bestimmt, dessen respekt- und furchteinflößende Gestalt später in Geschichten der Autorin wiederzufinden ist. Trotz der Vorbehalte, die der Großvater gegen höhere Bildung für Frauen hatte, gelang es seiner Enkelin, sich durchzusetzen und zu studieren. Der Besuch des United College in Winnipeg, wo Margaret Laurence 1947 den Bachelor of Arts in Englischer Literatur ablegte, die Veröffentlichung erster Geschichten in Zeitschriften sowie eine Tätigkeit als

Reporter beim „Winnipeg Citizen" stimulierten weiterhin ihr Interesse an Literatur und ihre schriftstellerischen Ambitionen. In letzteren bestärkte sie auch die positive Aufnahme ihrer Storys durch bereits bekannte kanadische Autoren. Vor allem schätzte sie die ermutigenden Briefe von Adele Wiseman (geb. 1928). Die anerkennenden Zeilen, die Ethel Wilson (1888–1980) über eine ihrer Kurzgeschichten schrieb, waren der Beginn einer der wertvollsten Freundschaften in Margaret Laurence' Leben. Nach ihren in Afrika verbrachten Jahren, in denen auch ihre beiden Kinder geboren wurden, lebte Margaret Laurence längere Zeit in Vancouver. Als ihr Mann eine Arbeit in Pakistan annehmen mußte, zog sie 1962 mit ihrer Tochter und mit ihrem Sohn nach England. Sie glaubte, daß die Verhältnisse in Pakistan ungeeignet für die Entwicklung ihrer Kinder waren, zumal dort auch keine ausreichende Schulbildung gewährt werden konnte. In Hampstead, einer kleinen Stadt in der Nähe von London, und später in Penn war sie bemüht, ihren Kindern Mutter und Vater zugleich zu sein. 1973 kehrte die Autorin wieder nach Kanada zurück, wo sie – teils schon vorher – Gast-Schriftstellerin an der University of Toronto und an der Trent University in Peterborough war. Geschieden von Jack Laurence, lebte sie in dem kleinen Ort Lakefield, wo sie im Januar 1987 verstarb.
Zur literarischen Ernte von Margaret Laurence' Afrikaaufenthalt gehören Bücher unterschiedlichen Charakters: eine Übersetzung von Somali-Dichtung ins Englische, „A Tree for Poverty" (1954), der Roman *This Side Jordan* (1960), die Kurzgeschichtensammlung *The Tomorrow-Tamer* (1963) und ein Reisebericht über Erlebnisse in Somalia, *The Prophet's Camel Bell* (1963). Auch die 1968 erschienenen Kommentare zur nigerianischen Literatur, *Long Drums and Cannons: Nigerian Novelists and Dramatists* – der Titel entstammt einem Gedicht von Christopher Okigbo – sind nicht losgelöst von Margaret Laurence' spezifischem Verhältnis zu Afrika zu sehen.
In ihrem ersten Roman, *This Side Jordan,* reflektiert Margaret Laurence soziale und politische Unruhen in der Kolonie Goldküste während der Übergangsperiode zur Gründung des unabhängigen Staates Ghana – der Zeit, in der die Autorin selbst dort weilte. Sie schreibt später über die Hal-

tung, die sie in diesem Buch vertritt: „Ich war dagegen (gegen Kolonialismus; K. E.). Ich bin in einem Land geboren und aufgewachsen, das einst eine Kolonie war, ein Land, von dem viele Menschen dachten, daß es noch immer unter einer kolonialen Weltsicht leidet. Und wie viele Kanadier nahm ich bereitwillig Anstoß an einem Typ Engländer, der glaubte, er hätte eine ihm von Gott gegebene Überlegenheit gegenüber kleineren Völkern, die keiner gesetzlichen Regelung bedarf." Wenngleich Kritiker nicht unbegründet darauf verweisen, der Roman sei mehr oder weniger nur ein Instrument zur Übermittlung einer liberalen Botschaft, gestaltet Margaret Laurence – im Unterschied zu anderen Romanen, die die gleiche Periode britischer Kolonialherrschaft in Afrika beleuchten – ein sympathisch, einfühlsam und kenntnisreich gezeichnetes Bild afrikanischer Menschen und afrikanischer Lebensweise. Sie weckt Verständnis für Zielstellungen, Bestrebungen und Leistungen der Afrikaner, für ihre Tradition und ihre Kultur sowie für ihre Denk- und Gefühlswelt und versucht, dieses Verständnis bis in den persönlichen Bereich ihrer Figuren auszudehnen.

Ähnlich wie *This Side Jordan* sind auch die zehn Geschichten des Bandes *The Tomorrow-Tamer* Zeuge der starken anregenden Kraft, die von Laurence' afrikanischen Erlebnissen auf ihr literarisches Schaffen ausstrahlte. Vergleichbar wirkende Einflüsse fremder Kulturen auf kanadische Autoren finden sich höchstens bei Susanna Moodie (1803–1885), einer Engländerin, aus deren Erfahrungen im Kanada der Pionierzeit die schöpferische Energie zum Schreiben von „Roughing it in the Bush; or Forest Life in Canada" (1852) entsprang. Die Tomorrow-Tamer-Geschichten spiegeln ausgereifter und überzeugender als Laurence' Afrika-Roman das enge Beieinander von Freude und Schmerz, Hoffnung und Enttäuschung im Leben von Menschen, die das Zusammentreffen von zwei sehr unterschiedlichen Zivilisationen hautnah zu spüren bekommen und die an der Schwelle des Überganges von einer alten, absterbenden gesellschaftlichen Ordnung zu einem neuen Gesellschaftssystem stehen.

Obgleich die in Afrika angesiedelten Werke die enge Beziehung der Autorin zu diesem Kontinent spüren lassen, wies

Margaret Laurence unmißverständlich darauf hin, daß sie diese Bücher immer von einer Außenseiterposition aus schrieb. Auch von den Afrikanern fühlte sie sich stets nur höflich toleriert – eine Haltung, die sie angesichts der damals bestehenden politischen Situation nicht verwunderte. Margaret Laurence war nach ihrem Afrikaaufenthalt überzeugt davon, daß „alles, was jetzt über Afrika geschrieben wird, von innen heraus, von den Afrikanern selbst ausgehen muß". Dies war einer der Gründe dafür, daß sie keine Geschichten mehr mit afrikanischem Hintergrund schrieb. Sie wandte sich vielmehr Kanada als literarischer Landschaft zu und empfand dies wie ein Nach-Hause-Kommen. War ihr bei ihren Afrika-Büchern stets bewußt, daß sie *über* etwas schrieb, begriff sie sich später selbst als Teil der sie zur literarischen Darstellung anregenden Menschen und Regionen.

Mit ihren „kanadischen" Werken verfolgte Margaret Laurence die Absicht, sich „die Vergangenheit anzueignen – teils, um von ihr befreit zu werden, teils, um mich selbst und vielleicht meine Generation besser zu verstehen, indem wir erkennen, woher wir stammen". Die Autorin betrachtet die literarische und die geistige Bewältigung von Vergangenem als eine Einheit. In ihr sieht sie die Voraussetzung dafür, sich einerseits in dieser Vergangenheit verwurzelt zu fühlen und sich andererseits von ungelösten, aus früheren Zeiten überkommenen Vorstellungen und Problemen zu befreien. Mit dieser Orientierung reiht sie sich in die in der anglokanadischen Literatur verbreitete Tendenz ein, die Vergangenheit des Landes künstlerisch zu bewältigen und dabei den eigenen Standort in der Geschichte zu bestimmen. Margaret Laurence begann, wie sie selbst sagt, sich ihrer Vergangenheit über die Generation ihrer Großeltern zu nähern, jener Generation von Pionieren und Presbyterianern, die unter den ersten waren, die als Immigranten nach Kanada kamen. In diesem Vergangenheitsbezug mit historischen Dimensionen hat auch die individuelle Vergangenheit der Autorin ihren Platz. Zustimmend zitiert sie den englischen Schriftsteller Graham Greene (geb. 1904), der in einem Essay u. a. schreibt: „Der Schriftsteller wird sich seiner Welt ein für allemal in der Kindheit und in der Jugend bewußt, und seine ganze literarische Tätigkeit ist ein Bemühen, seine private Welt in den Dimensionen der großen, öffentlichen Welt, in die wir alle einbezogen sind, zu erklären.“ Wichtig für die künstlerische Aufarbeitung der eigenen Vergangenheit waren Margaret Laurence der Ort und die Menschen, die sich mit ihrer Kindheit und Jugend verbinden. Obgleich sie das Städtchen, in dem sie aufwuchs, räumlich verließ, blieb sie ihm geistig verbunden. Es ist „nicht der Ort, über den wir sprechen müssen, sondern etwas, was uns in komplizierter und zwingender Weise beeinflußt; die Erinnerungen, die sich mit einem Ort verbinden, oder – darüber hinaus – die Erinnerungen an sich selbst, an etwas Verlorenes und Wiedergewonnenes ... eine Art Mythos“, schreibt der kanadische Kritiker Eli Mandel allgemeingültig für viele Autoren. Nicht zufällig spielt in den fünf in Kanada angesiedelten Werken Margaret Laurence’, in *The Stone Angel* (1964), *A Jest of God* (1966), *The Fire-Dwellers* (1969), *A Bird in the House* (1970) und *The Diviners* (1974), das fiktive Städtchen Manawaka eine Rolle und hat diesen Büchern auch die Sammelbezeichnung „Manawaka-Serie“ eingebracht. Manawaka, dessen indianisch klingenden Namen sich die Autorin bereits als junges Mädchen ausdachte, ähnelt in seinen wesentlichen Zügen Laurence’ Geburtsort Neepawa und ist wie dieser in Manitoba gelegen. Es gehört zu den vielen fiktiven Kleinstädten auf der literarischen Landkarte Kanadas, in die u. a. auch Stephen Butler Leacock (1869–1944) sein Mariposa, Sinclair Ross (geb. 1908) sein Horizon und Alice Munro (geb. 1931) ihr Jubilee eingezeichnet haben. Die Feststellung Margaret Laurence’, daß „Manawaka nicht irgend eine Präriestadt, sondern eine Vermischung vieler Präriestädtchen“ ist, gilt ebenso für diese fiktiven Orte. Die Bedeutung und die Gestaltung, die die Kleinstadt in der kanadischen Literatur erfährt, reflektieren die wichtige Rolle, welche sie in der Geschichte des Landes gespielt hat. Zu Beginn des Jahrhunderts als eine unbescholtene, fast ideale, aufblühende Welt dargestellt, wird die Kleinstadt bald in der Begrenztheit ihres Lebens gezeigt, als Ort von Einsamkeit, Vorurteilen, Unaufrichtigkeit und Spießertum ironisiert und immer stärker kritisiert. Es bleibt das Bild einer relativ isolierten Gemeinschaft, in der eine hierarchische soziale Struktur herrscht, in der die einzelnen Bewohner bestimmte Rollen zugewiesen bekommen und einen durch die Grenzen der Stadt festgelegten Wissenshorizont besitzen.

Manawaka hat aber auch Züge einer bestimmten Stadt. Das zeigt sich an Gebäuden wie Dohertys Mietsstallungen und Jarretts Bäckerei, an dem Queen-Victoria-Hotel, Camerons Bestattungsinstitut und Currys Laden. Die Kirche, der Friedhof und die Müllkippe gehören ebenso dazu wie die nähere Umgebung – das Tal des Wachakwa-Flusses und die Shipley-Farm. Manawaka hat eine spezifische soziale Struktur, eine eigene Geschichte, einen bestimmten Lebensrhythmus und eine besondere geistige Atmosphäre. Seine Bedeutung erlangt das Städtchen vor allem durch den Einfluß, den es auf seine Bewohner ausstrahlt. „Mich interessieren die Menschen mehr als die Örtlichkeiten", erklärt die Autorin in einem Interview, „und ich will eine geographische oder regionale Blickrichtung vermeiden." Die Menschen, die in Manawaka aufgewachsen sind, bleiben in ihrer Vorstellungs- und Erinnerungswelt mit diesem Ort verbunden. Wo immer sie sich auch befinden, sie tragen die Stadt in sich: ihre Beschränkungen und Verbote, ihre strengen Lebensregeln und Moralvorstellungen, das Gefühl der Geborgenheit und die Geschichte des Städtchens, die mit ihren Errungenschaften und Fehlern lebendig bleibt. Im Gegensatz zu der Auffassung von Thomas Wolfe (1900–1938), die sich in seinem programmatischen Romantitel „You Can't Go Home Again" widerspiegelt, betont Margaret Laurence, daß „man in der einen oder anderen Form immer wieder nach Hause zurückkehren muß".

Alle Zentralgestalten der Manawaka-Serie sind in diesem Ort geboren und aufgewachsen und müssen zu einem bestimmten Zeitpunkt ihres Lebens nach Wert und Unwert all dessen fragen, was Manawaka in ihnen bewirkt hat. In diesen Auseinandersetzungen kommt das Thema des „Überlebens" – survival – zum Tragen, das die bekannte kanadische Erzählerin und Lyrikerin Margaret Atwood (geb. 1939) in ihrem umstrittenen Buch „Survival. A Thematic Guide to Canadian Literature" (1972) als Zentralmotiv der kanadischen Literatur herausstellt – ein Ergebnis, das von Literaturwissenschaftlern und -kritikern oft in Frage gestellt, aber nicht widerlegt wurde. Atwood sieht *survival* in der ganzen

Vielfalt und Biegsamkeit seiner Möglichkeiten, die vom physischen Überleben unter bedrohenden landschaftlichen und klimatischen Verhältnissen bis zum geistigen Überleben reicht. Bei Margaret Laurence geht es nicht um ein Überleben als Entscheidung zwischen Leben und Tod, sondern, wie sie selbst formuliert, „um das Überleben von etwas menschlicher Würde, und letztendlich um das Überleben von etwas menschlicher Wärme und der Fähigkeit, die Hand nach anderen auszustrecken und sie zu erreichen". Die Wahl dieser Problematik resultiert unumgänglich aus Laurence' schottisch-presbyterianischer Herkunft, mit der sich eine Überbetonung strenger Wertvorstellungen, die Anerkennung harter Arbeit und feste religiöse Regeln verbinden, und sie läßt erkennen, welche Spuren die Dürreperiode der dreißiger Jahre, die Depressionszeit und der zweite Weltkrieg in der Erfahrungswelt der Autorin hinterließen. Das Thema des Überlebens ist bei Laurence auf die Position der Frau in der bürgerlichen Gesellschaft orientiert, und nicht zufällig sind die Protagonisten der Manawaka-Bände Frauen. Im Streben nach Selbstverwirklichung suchen sie nach gesellschaftlicher und geistiger Bestätigung und geraten dabei in Konflikt mit überlieferten sozialen und kulturellen Normen und sanktionierten Vorurteilen. Während sie die Ursachen für ihre Unfreiheit ergründen wollen, ringen sie mit einer Wirklichkeit, die durch das in vielfacher Verkleidung herrschende Patriarchat und den sich daraus für Frauen ergebenden Folgen bestimmt ist.

Margaret Laurence sympathisierte in den sechziger Jahren mit Frauenbewegungen, ohne sich jedoch offiziell dazu zu bekennen. Sie lehnte es ab, sich durch Propaganda oder offenen Protest für eine gleichberechtigte Position der Frau in ihrer Gesellschaft einzusetzen. Ihren Beitrag leistete sie auf literarischer Ebene, sprach sich aber dagegen aus, als Frauenschriftstellerin, geschweige denn als feministische Schriftstellerin bezeichnet zu werden. Sie war eine Frau und schrieb über Frauen – und das war für sie etwas anderes. Zum Schreiben über Probleme der Frauen fühlte sie sich motiviert durch „eine wachsende Bewußtheit der Machtlosigkeit der Frauen und die unter den Frauen verbreitete Tendenz, die ihnen von Männern zugeschriebene Bestimmung ihrer selbst anzuerkennen, sich selbst zu verachten und unsicher zu sein, und nur innerlich aufzubegehren. Die Suche nach physischer und geistiger Freiheit, die Suche nach gleichberechtigten Beziehungen und nach Kommunikation – diese Themen durchziehen meine Werke in Zusammenhang mit dem Thema des Überlebens."

Diese Haltung wird bereits im ersten Roman der Manawaka-Serie, in *Der steinerne Engel* erkennbar. Die Autorin konnte sich nur zögernd dazu entschließen, dieses Buch zu beginnen, obgleich ihr – wie sie 1980 in einem Gespräch über ihre Manawaka-Romane berichtet – die Gestalt Hagars schon lange vorschwebte. Nachdem sie sich jedoch überwunden hatte, schrieb sich dieser Roman leichter als all das, was sie vorher veröffentlicht hatte. Die Ursache dafür sieht Margaret Laurence darin, daß sie jetzt über Land und Leute der eigenen Heimat schrieb. Erst nach Abschluß des Romans wurde ihr bewußt, wie sehr sich damit auch ihre Themenstellung verlagert hatte. Da sie sich nie von vornherein auf eine bestimmte Problematik festlegte, sondern die Charaktere ihre eigenen Wege gehen ließ, konnte sie, wie sie sagt, *Der steinerne Engel* zum Narren halten: Als zentrale Thematik stellte sich nicht, wie erwartet, die in ihren „afrikanischen" Werken dominierende Auseinandersetzung mit dem Wesen der Freiheit heraus. „Der Akzent hatte sich ... verändert. Die Welt hatte sich gewandelt; ich war älter geworden. Vielleicht glaubte ich nicht mehr so sehr an das verheißungsvolle Land der eigenen inneren Freiheit ... Ohne daß ich es bemerkte, hatte sich im *Steinernen Engel* die Thematik zu *survival* verschoben."

Hagar Shipley fügt sich in Laurence' *survival*-Konzept ein, obgleich sie am Ende des Romans stirbt. Überleben bezieht sich auch hier nicht auf ein physisches Am-Leben-Bleiben, sondern auf die Bewahrung menschlicher Werte. Auf den ersten Blick scheint Hagar nur eine verbitterte, zänkische und oft unleidliche alte Frau zu sein, die ihren massigen, schwerfälligen Körper nicht mehr ganz in der Gewalt hat. Sie ist beleidigend, teils geradezu bösartig zu ihrer Schwiegertochter, zeigt keinerlei Dankbarkeit für deren jahrelange Pflege und beharrt auf Vorurteilen. Als Kind weigerte sie sich, zur Beruhigung ihres sterbenden Bruders die Mutterrolle zu übernehmen, und heiratete Bram, um sich vor al-

lem gegen den Willen ihres Vaters durchzusetzen. Ihre Söhne wollte sie nach ihren Vorstellungen formen und verweigerte ihnen dabei ihre Liebe. Hagar war und ist ständig bemüht, keinerlei Emotionen – weder Zuneigung noch Schmerz – zu zeigen, und versagt es sich, Freude zu empfinden. In ihr setzen sich der Pioniergeist ihres Vaters und – obwohl sie nicht religiös ist – seine puritanischen Auffassungen in der Anerkennung strenger prinzipieller Lebensregeln, in Achtung von Disziplin und Ordnung, in Selbstbewußtsein und Härte gegenüber sich selbst und anderen fort. Durch ihre Unnahbarkeit und vor allem durch ihren Stolz isoliert sie sich innerlich immer weiter von ihrer Umwelt und gleicht mehr und mehr dem steinernen Engel, den Jason Currie nicht aus Liebe für seine verstorbene Frau errichten ließ, sondern um stolz seine Dynastie im fremden Land zu manifestieren. Hagar ist wie die Friedhofsfigur blind – blind gegenüber sich selbst sowie gegenüber den menschlichen Bedürfnissen und Schwächen ihrer Nächsten; ihre Gefühlswelt ist versteinert. Wörtlich nimmt sie selbst darauf Bezug, wenn sie berichtet: „In der Nacht, in der mein Sohn starb, wurde ich zu Stein und weinte kein einziges Mal.“
Bei näherem Hinsehen ist damit jedoch nicht das ganze Bild erfaßt, das von Hagar gezeichnet wird. Es ist ebenso zu erkennen, daß sich unter ihrer rauhen Schale ein sensibler Mensch verbirgt, der Gefühlsregungen nur zu gut zu verbergen weiß. Hagar bereut – wenngleich nicht vor anderen – mehrfach ihr uneinsichtiges Verhalten und ihre beleidigenden Äußerungen. Es sind diese und ähnliche innerste Regungen, die sich in ihren letzten Lebenstagen zu der schmerzlichen Erkenntnis verdichten, ihr Leben und das Leben anderer durch eigenes Verschulden erschwert zu haben. Ihr Tränenausbruch in der alten Fischkonservenfabrik, ihr meist freundlicher Umgang mit Patienten und Schwestern im Krankenhaus, die Tatsache, daß sie am Ende ihres Lebens ihrem Sohn Marvin die ihm zustehende Liebe gewährt, sind Kennzeichen einer Wandlung, die sich in der Einsicht konzentriert: „Immer, immer muß ich mir dies gewünscht haben – mich einfach zu freuen. Wie kam es, daß ich es niemals konnte? Ich weiß, ich weiß. Wie lange weiß ich es schon? ... Wann sprach ich je aus, was mein Herz

fühlte? Der Hochmut war meine Wüste, und der Dämon, der mich dorthin führte, war die Furcht. Ich war allein, immer nur allein, und niemals frei, denn ich trug meine Ketten in mir, und sie breiteten ihre Gewalt aus und fesselten alles, was ich berührte."

Mit diesen Worten, in denen auch das Anliegen des Romans zusammengefaßt ausgesprochen wird, gesteht sich Hagar ein, daß der Mensch sich zu seiner Gefühlswelt bekennen muß, daß Emotionen, Liebe und gegenseitiges Miteinander einen wichtigen Teil dessen ausmachen, was den Wert des Lebens bestimmt. Reuevoll blickt sie auf viele Jahre zurück.

Doch deutlich wird auch, daß sich Hagar nur bedingt ändern kann. Ihr letztes Gebet, mit dem sie sich weigert, den göttlichen Segen zu erbitten, und ihre brüske Ablehnung, sich beim Trinken des letzten Glases Wasser helfen zu lassen, sind ein nochmaliges Aufflammen ihres Stolzes.

Die Ursache dafür, daß Hagar sich eigentlich zu spät zu ihrem wahren Selbst bekennen kann – wenngleich ihre Selbsterkenntnis auch Züge einer „Erlösung" vor dem Tod trägt und somit noch rechtzeitig kommt –, hat soziale sowie individuelle Gründe. Eine Umwelt, in der Emotionen unterdrückt und menschliche Schwächen mißachtet werden, begünstigt geradezu Hagars Veranlagung zu Unnahbarkeit und Stolz. Bedingt dieser Stolz einerseits ihre innere Einsamkeit, ist er anderseits Bestandteil jener Willenskraft, die ihre Persönlichkeit entscheidend mitprägt und die sie neunzig Jahre im Lebenskampf hat bestehen lassen. Die Stärke, die Hagar von ihrem Vater erbte, ist zugleich ihre Schwäche, ihre Unabhängigkeit zugleich ihre Begrenztheit. Die Sicht, aus der Margaret Laurence Hagars stolzes Streben nach Unabhängigkeit betrachtet und aus der sie auch die gesamte Persönlichkeit ihrer Protagonistin bewertet, schließt Abneigung und Zuneigung, Haß und Liebe ein, wobei über die letztendlich von der Autorin bezogene Position kein Zweifel besteht. In der Gestalt Hagar Shipleys spiegelt sich das widersprüchliche Gefühl, das Margaret Laurence' Haltung gegenüber der Generation ihrer Großväter insgesamt bestimmte, ein Gefühl, welches die Autorin größtenteils unbeabsichtigt in die Anlage dieser Figur einbrachte. „Ich glaube", erklärt sie, „ehe ich diesen Roman schrieb, habe ich niemals erkannt, wie gemischt meine eigene Einstellung gegenüber der ganzen Generation der Pioniere war, wie schwer es war, mit ihnen zu leben, wie autoritär, wie unnachgiebig viele von ihnen waren, wie ängstlich, Liebe zu zeigen, und wie bereitwillig, Ärger kundzutun. Und dennoch – sie hatten eine Wildnis bewohnbar gemacht. Sie waren am Ende die großen Überlebenden, und dafür liebe und schätze ich sie."

In dieser Hinsicht ähnelt Hagar Shipley der Gestalt des Großvaters Timothy Connor im vierten Buch der Manawaka-Serie, *A Bird in the House.* In diesem Werk, in dem in mehreren zusammengehörigen Kurzgeschichten der Reifeprozeß des Mädchens Vanessa MacLeod erzählt wird, erlangt das sich wandelnde Verhältnis Vanessas zu ihrem Großvater wichtige Bedeutung. Wird Timothy Connor anfangs als ein herrschsüchtiger, tyrannischer alter Mann gezeigt, läßt er im Ablauf der Geschichten allmählich sympathischere Züge erkennen. Vanessa, die ihren Großvater erst ablehnt, macht sich zunehmend Gedanken über die Motivationen seines Verhaltens und lernt, seine Rolle als Pionier in Kanada zu verstehen und zu achten. Sie akzeptiert letztendlich sogar die Tatsache, daß sie in gewisser Weise sein geistiges Erbe antritt. Margaret Laurence weiß zu berichten, daß sich in dem wandelnden Bezug Vanessas zu Timothy Connor eine Neubewertung ihres eigenen Großvaters widerspiegelt, der als Vorbild für Timothy Connor diente. Wiederum wurde das Schreiben für die Autorin zu einem Erkenntnisprozeß, in dessen Ergebnis sie feststellt: „Obwohl ich den alten Mann einst haßte, hasse ich ihn jetzt nicht mehr. Ich hatte mich mit ihm ausgesöhnt, wobei mir bewußt wurde, daß er – wenngleich er ein sehr hartherziger Mann war – ein schweres Leben geführt hatte und Züge von Stärke und Stolz besaß, die bewundernswert waren."

Die Gestalt Timothy Connors reflektiert ebenso wie die Figur Hagars das Bemühen der Autorin um eine Positionsbestimmung in der Auseinandersetzung mit der Vergangenheit ihres Landes. Einerseits ist Hagar für sie irgendeine alte Frau, die mit dem Gedanken an den Tod fertigwerden muß; andererseits sieht sie in Hagar einen jener Menschen, die einen von schottisch-presbyterianischer Herkunft und vom Leben in der Prärie bestimmten Hintergrund entscheidend mitprägten – einen Hintergrund, der auch Margaret Laurence' Leben beeinflußte. Sie schufen Werte, über deren bleibende Bedeutung die Autorin keine Zweifel aufkommen läßt.

In *Der steinerne Engel* ebenso wie in den anderen Werken von Margaret Laurence schwingen deutlich religiöse Vorstellungen der Autorin mit, ohne daß man im herkömmlichen Sinn von religiöser Prosa sprechen kann. Margaret Laurence verweist darauf, daß sie aus einer Familie stammt, in der Religion mehr in moralischen als in theologischen Dimensionen verstanden wurde. Sie selbst wählt für sich die Bezeichnung „religiöser Agnostiker". Wichtiger und nützlicher als die Institution der Kirche sind für sie religiöse Mythen und Rituale, da diese nach ihrer Ansicht die menschliche Seele von Zweifeln und Ängsten befreien und Vertrauen einflößen können. Kritiker verbinden die unter einheimischen Schriftstellern verbreitete literarische Darstellung Kanadas als ein Land des Exils, der Entfremdung, der Isolation und einer strafenden Gottheit oft mit dem Alten Testament. Margaret Laurence sieht indes in der Literatur ihres Landes ebenso die Hoffnungen und die Erwartungen des Neuen Testaments widergespiegelt. Sie verweist auf ihre eigenen Bücher mit der Bemerkung: „In meine Werke gehen all die Symbole des Alten und des Neuen Testaments ein. Die Bibel ist ständiger Bezugspunkt."

Auch die Lebensgeschichte von Hagar Shipley hat Analogien in der Bibel – in den Berichten über die biblische Figur Hagar. Im Alten Testament, 1. Buch Mose, ist zu lesen, daß Hagar Abrahams Frau Sara als Magd diente. Da Sara kinderlos geblieben war, bot sie ihrem Mann Hagar zur Frau an. Hagar wurde schwanger und begann, Sara zu mißachten. Deshalb schickte man sie in die Wüste, wo ihr ein Engel Gottes begegnete und ihr prophezeite, daß sie einen Sohn mit Namen Ismael gebären werde. Ismael, so weissagte der Engel, werde ein wilder, mit allen streitender und kämpfender Mensch sein.

Offensichtlich hat Margaret Laurence die Geschichte der biblischen Hagar nicht einfach übernommen, sondern ist frei damit umgegangen. So war zum Beispiel Bramptons erste Frau nicht kinderlos, und sie starb; nicht Hagar Shipleys erster Sohn Marvin, sondern John zeigt Züge des wilden biblischen Ismael. Hagar Shipley ist auch keine Magd, die wegen ihres Hochmutes in die Wüste ausgestoßen wird. Doch obgleich immer von Menschen umgeben, bleibt auch sie allein – verbannt in eine innere Isolation. An die Bibel erinnern ebenso Hagars Verlangen, in ihrem Sohn John die Gestalt Jakobs zu finden, als der ihr dann letztendlich Marvin erscheint; Bilder der Prärie, die wüstenähnlich gezeichnet sind; die Ähnlichkeit zwischen den Namen Abraham (englisch: Abram) und Bram(pton) sowie Hagars Bezeichnung als Ägypterin und als Pharaos Tochter. Analogien finden sich auch zum Neuen Testament, zum 4. Kapitel der Galater, in dem Paulus berichtet, daß Abraham zwei Söhne hatte – einen von der Magd, der „nach dem Fleisch geboren" ist, und einen von der Freien, der „durch die Verheißung" geboren wurde. Die beiden Frauen werden als Allegorien der beiden Testamente angesehen, darunter „eins von dem Berg Sinai, das zur Knechtschaft gebiert, welches ist die Hagar". Tatsächlich erscheint Hagar Shipley während des größten Teils ihres Lebens als eine „Unfreie". Sie ist im übertragenen Sinn gefangen in den Ketten ihres Stolzes, gefangen in überlieferten und von ihr akzeptierten Konventionen, Bräuchen und Lebensregeln. Gefangen ist sie auch in dem unabänderlichen Lebensrhythmus, der sich bei ihr seinem Ende, dem Tode, zuneigt – angekündigt in seiner Unausweichlichkeit schon lange zuvor durch den steinernen Engel. Doch Hagar, mit neunzig Jahren noch erstaunlich geistig rege, begehrt dagegen auf, sich auf den Tod vorbereiten zu müssen. Ihre Geschichte ist ein Kampf gegen den Moment persönlichen Vergessens sowie dagegen, daß ihr Leben in Vergessenheit gerät. Kurz vor ihrem Tod, als der Enkelsohn Steven an ihrem Bett steht, wird Hagar bewußt, wie wenig er doch über sie weiß. Und sie möchte das tun, was – nicht nur für Steven – durch das Buch erreicht wird:

„Ich möchte ihm davon erzählen. Jemand müßte es wissen. Das meine ich wirklich. J e m a n d m ü ß t e von all diesen Dingen wissen."

Hagar erzählt ihre Geschichte während der letzten Tage ihres Lebens, so daß das gegenwärtige Geschehen auf diesen kurzen Zeitraum beschränkt ist. Von der Gegenwart aus wandern ihre Gedanken zurück in die Vergangenheit, die

rückblickartig in chronologischer Abfolge der Ereignisse aufgerollt wird. Die Meinung der Autorin, daß sie die Technik der Retrospektive teils zu stark strapaziert und teils zu gewollt einsetzt, macht auf Schwächen des Romans aufmerksam, die auch in dem zu mechanischen zeitlich linearen Nacheinander von Hagars Erinnerungen gesehen werden können. Diese Mängel verblassen jedoch vor Margaret Laurence' Fähigkeit, in traditioneller, einfacher und klarer Weise eine Geschichte wirklich erzählen und ihre Protagonistin subtil erfassen und einfühlsam porträtieren zu können. Dazu trägt bei, daß die Autorin eine geeignete Form fand, in der „sich der Roman selbst entfalten konnte, eine Form, die es den Charakteren erlaubt zu atmen". Als eine solche Form erweisen sich – trotz der erwähnten Einwände – Hagars Erinnerungskomplexe. Sie ermöglichen es, Vergangenheit und Gegenwart gleichzeitig zu gestalten, und sie fügen sich strukturell in Hagars Vergangenheitsbewältigung ein: Bis zu der entscheidenden Szene in der verlassenen Fischkonservenfabrik wird Hagar immer wieder von der Vergangenheit eingeholt. Nachdem sie sich jedoch zum letztenmal mit dem schmerzlichsten Erlebnis ihres Lebens, mit dem Tod ihres Sohnes John, auseinandergesetzt und sich ihre indirekte Schuld daran eingestanden hat, wird sie aus der Vergangenheit entlassen bzw. hat sie ihre Vergangenheit bewältigt. In Übereinstimmung damit folgen keine weiteren Rückblenden, das Geschehen verbleibt im Gegenwärtigen.
Als geeignete Form für eine möglichst komplexe Charakterisierung Hagar Shipleys erweist sich die Tatsache, daß Hagar in der ersten Person Singular erzählt. Der Leser erhält dadurch die Möglichkeit, einen tiefen Einblick in ihre Innenwelt zu erlangen. Hagar enthüllt ihre Gedanken und Gefühle, wobei sich ihr inneres Selbst allmählich als sozial bestimmtes Selbst offenbart. Für Margaret Laurence steht nicht die Handlung im Vordergrund, sondern der psychologische Prozeß, der zu bestimmten Verhaltensweisen und Reaktionen führt. Die Autorin ist der Ansicht, daß sie mit dieser in der Tradition des psychologischen Romans stehenden Gestaltungsweise ebenso wie viele andere zeitgenössische Schriftsteller auch auf die Existenz von Film und Fernsehen reagiert. Sie richtet ihr Augenmerk besonders auf

jene Aspekte, die ihrer Meinung nach in den Medien nicht so gut erfaßt werden können – zum Beispiel die Psyche eines Menschen. Die Figur Hagars gewinnt an Plastizität auch dadurch, daß sie aus zwei Perspektiven gezeichnet wird, die auf dem Unterschied von Wesen und Erscheinung basieren. Der Leser lernt Hagar zum einen so kennen, wie sie glaubt zu sein, und er kann sie zum anderen so sehen, wie sie wirklich ist. Letzteres erreicht er, indem er sich – scheinbar hinter Hagars Rücken – mit der Autorin verbündet und ihre Meinung als die glaubwürdige empfindet, während Hagars Einschätzungen von sich selbst oft eine subjektive Färbung aufweisen.
Hagar Shipley ist die erste in der Reihe der Frauengestalten der Manawaka-Serie – Rachel Cameron in *A Jest of God*, Stacey Mac Aindra in *The Fire-Dwellers*, Vanessa MacLeod in *A Bird in the House* und Morag Gunn in *The Diviners* –, die alle auf unterschiedliche Weise und mit ungleichen Folgen zu einem neuen Selbstverständnis gelangen. Hagar ist auch die betagteste unter ihnen, und sie gehört der ältesten der von ihnen vertretenen Generationen an. Erscheint sie durch ihre noch unmittelbare Beziehung zur Welt der Pioniere und durch ihr hohes Alter in gewisser Weise von der Gegenwart isoliert, erlangt sie jedoch gerade dadurch auch übergreifende, repräsentative Züge. Margaret Laurence gibt dazu folgenden Kommentar, der zugleich beredtes Zeugnis für die Bedeutung dieser literarischen Figur im eigenen Lande und über die Grenzen Kanadas hinaus ist: „In Amerika wurde Hagar als Archetyp der nordamerikanischen Frau angesehen, in Kanada war sie jedermanns Großmutter."

Jena, Januar 1987 *Karla El-Hassan*

Quellen- und Rechtsnachweis

Universal Bibliothek

PHILOSOPHIE · GESCHICHTE
KULTURGESCHICHTE

BARUCH SPINOZA
Ethik

Aus dem Lateinischen von J. Stern (1888)
Herausgegeben mit Nachbemerkung und Essay
von H. Seidel
Mit einem Essay von L. Kleine
4., erweiterte Auflage
Band 56 · Broschur 2,50 M

Spinozas Hauptwerk enthält nicht nur Gedanken zur Ethik, sondern sein ganzes pantheistisch-rationalistisches System: seine epochemachenden Gedanken über die unendliche Substanz als ewigwirkende und bewirkte Gottnatur mit den Attributen Denken und Ausdehnung, über die dialektische Einheit von Freiheit und Notwendigkeit, von Allgemeinem, Besonderem und Einzelnem, von Vernunft und Begierde im Bereich des menschlichen Handelns. – Der Neuausgabe wurde ein Essay von Lothar Kleine „Spinoza. Substanz und System“ beigegeben.

C4.